FANPRO

Hans Kneifel wurde 1936 in Gleiwitz/Oberschlesien geboren. Der gelernte Konditormeister schloss 1965 sein Studium der Pädagogik mit dem Staatsexamen ab. Heute wohnt der Autor in München.
Kneifel schrieb über 400 Science-Fiction-Romane, meist für die PERRY RHODAN- und ATLAN-Serien, und gestaltete nach den Drehbüchern der TV-Kultserie Raumpatrouille die Serie Raumschiff Orion (im späteren Verlauf auch mit anderen Autoren).
Besonders hervorzuheben sind die Atlan-Zeitabenteuer, eine Chronik, die das Exil des Arkoniden in vergangenen Epochen auf der Erde schildert, und die in der PERRY RHODAN-Taschenbuchreihe für Furore sorgten.
In den letzten Jahren widmete sich Hans Kneifel mit besonderem Interesse historischen Romanen.

Hans Kneifel

Die Prophezeiung von Saïs

Erster Band des Tamaran-Zyklus'

Originalausgabe

FanPro
Band 71028

Umschlagillustrationen: Arndt Drechsler

Redaktion: Sabine Kropp
Lektorat: Dr. Rainer Nagel
Satz und Layout: Ralf Berszuck
Umschlaggestaltung: Ralf Berszuck
Druck und Bindung: CPI Moravia Books s. r. o., Tschechien

Besuchen Sie unsere Website *http://www.fanpro.com*

Printed in Czech Republic 2010

ISBN 978-389064-820-0

1
Im Grenzland Kemets

Plötzlich waren sie da. Sie kamen über die Rückseite der niedrigen Düne und zwischen den erodierten Felsen hervor und waren zuerst nur lautlose Schattenrisse vor der tief stehenden Sonne. Eine Reihe Männer mit Schilden, Lanzen und Streitäxten, deren geschliffene Bronzeklingen hier und dort aufblitzten, standen einen Augenblick auf dem Kamm der Düne, dann liefen, stolperten und rutschten sie durch den Sand auf die Karawane des Pharaos zu. Anführer Ka-Nachtmin schätzte nach einem einzigen langen Blick ihre Anzahl auf acht Dutzend.

»Von rechts! Wir werden überfallen! Greift eure Waffen!«

Hauptmann Ka-Nachtmin war seit zwei Tagen und Nächten misstrauisch geblieben und hatte die Pferde der drei Wagen nicht ausschirren lassen. In dem Augenblick, an dem die Soldaten, die sich zwischen den beladenen Eseln und den Lastenträgern verteilten, sich nach rechts wandten und ihre Schilde hochrissen, begannen die Tjehenu-Räuber ihr trillerndes Angriffsgeschrei. Auf der freien Fläche zwischen dem Fuß der Düne und dem breiten Weg warfen die Körper der Angreifer überlange, schmale Schatten. Noch vielleicht fünfzig, siebzig Schritte trennten die Räuber und die lange Linie der Rômet-Soldaten, die einander Warnungen zubrüllten und sich zum Kampf stellten.

»Paser! Zu mir! Spring auf!«, dröhnte der Hauptmann und ließ die Zügel auf die Rücken der Pferde klatschen. Der Bogenschütze, in der Rechten den Bogen waagrecht über dem Kopf haltend, packte den linken Griff des Kampfwagens, rannte drei, vier Schritte und stand nach einem kurzen Sprung neben Ka-Nachtmin. Auf engstem Raum wendete im prasselnden Sand der Hufe der Wagen; Nachtmin lenkte die Pferde nach rechts, sie sprangen in den kurzen Galopp, und ihre Hufe warfen Sandfahnen und scharfkantige Gesteinssplitter gegen die Front des Wagens und in Gesicht und Oberkörper des Lenkers.

Paser, in dessen rundem, dunklem Gesicht graue Bartstoppeln wucherten, hatte den ersten Pfeil auf der Sehne seines schweren Bogens. Der Hauptmann lenkte den Wagen, dem der zweite Kampfwagen augenblicklich folgte, zurück zur Spitze der Karawane, die sich in voller Auflösung befand. Noch immer gellten die Schreie der Räuber aus dem Westen. Paser zog die Sehne bis ans Kinn, murmelte eine Verwünschung und löste den ersten Pfeil. Das Geschoss heulte durch die heiße Luft, traf einen hochgewachsenen Mann mit brauner Haut, drang unter dessen Kinn ein und zwischen den Schulterblättern wieder heraus, gefolgt von einem Blutschwall. Das nächste Geschoss von der Sehne des nachfolgenden Bogenschützen schickte einen zweiten Angreifer in der Mitte der Angreiferlinie zu Boden.

Entlang der Karawane, die sich aus ungefähr hundert Eseln und Ochsen, zwei Dutzend Treibern, vier Dutzend Trägern und vielleicht siebzig Soldaten zusammensetzte, waren zahlreiche Kämpfe ausgebrochen, Mann gegen Mann oder kleine Gruppen gegen Einzelne.

Ka-Nachtmin schrie aus voller Kehle: »Bleibt zusammen. Wehrt euch! Schlagt sie tot, die Räuber!«

Beide Wagen ratterten nebeneinander auf dem spärlich bewachsenen, sandigen Streifen zur Mitte der Karawane. Der dritte Kampfwagen, von Ptah gelenkt, neben dem ein hellenischer Söldner schoss, näherte sich vom Ende der weit auseinandergezogenen Linie. Staub und Sand wallten an hundert Stellen auf. Die kämpfenden Männer schrien. Äxte schlugen gegen Schilde, Speere zischten durch die Staubwolken, unaufhörlich heulten die Pfeile, hervorgerissen aus den vollen Köchern, schlugen die Sehnen hart gegen die ledernen oder bronzenen Armschutze.

Das Aufheulen und Wimmern der Verwundeten und die Todesschreie mischten sich in das Kreischen der Esel und die dumpfen Laute der Lastochsen. Bisweilen wieherte ein Pferd aus tiefem Hals.

Einzelne Tragetiere hatten sich losgerissen. Andere wurden von halbwüchsigen Räubern, die ihren Vätern und Vatersbrüdern gefolgt waren, mitsamt dem Gepäck weggezerrt. Esel sträubten sich, wurden geschlagen und stießen furchtbare Laute aus, die wie Schreie von gefolterten Verfluchten klangen. Körper lagen zuckend auf dem Boden und versuchten, den Hufen oder den tödlichen Hieben zu entgehen. Tonkrüge, aus den Traglasten gerutscht oder herausgerissen, barsten mit lautem Knacken und hohlem Poltern und entleerten ihren Inhalt, kostbares Öl, nicht minder wertvollen Irep, Wein aus dem fruchtbaren Dreieck, Wasser und kalten Pflanzenaufguss, Salz und Natron auf den staubigen Boden. Zwischen den Räubern und den Soldaten, die mit dem Mut und der Wut der Verzweiflung kämpften, hämmerten die Hufe der schwitzenden Zugpferde und sirrten die Felgen der leichten Kampfwagen auf dem von der Sonne hart gebackenen Boden. Die Bogenschützen schossen ununterbrochen; Paser, der Älteste, tötete die meisten Männer.

Ka-Nachtmin hatte den letzten Wurfspeer aus dem Flechtwerkzylinder gerissen und lenkte die Pferde mit der Linken. Er stand ungedeckt, mit weit nach hinten gelehntem Oberkörper, im Wagenkorb und federte die Stöße des Gefährts mit den Knien ab, ebenso wie Paser. Als er ein Ziel erkannte – einen Angreifer, der sich über einen daliegenden, verwundeten Rômetkrieger beugte, der als einzigen Schutz nur den Schild über seinem Körper festhielt –, schleuderte Ka-Nachtmin mit aller Kraft die Waffe. Die nadelfeine Bronzespitze bohrte sich ins Rückgrat, in der Mitte zwischen Nacken und Gesäßfalte, des Tjehenu. Kreischend bog der Getroffene seinen Körper nach hinten und starb.

Einige Lasttiere und die jungen Angreifer, die sie zerrten und mit Schlägen antrieben, verschwanden zwischen den Felsen. Fluchend und schreiend kämpften die pharaonischen Krieger und trieben die Wüstenleute Schritt um Schritt zurück. Einige Angreifer packten wahllos abgeworfene Tragelasten, schulterten sie und rannten davon.

»Anubisverfluchte Räuber!«, brüllte Pa-Iset, ein Unteranführer der Soldaten. Ein Hirte aus Kush, der bisher zwei Lastochsen geführt hatte, hatte seine Schleuder geladen und wirbelte sie über der Schulter. Der Kieselstein surrte von der Lederschlinge und zerschmetterte einen Flüchtenden den Schädel in einem Ball aus Knochen, Blut und Gehirnfetzen. Mitsamt dem Tonkrug stürzte der Getroffene ohne einen Laut in den Sand der Düne. Beide Streitwagen hatten das Ende des Zuges erreicht, der dritte ratterte auf einem kaum kenntlichen Pfad den Tjehenuräubern hinterher.

Ka-Nachtmin riss den Arm in die Höhe, winkte den wenigen Kämpfern, die auf ihn achteten, und schrie: »Hinter mir her! Sie flüchten mit unseren Schätzen!«

Er lenkte die Pferde auf den Fuß der Düne zu, wo Hufe und Räder gerade noch Halt fanden. Der zweite Wagen, den Cha-Month lenkte, folgte in zehn Schritt Abstand. Paser hatte einen Rückenköcher geleert und griff nach den Pfeilen, die im Köcher des Kampfwagens raschelten. Beide Bogenschützen versuchten, jene Räuber zu treffen, die mit ihrer kostbaren Beute flüchteten.

In langsamem Galopp, zwischen Kämpfenden und Toten in Halb- und Viertelkreisen, versuchten die Gespanne den rennenden Räubern den Weg abzuschneiden. Unverändert heulten die Pfeile im Abstand von einzelnen tiefen Atemzügen durch die stauberfüllte Luft, trafen die Körper oder blieben im Sand stecken. Ka-Nachtmins Blicke gingen in alle Richtungen; er sah ein, dass der kurze, erbitterte Kampf zu Ende und ein Teil des Karawanenbesitzes verloren war.

»Aber Ah'mes, der Hohe Herr im Per-Ao, hat ihnen furchtbare Rache geschworen!«, sagte er zu Paser, der den Bogen senkte und den Pfeil in den Köcher zurücksteckte. Dann zog der Wagenlenker die Zügel straff, und die Pferde gingen im Schritt zur Stelle des größten Getümmels zurück.

»Nicht mehr heute«, antwortete Paser und spuckte viel sandigen Speichel aus. »In einer guten Stunde ist Nacht.«

»Und wir sammeln uns zu einem traurigen Nachtlager.«

Die Pferde stanken unerträglich nach Schweiß. Auch das zweite Gespann und, mit einigem Abstand, der dritte Kampfwagen, fuhren langsam zum Wüstenpfad zurück.

Ka-Nachtmin bedeutete den Soldaten, Trägern und Eseltreibern, sich zu versammeln und rief: »Lasst keine Verwundeten und keine Waffen liegen, Männer!«

Die Männer trugen die Verwundeten und alles, was auf dem breiten Streifen Ödland liegen geblieben war, zum Pfad zurück und bereiteten ein flüchtiges Nachtlager vor. Die wenigen Räuber, die stöhnend, wimmernd und blutend den Kampf überlebt hatten, wurden mit Dolchstößen getötet und, wegen der Aasvögel und der Schakale, zur Düne gezerrt. Zwei Esel, die sich losgerissen hatten, kamen mit verrutschten Lasten zurückgetrottet, weil sie das Wasser witterten. Die schweißübergossenen Karawanenmänner tranken gierig, keuchend, mit hängenden Schultern, einige Ziegenschläuche leer, wuschen flüchtig die Gesichter und tränkten dann ihre Tiere.

Die Lasten wurden den Tragetieren abgenommen, die verstreuten Waffen und Gegenstände in ordentlichen Gruppen und Reihen zusammengetragen, den Tieren warf man Heu und schlaffes, feuchtes Gras von den Eselslasten vor, ein Feuer war schnell vorbereitet. Die Männer versorgten gegenseitig ihre Wunden; für zwei Treiber, einen Träger und zwei Soldaten hoben die Männer des Pharaos flache Gräber aus und wickelten die Leichname in Leinentücher, die Ka-Nachtmin aus dem Bestand der Karawane entnehmen ließ. Er war es auch, der einige Zeilen aus dem Totenbuch aufsagte und mithalf, Sand auf die starren weißen Bündel zu schaufeln.

Die Karawane kam aus dem Gebiet um Peguati nahe der Mündung des westlichsten Arms des Stromes. Die Ionier und Achaier nannten die kleine Stadt Kanopus, und die peguatische Mündung demnach die Kanopische; es ging die Legende, ein griechischer Steuermann namens Kanopus sei vor Zeiten »voll des süßen Weines« von Bord seines Schiffes gefallen und, da er wie die meisten Seeleute des Schwimmens unkundig war, jämmerlich ersoffen.

Das Ziel des langen Zuges voller wertvoller Waren hoffte Ka-Nachtmin in vier, fünf Tagen zu erreichen. Es war Sa'u, von den Griechen in Saïs umbenannt. Bevor sie Sa'u erreichten, mussten viele Tiere und alle Männer zwei Hapiarme überqueren – in Booten oder, wenn es die Wassertiefe einige Monde vor der Hapiüberschwemmung zuließ, durch die Furten.

Viel sonnengebleichtes Leinen war in den Traglasten gefaltet, in ledernen Umhüllungen befanden sich Shafadublätter, auf denen selbst die Hellenen gern schrieben und sie »Papyros« nannten, ausgesuchte Stücke Holz aus angetriebenen Stämmen, Salz, Salpeter und verschiedenes Öl, aus Pflanzen gepresst. In Ziegenbälgen gluckerten Irep von den sandigen Weingärten des Mündungsgebietes, Brunnenwasser und nahrhaftes Henket. Da die Zahl der Überfälle auf Siedlungen und Karawanen in den vergangenen Jahren zugenommen hatten, begleiteten stets Truppen des Großen Hauses die Treiber und bewachten Menschen, Tiere und Waren. Aber Ka-Nachtmin, dessen Hals viele goldene Fliegen schmückten, Auszeichnungen des Pharaos für große Tapferkeit, kannte den Groll und die entsprechenden Befehle seines Herrn, des Gottkönigs, der die Tjehenu bitter strafen würde.

Der molkige Schein des vollen Mondes übergoss die Umgebung des Lagers, die still dastehenden Tiere und die Männer mit seinem dämonischen Licht. Die erste Wache, ein Dutzend satter und bewaffneter Soldaten, umstand das Lager. Ka-Nachtmin saß auf dem Boden seines Streitwagens, dessen Deichsel auf einem Heuballen ruhte. Der Anführer blickte ins Feuer und hielt eine Schale abkühlenden Kräuteraufgusses in beiden Händen.

»Unseren Gottkönig Ah'mes, der seit drei Jahrzehnten im Großen Haus zu Saïs und Men-nefer das Land regiert, haben die Götter auch in seinem vierundsiebzigsten Jahr mit Gesundheit, der Kraft des Heiligen Stiers und mit tapferen Anführern und Soldaten gesegnet.« Er nickte, nahm einen Schluck, betrachtete die Gesichter der Männer, die ihm zugewandt waren, und fuhr fort: »Wir haben unsere Karawane mit Mut und Blut verteidigt. Aber die Tjehenu und die Meschwesch werden uns Rômet immer wieder überfallen. Sie sind lästig wie Stechmücken, aber gefährlicher als Giftnattern. Ich weiß, dass Herr Ah'mes sie vertreiben, ihre Dörfer verbrennen und ihre Frauen und Kinder in die Sklaverei führen wird. Das aber kann erst geschehen, wenn wir jenseits der zwei Hapiarme in Sicherheit sind.«

Zustimmendes Murmeln antwortete ihm. Jeder wusste, dass sie in zwei Tagen den westlichsten Arm erreichen würden – gen Sonnenuntergang lag bis zum Ende der verstehbaren Welt nur die gewaltige Wüste und die Karge Küste, an der jenseits von Kyrene die verbrecherischen Störenfriede lebten.

»Ich schicke Ptah mit seinem schnellen Gespann ins Große Haus. Er wird, ohne Zweifel, mit einem kleinen Heer zurückkommen. Ah'mes wird mich zum Anführer machen.« Ka-Nachtmins Arm deutete auf das weiß-graue Gestirn, das über dem Großen Grünen schwebte. »Ich werde unsere Toten und den Verlust, den wir erlitten haben, furchtbar rächen.«

Er hob die Faust. Ein dünnes Scheit krachte. Funken stoben in die Höhe und wollten sich mit den Sternen vermischen. Einzelne begeisterte Schreie ertönten. Mit schwerer Betonung schloss der Anführer: »Denn ich kenne die Wege, ich spreche die Sprache der Tjehenu, und dass ich im Kampf keine Gnade kenne, weiß jedermann.« Er stellte die halbvolle Schale auf sein narbiges Knie, zeigte auf einen Karawanenmeister und grinste. »Damit diejenigen, die keine Wache halten, gut schlafen können – verteil einen großen Krug Irep an die Tapferen!«

Der Beifall und das Geräusch des Händeklatschens verloren sich in der Weite der leeren, dunklen Umgebung. Ka-Nachtmin lehnte sich zurück. Er wusste, dass er nichts versprochen hatte, das er nicht halten konnte.

Elf Tage nach dieser Nacht führten Ka-Nachtmin und Paser, ebenso ausgeruht wie die Pferde des Kampfwagens, die lange Doppelreihe der Krieger jenseits des Kanopischen Mündungsarms, vorbei an den Sumpfseen und schier endlosen Schilffeldern nach Westen. Den Schluss des kleinen Heeres bildeten die Esel, die Proviant und alles Übrige schleppten, das die Männer nicht mit sich trugen. Seit vor dreihundert Jahren, also vor einer Ewigkeit, Herrscher aus dem Westen von Bubastis und Tanis aus das Land regiert hatten, führten gangbare Wege durch die Sümpfe. Viele dieser Wege waren verwahrlost, zugewachsen oder verschwunden, aber Ka-Nachtmin kannte die wichtigste »Straße« jenseits der Viehweiden, der Flachs- und Kornfelder, der Obsthaine und der Weinhügel. Längst hatten die Krieger die letzten Kanäle hinter sich gelassen; vor ihnen lag die Wüste, zur rechten Hand rauschten die Wellen des Meeres gegen sandige und felsige Ufer.

»Wir haben genug Wasser und Proviant«, hatte er nach Sonnenaufgang erklärt. »Üble Hast in der Hitze führt nur zu schmerzhaften Blasen und früher Kraftlosigkeit. Nur Ausdauer und Siegeswille führen uns zu den Tjehenu.«

Die Männer kannten die Zeit nach dem Kampf und dem Sieg: Fette Braten, Frauen, Wein, frisches Brot, Gefangene und Sklaven. Sie würden nichts davon entbehren, nachdem sie den Befehl Ah'mes' ausgeführt hatten.

»Du weißt, wo die Dörfer liegen, aus denen die Räuber gekommen sind?«, erkundigte sich Paser, dessen scharfe Augen die Gegend nach möglichen Verstecken der Tjehenu absuchten.

Ka-Nachtmin nickte und spuckte aus. »Sie sind jedes Jahr an einem anderen Platz, aber niemals weit voneinander entfernt«, sagte er und hustete seine Kehle frei.

»Wie viele Tage müssen wir noch durch die Hitze marschieren? Und in der Nachtkälte schlafen?«

»Drei Tage und Nächte. Wir überfallen sie vor dem Morgengrauen.«

»Gibt's viel Beute? Was glaubst du?«

»Wenig. Das Übliche: Fressen, Saufen und feuchte Schöße.«

»Bringen wir Gefangene mit zurück?«

»Nur die mit dem meisten Wert, Paser. Junge, Schöne, Handwerker, so wie immer.«

»Ihr Vieh?«

»Magere Rinder und Ziegen? Klapprige Schafe?« Nachtmin schüttelte den Kopf. »Sie haben nicht mehr viele, wenn wir uns satt gegessen haben.«

Paser lachte rau. »Es war ihr Fehler, dass sie uns überfallen haben.«

Nach zweieinhalb Tagen erreichten sie das erste Dorf. Nachts sahen die Späher viele Lichter und Feuer und führten die Krieger flüsternd zu den Stellen, an denen sie ungesehen die Felder und Hütten umstellen konnten. Beim ersten Schimmer der Dämmerung gab Ka-Nachtmin das Signal. Lautlos fielen die Krieger über das Dorf her und stimmten ihr Geschrei erst an, als sie die grasgedeckten Rundhäuser erreicht hatten. Sie töteten die wenigen Männer, die sich zu wehren versuchten, dann trieben sie alle Bewohner in der Mitte des Dorfes zusammen, fesselten die meisten und warfen die stärksten Männer zu Boden.

Um Mittag herum erreichten Nachtmins Männer das zweite Dorf, nachts das dritte. Die Dörfler sahen entsetzt zu, wie sich die Eroberer ihrer Vorräte bemächtigten und die Frauen zwangen, sie zu bedienen; die schönsten Tjehenu-Frauen wurden die schluchzende Beute der Angreifer. Ka-Nachtmin verhinderte mutwillige Grausamkeiten und durchsuchte mit einigen Unterführern die Hütten nach Beute; ein meist vergebliches Unterfangen. Eine Nacht der Furcht, des Wehklagens und Geschreis der Kinder verstrich scheinbar endlos lange. Die Dörfler wurden gezwungen, ihre Toten zu begraben.

Am nächsten Morgen trieben die Krieger aus Saïs alle männlichen Gefangenen mitsamt der Beute auf ein freies Feld. Die fettesten Tiere wurden geschlachtet, die Frauen zwang man, Brot aus dem eigenen Korn zu backen und Sud zu kochen; nachdem alle Vorräte verarbeitet waren, wurden die Hütten der drei Dörfer angezündet. Mächtige Rauchwolken brodelten nach Osten und in die Richtung des Großen Grünen.

Ka-Nachtmin und die Unterführer saßen in den Stühlen und auf Hockern, die man aus den schrundigen, dunklen Häuptlingshütten geholt hatte. In langer Reihe kamen die Gefangenen an ihnen vorbei. Die Anführer bestimmten, wer ihnen nach Saïs oder nur bis zur Grenze folgen musste und wer in den Ruinen zurückblieb.

Ka-Nachtmin führte seit zwölf Jahren Krieger an und schützte Handelskarawanen. Er saß schweigend da, schätzte und begutachtete, unterschied mit der Sicherheit langer Jahre zwischen störrischen und solchen Gefangenen, die sich in ihr Schicksal ergaben. Als er vielleicht dreißig junge Frauen ausgesucht hatte, unterdrückte er sein Erschrecken, beugte sich vor und winkte eine junge Frau, fast noch ein Mädchen, zu sich heran. Sie trug in einem geknoteten, schmutzigen Tuch ein Kind, das nicht schrie, vor der Brust.

»Wie heißt du? Dein Kind? Zeig es mir!«

»Abbina, Neb Anführer. Das Kind gehört Noyana und Gaoyo. Sie ... ihr habt sie erschlagen.«

Abbina versuchte, deutlich zu sprechen. Ihre Stimme zitterte. Sie hob das Kind, das jünger schien als ein Jahr, aus dem fadenscheinigen Tuch.

Ka-Nachtmin hatte sich nicht geirrt, als er einen Schopf gesehen hatte, heller als reifes Korn. Als er das Gesicht und die Haut des Kindes sah, hörte er das überraschte Murmeln seiner Unterführer. Er bezwang sich und sagte weniger rau als zuvor: »Zeig mir deine Brüste, Abbina. Hast du Milch?«

Er gab Paser einen Wink. Der alte Bogenschütze verstand und nahm der jungen Frau das nackte Kind ab, das die Hand ausstreckte und mit großen Augen nach Pasers Weset-Brustschmuck tastete.

Abbina nestelte verwirrt an ihrem Kittel und hielt ihn mit zitternden Fingern an den Hüften fest. Sie zeigte den Männern an Nachtmins Seiten ihre jungen, schwellenden Brüste und schüttelte den Kopf.

Paser kam zu Nachtmin und sagte leise: »Neb Nachtmin – denkst du an die Legende? An die Prophezeiung?«

»Daran denke ich. Deswegen bin ich erschrocken«, gab Nachtmin ebenso leise zurück und starrte das Kind an. Es war ein Mädchen mit heller Haut und Haar in der Farbe von weißem Gold. Dann holte er tief Luft und rief: »Welche Frau will ihr Leben retten? Wer hat Milch wie eine Amme und säugt das Kind auf dem Weg nach Tameri?«

Paser nickte anerkennend. Pharao Ah'mes, aus einer armen Familie eines Kaffs nahe Sa'u, war selbst durch Mut, Umsicht und Kraft zum General aufgestiegen. Er hatte Ka-Nachtmin zum Anführer gemacht, weil er dessen Klugheit, Verlässlichkeit und Erfahrung kannte. Überdies sprach er die Sprache der Tjehenu.

Eine Frau, vielleicht fünf Jahre älter als Abbina, schob sich zwischen den weiblichen Gefangenen vor. »Ich, Neb Anführer«, sagte sie. Ihre Stimme bebte wie Abbinas Finger. Das Kind spielte lächelnd mit Pasers leise klirrendem Wesech. »Ich hab' viel Milch. Vor zwei Tagen ist mein Kind gestorben.«

Nachtmins schweigende, stechende Blicke wechselten zwischen dem namenlosen Kind, Abbinas herausforderndem Körper und der Frau, die ihre schweren Brüste mit den Händen stützte. *Die Prophezeiung!*

Wie die reinblütigen Rômet der Beiden Lande besaßen auch die Bewohner des Landes zwischen tödlicher Wüste und Meeressaum bräunliche Haut, dunkler als Sand, runde Köpfe und goldfarbene oder schwarze Augen. Nicht so dieses Kind mit der Haut in der Farbe der Morgenröte und dem schmalen Schädel – und ...

»Die Eltern«, sagte Nachtmin und zeigte auf das Kind. »Sie hatten helle Haut, fast weißes Haar und blaue Augen? Sie sind nicht in euren von Flöhen strotzenden Hütten geboren?«

Ein Helles Volk, von der Goldenen regiert, wird von einem Weißen Krieger angeführt und gründet sieben ferne Königreiche voller Reichtum! So ähnlich, nicht wörtlich genau, meist blütenreich ausgeschmückt und farbig wie eine Palastwand, geisterte neuerdings der Rätselspruch zwischen den Rômet, und zwischen den bunten Mauern der Paläste war er am häufigsten und lautesten zu hören. Nur die Götter – nicht einmal deren Priester – wussten, woher die Prophezeiung stammte. Dies alles schoss durch Nachtmins Gedanken.

»Sie kamen vor Jahren zu uns«, sagte die Ammenfrau undeutlich. »Sind ein Jahr lang gewandert oder noch länger, von weither. Gib mir die Kleine, Abbina.«

»Gib sie ihr«, ordnete Nachtmin an.

Im Hintergrund, vor dem unerträglich blauen Himmel, schwelten die Reste der Dörfer mit grauen Rauchsäulen. Ein paar übrig gebliebene Schafe und magere Rinderkälber weideten vor den Ruinen. Ratlos standen die Dörfler da und schienen neue Gewalt der Krieger zu befürchten. Abbina knüpfte das Tuch von ihrem Nacken, Paser zeigte Ka-Nachtmin das Kind, bevor er es wieder in das Tuch hüllte.

Der Anführer, fünfunddreißig Sommer alt, betrachtete das Mädchen, als halte der Bogenschütze eine Kostbarkeit von göttlicher Bedeutung in den Armen. Die Kleine gab den Blick mit seltsamer Ernsthaftigkeit zurück, schien auf ein Lächeln im Gesicht des Anführers zu warten und schloss dann die Augen. Tief in seinem Inneren erlebte Ka-Nachtmin, wie ein Augenblick, dessen Bedeutung er nicht beschreiben konnte, vorbeiging. Er riss sich aus dem einzigartigen Moment zurück, und Paser gab das Kind in die Arme der Amme, die es an die Brust anlegte, wo es sogleich zu saugen begann.

Die Ruinen und die Gefangenen stanken jämmerlich. Der Strafmarsch war beendet; Ka-Nachtmin wandte sich an die ältere Frau. »Ihr kommt mit uns. Wenn dem Kind etwas geschieht, sterbt ihr beide, und ich sage euch: Ihr sterbt langsam! Weiter mit euch.«

Eine Stunde später saßen die versklavten Dörfler gefesselt neben den Kriegern, die sich auf den Rückmarsch vorbereiteten. Nachtmin kümmerte sich um seine Pferde, begrübelte die Ereignisse und dachte an das neue Ziel.

Er musste das Kind und die Amme zu Ah'mes in den Palast zu Sa'u bringen, gesund und unversehrt. Es war ein einzigartiges Lebewesen, das aus der Wüste geborgen werden musste. Und der Weg nach Sa'u war lang und voller Gefahren.

Als Ka-Nachtmin das Gespann im Kleinen Hof des Palasts anhielt, war ihm, als habe ein Traum geendet, in dem alle Einzelheiten in rasender Geschwindigkeit abgelaufen wären, und in dem seine Pferde, er selbst, Abbina, die Ammenfrau und das namenlose Kind schneller geflogen wären als Horus, der Falkengott. Er nahm der Frau das greinende Kind aus den Armen, stieg vom Wagen und sagte knapp: »Warte hier. Halte die Pferde.«

Er nannte den Dienern, die ihn zunächst nicht erkannten, seinen Namen und rief: »Bei Sachmets Fangzähnen! Bringt mich zum Gotteskönig. Ah'mes muss dieses Kind sehen!«

Verwirrt und von seiner donnernden Stimme erschreckt gehorchten die Palastdiener. Sie führten ihn durch breite Korridore, zwischen Säulen hindurch, durch kleine Säle in einen großen Raum, von dem weite, lichte große Öffnungen in den Garten führten, zu einer Terrasse, hochgewachsenen Bäumen und einem Teich mit gemauerter Umrandung. Hauchdünne weiße Vorhänge trennten den Saal von der gefliesten Fläche. Ah'mes, einige Dienerinnen und ein bärtiger Mann, den Nachtmin nicht kannte, standen an einem mächtigen Tisch, der mit Shafadurollen, Krügen, dem Modell einer halb armlangen Säule und anderem bedeckt war. Langsam drehte sich der Pharao um; das Weinen des Kindes hatte ihn gestört.

Ka-Nachtmin sank drei Schritt vor dem Gottesherrscher auf das rechte Knie, hielt das Kind in beiden Armen und merkte in dem Augenblick, als er zu sprechen begann, dass das schmutzige Tuch ebenso stank wie der Stoff und das Leder seiner schweißgetränkten Kleidung. »Sohn der Sonne, starker Stier«, sagte er. »Vergib mir, dass ich deine Erhabenheit gestört habe. Aber ich habe dieses Kind ohne Namen gefunden, und du musst es sehen. Denn es ist zweifellos, bei allen guten Göttern, ein Teil der Prophezeiung vom Hellen Volk. Sieh selbst.«

Ah'mes erkannte seinen Hauptmann trotz des Schmutzes, des zerfledderten Kopftuchs und des zwölf Tage alten Bartes. Er setzte sich, bedeutete Nachtmin, aufzustehen und streckte die Arme aus. Die Dienerinnen bekamen lächelnde, weiche Gesichter, als sie zusahen, wie Nachtmin das Kind dem Pharao reichte.

Ah'mes schlug das Tuch zurück, betrachtete schweigend das Kind, fragte leise: »Bei den Tjehenu gefunden, Nachtmin?«

»Die Eltern sind tot. Wir haben eine Amme mitgeschleppt. Siehst du, Herr, was ich sehe? Was alle gesehen haben?«

»Wir haben alle einen Menschen dieser Art niemals zuvor gesehen.« Tiefstes Erstaunen, fast Ehrfurcht lag in Ah'mes' Stimme. »Sie ist durstig. Und schmutzig, bei Amun. Bringt Milch! Und richtet ein Bad.«

Die Dienerinnen rannten davon. Der schlanke Bärtige, der bisher geschwiegen hatte, hob das Tuch auf, das der Pharao fallen gelassen hatte. »Da sind Zeichen ... eingestickt«, sagte er leise. »Buchstaben, glaube ich.«

Er sprach mit harter Betonung; ein Hellene also, dachte Nachtmin und setzte sich auf einen Schemel, nachdem Ah'mes noch einmal auf den Hocker gedeutet hatte. Jetzt spürte der Anführer seine Erschöpfung in den Knien.

»Kannst du sie lesen?«, fragte der Pharao seinen Gast. Der Fremde hielt das Tuch mit spitzen Fingern und begann zu murmeln.

»Es ähnelt unserem *Tis*«, sagte er schließlich. »Und ein *Ni*, dann ein *Te*. Tisnite. Tenitis. Nitetis? Barbarensprache, o Sohn der Sonne.«

Die Diener kamen scheu näher, die Dienerinnen brachten einen Krug, Becher und Schalen, Wasser und Tücher. Alle bestaunten die hellrote Haut, das fast weiße, hellgoldfarbene, überraschend kräftige Haar und die tiefblauen Augen. Der Pharao ließ eine Schale halb mit Milch füllen und setzte sie an die Lippen das Kindes, das sofort zu trinken und zu schlucken begann. Milch lief aus den Mundwinkeln, über den Hals und tropfte zu Boden. Dann rülpste die Kleine und lächelte ins dunkle, kantige Gesicht des Gottesherrschers. Verwundert sah Nachtmin, was er noch nie gesehen hatte: Ah'mes lächelte zurück, als sähe er seine verstorbene Gemahlin Ladike und sagte leise: »Dann sollst du Nitetis heißen, Kind der Wüste, der Prophezeiung.«

Er behielt Nitetis im Arm, bis die Schale leer war, dann gab er das Mädchen der ältesten Dienerin und sagte in ruhigem Befehlston: »Wascht sie, salbt ihre Haut mit gutem Balsam, zieht ihr ein Kleidchen an und wickelt sie in frische Tücher. Sie wird in einem Korb liegen, wenn wir morgen nach Men-nefer aufbrechen.«

»Die Schiffe sind bereit, Gesegneter«, erklärte ungefragt ein Diener.

Ah'mes richtete seinen Blick auf Ka-Nachtmin und sprach: »Schreib noch heute deinen Bericht; kurz und erschöpfend. Die Beute und die Gefangenen übergib Wahibre. Such dir ein paar Sklavinnen heraus. Erholt euch, du und deine Krieger. Vielleicht brauche ich dich in Men-nefer. Tameri dankt dir, Hauptmann.«

Er nickte Nachtmin freundlich zu. Der Anführer stand auf, verbeugte sich tief und ging mit schwachen Knien hinaus. Er hielt sich am Rand des Wagenkorbs fest, sah Abbina an und klatschte die Hand auf die Kruppe des Zugpferdes. Eine Staubwolke breitete sich aus.

»Der Pharao hat dich mir geschenkt«, sagte er und zog sich in den Wagen. Er ruckte am Zügel, den die junge Frau ihm gab. Die Pferde hoben die Köpfe. »In meinem Haus wirst du tagsüber arbeiten. In den Nächten, wie auf dem Weg hierher, wirst du mir auf andere Weise dienen.«

Das Gespann ruckte an, er lenkte die Pferde auf die Straße zurück, und als sie ohne seine Hilfe trabten, umfasste er Abbina und legte seine Hand fest auf ihre Brust.

Nachtmin blickte nicht in die Höhe.

Sonst hätte er gesehen, dass der Falke, der ihn und seine Männer seit dem Aufbruch von Saïs in großer Höhe begleitet hatte, seine Kreisbahn verließ und nach Osten abstrich. Sein Flug führte in große Höhe. Der Vogel, der wie Gott Horus alles sah und hörte, war schneller als jedes andere Tier.

Wenn der Anführer geahnt hätte, dass der Horusvogel sich lautlos bisweilen bis auf wenige Ellen genähert hatte und die Fähigkeit besaß, unsichtbar zu sein, würde er an ein anderes göttliches Wunder gedacht haben.

2
Glanz über Kemet und Deshret

»Ja, Gebieter, ich habe dich aus nachvollziehbaren Gründen geweckt«, sagte Rico. »Vier Jahrhunderte, etwas mehr. So, wie du es wolltest.«

Ich wusste nichts davon. Ich erinnerte mich nicht. Ich befand mich im ersten, qualvollen Viertel der Aufwach-Prozeduren. In diesem Stadium, in dem ich körperlich geschwächt und mein Verstand hoch anfällig war, brauchte ich optische und akustische Ablenkung, die nicht besonders anspruchsvoll sein durfte. Ich saß im warmen Bademantel in einem Vibrationssessel, fror innerlich und erkannte immerhin die Bilder aus dem Land, das ich allen anderen Orten an der Oberfläche von Larsafs dritter Welt vorzog: Tameri am Hapi.

»Es haben sich staunenswerte Ereignisse zugetragen, und sie sind weiterhin bestimmend für das Land.«

»Vielleicht begreife ich's einigermaßen«, gab ich mit tauben Lippen und flatternden Stimmbändern zurück. Aus den Lautsprechern kam rômetische Musik. Ich unterschied immerhin Harfe, Flöten und Trommel. Lebte Ne-Tefnacht noch?

Rico hatte sich wieder einmal in einen Rômet verwandelt, der einen Kopf größer war als die meisten Bewohner Tameris. Mich verwechselte ohnehin niemand mit einem aus dem Land am Hapi, auch wenn ich mein schulterlanges Haar färbte und kürzte. Nach einigen Stunden sickerte salziges Sekret aus meinen Augenwinkeln; meine Aufmerksamkeit ließ schlagartig nach.

Rico, der alle Phasen der langwierigen Prozedur mit robotischer Perfektion kontrollierte, schlug einen verständnisvollen Ton an, als er nicht in Arkonidisch, sondern in Rômetsprache sagte: »Ah'mes, der Pharao aus dem Saïs- oder Sa'u-Herrschergeschlecht, hat das Land in seinem einunddreißigsten Regierungsjahr zu neuer Größe und Blüte geführt. Du hast schon einige wertvolle Eindrücke gewonnen; aber Tameri ist nicht mehr eingeschlossen in festen Grenzen. Bald wirst du die Schwierigkeiten erkennen können, Gebieter, denen sich der Auserwählte der Götter seit dem Sturz seines Vorgängers gegenübersah. Jetzt musst du wieder schlafen, Kristallprinz.«

Ich nickte müde. Vor 438 Jahren war ich eingeschlafen. Eine Schwebeplattform brachte mich in meine Privaträume. Nach einiger Zeit würde ich aufnahmefähiger sein und mehr und größere Zusammenhänge erkennen. Die Müdigkeit übermannte mich.

Den Kommentar schien Rico mit stark veränderte Stimme gesprochen zu haben: »Ah'mes-Jachmesj, auch Ahmose der Zweite, von den Hellenen Amasis genannt, dessen Eigenname *Der Mond ist geboren* lautet, mit dem Thronnamen *Versehen mit Willenskraft, ein Rê*, und dem Horusnamen *Der die Maat festigt* und dem Nebtinamen *Sohn der Neith, der die beiden Lande trefflich machte*, sowie dem Goldnamen *Auserwählter der Götter*, stammt aus Siuph, einer Siedlung nahe Sa'u, das die allgegenwärtigen Ionier und Karer *Saïs* nennen. Dieser vierundsiebzigjährige, auffallend kräftige und gesunde Mann ist kein Eroberer, sondern betreibt ein gemäßigtes Verhältnis zu den anderen Reichen, die Tameris Grenzen zu bedrohen in der Lage sind. Er war verheiratet mit Ladike aus der hellenischen Kolonie Kyrene; sie starb an einer unerkannten Krankheit oder an Gift.

Nun ist Tanet-cheta oder Takheta *hemet nisut*, die Königsgemahlin. Von Ladike habe ich nur *klassische* Abbildungen, Tanet-cheta siehst du höchst lebendig in etlichen eingeblendeten Sequenzen.«

Rico schwieg, trat zurück und ließ Bilder sprechen. Ich merkte mir die Informationen, betrachtete Bilder und Bewegungsstudien des Gottkönigs und seiner schönen, scharfgesichtigen Gemahlin, studierte die Karten, die sich im Zentralen Holoschirm im Verhältnis zur verstreichenden Zeit farblich und in einer Reihe arkonidischer Symbole veränderten. Herrlich, kaum verändert, die Umrisse und der lange Strom des geliebten Landes! Schwarze Schwemmerde im fruchtbaren Dreieck mit seinen zwanzig Gauen, fast weißer Sand, blaues Hapiwasser, und das Meer, das Große Grüne, die schier unendlichen Wüsten. Indes erschloss sich mir Ricos Entschluss, mich aus dem Kältetiefschlaf zu wecken, nicht völlig; ich sah – noch! – keinen tiefen, unaufschiebbaren Grund, irgendwie einzugreifen und meiner Pflicht als selbstgewähltem Paladin der barbarischen Menschheit zu genügen.

Das Babyla des großen Hammurabi gab es nicht mehr. Ein Herrscher namens Nabuchodonosor, aus dessen Namen die Hellenen *Nebukadnezar* gemacht hatten, hatte vor drei Jahrzehnten Tameri angegriffen. Sein Angriff war gescheitert, und gegenwärtig herrschte Friede zwischen den Ländern: Ah'mes und der Herrscher des neuen Babyla-Reiches, Nabonid, hatten Frieden geschlossen.

Viele abenteuerdurstige Auswanderer aus Kyrene, Samos, Kreta-Keftiu und Kypros-Alashia kämpften als Söldner in Ah'mes' Heer. Um die Einfuhren der Inseln und des Festlandes nördlich Keftius und die Kaufleute kontrollieren zu können, gründete ein Gottesherrscher vor rund hundert Jahren am Kanopischen Mündungsarm, unweit von Saïs und von dieser Residenzstadt nur durch einen weiteren Hapilauf getrennt, die Stadt Narukeredj oder griechisch Naukratis. Die Hellenen, erklärte mir Rico, waren im Land unbeliebt, oftmals gehasst, weil sie sich wie die neuen Herren benahmen und nicht zuletzt deswegen, weil sie nahezu jedem Ding und jeder Siedlung ihre fremdländischen Namen aufzwangen.

»Hast du mich nur deswegen geweckt«, fragte ich Tage später meinen Robot, »um mir zu erklären, dass die Kulturen, Zivilisationen, Geschlechter und Namen einem ständigen Wechsel unterworfen sind?«

»Geduld, bitte, o Kristallprinz«, antwortete er und spielte mit seinem protzigen Brustschmuck. Er lächelte geheimnisvoll. »Bevor du dich ins Geschehen wagst, musst du die gegenwärtigen und zukünftigen Feinde deines Lieblingslandes kennen.«

»Meinetwegen.« Ich zuckte mit den Schultern und knurrte. »Mach weiter. Erhelle mich!«

Vor mehr als zwei Jahrhunderten machte sich ein Pârsa oder Meder mit Namen Hachamanish zum Herrscher. Die Hellenen nannten ihn Achaimenes, sein Geschlecht erhielt den Namen *Achaiminiden*. Seinen Sohn Tschaishpish nannten sie Teispes, dessen Sohn war Kurusch oder Kyros der Erste, dessen eroberungssüchtiger Nachkomme Kambuzhya wurde Kambyses der Erste geheißen. Ihm folgten Kurusch der Zweite, den man aufgrund seiner Eroberungspolitik wohl »den Großen« nennen wird. Und nach ihm wird wohl sein Sohn Kambuzhya oder *Kambyses* das große Reich beherrschen.

Rico hatte die hellenischen Namen und Bezeichnungen in Klammern gesetzt. Mein Wissen darüber, warum sie die wirklichen Namen nicht aussprachen und schrieben, war für Ionier, Karer, Achaier, Hellenen und Spartaner wenig schmeichelhaft. Sonst redegewandt, zu endlosen Streitgesprächen fähig und bereit, verknoteten sich ihre Zungen, wenn sie die fremden Namen aussprechen sollten. Sie brachten es mühelos fertig, die Sehedhu-Totenmale *Pyramiden* zu nennen und die Techenuu-Säulen *Obelisken*. Für mich erfüllte dies den Tatbestand der Gotteslästerung durch unkluge und bedürfnislose *legasthenoi*.

Die hellenische Sprache kannte ich, schrieb sie zufriedenstellend flüssig; mit manchen Dialekten hatte ich Schwierigkeiten. Widerwillig prägte ich mir die neuen Bezeichnungen ein. Je mehr ich über den Zustand Tameris und seiner möglichen Feinde im Westen und Osten erfuhr, desto mehr wuchs der Eindruck, dass sich im Land des Ah'mes große, wahrscheinlich gefährliche Entwicklungen anbahnten. Ich wandte mich an Rico, betrachtete staunend seinen blütenweißen Schurz, die goldenen Oberarmreife und die herrscherlichen Goldringe an seinen braunen Fingern.

»Du beobachtest den Palast und Pharao Ah'mes seit geraumer Zeit?«

»Grundsätzlich in kurzen Abständen. Vor nicht ganz zwanzig Jahren habe ich Beobachtungen aufgezeichnet, die dich vermutlich faszinieren werden.«

»Später lasse ich mich gern faszinieren.« Ich hob den Zeigefinger und nickte. »Von dir brauche ich eine auf Beobachtungen gestützte Beurteilung dieses Ah'mes, also ein Psychogramm. Bis morgen?«

»Du hast es früher, Gebieter.«

Sechs Stunden später lag das Psychogramm eines etwa Siebzigjährigen vor. Es las sich spannend, das Bildmaterial war kennzeichnend, Ricos Kommentare zeugten von großer positronischer Erfahrung.

Ah'mes-Amasis hatte nicht nur für Frieden mit seinen Nachbarn gesorgt, sondern sich auch durch die Freundschaft mit den hellenischen Fürsten, Söldnern und Abenteurern zunächst seinem Volk entfremdet. Er gestattete ihnen sogar, eigene Heiligtümer zu errichten. Seine erste Frau war Hellenin; er schien sie sehr geliebt zu haben. Er führte Krieger des vierten Herrschers dieses Geschlechts, des zweiten Psammetich, während eines Feldzugs am vierten Hapi-Katarakt gegen das elende Kusch, Wawat und Yam im Süden, und erhielt von Pharao Apriës den Auftrag, einen Aufstand eigener Soldaten in Kemet niederzuschlagen. Ah'mes schloss sich aber den Rebellen an, stürzte mit rômetischen Kriegern den Apriës, verteidigte sich erfolgreich gegen Nebukadnezar den Zweiten und daraufhin gegen Apriës und gewann die Insel Alashia für sein Land.

Ah'mes, der Griechenfreund, galt im Volk als außerordentlich klug. Er liebte die Frauen, den Wein, das Bier und nächtelange Feste. Erstaunlich, für einen alten Mann! Seine Gerechtigkeit und seine galligen Scherze waren bekannt; insgesamt war er gerecht und maßvoll. Er hatte ein leidenschaftliches Verhältnis mit Anch-nes-nefer-ib-Ra, der Schwester des Apriës, der Gottesgemahlin und Hohepriesterin des Amûn, war mit Tanes-cheta verheiratet, mit ihr hatte er drei Kinder, und überdies unterhielt er eine eindrucksvolle Auswahl von Favoritinnen. Er schien von ungebrochener Kraft zu sein und vergötterte seine Wahltochter Nitetis.

Horus, ein positronisches Modell eines großen Falken, der mir schon oft beste Dienste geleistet hatte, war von Rico meisterhaft verbessert, weiter entwickelt und zu einem perfekten Instrument der Beobachtung gemacht worden – die meisten Informationen hatte Rico jenem Horus zu verdanken.

»Du wirst dich an deine vielfältigen Versuche erinnern, aus den Hapi-Flussschiffen seegängige Schiffe zu bauen, Gebieter«, sagte Rico. Ich erinnerte mich, auch daran, Kapitäne und Mannschaften ausgebildet zu haben und sagte:

»Was veranlasst dich zu dieser Bemerkung, du falscher, goldstrotzender Rôme?«

»Pharao Psammetich hat die Flotte für das Große Grüne in bemerkenswertem Umfang ausgebaut. Das Reich, unter Ah'mes vereinigt, hat dadurch größere Möglichkeiten, die Küsten zu verteidigen und Handel zu treiben.«

Ich pflichtete ihm bei. »Damit haben die Pharaonen große Weitsicht bewiesen.«

Rico spielte mir noch einige andere Daten und Informationen ein, die mir weniger wichtig erschienen, dann gewährte er mir einen Einblick in seine Werkstätten.

Der Robot schien keinen Stillstand zu kennen. Sein positronisches Gehirn und die Programmierung ließen keine Phase der Langeweile zu. In der Zeitspanne seit meinem letzten Einschlafen, fast vierundvierzig Jahrzehnte, hatte er nicht nur sämtliche Anlagen der unterseeischen Schutzkuppel kontrolliert, sondern sich selbst verbessert, allerlei nützliche Dinge konstruiert und andere weiterentwickelt.

Von Horus, dem neugierigen Späherfalken, gab es mehrere Exemplare in unterschiedlichen Stufen der Vervollkommnung. Um die Robotskelette von Wölfen und Hunden, die mich bei früheren Aktivitäten begleitet hatten – ich entsann mich der Hunde Truc und Asser –, hatte er rômetische Slughihunde, gut kniehoch, eingerichtet; schmale, leistungsfähige Körper mit akustisch steuerbarem Programm und schwacher Deflektorschirm-Funktion.

Der Extrasinn kommentierte belustigt: *Hunde, auf Befehl unsichtbar – eine vorzügliche Idee! Vielleicht bellen sie auch arkonidische Tonleitern.*

Der rômetische Streitwagen war in meinen Augen ein Meisterwerk. Unzerstörbare Räder, großer Wagenkorb aus künstlichem Leder und widerstandsfähigem Kunststoff-Flechtwerk, einer auszieh- und zusammenschiebbaren Deichsel, die nie brach, einer gut gefederten Achse und geschmackvollen Verzierungen aus vergoldetem Metall und einigen Staufächern für Ausrüstung und Waffen.

»Mit dem Gleiter, Kristallprinz, lasse ich den Wagen und vielleicht auch die Zugtiere an jeden gewünschten Ort Tameris schaffen, so wie den größten Teil deiner Ausrüstung.«

Ich nickte zufrieden. »Du hast also errechnet, dass ich die Oberfläche der Welt in Tameri betrete!«

»Selbstverständlich. Dein Sehnsuchtsland seit der Freundschaft mit Narmer-Menes.« Er wedelte mit seiner feingliedrigen Hand. »Unter anderem deshalb, weil du mit Ah'mes nächtelang trinken und reden willst, weil in seiner Umgebung die schönsten Frauen zu finden sind, und weil du bald der Held einer Prophezeiung sein wirst.«

»Einer Prophezeiung?«

»Der Weiße Krieger eines Hellen Volkes, das von einer Goldenen Frau in sieben fernen Königreichen regiert wird«, bestätigte er mit durchaus echtem Grinsen und im Brustton der Überzeugung.

Selbst von deinem Hochleistungsrobot bist du noch zu verblüffen, Arkonide!, sagte der Logiksektor voller Häme. *Spricht für deine Unvoreingenommenheit. Frage ihn, was er damit meint!*

»Erzähl mir mehr über die Prophezeiung!«, ordnete ich an.

»Sofort. Hier sind die Bilder, weißhaariger Kristallprinz.«

Ich lehnte mich im Spezialsessel zurück und bemerkte mit Zufriedenheit, dass ich in meinem Revitalisierungsprogramm den ersten Pokal von Ricos veredeltem Wein trinken durfte. Zwei Stunden lang sah ich zu, wie der Hauptmann Ka-Nachtmin – *vor zwanzig Jahren!* – seine Karawane rettete, dem Pharao Bericht erstattete, eine größere Truppe Soldaten anführte und drei Dörfer niederbrennen ließ, wie er ein hellhäutiges Kind mit sonnenhellem Haar und mit blauen Augen fand, wie er auf dem Rückmarsch die junge

Gefangene »verführte« und wie Ah'mes selbst das Kind mit Milch tränkte und einen Namen für das Mädchen fand:

»Nitetis also.« Ich nahm einen tiefen Schluck; der Wein war exzellent. »Etwa dieselbe Nitetis, die Ah'mes als Tochter bezeichnet?«

»Dieselbe. Ungefähr zwanzig Jahre alt. Die schönste Frau am Hof des Gottesherrschers.«

»Du hast selbstverständlich Bilder von ihr?«

»Selbstverständlich, o Kristallprinz. Hier.«

Ich hatte eine bleichhäutige, gezierte Schönheit mit hellblondem Haar erwartet, eine Exotin inmitten der Rômet und der schwarzbärtigen Insel- und Festland-Hellenen, eine abweisende Eisprinzessin, aber ich sah eine liebenswürdige, hochgewachsene junge Frau mit strahlenden Augen von dunklem Blau, deren Haut von der Sonne goldfarben gebräunt war und die sich ungezwungen und graziös bewegte.

Man sah sie fast immer allein oder mit Dienern, nie in Gesellschaft. Mir dämmerte, dass sie wohl meist weggesperrt wurde und nur auserwählte Gäste sie zu sehen bekamen. Also war es gar nicht so selbstverständlich gewesen, dass Rico diese Bilder erhalten hatte.

»Das also soll die Goldene sein?«

»Die Deutung der Prophezeiung übersteigt meine Fähigkeiten, Gebieter.«

»Weißt du, wer mit dem *Hellen Volk* gemeint sein könnte?«

»Ein Volk, aus dem ihre toten Eltern stammen.«

»Woher stammt diese Prophezeiung?«

»Das habe ich noch nicht erfahren können, Gebieter.«

»Nun«, entschloss ich mich nach einiger Zeit zu sagen, »bereite alles vor. In wenigen Tagen bin ich so weit.«

»In welcher Maske?«

»Erfahrener Meereskapitän. Kaufmann im Land der Hellenen, weitgereister Mann mit großer Erfahrung. Nahe Sa'u oder Saïs sollte ich anfangen; in der Stadt des freien Handels fällt einer wie ich kaum auf.«

»Die Wahrscheinlichkeit, dass du diese Befehle gibst, war überschaubar groß. Womit handelst du, was willst du verkaufen?«, antwortete der Robot und entfernte sich mit dem Klatschen seiner vergoldeten Sandalen.

Das weiß ich noch nicht, dachte ich versonnen.

Und so kam es, dass ich am dritten Tag des Mondes Thot der Jahreszeit Achet, nachdem der Sepedet-Stern über dem Horizont erschienen war, im Schwarzen Land Kemet, im Land der Binse und der Geiergöttin Nechbet, im Schutz des Deflektorfeldes aus dem Gleiter stieg. Langsam, methodisch lud ich zunächst den Wagen ab, befestigte die Räder und wuchtete dann ein Drittel meiner Ausrüstung von der Ladefläche in den Wagenkorb um. Ich vergrub, nachdem Anub und Nubis, meine Hunde mit dem dunkel-sandfarbenen Fell die Umgebung kontrolliert hatten, den Rest am Fuß einer Düne.

»Hier, ganz in der Nähe, hab ich vor langer Zeit mit Menes Flusspferde gejagt«, murmelte und atmete tief den feuchten Nachtduft Kemets ein. »Es ist lange her, Arkonide. Gibt es noch Flusspferde?«

Ich würde es erfahren, bald. Die unersetzlichen Teile meiner Vorräte schützte ich mit einem Hochspannungsfeldgenerator, schaltete im Mehrzweckarmband das Ortungssignal und daraufhin den Robotfalken Horus ein. Ich befahl ihm, zunächst unsichtbar in meiner Nähe seine Kreise zu drehen, und hängte dann die Deichsel in die vergoldeten Halsbänder der Hunde ein. Sie zogen mit meiner Hilfe den Wagen auf die Sandstraße und dann in die Richtung von Naukratis.

Als die Gefahr bestand, dass im Morgengrauen jemand dieses seltsame Gespann entdeckte, koppelte ich die Hunde ab, startete ihr Begleitprogramm und belud mich mit den schwersten Bündeln, in denen die wertvollsten Ausrüstungsteile steckten. Nubis und Anub hetzten fast lautlos davon und nahmen die Witterung des Abenteuers auf.

Naukratis-Narukeredj zeigte sich mir im letzten Mondlicht, im ersten Grau des neuen Tages und im Widerschein vieler Öllampen in Wandnischen als befremdliches Gemisch hellenischer und rômetischer Mauern, Tore, Tempel und Wohngebäude. Die Thebaner und Athener hatten ihren Baustil mitgebracht und versucht, ihn in Lehmziegel-Bauweise auszuführen, mit heimischen Arbeitern und Sklaven, die Naukratis errichteten, als sei es nur eine andere Stadt in Tameri. Im fruchtbaren Dreieck – sie nannten's *Delta* – hatten, seit Hellenen einwanderten, die Pharaonen ungefähr zwanzig Städte neu gründen lassen. Die Sandstraße mündete in einem Stadttor, dessen mächtige Querbalken sicherlich den Weg in einem griechischen Lastschiff hierher gefunden hatten; mit dem weichen Holz der Palmen ließ sich zwischen schlanken, bunten Säulen ein solch großer Zwischenraum nicht überspannen. Eine schläfrige Doppelwache hielt mich auf.

»Ich bin gekommen, um den Reichtum der Stadt zu mehren«, sagte ich nach der Begrüßung und ließ meine schweren Felleisen zu Boden gleiten. »Ich, Atlantos von Alashia, brauche zwei kräftige, ausdauernde Pferde, ein kleines Haus oder einige große Zimmer, ein kräftiges Essen und etwas Zeit und Wohlwollen des Stadtherren.«

»Sonst nichts mehr?« Der bärtige Hauptmann war unverkennbar ein Korinther. »Um diese Stunde? Essen gibt's am Kanalhafen, im *Trunkenen Satyr*, und, ich glaube, Demetrios, der Wirt, bringt dich mit Achilleus zusammen. Ihm gehören etliche Häuser.«

»Zeus vergelte dir deine Höflichkeit«, antwortete ich. »Ein ruchloser, geldgieriger Kapitän, ein Rôme, hat mich und mein Zeug drüben am Fluss von Bord geworfen.« Ich deutete mit dem Daumen über die Schulter. »Gebt bitte auf meinen Wagen Acht. Er steht draußen auf der Straße. Ich hol ihn mit Pferden ab, die ich noch kaufen muss. Frag' heut Nachmittag nach mir, Hauptmann, und wir leeren zusammen ein paar Humpen Henket. Wo geht's zum Kanalhafen?«

»Ich bin 'Tigonos«, lautete zwischen tiefem Gähnen die Antwort. »Geradeaus, bis zum Tempel, dann links, dem Geruch und Gegröle nach.«

»Abermals Dank«, sagte ich, hob die Packen auf und folgte der Wegbeschreibung. In den Kronen mächtiger Bäume – Naukratis' Anfänge lagen ungefähr ein Jahrhundert weit zurück – lärmten die Vögel. Niemand grölte. Es gab keine späten Wanderer. Im Schilf quakten Frösche und Enten und schnatterten Gänse; seit Langem hörte ich wieder frühe Hähne schreien. Noch waren die Straßen menschenleer. In einem halben Mond würde die schlammige Hochflut des Hapi sich auch über Kemet ergießen.

Wenig Lärm kam aus der Schänke; ich trat ein, wich einer Magd aus, die mit heißem Wasser Tische und Bänke schrubbte. Zwei Zecher schliefen nebeneinander auf einem Tisch. Ich rief unterdrückt: »Mir ist an einem Essen gelegen, und ich setz mich auch an einen weniger sauberen Tisch, Mädchen. Verdien' dir eine Handvoll Gold für heißen Sud und frisches Brot.«

Sie richtete sich auf, musterte mich, und es schien ihr nicht zu missfallen, was sie sah. Es roch nach heißem, frischem Brot. Dann tappte sie in die Küche; ich hörte sie murmeln: »Gold! Pah. Wenn's bei Kupfer bleibt, wird's ein glücklicher Tag. Jetzt kommen die Angeber schon im Morgengrauen.«

Ihr Hellenisch war gut, aber ihre Stimme ähnelte einer bronzenen Säge. Ich setzte mich und wartete.

3
Auf dem langen Weg zur »Waage der beiden Lande«

Zweieinhalb Stunden später hatte ich eine Wohnung im ersten Stockwerk mit dem Eingang über eine Treppe vom Garten aus gemietet, deren Fenster und eine kleine Terrasse auf den Hafenplatz hinausgingen. *Die Pferde!,* mahnte der Extrasinn. *Alle Hellenen, sagtest du selbst, sind Rosstäuscher!*

Ich begann auszupacken. Zuerst Joche, Zugseile, Zaumzeug und Zügel des Pferdegespanns. Natürlich stammten sie aus Ricos Werkstätten und waren von ihm in unübertrefflicher Kunstfertigkeit für einen reichen Handelskapitän aus Alashia hergestellt worden. Hin und wieder ging ich zur Terrasse und beobachtete, wie sich der Hafenplatz mit Leben füllte. Eine dauerhafte Wohnung in Naukratis war für mich sicherlich ein Vorteil, aber eine solche offizielle Unterkunft brauchte jemanden, der sich, außer mir, dafür verantwortlich fühlte. Bald wusste ich, was ich zu tun hatte. Ich betrachtete die Lastenschlepper, die ein Hapischiff entluden, befreite Teile meiner Ausrüstung aus ihren Hüllen und schob einen Beutel mit Goldkörnern und einen zweiten mit Hacksilber hinter meinen breiten Gürtel. Die Morgensonne traf auf farbige Mauern und falsche griechische Säulen mit ihren Streifenmustern.

Mit wenigen Blicken erkannte ich, dass die große, breit gebaute *Woge des Kanopus* ein Schiff für das Große Grüne war. Einige Veränderungen, die ich vor Urzeiten an Hapischiffen angebracht hatte, fanden sich auch hier an Deck, in der Takelage und am Doppelruder. Wie es unter Deck aussah, würde ich wahrscheinlich später an einem anderen Schiff sehen können. Zufrieden ging ich zurück in den Wohnraum.

Unter meiner Wohnung hatte ein Grieche sein Geschäft aufgeschlagen. Diener, Mägde und Sklaven kamen und gingen; ich schloss aus den Waren, die sie brachten und davontrugen, dass dort »täglicher Bedarf« feilgeboten wurde. Ein Ort also, an dem Neuigkeiten, Geschwätz und Gerüchte ausgetauscht wurden – ideal für meine Zwecke.

Nachdem ich die wichtigsten Mitbringsel ausgepackt und durch ein Schirmfeld gesichert hatte, bündelte ich die Pferdegeschirre, nahm sie auf die Schulter und stieg in den Hof hinunter. Meine Gartenterrasse samt der Brüstung bildete das Dach eines würfelförmigen Anbaus, der wohl das Lager des Geschäfts beherbergte. Ich benutzte den Haupteingang vom Hafenplatz, trat ein und sah mich um. Große Tonamphoren, wie ich sie nicht nur von Keftiu kannte, nahmen eine ganze Wand ein. Auf Tischen sah ich Nahrungsmittel, die zum Teil aus griechischen Häfen und ebenso aus Gärten und Feldern Tameris stammten. Der Händler und ich verbeugten uns voreinander.

Ich deutete zur Decke und sagte: »Atlantos von Alashia bin ich. Ich wohne seit einigen Stunden über Euch, Händler duftender und wohlschmeckender Köstlichkeiten.«

Der Händler war Hellene, seine Dienerschaft schien aus der Umgebung zu stammen. Für sie und die Käufer und Lastenschlepper schien ich eine auffallende Gestalt zu sein. Sie starrten mich neugierig an, alle Unterhaltungen rissen ab.

Prüfend ging ich an den ausgestellten Waren entlang, roch Kräuter und Gewürze, Datteln und Oliven in verschiedenfarbigen Tunken, sah Haushaltsgeräte, Messer und Rührlöffel, Kessel und Tongeschirr.

Der Händler machte mit beiden Armen schwungvolle Gesten und grinste mich an. »Jeder in Naukratis kennt

Peukostas' Geschäft. Wollt Ihr mir Pferdegeschirr verkaufen, Atlantos?«

Ich lächelte und gebot seinem Redefluss Einhalt. »Noch ist meine Wohnung leer, in meiner Küche würden Spinnen und Mäuse verhungern. Von Euch, Peukostas, brauche ich mannigfachen Rat und einige Krümel und Brocken, um nicht zu verhungern, und Geschirr, damit die Brosamen nicht vom Tisch fallen, dessen ich leider noch entrate.«

»Wohl gesprochen. Ihr seid ein Mann von großer Erfahrung, sehe ich, und von angemessenem Hunger. Euer Begehr?«

»Und von feiner Herzensgüte. Bisweilen sucht mich harsche Ungeduld heim«, antwortete ich gut gelaunt und deutete auf einen Bottich voll mit kernlosen schwarzen Oliven.

»Hiervon eine Schale. Und davon ... « Ich begann einen Rundgang durch das geräumige Geschäft und kaufte Essen, Leckerbissen, Wein, bat ihn, Wasser holen zu lassen, wählte das schönste Tongeschirr für – zunächst – drei Esser aus, dazu Krüge, Tücher, eine erste Ausstattung für die Küche, einen Sack Holzkohle und ein, zwei Dutzend anderer Kleinigkeiten des »täglichen Bedarfs«.

»Lasst alles hinaufbringen. Es sind einige kleine Tische da, die Tür ist offen. Rechnet zusammen, und jetzt brauche ich einen guten, aber kostenlosen Rat.« Ich hob das Pferdegeschirr an. »Zwei Pferde für einen Wagen, wie ihn die Rômetsoldaten fahren. Welcher Händler hat die besten Mähren und betrügt am wenigsten?«

Jeder schien hier jeden zu kennen, sagte ich mir. Betrug sprach sich rasch herum, aber es war Brauch und Sitte, es zunächst einmal bei Fremden zu versuchen.

Peukostas zog den Kopf zwischen die Schultern wie ein fröstelnder Ibis, wiegte seinen stämmigen Körper hin und her und sagte, auf einen jungen Gehilfen deutend: »Er führt

Euch zu Argos. Sagt dem Gäuleschinder, Ihr kämt von mir – wie viel's hilft, weiß ich nicht.«

»Ich danke Euch, Vater der Genüsse. Pflegt eure schöne Stadt, in der frei gehandelt wird, wie ich weiß, der segensreichen Einrichtung eines Sklavenmarkts?«

»Leer gekauft«, sagte Peukostas lakonisch. »Erst wieder in einem Mond oder so.« Er bohrte seinem Helfer einen dicken, behaarten Zeigefinger in den Bauch. »Führe danach den Vater der Großzügigkeit zu Leukippa. Bei ihren Mädchen finden einsame Männer Trost. Mitunter verkauft sie Widerspenstige. Seht Euch dort um, Atlantos.«

»Auch dort werde ich mich umsehen«, versprach ich mit grimmigem Lächeln. »Gehen wir?«

Der Junge ging vor mir her, am Hafen vorbei, durch breiter werdende Straßen bis zum Rand der Stadt. Naukratis schien, wenigstens an den meisten Stellen ihres Umfangs, von einer mannshohen Mauer umschlossen zu sein. Ich sah mich um, merkte mir den Weg, prägte mir das Aussehen und die Farben der Fassaden ein und versuchte, die Stimmung aufzufangen, die zwischen den Mauern herrschte. Ein Trupp hellenischer Soldaten marschierte vorbei; ihre Waffen klirrten. Ich erblickte schwarzhäutige Frauen und Männer aus Kush, starrhaarige Bewohner der Kargen Küste, viele Rômet, zumeist Handwerker, und alle schienen ohne spürbare Feindschaft zusammenzuleben. Am Rand der Stadt begann es nach Rossäpfeln zu riechen. Durch eine breite Öffnung der Mauer sah ich große, eingezäunte Weiden, auf denen Pferde, Maulesel und Esel weideten. Der Führer zeigte auf ein langgestrecktes Gebäude, das in einem dreistöckigen Wohnhaus endete.

»Dort findest du Argos, Herr, wenn er nicht in den Ställen oder auf der Weide ist. Er ist mit dem Händler Peukostas verschwägert.«

»Warte hier«, sagte ich und grinste. »Wirst du mir beim Einschirren helfen? Mein Wagen steht am westlichen Tor.«

Er grinste zurück. »Eine feine Abwechslung von all dem Gemüse und Gewürze, Neb Atlantos. Bist du wirklich von Alashia? Wie ist es auf der Kupferinsel?«

»Ähnlich wie hier. Nur ziemlich anders. Später erzähl ich's euch.« Ich fing einen Knecht ab, der einen störrischen Schimmelhengst aus dem Stalltor brachte. »Der Besitzer edler Pferde will mir zwei Rösser verkaufen. Wo finde ich Argos den Reiter?«

»Im Stall! Gleich links, bei der Stute, die gerade ihr Fohlen wirft.«

Wir gingen ins Halbdunkel des Stalles hinein und fanden links, im kniehoch aufgeschütteten Stroh, das langbeinige Fohlen, das vor wenigen Atemzügen das Licht Tameris erblickt hatte. Vier Männer und Frauen kümmerte sich um die Stute und das Fohlen; ein Bärtiger mit kahlgeschorenem Kopf wusch sich die Unterarme und sah mich an, während er sie abtrocknete.

»Ich bin neu in Naukratis«, sagte ich. »Gevatter Peukostas schickt mich. Zwei edle Zugpferde wolltest du schon immer nur mir verkaufen, o Argos. Hast du solcherlei auf der Koppel?«

»Peukostas, soso. Pferde ohne Wagen? Verstehst du etwas von Zugpferden, Fremder ...?«

»Atlantos von Alashia. Zeig' sie mir, und dann prüfe ich sie. Hier oder auf der Weide?«

»Draußen. Komm.«

Wir folgten ihm durch die Maueröffnung. Auf dem Weg stieß er einige scharfe Pfiffe aus, worauf weitere Männer auftauchten und mit uns zu den etwa zwei Dutzend Pferden gingen, sie von den übrigen Tieren trennten und als kleine Herde entlang der Umzäunung trieben. Ich musterte jedes einzelne Tier genau, erfreute mich an den Bewegungen ihrer Läufe, studierte die Haltung der Köpfe und die Länge der Hälse. Insgesamt fünf Rappen, vier davon Wallache, schienen mir am besten geeignet zu sein. Ich bezeichnete sie und sagte: »Zeig' sie mir einzeln. Haltet sie fest; ein alter Reiter hat mich bestimmte Griffe gelehrt ... «

In Argos' Gesicht trat ein nachdenklicher Ausdruck. Seine Knechte fingen die Pferde ein und hielten sie am Strickhalfter. Ich lud meinem jungen Führer Zaumzeug und Geschirr auf die Schultern und bat ihn, es für mich zu halten. Der Hengst scheute, weil ihm mein Geruch oder mein weißes Haar nicht gefiel; ich schüttelte den Kopf und begann systematisch, einen Rappen nach dem anderen zu prüfen: Die Hufe, die Fesseln, verborgene Geschwüre und gefärbte Stellen im Fell, ich prüfte das Alter und den Zustand der Zähne, drehte mich um und wartete bei jedem Tier darauf, dass es mir zutraulich folgte. Mähnen und Schweife waren in gutem Zustand, die Nüstern trocken, die Ohren spielten lebhaft, und als ich mich mit einem Satz auf den Rücken des besten Rappen schwang und zweimal die Weide umrundete, nur mit Griff in die Mähne, Zuruf und Schenkeldruck lenkend, wusste ich Bescheid.

»Du und ich, o Argos, wir wissen es. Ein feines Tier. Verkauf's mir, ich zahle in Silber. Und jetzt das zweite ... «

Von den drei übrig gebliebenen Pferden gefiel mir der Rappe mit der Stirnblesse und dem linken, bis zum Gelenk weißen Vorderlauf. Ich ritt ihn auf die gleiche Weise. Als ich beide Tiere am Halfter festhielt, begannen sie an meinen Schultern zu knabbern und bliesen mein Haar durcheinander.

Ich versuchte den Händler zu trösten: »Erschrick nicht. Ich lernte, was ich kann, von meisterlichen Reitern und Pferdezüchtern. Ich nehme die beiden, wenn du sie mir gibst – nenn deinen Preis. Wohlgemerkt: in Silber«

Silber, *Hedsch,* war in Tameri weitaus seltener und daher teurer als *Nub,* Gold. Vierzig Deben Silber kostete ein ausgebildetes, hübsches Sklavenmädchen. Ein Zugpferd sollte ungefähr gleich viel kosten.

Argos' Blicke gingen zwischen den Pferden und mir hin und her und, schließlich sagte er: »Hundertzwölf Deben Silber für beide. Das ist wohlfeil, da bald die Überschwemmung kommt und ich die Tiere, die niemand brauchen kann, durchfüttern muss.«

Ein Deben wog einundneunzig arkonidische Gramm. Also verlangte er fast ein Pfund Silber. Mir gefielen die Tiere, ich brauchte sie, und ich wollte nicht lange feilschen. Wir einigten uns nach einer halben Stunde auf fünfundneunzig Deben. Argos' Handschlag bewies, dass er sicher war, ein gutes Geschäft gemacht zu haben. Der Junge und ich führten die Pferde zum Haus, wo Argos das Silber wog, dann zäumte ich die Tiere, stieg auf den Pferderücken, lud das schwere Leder vor mich auf das schäbige Reitfell und zog den Jungen in die Höhe. Wir trabten durch die halbe Stadt bis zum Tor, fanden den Wagen und schirrten die Tiere an. Zuerst weigerte sich der Rappe ohne Blesse, rechts eingeschirrt zu werden, aber als er links im Geschirr stand, gehorchte er so, wie ich es brauchte.

Ich bedankte mich bei 'Tigonos, lud ihn noch einmal ein und fuhr zum Versteck meiner übrigen Ausrüstung. Wir gruben sie aus, beluden den Wagen, schnallten den Rest auf den Pferderücken fest und fuhren zurück zum Hafenplatz. Für wenige Kupferstreifen schleppten freie Träger alles in meine Wohnung. Ich ließ das auffallende Gespann und den nicht weniger stattlichen Wagen vor Peukostas' Geschäft stehen, drückte dem Jungen einige Stücke Silber in die Hand und entschuldigte mich beim Händler, dass ich ihm die Arbeitskraft des Jungen so lange entzogen hatte. Ich bezahlte die bestellten Waren, und als ich die Wohnung betrat, sah ich, dass alles schon geliefert worden war. Dann erst rief ich die Hunde, die sich gehorsam am Eingang als aufmerksame Wächter hinlegten.

Nun brauchte ich nur noch einen großen Arbeitstisch, zwei Dutzend Öllampen, Ruhe zum Nachdenken und eine geschickte, ehrliche Frau, die meine Wohnung versorgte und mir, wo es nötig war, half. Und die nicht jedes Mal, wenn sie glaubte, wundersame Dinge zu erleben, in Schreckstarre fiel und die Götter anrief. Ich hatte nicht die Absicht, mich zwischen den Frauen in Leukippas Freudenhaus umzusehen. Zunächst suchte ich mir ein einfaches, aber schmackhafter Essen aus Peukostas' Lieferung zusammen – Brot, Öl, Oliven, Käse, Gazellenbraten, verschiedene Soßen, Datteln –, versuchte seinen Wein und fand ihn trinkbar, machte meinen Schlafraum mit Decken, Tüchern, getarnten Lampen und einigen Shafadublättern an der Wand – hier nannte man sie Papyros – wohnlich und ging wieder hinunter. Nach zwei Dutzend Fragen hatte ich einen Stall für die Pferde gefunden, wo sie Wasser und Futter bekamen und ich den Wagen unterstellen konnte, fütterte sie mit Ricos Spezial-Gesundheits-Riegeln und bezahlte für fünfzehn Tage. Am Abend saß ich mit 'Tigonos in der Schänke und ließ mir berichten, welche Bedeutung Naukratis für den Handel mit Tameri und warum so viele hellenische Söldner im Heer des Ah'mes kämpften. Seit fünfundzwanzig Jahren war Naukratis »Stadt des freien Handels«.

Wir redeten und tranken viel, und er versprach, mir morgen Korinna zu schicken, Halbgriechin, eine junge Witwe, die angeblich keinen Mann mehr wollte.

»Glaub' mir«, versprach er mit schwerer Zunge. »Du wirst nicht erschrecken. Sie kann sogar schreiben und lesen.«

»Glaub' mir«, antwortete ich und leerte den Becher. »Ich bin nicht leicht zu erschrecken.«

Er verschwand schwankend im Dunklen. Ich wanderte langsam zum Hafenplatz, stieg in meine Wohnung hinauf und benutzte später den Badeteich im Garten, unter dem großen Baum. Die Nacht war voll quakender Frösche, zirpender Grillen und lautloser Fledermäuse. Ich las, was Rico über die Bedeutung dieser Stadt zusammengestellt hatte:

Ein Zehntel des Wertes aller Handelswaren zog der rômetische »Zoll« von den Handelsherren ein, und von allen Umsätzen, die Gewerbetreibende erwirtschafteten, selbst von den Dirnen. Die Hellenen, genauer acht hellenische Städte, hatten einen Gemeinschaftstempel errichtet, das Hellenion, dazu gab es im Stadtteil der Rômet Tempel für Thot und Amûn. Aber überall dort, wo Schiffe anlegten, in den Läden, Schänken, den vielen Werkstätten, lebten die Menschen ohne großen Ärger miteinander. Drachmen-Münzen und Obolen dienten den Fremden als Zahlungsmittel, aber es wurde auch in Silber und Gold umgerechnet. Das Völkergemisch, fast ein Völkergewirr, war in Naukratis kleiner als in Kanopos, das an der Mündung des Hapiarms lag. Dort lebten fast ein Dutzend verschiedener Volksgruppen miteinander.

Ich überdachte den Einfluss dieser Eigenarten auf mich selbst, führte ein kurzes Gespräch mit Rico und schlief tief und traumlos.

Nach einem kurzen Imbiss – der große Handelskapitän kochte seinen Sud in der unzureichend ausgestatteten Küche selbst! – schnallte ich den Dolchgurt und den Projektor des Deflektorfeldes um und begann, von Anub und Nubis begleitet, einen Rundgang auf dem Hafenplatz. Nach zwei

Dutzend Schritten hielt mich ein würdevoll aussehender Rômet auf, dem ein Schreiber folgte.

»Ich bin Djet-Iset, Oberster Vertreter der Ahmose-za-Neith und Wahibre, o Fremder. Dies sind der *Vorsteher der Torwache* und der *Vorsteher der Türen der Fremdländer*. Mir obliegt es, dem Gottesherrscher Namen und Bedeutung jener Ankömmlinge zu nennen, die in unser Land einreisen.« Er musste den Kopf in den Nacken legen. Der Schreiber kaute auf dem Ende seines Griffels.

Ich nickte, bedeutete den Hunden, sich niederzukauern, und antwortete ebenso höflich, nannte meinen Namen und fuhr fort: »Ich habe hier eine Wohnung gemietet und werde in wenigen Tagen nach Men-nefer fahren. Pharao Ah'mes – die Götter bescheren ihm weiterhin machtvolle Gesundheit! – verlangt nach mir, um die Wahrheit der Sage vom Hellen Volk zu beweisen ... oder deren Gegenteil.«

Mit einer Geste befahl Djet-Iset dem Schreiber, das Gesagte niederzuschreiben. Ich hatte mich mit Bedacht so ausstaffiert, dass das kennzeichnende Merkmale beider Kulturen schon auf den ersten Blick an der Kleidung zu erkennen waren.

»Du brauchst keinen Wegekundigen für die Reise zur Waage beider Lande?«

»In früheren Jahren habe ich die Dammstraßen ebenso befahren wie den Hapi, o Djet-Iset. Ich kenne die meisten Wege in Tameri.«

»Du bist Hellene ... oder Rômet, was zu glauben mir nicht leichtfällt?«

»Großvater war Athener, Großmutter Rôme, Mutter Rôme und Vater, der kurz nach meiner Geburt reich starb, war Handelsherr auf Ketiu. Zufrieden?«

»Ich danke für deine Geduld. Die Götter mögen deine Reise segensreich begleiten.« Er verbeugte sich wieder, winkte dem Schreiber und entfernte sich gemessenen Schrittes in

Richtung auf das Schiff, das, inzwischen seiner Ladung erleichtert, hoch im Wasser lag.

Der Extrasinn bemerkte säuerlich: *Nun bist du auch offiziell geduldeter Reisender in deinem geliebten Tameri. Geduldet, nicht ersehnt!*

»Noch nicht ersehnt«, knurrte ich und grinste. »Noch nicht, aber bald.«

Im Lauf des Vormittags fand ich in der Werkstatt eines Tischlers eine Arbeitsplatte von genügend großen Ausmaßen, Böcke für diese Platte, einige Scherenstühle und Hocker, kaufte Stoff für Vorhänge und zwei große Teppiche – ich hatte vor, später mit diesen Kunstwerken meine Räume im Tiefseeversteck zu dekorieren, als Teile meines kleinen »Museums« – und andere Erzeugnisse beider Kulturen. Anub begleitete die Träger, die alles in meine Wohnung brachten, und kontrollierte mit glimmenden Sehlinsen und gebleckten Gebiss, einer tödlichen hydraulischen Baugruppe, deren Arbeit.

Horus und eine Spionsonde Ricos schwebten zwischen Men-nefer hin und her und lieferten ständig neue Informationen für meine Karten. Der Palast samt aller Nebenbauten in der Stadt der »Weißen Mauer« war vom Robotfalken erkundet worden. Ich fühlte mich nicht wohl, wenn ich nicht genügend vorbereitet war. Ich sah nach meinen Pferden: Für meine Goldkörner zeigte der Besitzer des Stalls ehrliche Bemühungen. Ich besuchte ihn gerade in einer Stunde, während der er, fröhlich summend und pfeifend, den Rappen mit der Blesse fütterte und in einem Wasserbecken putzte und striegelte und Mähne und Schweif mit öligen Bürsten bearbeitete.

Einer plötzlichen Eingebung folgend, fragte ich mich zum Haus eines Haarschneiders und Badbetreibers durch, ließ mir die Einrichtung und die Arbeiterinnen zeigen und wartete dann in meiner Wohnung auf Korinna. Vielleicht brauchte ich eines Tages in Naukratis Helfer, Mitstreiter oder Freunde – hierfür ein Fundament zu legen, kostete mich nur wenig Mühe, Silber und Gold aus der unscheinbaren Truhe, die auf der Arbeitsplatte stand und deren winziges Antigravelement abgeschaltet war.

In einer Enklave, zudem noch mehr symbolisch als nachhaltig ummauert, galten andere Lebensbedingungen als in einem Land, das drei Jahrtausende alten Traditionen und der schicksalhaften Vier-Monde-Abfolge von Achet, Peret und Schemu, der Überschwemmung, der Aussaat und des Wachsens und der Ernte. Korinnas Eltern hatten wahrscheinlich in Naukratis zueinander gefunden; sie war größer als eine Rôme, schlank und wohlgerundet wie eine Festlandshellenin, hatte schwarzes Haar und graue Augen. Als sie die Hunde sah, blieb sie stehen und wagte sich erst weiter, als Nubis und Anub ihr schwanzwedelnd die wohlgerundeten Knie ableckten.

»Herr, Neb Atlantos? Mich schickt 'Tigonos. Er sagt, Ihr habt Arbeit für mich, die mir nicht das Rückgrat bricht.«

Ich füllte Wein in zwei Becher und deutete auf den Stuhl, der meinem Sitz gegenüber vor der Arbeitsplatte stand. Vorsichtig setzte sie barfuß Schritt um Schritt auf dem dicken Teppich, auf dem die Möbel standen. Ich wartete, bis sie verlegen in den weißen Schaffellen saß, sich neugierig umsah und unsicher den Becher entgegennahm.

»Ich bin Atlantos. Du bist pünktlich, meine Schöne«, sagte ich und hob einladend den Becher. »Deine Blicke verraten, dass du hier viele dringende Arbeiten gesehen hast; Dinge, die fehlen, andere, die möglicher Schönheit entbehren. Ich liebe es, mich mit Schönheit zu umgeben. Dafür hab' ich hart und lange geschuftet. Ich brauche eine Vertraute, die mir bei Folgendem hilft ... der Wein ist nicht vergiftet!«

Sie trank und rang sich ein unsichres Lächeln ab. Ich begann an den Fingern abzuzählen, was ich mir vorstellte. Immer wieder nickte sie und sagte leise, sie könne es, und wenn nicht, habe sie geschickte Helferinnen.

Nach einer Stunde, in der Nubis seinen Kopf in ihren Schoß legte und sie den Robothund streichelte, in der ich jede ihrer Bewegungen studierte, schloss ich und sagte: »Du wirst hier wohnen. Richte dir das Zimmer ein, von dem aus du den Baum zwischen den Teichbecken siehst. Wenn du eigene Möbel mitbringen willst: Tu dies. Wenn ich dir vertraue und ich im Land umherfahre, wohnst du allein. Du erhältst ausreichenden Lohn, verwaltest einen Teil meines Geldes, kümmerst dich um alles. Um alles! Komme ich nicht wieder, behältst du das Wohnrecht. Einverstanden?«

»Ja, Neb Atlantos. Euer ... dein Vertrauen ehrt mich.«

»Küche einrichten, einkaufen, einfache Gerichte kochen, Vorhänge an allen Fenstern. Bilder an die Wände malen lassen, die wichtigsten Gerüchte in der Stadt auffangen und mir berichten, den Badeteich reinigen lassen, die Ausgaben aufschreiben, nicht zögern, mich wegen Kleinigkeiten zu fragen, und bevor wir stolz in meinem Wagen umherfahren, ist noch Anderes zu erledigen. Willst du?«

Ihre Entschlossenheit stammte offensichtlich von hellenischen Vorfahren. Sie nickte, nahm einen kräftigen Schluck und sagte atemlos: »Ich will, Neb ... Atlantos. Wann soll ich meinen Dienst antreten?«

»Wenn dein Becher leer ist. Noch einen?«

Sie zuckte zusammen, blickte in den Becher und schüttelte den Kopf. Dann lächelte sie, schon viel selbstbewusster, und antwortete: »Nicht schon um Mittag. Ich hab' viel Arbeit vor mir.«

Ich begann herzhaft zu lachen, lehnte mich zurück und betrachtete meine neue Verbündete. Die Wahrscheinlichkeit, dass ich mich täuschte, war gering.

Ich nahm mit den Fingerspitzen aus einer Tonschale einige Goldkörner, schob sie auf dem Papyros über den Tisch und sagte: »Zahle deine Helferinnen gut. Sie müssen sauber arbeiten, denn nur eine saubere Arbeit ist eine gute Arbeit. Ich übe mit meinem Gespann bis zum Abend. Nubis wird dich begleiten, ich nehme Anub mit. Nubis, komm her!«

Der Robothund kam um den Tisch herum. Ich streichelte seinen Kopf und drückte den Schalter hinter seinem Unterkiefer. Er hob den Kopf und starrte mich aus goldfarbenen Linsen an. Ich erklärte ihm: »Das ist Korinna. Begleite sie. Programmierung Schutzgott. Gib Laut, wenn du bestätigst.«

Er bellte kurz. Jetzt war er mit Anub und Horus zusammengeschaltet und würde mich durch einen Rufimpuls warnen, der den Alarm meines Armbands auslöste und gleichzeitig die Spionsonde aktivierte. Ricos Werkstatt und arkonidische Flottentechnik im Mikroformat! Nubis trottete zurück zu Korinna und nahm neben ihr Platz.

Sie deutete auf die Stoffballen, sah mich fragend an und sagte: »Zuerst die Vorhänge, Atlantos? Sie dauern am längsten.«

»Stoff, Borten, Garn sind dort, die Stangen liegen neben dem Eingang. Du bestimmst.«

»Wenn du abends zurückkommst, wirst du ein Dutzend Näherinnen vertreiben müssen, Neb.«

»Sei's drum. Nur der Erfolg zählt. Alle schweren Dinge – lasse andere für dich arbeiten. Schreib auf, was sie bekommen haben.«

»Du ... fürchtest du nicht, dass ich dich betrüge?«

»Der Gedanke ist mir nicht gekommen«, sagte ich und hörte zu lächeln auf. »Hauptmann Tigonos würde dich finden und seinen Ärger an dir auslassen.«

Sie lächelte tapfer. »Er und du, ihr werdet eure Freude haben.«

Ich nickte ihr zu, rüstete mich aus und ging zum Mietstall. Der Knecht und ich schirrten die Pferde ein, und ich verbrachte sechs Stunden damit, den Wagen, das Geschirr und die Pferde außerhalb der Stadtmauer auf guten und schlechten Dammstraßen allen denkbaren Prüfungen zu unterwerfen. *Es ist ein schönes Gefühl,* sagte ich mir, müde und zufrieden, *auch für einen Gonozal-Nachkommen und Kristallprinzen, alles richtig gemacht zu haben – inmitten einer barbarischen Zivilisation.*

Peukostas saß in der Abendsonne vor seinem Geschäft, trank Henket aus einem hölzernen Humpen und schüttelte missbilligend den Kopf, als ich ihn grüßte. Aber immerhin wurde er von der Anrede her zutraulicher.

»Der Lärm, Herr der Dielen über meinem Kopf, hat mich vor einem erholsamen Mittagsschlaf bewahrt. Die halbe Stadt ist bei dir zu Gast? Feiern sie dionysische Feste, während du arme Pferde schindest?«

»Es sind nur alle Handwerker von Naukratis oben«, antwortete ich mit breitem Grinsen. »Um mich zu entsühnen, bitte ich dich, zwei große Krüge von deinem besten Keftiuwein hinaufschaffen zu lassen. Sonst bleiben sie noch über Nacht.«

»Deine Bestellung entschädigt für nicht erlebte Albträume«, erwiderte er und stand ächzend auf. Er blinzelte in den rötlichen Sonnenstrahlen. »Zahlst du gleich, oder ...?«

»Oder«, sagte ich und eilte dem Hund hinterher zur Treppe. Ich hörte ihn noch sagen: »Also anschreiben. Dein Palast wird teuer, Wagenlenker.«

Die Zimmer wimmelten von Frauen und Handwerkern. Zuerst beachtete mich niemand. Ich sah, langsam von Zimmer zu Zimmer gehend, dass die Mehrzahl der Vorhangstangen eingemauert, viele Bilder-Entwürfe an den Wänden skizziert und etliche neue Truhen, die intensiv nach bearbeitetem Holz dufteten, aufgestellt waren. Frauen wickelten abgemessene und passend zerschnittene Stoffbahnen auf, hantierten kichernd mit Messern und Nadeln, Anub und Nubis pirschten knurrend durch das Chaos, Korinna schien an vier Stellen gleichzeitig zu sein; ihr Zimmer war eingerichtet.

Ich stemmte die Fäuste in die Seiten und brüllte: »Korinna! Schluss für heute!«

Sie kam aus meinem Schlafraum gerannt und wirkte halb stolz, halb schuldbewusst.

Ich rief in gespieltem Zorn: »Der Wirt bringt Wein! Für jeden einen großen Becher, und dann will ich die Tür hinter euch schließen!«

In Wirklichkeit war ich ehrlich gerührt. Korinna hatte mehr getan und vorbereitet, als ich selbst hätte tun können. Wenn die Menschenmassen draußen waren, sah die Wohnung wie ein reparaturbedürftiges Kleinod aus. Der Wein kam, Peukostas half beim Ausschenken, es fehlten Becher, die sein Helfer aus dem Geschäft holte.

Als jeder seinen Trunk hatte, sagte ich laut: »Gute Arbeit! Ich bin sehr zufrieden. Vor morgen Mittag wollen wir nicht gestört werden. Ein Wohl auf eure Arbeit; Korinna zahlt jeden aus, der morgen hier nichts mehr zu tun hat. Die Rômetgötter und Hephaistos segnen euch. Dionysos sei der Abschiedstrunk geweiht! Und dann – raus!«

Korinna setzte sich in meinen Sessel, zählte mit spitzen Fingern Goldkörner ab und schrieb mit meinem Arkon-Griffel auf ein falsches Shafadublatt Namen und Summen. Einer nach dem anderen trank, verbeugte sich und verließ die Wohnung. Zuletzt die Frauen mit den Stoffen der zukünftigen Vorhänge. Peukostas leerte kopfschüttelnd seinen Becher, nickte mir zu und schloss als Allerletzter nachdrücklich die Tür. Ich bemerkte, dass ich nach Pferdeschweiß und dem Staub der Dammwege roch.

Als brächte sie eine Entschuldigung vor, sagte Korinna leise: »Ich hab' getan, was ich konnte. Zufrieden, Atlantos?«

»Mehr als zufrieden.« Die Vorzeichnungen an zwei Wänden des Arbeitszimmers erinnerten mich an den Schwung, mit dem Daidaloos im Palast des Minos seine Entwürfe ausgeführt hatte. »Dich haben mir die Götter geschickt, o Korinna, welche auch immer. Um einen Dienst bitte ich dich noch: Drüben, am kleinen Tisch, den du in weiser Voraussicht gekauft hast, werden wir gemeinsam essen und müde miteinander reden.«

»Das ist kein Dienst, Atlantos«, antwortete sie. Auch sie schwitzte und war voller Farbspritzer und anderem Schmutz. »Es ist eine Freude. Nun sind auch Salz, Honig, besserer Käse und Brot vom Nachmittag in der Küche.«

»Hast du nachgesehen?« Ich hatte tatsächlich Salz und Honig zu kaufen vergessen. »Kann man sich im Teich waschen, ohne im Schlamm zu ersticken?«

Wieder lächelte sie und sagte auf dem Weg zur Küche: »Der Schlamm düngt jetzt das Gras und die Büsche, die Frösche sind vertrieben, und der Heilige Teich ist mit frischem Wasser leider nur halb gefüllt.«

Ich war sprachlos, fand in einer neuen Truhe meine Ersatzkleidung, von fraulicher Hand zusammengelegt und mit duftender Minze und anderen Kräutern versehen. Ich nahm Reinigungsbalsam, eine Bürste und Tücher und badete genussvoll während des letzten Tageslichts. Als ich mit einem dünnen Hemd, einem rômetischen Schurz und Sandalen zurückkam, begann ich Öllampen anzuzünden, schaltete getarnte Leuchtkörper ein und schloss die Läden. Zuletzt aktivierte ich einen unscheinbaren Würfel, aus dessen Lautsprechern leise Rômetmusik durch die Wohnung flutete.

Im Tonfall eines Erzählers erläuterte ich, während ich Kerzen entzündete und wir am reich gedeckten Tisch Platz nahmen: »Auf Alashia lernte ich einen Feinschmied kennen, der zu den Göttern ein inniges Verhältnis pflog. Bald besaß er die Gabe, verschiedene Dinge in andere, unscheinbare Gegenstände zu versenken. Er versteckte Harfenmusik in steinerne Würfel, strahlendes Licht in dünne Stäbe aus Bronze und schmiedete andere Wunderlichkeiten. Die eine oder andere habe ich ihm abgekauft. Erschrick also nicht; für alles gibt es Erklärungen.«

Während sie Schinkenstreifen um ein Stück Käse wickelte, in gehackte Nüsse tauchte und eine von Peukostas' Soßen darüber träufelte, überlegte sie und antwortete undeutlich: »Du bist so fremd und dennoch vertraut. Als ob ich dich schon lange kennte.« Überrascht registrierte ich ihre sorgfältig gewählten Worte. »Du erschreckst mich nicht, Atlantos. Aber ich bin nur eine arme, dumme Witwe und kann vielleicht besser arbeiten als andere.«

»Wahrscheinlich kannst du viel mehr, weißt es aber nicht«, antwortete ich. »Der Sud, den du gekocht hast, zum Beispiel, ist köstlich wie Ambrosia, die Götterspeise.«

»Du schmeichelst«, antwortete sie. Ihr Lächeln zeigte, dass sie nicht nur noch alle Zähne besaß, sondern sie auch pflegte. »Allerdings: Auch mein Mann hat ihn gelobt. Man braucht bestimmte Kräuter, und sie dürfen nicht mitkochen, und nicht jeder Honig süßt den Sud richtig. Das ist wie mit dem Henket, in dem sich alle Früchte und Schlimmeres dieses Landes wiederfinden. Oder mit manchem Irep ... Wein. Sorgfalt beim Herstellen, Mischen, Aufbewahren lohnt sich.«

»Lehrte dich dein Mann.« Ich stimmte nickend zu. »Erzähl mir von ihm.«

»Muss ich? Willst du vom Elend hören?«

»Du musst nicht«, sagte ich. »Ich dachte, wenn ich dir mir all dem hier vertraue, erfahre ich ein wenig mehr über dich. Von dir über dich, nicht von Anderen.«

Sie zuckte mit den Schultern. Wir aßen ruhig weiter. Dann, unvermittelt, sagte sie einige Sätze von jener furchtbaren Einfachheit; wie jene Epitheta, Worte, die sich bisweilen an uralten Stellen in Stein gemeißelt wiederfanden.

»Er war Anführer, kämpfte für Ah'mes. Die Tjehenu fassten ihn, marterten ihn und schnitten sein Gemächt ab. Bis er nach fünf Nächten starb, weinte er ohne Unterbrechung. Nicht ob des Verlusts, sondern deswegen, weil er mir keine leidenschaftlichen Freuden mehr bereiten konnte.« Sie schluckte. »Seither sind Männer für mich wie Schatten an der Wand.«

Wir starrten einander an. Sie hielt meinen Blick aus, ihre Finger flatterten. Sie warf den Weinbecher um. Dann begann sie zu weinen, mit gesenktem Kopf, lautlos und mit einem Tränenstrom, der ihren dünnen Kittel durchnässte. Schließlich sprang sie auf und rannte in ihr Zimmer; ihre blanken Sohlen klatschten auf den Fliesen. Ich zwang mich, das Mahl zu beenden, räumte den Tisch ab und ließ, nach kurzer Überlegung, den Musikwürfel eingeschaltet.

Im Licht der vielen Lampen breitete ich die Karten auf der Tischplatte aus, klappte den Deckel einer Truhe auf und betrachtete, um mich abzulenken, die Bilder, die Horus aufgefangen hatte. Wirklichkeit und Erinnerungen hatten die scheinbare Heiterkeit des Tages erschlagen wie eine stürzende Mauer; tausend solcher Schicksale vollzogen sich jeden Tag, und welche Wirklichkeit, bei Rê-Harachte, Sachmet, Zeus und all den anderen verbarg sich hinter den Worten jener dubiosen Prophezeiung? Ich hörte, am Rand meiner Aufmerksamkeit, wie Korinna die Wohnung verließ, um im Teich zu baden, aber nicht, wie sie zurückkam. Nur Nubis stieß ein leises Willkommensheulen aus.

Weit nach Mittnacht schienen alle selbstgestellten Fragen beantwortet. Der unermüdlich kreisende Falke, der sich sichtbar und unsichtbar auch auf Säulen, Dächern, Simsen und im Geäst niederließ, meist zum Schrecken von Taubenschwärmen, und Ricos Sonden hatten Bilder und akustische Informationen geliefert; ich hatte sie sinnvoll zusammengefügt.

Das Hapihochwasser näherte sich. Am ersten Katarakt auf der Strominsel Jeb oder Ta-Seti, inzwischen in »Elephantine« umgetauft, lasen Schiffer und Priester eine Höhe von zwanzig Ellen ab. Der Wasserspiegel in vielen Brunnen von Tempeln, die stromabwärts lagen, stieg langsam. Das gesamte Land befand sich in freudiger Aufregung und dankte den Göttern. Ich fuhr also, wenn ich nach Men-nefer reiste, dem steigenden Schlammwasser entgegen.

Pharao Ah'mes, Oberster Anführer des Heeres, durch eine Rebellion gegen seinen Vorgänger *Apriës* oder Wahibre, »mit beständigem Willen«, zur Macht gelangt, konnte die Truppen Babylis aus Tameri vertreiben. Sein Palast in Saïs war kleiner als der zu Men-nefer, aber ebenso schön und – leer: Ah'mes residierte in der prächtigen Stadt, unweit derer sich der Hapi in sieben Arme gabelte. Mit Ladike hatte er einen Sohn: Imotep-za-Neith. Tanet-Cheta gebar ihm Psammetich den Dritten, Nitokris die Zweite und den Jüngsten, Herasis. Der Erstgeborene Imotep zählte etwa fünfundzwanzig Sommer, Psammetich war sechs Jahre jünger. Und da war Nitetis, die Ziehtochter des Gottesherrschers, die Anführer Ka-Nachtmin zwischen der menschlichen Beute vor zwei Jahrzehnten gefunden und nach Saïs-Sa'u zu Ah'mes gebracht hatte. Sie war, wie die wenigen Bilder bewiesen, zu einer exotischen Schönheit herangewachsen, der geheime Liebling des Palasts, und wurde vom Pharao offensichtlich so gut wie nie dem Volk gezeigt. Horus hatte Gerüchte aufgefangen: Wenn Anch-nes-nefer-ib-Ra starb, würde Nitetis als Gottesgemahlin des Amûn in Men-nefers Tempeln herrschen. Der Tradition entsprechend, hätte diese Rolle eher Nitokris zugestanden – also mussten die Fähigkeiten der Nitetis ganz besondere sein.

Ich beendete meine Aufzeichnungen, desaktivierte das Holo und klappte die Truhe zu. Ich fand, bis die Heerscharen der Handwerker wieder über die Wohnung hereinbrachen, einige Stunden ungestörten Schlafs.

Nach drei Tagen war die letzte Farbe an den Wänden trocken. Heitere Bilder in ungebrochenen Farben – spielende Delfine, verschiedene Bäume, Vögel, hellenische und rômetische Motive, Gestalten musizierender Mädchen, Jagdszenen aus den Schilffeldern – schmückten die Zimmer. Men-nefer war nicht mehr als zwei Tage schneller Fahrt entfernt; ich würde die Wohnung wohl häufig nutzen können. Flechtteppiche aus weichem, gefärbten Stroh bedeckten den Boden nicht nur in Korinnas Kammer. Aus der Küche drangen jene Gerüche, die auch anspruchsvolle Hungrige entzückten. Korinna brachte zwei große Schalen einer ihrer wohlriechenden Suppen, und ich betrachtete sie im Mittagslicht genauer als an den Tagen zuvor.

»Ich sehe an deinem versteckten Lächeln, o beste Korinna von allen«, begann ich vorsichtig, »dass dir die Wohnung gefällt. Ist es so?«

»Es ist die schönste, die ich je gesehen habe. Der Palast in Saïs kann nicht schöner sein.«

»Nur unwesentlich«, antwortete ich lachend. »Vertraust du mir noch immer?«

»Ich vertraue dir, Atlantos, ebenso, wie du mir vertraust.«

»Dann ist das Vertrauen schier grenzenlos.« Ich löffelte die Schale leer und wischte den Rest mit Brotstückchen aus.

»Wir werden jetzt zum Gespann gehen. Du hilfst mir beim Einschirren, dann fahren wir ohne Ziel durch das Land, und am frühen Nachmittag erhältst du meinen Dank für deine Hilfe. Ein kleines Geschenk nur ... «

»Du hast mich schon mehr als reich beschenkt, Neb ... und ich kann dir Gerüchte über das Helle Volk erzählen. «

»Später. Mitunter bin ich ein gutherziger Greis«, sagte ich und machte ein geheimnisvolles Gesicht. »Nimm einen Krug mit kaltem Sud mit, einen von meinen, die nie zerbrechen. Nubis bewacht die Wohnung, Anub kommt mit uns.«

»Du willst mir nicht sagen, welches Geschenk ... ?«

»Noch nicht.« Ich grinste. »Ich will dein Erschrecken genießen.«

Wir spazierten über den Hafenplatz durch die Stadt, deren Straßen und Plätze sich am späten Morgen mit Bauern, Händlern und Käufern füllten, mit Fremden und Einheimischen. Zwei Meeresschiffe legten an und wurden entladen, ein drittes nahm Waren auf. Ich zeigte Korinna die einfachen Griffe, mit denen die »großen schwarzen Pferde-Bestien«, die sie zunächst erschreckten, gezäumt und eingeschirrt wurden. Den Krug und die Becher steckten wir in den Lederbeutel im Wagenkorb zum kleinen Futtervorrat; ich zog Korinna herauf, und dann fuhren wir durchs Stadttor, grüßten 'Tigonos und, als wir auf der breiten Dammstraße waren, begannen die ausgeruhten Pferde zu traben.

Seit Urzeiten wehte Nordwind, mit wechselnder Regelmäßigkeit und Stärke, vom Großen Grünen entlang des Stroms nach Süden. Ich kannte ihn seit Tausenden von Jahren. Korinnas langes Haar flatterte wie ein schwarzer Wimpel, wie die Mähnen der Rappen. In langen Abständen, wenn die Straße leer war, ließ ich das Gespann galoppieren. Sonnenspiegelungen blitzten von den Speichen der großen Räder. Je länger wir an staubdürren Äckern, abgeweideten

Flächen und raschelnden Schilfsäumen entlangfuhren, unter schneeweißen Wolken im meeresblauen Himmel und einem bleichen Mond darinnen, desto häufiger breitete sich ein verschwiegenes Lächeln auf Korinnas Gesicht aus, ein unbeabsichtigter Ausdruck, der die wahre Schönheit einer Frau zeigte, die sich unbeobachtet fühlte. Ich freute mich darüber, mit so wenig Mühe so viel Freude hervorgerufen zu haben.

Das Wasser des Stroms hatte einen Tiefstand erreicht. Das gesamte Land wartete auf die Flut nahrhaften Schlamms. Einige Male begegneten uns andere Gespanne: Soldaten des Pharaos, die vielleicht unterwegs zur Grenze waren oder mit neuen Befehlen aus Men-nefer kamen. In einem schattigen Palmenhain, in dessen Mitte ein Sklave mit einem Ziehbrunnen Wasser in einen Trog schöpfte, soffen Schafe und Ziegen. Ich drängte die Rappen zwischen die mageren Tiere und ließ sie saufen, dann hielten wir am Rand des Wäldchens, genossen die Ruhe, sahen funkelnden Libellen und bunten Schmetterlingen zu und tranken kalten Sud.

Korinna fasste zusammen, was sie erfahren hatte. Es war nicht viel. Irgendwo im fernen Westen, »wo die Sonne aufging«, zwischen himmelhohen Bergen und mörderischer Brandung, lebte und darbte ein Volksstamm seit der Zeit, in der die Götter den Urhügel aufgetürmt hatten, um das Volk der Rômet vor den Urwassern zu retten. So hieß es. Sicher war in all dem Legendenhaften nur eines: Jener Hauptmann hatte Nitetis, die alle Merkmale dieses Volkes besaß, dem Ah'mes in die Arme gelegt, nachdem seine Männer deren Eltern erschlagen hatten. Demnach würde sie nicht einen Hauch der Erinnerung an das Helle Volk haben können.

»Diese Legenden sind nicht alt«, schloss Korinna. »Es gibt eine Prophezeiung, doch deren Inhalt ist nicht weit bekannt. Ich hörte allerdings, dass man im Umfeld des Pharaos mehr darüber wissen soll. Seit zwei Jahrzehnten kenne man dort den Rätselspruch.«

Sie zupfte scheu an einer meiner Haarsträhnen.

Ich grinste und erwiderte: »Dann werde ich wohl zum Pharao gelangen müssen. Es wird mir sicherlich gelingen.«

»Du bist der seltsamste Mann, den ich je kannte.«

»Und weil das so ist, trinken wir deinen feinen Sud aus und fahren zu deinem Geschenk. Zurück nach Naukratis.«

»Ich glaube«, sagte sie leise, als wir die Gebissstangen zwischen die Zähne der Rappen schoben, »ich fange an, mich vor dem Geschenk zu fürchten.«

»Ich schwöre bei Neith und Aphrodite – du wirst es überleben«, antwortete ich, packte die Überraschte um die Hüften und hob sie in den Wagenkorb.

Vor dem Haus des Haar- und Bartscherers, dem »Tempel der Schönheit«, hielt ich an, führte die halb widerstrebende Frau zur Besitzerin und verbeugte mich. Es war bezahlt, was ich bestellt hatte; eine nicht unbeträchtliche Summe. Ich sagte: »Wie ausgemacht und beschworen, o Olympias!«

»Wie beschworen und bezahlt.« Die füllige Schwarzhaarige, wie eine junge Frau geschminkt, nahm Korinnas Hand. »Komm, Kleine. Göttliche Wonnen warten auf dich.«

Sie zog sie durch die kleine Halle, an deren Wänden viele Silberspiegel glänzten. Korinna drehte sich um und warf mir einen hilfesuchenden Blick zu. Sie verhielt sich, als würde man sie zum Auspeitschen führen.

Ich rief ihr nach: »Nur Mut, Korinna! Abends hole ich dich wieder ab.«

Sie antwortete nicht. Ich brachte das Gespann, von dem staubbedeckten Slughi Anub begleitet, zum Mietstall, half beim Striegeln und Füttern, strich Salbe auf einige abgeschürfte Stellen der Felle und zog mich in den mittlerweile gefüllten Badeteich und daraufhin zu meinen Karten und zu einem langen Gespräch mit Rico zurück. Zuletzt entrollte ich eine große Spiegelfolie und klebte sie an die glatteste Wand, die ich finden konnte.

Ohne Eile brauchte ich ungefähr eine Viertelstunde zum Schönheitstempel. Die Stadt summte vor Geschäftigkeit. Auch die Bewohner Naukratis' kannten, wie es mir schien, nur die Erwartung der Hapiflut, denn auch die Schifffahrt wurde, trotz der unzähligen Binsenbündel-Markierungen im Strombett, etwa zwei Monde lang, stark erschwert. Ich musste in der Spiegelhalle kurze Zeit warten, dann brachte Olympias eine junge Schönheit, die ich zunächst fast nicht erkannte: Korinnas Aussehen hatte sich zu ihrem Vorteil verändert. Das Haupthaar glänzte dunkel, war so geschnitten und gekürzt worden, dass es Kopf, Hals und Schultern umschmeichelte. Jede Hautunreinheit schien verschwunden, die Brauen schwangen sich, sorgsam gezupft, in kühnen Bögen über die hellen Augen, die schmale Lidstriche umgaben, in den äußeren Augenwinkeln im Stil der Rômetfrauen verlängert. Der Hals schien länger geworden zu sein, die Haut schimmerte, die neue, helle Kleidung unterstrich ihre Schlankheit ebenso wie ihre Rundungen. Sie trug einfachen, aber meisterhaft ausgesuchten Schmuck und Stiefelchen aus Leinen mit Sohlen, die ihre Fersen hoben. Kleine Muschelschalen und weiße Kugeln schaukelten in den Ohrgehängen, als sie bloßen Arme ausbreitete und auf mich zukam.

»Ich hab's überlebt, Atlantos!«, rief sie und drehte sich vor einem Spiegel. Ihre Lippen schienen voller und roter, die Zähne viel weißer zu sein. An einer Kordel hing ein ledernes Täschchen an ihrer Schulter. »Aber jetzt darf ich mich nicht bewegen, sonst verliere ich meine neue Schönheit.«

»Wir haben Korinna gelehrt, wie sie nach Küchendampf, Herdfeuer und Bodenschrubben ihre Schönheit neu entfachen kann. Damit.« Olympias klopfte mit dem Zeigefinger auf die Tasche.

»Und meine alten Kleider hat sie verbrannt!« Korinna strahlte mich an. Olympias und ich wechselten einen langen Blick des Einverständnisses. Ich sagte: »Dank dir, Oberpriesterin der einst verborgenen Schönheit.« Und zu Korinna: »Erfreu dich. Du warst schon immer schön, aber niemand hat es dir gesagt und gezeigt, und nun weißt du's. Du sollst so bleiben, damit wir beide richtig ins Gerede der Stadt kommen. Kochst du trotzdem noch Sud für uns?«

Sie zögerte, mich zu umarmen, aber dann schob sie ihren Arm unter meinen, dankte Olympias und ließ sich von mir aus dem Haus ziehen, hinaus in die Dämmerung, in der die ersten Bewohner die Öllampen anzündeten.

Korinna schlief in ihrem Zimmer, die Tür war geschlossen. Die Hunde bewachten die Eingangstür. Spät nachts, nachdem ich Rico befohlen hatte, mit einer Spionsonde entlang der Kargen Küste zu suchen, wobei er mit sehr geringer Wahrscheinlichkeit auf etwas stoßen konnte, das die Prophezeiung ausgelöst hatte, schaltete ich meine Gerätschaften ab und ging in mein Schlafzimmer.

Nur eine Kerzenflamme brannte. Ich lag ausgestreckt, die Arme im Nacken, und dachte an allerlei: an Rico, der etwas von »Quersumme Fünfzehn« und den schläfrigen Anweisungen seines einzigen Gebieters gemurmelt hatte, an meine Fahrt und meine vermuteten Vorhaben in Men-nefer, an die aufkeimende Macht der Pârsa und Meder unter Kurusch, der seine Hände aus Nordosten nach dem reichen Tameri ausstrecken würde, an die mangelnde Beliebtheit der Griechen im Land und ihre besitzergreifende, arrogante Art, und zuletzt, vor dem Einschlafen, an die Genüsse einfacher und ausdauernder nächtlicher Leidenschaft, die ich nun, bei Neith und Hathor, lange genug entbehrt hatte.

Korinna anzurühren hatte ich mir verboten, denn Männer waren ihr wie Schatten an Wänden, und ich wollte kein Schattendasein führen. Atlan, der Schattenmann. Bezeichnenderweise schwieg der Extrasinn.

Etwas unterbrach mein Hineindämmern in den Schlaf. Eine Tür, nackte Sohlen, die Tür meines Schlafgemachs. *Korinna.* Sie kam herein, in eines meiner Tücher eingewickelt, jene weißen Tücher mit dem griechischen Alpha als Monogramm. In der Linken hielt sie eine kleine Amphore und zwei Becher. Schweigend kam sie an mein Lager, stellte Krug und Becher ab und löste den Knoten. Das Tuch glitt an ihr herunter, sie stieg aus dem gekräuselten Knäuel, nackt, wie aus dem Mutterschoß, nur fünfundzwanzig oder mehr Jahre schöner.

»Ein schöner Gast zur späten Stunde«, murmelte ich. Sie war hinreißend. Kerzenlicht und mannigfache Schatten modellierten ihren langbeinigen Körper, alle Rundungen und die Muskeln unter der Haut.

Schlagartig war ich hellwach. »Geht es um Schatten, Geschenke und Widergeschenke, oder nur um den ersten Trunk des neuen Tages?«

»Um Schatten«, antwortete sie. Ihre Stimme bebte. Sie füllte die Becher. »Meinen Schatten und einen weiten, nackten Satz, mit dem ich über ihn springe.«

»Wohlgetan.« Ich richtete mich auf und legte unter ihrem Haar meine Hand auf ihren Hals. »Dein Vertrauen zu mir sagt dir, dass du bekommst, was du willst. Was willst du?«

»Eine Liebesnacht, die du genießen magst oder nicht.«

»Nenn' mich Atlan«, sagte ich und zog sie an mich. »Wir werden sie genießen. Nicht nur deine Nacktheit macht dich einzigartig.«

Ihr Blick bohrte sich in meine Augen. Sie sah, wohl zum ersten Mal genau, die rötliche Färbung und den Zellaktivator an der dünnen Kette. Ihr Körper glühte, der erste, lange Kuss schmeckte nach Jahren erzwungener Einsamkeit, und dann zog sie mit einem Ruck meine Decke zur Seite und schob sich auf mich, ihr Knie zwischen meinen Schenkeln. Ihre Brüste, ein wenig zu groß für den schlanken Körper, pressten sich gegen meine Brust, der Aktivator zwängte sich in die schwellende Furche.

Korinna wand sich schwer atmend auf mir, ihre Finger und ihre Zunge waren gleichzeitig überall, und je länger unsere erste Umarmung dauerte, desto überströmender und fordernder wurde unsere Leidenschaft. Zuerst sprachen wir wenig, nur die Laute der Lust wurden von den Wandbildern aufgesogen. Nachdem die erste Welle warm und schäumend über uns zusammengebrochen war, lagen wir eine Weile nebeneinander.

Sie tauchte einen Finger in den Wein, ein Tropfen fiel auf meine Brust, und sie hob das goldene Ankhzeichen auf, in das das eiförmige Geschenk eingebettet war.

»Ich hab' gesehen, dass du das Amulett immer trägst, Tag und Nacht ... Atlan«, sagte sie und tastete mit der Zungenspitze nach dem roten Tropfen. »Es ist seltsam. Mitunter strafen die Götter mit Vergessen. Seit ich dir gegenüber gesessen habe, beim ersten Mal, hab' ich nicht an meinen Mann gedacht. Nur einmal, an jenem Abend.«

»Wenn wir nicht vergessen könnten«, antwortete ich und streichelte ihre Brust, »würde uns die Last des Erinnerns umbringen. Denk ein wenig daran, wenn ich nach Mennefer fahre. Du wirst allein sein mit der Erinnerung. Auch an diese Nacht.«

Sie nahm einen tiefen Schluck, lächelte ohne jeden Hintersinn und flüsterte: »Dann müssen wir dafür sorgen, dass das Erinnern stark und tief ist. Küss mich, Weißer Krieger, und schlag' deine Zähne in meine Schulter.«

»Mühsam und teuer ist sie mit duftendem Öl geknetet und gewalkt worden«, antwortete ich lachend. »Ich lass' sie unversehrt. Aber nur die Schulter.«

Wirf dich aufknirschend über sie, hatte mir Fartuloon, der altarkonidische Bauchaufschneider einmal geraten, vor einer Ewigkeit, in einem anderen Universum. Ich erinnerte mich mit innerlichem Gelächter daran und begann, ihre Brustspitzen zu küssen.

Jenseits der »rosenfingrigen Eos«, der Morgenröte, vereinigten wir uns zärtlich zum letzten Mal in dieser Nacht. Unausgesprochen wussten wir, dass wir diese leidenschaftlichen Stunden wiederholen würden. Morgen, in der Nacht danach, und kurz vor meiner Fahrt nach Men-nefer.

Fünf Tage später: Anub war bei Korinna geblieben; mein Befehl würde ihn binnen weniger Stunden nach Men-nefer rasen lassen. Begleitet von Horus und einer Sonde fuhr ich, den Wagenkorb voll mit meiner Ausrüstung, nach Süden. Und auch für Korinna war gesorgt. 'Tigonos, dreimal unser heiter trunkener Abendgast, hatte versprochen, sowohl sie als auch die eine oder andere Truhe mit Soldatengespannen zur »Waage beider Lande« schaffen zu lassen, wenn es Not tat. Mein selbstgewähltes Ziel war, den Pharao und seine wichtigsten »Tatji«, Berater und Vertrauten, kennenzulernen. Und mehr über jene vermaledeite Prophezeiung zu erfahren. Doch Ah'mes war nicht mein Freund, der alte »Ameni« Amenemhet. Ich würde es nicht leicht haben.

Aber jetzt genoss ich jeden Chen-nub der Fahrt, also alle vierhundert Schritte. Noch war die trockene Erde des fruchtbaren Dreiecks schwarz, noch gab es alles, weswegen ich dieses Land so liebte. Während ich an unzähligen Palmen, Tamarisken und Obstbäumen vorbeifuhr, an Schilfstreifen, die vor Leben barsten, an Siedlungen und einzelnen Häusern, im Wolkenschatten und unter heißem Himmel, an unzählbar vielen arbeitenden Menschen, säulenstarrenden Tempeln und dem gewaltigen Netzwerk von Kanälen, die sich, schmaler werdend, verzweigten und abermals verzweigten, an durstigen Rinderherden, an Schafen und Ziegen, geduckt unter den Ketten der Wasservögel, auf Dämmen, die während der Überflutung ein zweites Netzwerk bilden würden, strömten die Erinnerungen auf mich ein – sie begannen mit Beha-ti und den Säulen der Ewigkeit, die längst im Grundwasser versunken sein mochten. Und sie endeten mit Asyrta-Marayes letzter Ruhestätte im goldenen Sand, abseits des Hapiufers.

Ruhig trabten die Rappen, lautlos folgte mir Nubis, unsichtbar glitt Horus über mir dahin. Hier fühlte ich mich sicher, hier kannte ich die Bedeutung fast aller Dinge, selbst die mitunter schwierige Umrechnung zwischen alter rômetischer Kupfer-, Gold- und Silberwährung und hellenischen *Drachmen* oder *siglos, Schekel* oder *Talenten,* den Unterschied des assyrischen *kitun* zum hellenischen *Chiton* ... ich war kein ununterbrochen rechnender Händler und besaß sogar alte assyrische Münzen ... indes: Die Menschen dieser Zeit kannte ich nicht. Ich würde wohl Ah'mes, der ein außergewöhnlicher Mann sein musste, mit einer außergewöhnlichen Aktion auf mich aufmerksam machen müssen. Ich ließ die Namen und die Bedeutungen von zwei Dutzend Rômet durch meine Überlegungen stolpern und spürte, wie sich fadendünn und mit vielen Unwägbarkeiten behaftet, ein Plan zu entwickeln begann.

Es gibt immer einen listenreichen Weg, meist mehrere, schaltete sich der Logiksektor ein. *Denke nach! Bemühe dich, Kristallprinz da Gonozal!*

Ich dachte an Korinnas Zärtlichkeiten, betrachtete die Mähnen, die Flanken und die Schweife meiner Rappen und zuckte mit den Schultern. Am ersten Abend schlief ich in einer Schänke, in der hellenische Söldner lärmten, von Rômet-Frauen widerwillig bedient, und am zweiten Nachmittag erreichte ich Men-nefer.

Die Bilder der Sonde und des Falken hatten mich vorbereitet, aber ich hätte auch ohne diese Hilfen keine Schwierigkeiten gehabt, die Gebäude und die Anlage der Stadt im Gau wiederzuerkennen. *Inebu-hedj,* Weiße Mauer, hatte die Stadt zuerst geheißen, später nannte man sie »Von Râ geliebter Sehedhu-Bezirk; bleibend und vollkommen ist Pepi«, und nun war die »Waage beider Lande« wieder die Residenz des Pharaos, gegliedert um die vielen Tempel des Schöpfergottes Ptah. Das große steinerne Ohr in der Weißen Mauer ... wieder fluteten Erinnerungen über mich herein. Ich brauchte einen halben Tag, um im Viertel der Reichen ein Haus zu finden, das meinen Ansprüchen genügte: ein ummauerter, wild wuchernder Garten voller alter Bäume, ein Stall für Wagen und Pferde und ein Badeteich. Vom Dach des Hauses blickte ich zwischen Baumkronen auf das stufenförmige Sehedhu-Grabmal des Pharaos Djoser. Meine Nachbarn, reiche Rômet, halfen mir und verschafften mir einige Diener, die das Haus und danach den Garten in Ordnung brachten.

Die Stadt war nach Westen hin gewachsen. Viele Lagerhäuser und Kornspeicher waren neu, ebenso die Quartiere der Soldaten, die von hier aus nach Osten und Westen schnell ausschwärmen konnten. Durch viele Fragen und noch mehr Antworten ergänzte ich meine Liste wichtiger Personen in den Tempeln und im Bannkreis des Palasts. Ich würde, bevor ich handeln konnte, jeden einzelnen einflussreichen Rôme sehr genau prüfen müssen. Als ein Teil des Hauses zufriedenstellend eingerichtet war, vervollständigte ich meine Aufzeichnungen.

Pharao Ah'mes stand an oberster Stelle, gefolgt von Ahmose-za-Neith, dem Vorsteher der Torwache und Wahibre, dem Leiter der südlichen Lande und der Türen der Fremdländer. Vom Arzt Udjahorresnet erfuhr ich wohl am meisten über die Personen des Machtzentrums. Die »Vorsteher der Flotte« waren nicht weniger wichtig, denn Pharao Psammetich der Zweite hatte besonders die Zahl der Schiffe mit hellenischen Kapitänen, Steuermännern und Schiffsbauern vergrößert, die das Große Grüne befuhren und ihm auch als Kriegsschiffe dienen konnten.

Die Kinder des Ah'mes und der Tanet-cheta: Imotep-za-Neith, Psammetich der Dritte, Herasis und die geheimnisvolle Nitetis, dazu die angebliche Geliebte des Ah'mes, die schöne, reiche Gottesgemahlin des Amûn, die schon vierundfünfzig Hapihochwasser erlebt hatte, Anch-nes-nefer-ib-Ra. Ebenso die Gauverwalter Psamtek-Meryneith und Pasherienteihet, und auch der Weise Orsat, der mir als Schriftgelehrter geschildert wurde, mit der Vergangenheit und der Zukunft gleichermaßen vertraut. Ich plante, gegenüber Ah'mes als Warner vor Kurusch und Kambuzhya aufzutreten, den Mächtigen des Pârsareichs, von denen eindeutig eine Bedrohung für Tameri ausging – die Zukunft des Reiches stand auf dem Spiel. Da die Lebensmittel für meine Küche noch nicht gekauft waren, mich kein Nachbar eingeladen hatte und ich den Notvorrat nicht angreifen wollte, fragte ich mich zur nächsten Schänke durch und sah zu meiner Erleichterung, dass vor dem Gebäude ein halbes Dutzend Gespanne wartete. Die Wimpel an den Lanzen der Wagenkörbe hingen schlaff herunter; aus der Gaststube und unter den Schattendächern hervor drangen die Laute aufgeregter Gespräche.

Hier bist du richtig, Arkonide!, erklärte der Logiksektor. *Der Zustand des Staates wird besonders zwischen Anführern und Hauptleuten beredet! Oft arten die Meinungsverschiedenheiten in wüste Schlägereien aus!*

Ich wusste den Hund und den Horusfalken in meiner Nähe und trat ein, fand einen freien Platz, grüßte die Gäste in meiner Nähe und sah an der Anzahl der Goldfliegen, die selbst jüngere Männer an ihrem Brustschmuck trugen, dass ich in eine Versammlung tapferer Krieger geraten war.

Ich bestellte Wein, Fladenbrot, Käse und Würztunken, Datteln mit geröstetem Speck und ein Fischmus, lehnte mich zurück, nahm die Reden, Gesten und Gesichter der Anführer in mich auf. Zuerst hatten mich die meisten kaum beachtet; jetzt trafen mich mehr und mehr prüfende Blicke. Ich konnte keine Söldner erkennen, weder in der Gaststube noch im Freien vor der Schänke.

»... werden, beim rächenden Horus, die Truppen des Kurusch über uns hereinbrechen ... «

»... den die bärtigen Fremdlinge *Kyros* nennen ...«

»Aber Anch-Resnet, ich sag' dir, unser Gottesherrscher hat einen Vertrag geschlossen, mit dem Lydier, mit Kroisos!«

»Und als der Kyros über Lydien hergezogen ist, sind wir in unseren Unterkünften geblieben. Nicht einmal Späher hat Ah'mes losgeschickt.«

»... wozu hat Tameri uns? Ein großes Heer tapferer Soldaten, auch wenn die fremden Söldner für Tameri kämpfen! Die Zukunft ist düster, Männer!«

Der Wein war durchaus wohlschmeckend. Ich zerriss den Brotfladen in kleine Stücke. Schon jetzt kannte ich einen Teil der Sorgen dieser Männer. Ich bereitete mich auf eine Nacht voller Einsichten vor.

»...und was tut der Herr im Großen Haus? Im einunddreißigsten Jahr der Herrschaft? Zugegeben ...«

»Er ist knappe fünfundsiebzig!«

»... und noch immer hinter den Weibern her. Besonders den jungen. Und mit der Gottesgemahlin treibt er's auch! Und Wein und Bier, sagt man, verachtet er auch nicht!«

»Nur kein Neid! Mit diesem Alter sind wir alle längst jenseits des westlichen Horizonts. Tot, auch ohne Irep, Henket und Weiber.«

»Ah'mes sollte seinen Nachfolger über das Land regieren lassen!«

»Etwa den Bruder des Jähzorns? Psammetich? Er hat doch schon jetzt den Befehl über uns alle!«

»Er sollte seinen alten Vater zwingen, ihn zum Nachfolger zu machen. Immerhin zählt er schon achtzehn Sommer!«

»... ich weiß nicht ... Heerführer ist eine Sache, Gottesherrscher eine ganz andere.«

»Eine gewaltige Aufgabe, bei Amûn! Der alte General hat's geschafft, kaum dass der zweite Psammetich die Totenbarke steuerte.«

»Aber der junge Psammetich würde uns vorbereiten, das ganze Land, um gegen uns gegen den Kyros zu verteidigen. Und vielleicht das Pârsa-Heer anzugreifen.«

»Dazu«, bemerkte ich halblaut, »müsste man gute Karten haben, die das Land des Kurusch zeigen. Und scharfäugige Spione oder Reisende.«

Zuerst blickten sich die Anführer um, wer von ihnen die Bemerkung fallengelassen hatte. Dann wandten sie sich misstrauisch mir zu. Ihre Blicke glitten über meinen aufwendig gestalteten Brustharnisch.

»Hast du etwas von guten Karten gesagt, Fremder?«

»Ich könnte solche Karten beibringen«, antwortete ich und zuckte mit den Schultern. »Ich bin Atlantos von Alashia, aber weder im Land der Fremdlinge noch auf der Insel geboren. Ich bin weit herumgekommen, auch in Gebieten hinter den

Grenzen der Pârsa und Meder. Und ich bin, um euch zu beruhigen, kein Kundschafter des Kurusch.«

Ich löffelte die Reste des Fischmus' mit Brotstücken aus der Schale und grinste satt und zufrieden. »Redet weiter. Ich hör' euch gern zu.«

»Du musst wissen, dass Ah'mes nicht nur der Gottesherrscher ist, sondern von vielen von uns geliebt wird. Und das Volk liebt ihn auch.«

»Das weiß ich wohl, und ich mische mich nicht in eure Streitgespräche ein. Ich bin Gast in Tameri und kein Anhänger des einen oder anderen Mächtigen.«

»... Psammetich ist jähzornig und macht dadurch vieles falsch.«

»... und macht sich viele Feinde. Er kennt keine Rücksicht, nicht auf Götter, nicht auf Menschen.«

»Ich bin Anch-Resnet, Anführer von tausend«, sagte ein kurz geschorener, grauhaariger Hauptmann. Ich zählte sieben Tapferkeits-Fliegen an seiner Halskette. Seine Gesten waren knapp und auffallend kraftvoll. »Manche von uns würden den Ältesten auf dem Herrscherthron sehen. Imotep-za-Neith, genannt *der Zarte*. Andere wieder ...«

Ich schob die letzte klebrige Dattel zwischen die Zähne und spülte mit Wein den Fischgeschmack hinunter. Ich war nicht überrascht, als ich die nächste Bemerkung vernahm,

»Besser als Psammetich wäre sicherlich die Ziehtochter Nitetis. Man sieht sie zwar nie außerhalb des Palasts, aber jeder sagt, sie sei unglaublich schön, habe einen Willen, stark wie ein Heiliger Stier, und dazu die Schläue von einem ganzen Rudel Wüstenfüchse.« Anch-Resnets kräftige Finger spielten unruhig mit dem schweren Wesech. »Wegen der Karten und dem Wissen über die Grenzen ... Psammetich und sicherlich auch Ah'mes überhäufen dich mit Ehren, wenn du ihnen Ratschläge und Karten gibst.«

»Ich rede gern mit beiden, und mit euch oder anderen, wenn es Tameri hilft«, versicherte ich ehrlich. Anch-Resnet schien gerade eine breite Palastpforte für mich aufgestoßen zu haben. An einen solch schnellen Erfolg hatte ich nicht zu hoffen gewagt.

»Wenn ich dir einen Boten schicke – wo findet er dich?«

»Im Viertel der Tamarisken, im Südwesten. Am Mauertor findest du zwei große Ankhzeichen.« Ich winkte dem Wirt und zahlte mit Kupferblättchen. »Ich hab' ein Haus gemietet. Wir treffen uns, glaube ich, bald wieder.«

Aus der Dunkelheit tauchte Nubis auf und rieb seinen spitzen Schädel an meinem Knie. Ich betrat mein leeres Haus und bereitete mein Lager auf dem Dach. Auch der Anblick des prächtigen Sternenhimmels konnte nicht verhindern, dass ich wünschte, Korinna läge bei mir. So schlief ich bis zum ersten Sonnenstrahl, dann raffte ich meine Decken und Matten zusammen und setzte den Schlaf in meinem dunklen, karg eingerichteten Zimmer fort.

4
Ein Tag im Großen Haus, eine Nacht im Tempel des Amûn

Vieles ist alt, manches ist viel, viel älter, aber nichts ist ewig, sagte ich mir, melancholisch angesichts der Schönheit Mennefers, durch deren breite Straßen ich mein Prunkgespann lenkte. Eines fernen Tages würden von der Stadt nur die steinernen Tempelbauten übrig geblieben sein. Selbst Akkades machtvolle Bauwerke waren wieder zu Lehm zerfallen, aus dem sie wie fast jedes Haus und alle Götterbauten hier in Tameri hochgemauert worden waren. Auch die ausgedehnte Anlage des Großen Hauses mit all ihren Höfen, Gärten, Teichen und Tiergehegen bestand aus Lehmziegeln. Trotzdem strahlte sie mit farbigen Mauern, Statuen, Schattenpalmen und Sonnensegeln eine würdevolle Schönheit aus, die jeden Rôme stolz machte und selbst auf meine Stimmung wohltuenden Einfluss nahm. Ich wartete ungeduldig.

Der Palast, ein ebenso großer Tempelbezirk, dem Schöpfergott Ptah geweiht, und große Speicherbauwerke waren seit den Anfängen der Stadt erweitert worden, waren niedergebrochen und umgebaut worden, hatten unzählbar viele Schicksale und eine schwer überschaubare Reihe Herrscher erlebt; Men-nefer war während vieler wechselvoller Jahrzehnte und Jahrhunderte groß und einflussreich geblieben. Ich hielt das Gespann überall dort an, wo ich Neues sah, mich bei Handwerkern umsehen konnte, den Bau von Schiffen mit ansehen konnte – stattliche Dreiruderer, deren Baupläne angeblich auf den Herrscher Necho zurückgingen. Ich kaufte Teppiche, einige Möbel und Vorräte, warb einige Dienerinnen und Diener an und merkte, dass mir Korinnas Fähigkeiten der erfolgsorientierten Verwaltung fehlten. Immerhin glichen am Mittag des zweiten Tages das Obergeschoss und Teile der ebenerdigen Räume der Heimstatt eines reichen »reisenden Kaufmannes«.

Lähmstrahlerdolch, Deflektorgerät, Kommunikationsarmbänder und, im Stiefelschaft, eine flache Hochenergiewaffe waren meine einzige Ausstattung, in der ich mich unsichtbar in den Palastbezirk wagte. Mein Hund bewachte Gespann, Garten und Haus, während ich durch halbleere Höfe wanderte, manche Gespräche der Sklaven und Diener belauschte, Küchenlärm aus dem einen Teil und Musik und trunkenes Gelächter aus einem anderen Teil der verwirrenden Anlage hörte, mich verstohlen an Liebespaaren vorbeischlich oder eine Gruppe Priester oder Schüler der Schreibschule belauschte, die von der segensreichen Höhe der Hapiüberschwemmung redeten.

Viele Häuser öffneten sich zu verschwiegenen Gärten hin. An solchen Plätzen fand das Leben nach Sonnenuntergang statt. Es gab mehr als ein Dutzend solcher idyllischer Orte zwischen bunten Mauern, voller Götter- und Herrscherstatuen, mit Teichen, in denen Zierschilf, Lotosblüten und Seerosen wuchsen. Das Gras war weich, feucht und kurz, Reiher, Störche und Flamingos mit gestutzten Flügeln schliefen auf einem Bein oder stakten auf der Suche nach Heuschrecken und quakenden Fröschen umher; die Mauern atmeten Tageshitze aus, und in den Flammen vieler Öllichter schienen sich die gemalten Figuren der Wände und die Statuen ebenso zu bewegen wie die Rômet, Palastbewohner und deren Bedienstete.

Aus Glutschalen schwelten Weihrauch und wohlriechende Kräuter, auf manchen Simsen gurrten Tauben im Halbschlaf. Nur wenn mein Horus zwischen den Sternen über die Baumkronen, Mauern und Dächer glitt, schreckten die Vögel auf, schwangen sich mit klatschenden Flügelschlägen in die Höhe und kreisten als Schwarm so lange, bis der Würgevogel weitergestrichen war.

Seit ich mich zum ersten Mal in Tameri aufhielt, bezauberte mich die Einbeziehung der Natur ins tägliche Leben der Rômet. In größeren Innenhöfen grasten Gazellen zwischen schnatternden Gänsen und den Geschöpfen der Bastet, die auf nächtlicher Mäusejagd lautlos zwischen den Beinen der Bewohner umherhuschten. Zum ersten Mal erfuhr ich, als ich eine Runde halb trunkener Kapitäne belauschte, dass der Zweite Necho damals viele Kapitäne und Besatzungen seiner Meeresschiffe in den Häfen von Gubla und unter den Ioniern, Karern und den Seefahren aus Athenai anwarb; es fehlte ihnen ein Kapitän Atlan, der Schiffe und Mannschaften in den Herbststürmen des Großen Grünen ausbildete! Die Menge der Fremden führte schließlich zu einer – nicht wirklichen – Vorherrschaft im Land, gegen die viele Männer des Feldherrn Ah'mes revoltierten: Der Apriës wurde vom Thron gestoßen und flüchtete aus dem Land. Ah'mes zog in den Palast, den ich durchstreifte.

Die Männer beschäftigten sich auf ihre raue Weise mit den scheinbar willigen Sklavinnen, und ich pirschte weiter, fand Ah'mes in einer befremdlichen Umgebung, in seltsamen Umständen, aber in offensichtlich begeisterter Stimmung.

Ein spätabendliches Fest?

So schien es. In dem kleinen Saal mit hoher Decke herrschte mehr Trubel als auf einem Wochenmarkt.

Ah'mes teilte meine Vorliebe für sehr große Tische oder Arbeitsplatten. Sie bestanden aus poliertem Granit aus No-Amûns Steinbrüchen und waren auf gemauerten Sockeln angebracht. In diesem Raum, den drei Dutzend oder mehr Öllampen erhellten, standen, dem Garten und den dünnen weißen Vorhängen aus Byssos zugewandt, drei solcher Platten, voll mit Krügen und farbigen Körben, in denen Hunderte Shafadurollen staken. Aus den Ecken des kleinen Saales wolkte erstickender Weihrauchdunst. Es roch nach verschüttetem Wein, Schweiß, dem Duft schmelzender Fettkegel im Haar der Frauen, nach kochendem Lampenöl, trocknenden Mauern und Katzenpisse.

Fünf, sechs Männer umstanden die Tische oder saßen auf vergoldeten Betten, tranken, redeten wild durcheinander, eine Schar lachender junger Frauen wieselten umher, boten Leckerbissen an, füllten silberne und goldene Becher, ließen sich auf die Knie der Männer ziehen, sprangen kichernd wieder auf, und durch die Schwaden im Raum, die zum Garten hinauszogen und die Vorhänge blähten, ertönte die Musik mehrerer Harfen, Flöten, einer Trommel und anderer, tiefer gestimmter Rohre; kaum eine der Musikerinnen spielte richtig.

Einer der Männer war Ah'mes, der mit der Rechten schrieb, mit einem Schreiber redete, ab und zu auf eine Frage eines anderen Mannes antwortete und die Finger der freien Hand über den Körper einer jungen Frau wandern ließ. Sie schien jede Berührung herauszufordern und zu genießen – eine seiner Geliebten, viel jünger als sein ältester Sohn. Sicherlich hatte sie durch ihre Hingabe keine Nachteile zu erwarten.

Der Gottesherrscher, ein gedrungener kräftiger Mann mit einem muskulösen Körper ohne große Alterserscheinungen und einem langen, fast eckigen Kopf, war dunkelhäutiger als die meisten seines Volkes. Unter seinen Augen hingen schwere Tränensäcke, ein grauer Haarkranz zierte seinen schweißglänzenden Hinterkopf. Sein Kinn bewies Willensstärke, der Mund Genusssucht und versteckten Sarkasmus, die kurzen Finger gehörten zu Händen eines zupackenden Kriegers, und seine Zähne waren ungewöhnlich gleichmäßig und vollzählig. Mit sonorer Stimme, deren Klang Vertrauen schuf, lachte und redete er. Diesen Typ Barbaren kannte ich gut – zuverlässig, bodenständig, arbeitsam, ausgestattet mit Stärke und Schläue. Ich verstand, dass er bei seinem Volk mehr Rückhalt genoss als Psammetich.

Auch Arzt Udjahorresnet nahm an dem wüsten Fest teil, ebenso die Tatji Psamtek und Pashherien. Sie redeten mit dem hochgewachsenen, schwarzäugigen Schriftgelehrten, den sie sowohl mit »Orsat« anredeten als auch mit »Orsat-Hatchetef-meri-Thot«. *Geliebt von Thot, dem Gott der Wissenschaft,* überlegte ich: ein treffender Name für einen Mann der Weisheit mit auffallend schönen, feingliedrigen Händen. Sie redeten über den bevorstehenden Besuch der Gottesgemahlin im Tempel des Amûn zu Men-nefer und die notwendigen Vorbereitungen. Ah'mes machte anzügliche Scherze über ihre nicht enden wollende Gier nach dem Heiligen Stier in ihm. Nach kurzer Zeit in dem stickigen Raum, mitten in der chaotischen Szenerie, war mir klar, dass der mehr als siebzig Jahre alte Herrscher die Geschicke des Landes fest in den Händen hielt und sich bei solchen Festen entspannte.

Plötzlich stand er auf, schlang den Arm um die Hüften der Frau und zog sie zwischen wehenden Vorhängen, gefolgt von einer Gestankwolke, hinaus in den Garten. Dort ließ sie sich auf einer kissenbedeckten Steinbank auf den Rücken fallen und wartete mit offenem Lächeln, bis Ah'mes sich lachend über sie beugte und seinen Schurz zurückschlug.

Alte, reiche Männer, mächtig und einflussreich, und junge Frauen – mir war dieses Verhältnis von Abhängigkeit und erhofften Vorteilen nicht fremd. Für diese Nacht hatte ich genug gesehen und verließ auf labyrinthischen Umwegen den Palast.

Während der Tage, an denen ich auf Anch-Resnets Einladung zu einem Gespräch mit Psammetich wartete, versuchte ich die Wurzeln jener Legende vom Hellen Volk zu finden und ihrer wahren Entstehung nachzuspüren. Die Prophezeiung betraf ja nicht den Pharao oder einen Teil der Bevölkerung Tameris, sondern jene unbekannte Gruppe Hellhäutiger, die irgendwo auf der nördlichen Seite des Binnenmeeres – vielleicht! – zu finden war. Mit meinem Gespann besuchte ich verschiedene Viertel der Stadt und mischte mich unter deren Bewohner. Es gab eine hebräische Kolonie, eine andere »phönizische«, die von Tyros an der Ebene vor dem Zederngebirge aus bevölkert wurde, und Bezirke, Hellenikon und Karikon, in denen fast nur ionische und karische Söldner lebten. Auf Märkten, in Schänken und an Hafenplätzen konnte ich nur erfahren, dass die Prophezeiung, wie ich vermutet hatte, von Rômet verbreitet wurde, und dass sie im Bannkreis des Großen Hauses ihren Ursprung hatte – vor in der Tat etwa zwanzig Jahren..

Hellhäutige Eltern, ein hellhäutiges, blauäugiges, weißgoldhaariges Kind, eben jene Nitetis, und wer darüber am meisten wissen konnte, war Anführer Ka-Nachtmin, inzwischen, so sagte man, ein Greis. Ich rechnete nach: Er konnte kaum älter sein als gute fünfzig Herbste. Ich fand ihn schließlich in einer Siedlung am Stadtrand, wo er und sein Freund Paser, der hoch in den Siebzigern stand und Söldner von Keftiu im Bogenschießen ausbildeten. Handwerker aus Wawat, Jam und dem »elenden Kush« fertigten jene großen, schweren Bögen und die langen Pfeile, mit denen Psammetichs sein Heer zur Verteidigung des Landes ausrüstete.

»Ich verwende deine Worte, Gebieter«, erklärte Rico beim nächsten nächtlichen Kontakt. »Der Planet ist zu groß für ein paar Antennen, einen Falken und drei Spionsonden. Auch wenn sie während deiner Schlafperioden unausgesetzt Teile der Welt beobachten, bleibt uns doch so vieles verborgen.«

»Und kaum ein Land ist so lange und so genau beobachtet worden wie Tameri«, stimmte ich zu. Ich hatte ihm mein Gespräch mit den Anführern der pharaonischen Bogenschützen-Söldner wiedergegeben, aber auch in Ricos Bildspeichern fand sich nur die Stelle, an der Nitetis gefunden worden war. Dort lebten jetzt, nach zwei Jahrzehnten, wieder barbarische Libu-Tjehenu und keine Hellhaarigen. »Eine geringe Wahrscheinlichkeit besteht, dass sich ein kleiner Volksstamm irgendwo westlich dieser drei Dörfer versteckt.«

»Das Gebiet, der breite Küstensaum mit seinen vielen Gebirgen, selbst wenn wir die Meeresenge als Grenze betrachten, ist riesengroß«, gab der Robot zu bedenken. »Zwei Sonden suchen dort. Auch zweihundert würden so bald nichts finden.«

»Leider ist es so. Ich rechne nicht mit der Freude eines Zufalls.«

Ich besaß Karten jenes Gebietes, außerdem konnte mir Rico jede gewünschte Vergrößerung als Holoprojektion senden. Aber auch für wagemutige Rômet war die Wüste jenseits der Oase Sekhetam oder »Siwa«, wie sie von den Fremden genannt wurde, leeres und lebensfeindliches Land, von Dämonen bewohnt, die Heimat tagelanger Sandstürme, gewaltiger Sonnenuntergänge und vernichtender Heuschreckenschwärme.

»An welcher Stelle ist das Hochwasser jetzt angekommen?«

»Zwischen Ipet-Reset und Sauti, das schon die Assyrer als Sijautu kannten, näher an der Gabelung des Hapi, die zum Binnensee führt.«

»Und bei diesem Hochwasser will unsere mächtige Freundin die Fahrt wagen?«

»Sie hat gute Schiffe und kundige Kapitäne«, antwortete Rico. Ich würde lange zögern, unter diesen Umständen von Ipet-sut nach Men-nefer fahren zu wollen. »Und sicherlich gute Gründe, die lange Reise hapiabwärts zu Ah'mes zu unternehmen.«

»Gründe, die wir nur zum Teil kennen«, sagte ich. »Du kontrollierst auch den Sichtbereich Anubs. Wie ergeht es Korinna?«

»Sie fühlt sich wohl. Willst du die Bilder sehen, Atlan?«

»Selbstverständlich.«

Allein mit dem auf Anschmiegsamkeit programmierten Hund Anub lebte Korinna in der gemeinsamen Wohnung, pflegte und reinigte alles, was ihr unter die Finger kam, kaufte Kleinigkeiten, kochte und wusch und schien weder ihr vorheriges Leben noch mich zu vermissen. Aber sie hatte ihre Schönheit wiederentdeckt und pflegte ihr Haar und ihren Körper mit den Mittelchen, die Olympias ihr mitgegeben hatte. Nur Anub sah zu, wenn sich seine Herrin in ihrem neuen Kleid oder nackt vor dem mannsgroßen Folienspiegel betrachtete. In der ionischen Kolonie hatte ich drei Chitone aus Byssos, Leinen und feiner Wolle gekauft, einen kurzen, einen knielangen und einen mit Seitenschlitzen, der bis zu den Knöcheln reichte; kostbar bestickte Gewänder aus einer meisterlichen Werkstatt. Die Söldner, die drei schwere Truhen aus meinem Haus hierher nach Men-nefer geschafft hatten, brachten auf dem Rückweg die Geschenke in einem weißen Binsenkorb zu Korinna.

»Es geht ihr tatsächlich gut«, bemerkte ich freudlos. Eigentlich hatte ich nichts anderes erwartet. »Wenn ich noch länger zusehe, und wenn ich auf Psammetichs Huld noch lange warten muss, galoppier' ich zu ihr. Schalte ab.«

»Ich beobachte weiterhin«, antwortete der Robot. »Wenn das Helle Volk existiert, finden wir es früher oder später.«

»Wahrscheinlich viel später«, sagte ich, wartete, bis das Holo erlosch und klappte den Truhendeckel herunter. Ich hatte vergessen, Rico zu fragen, an welcher Stelle des Hapi die Schiffe der Gottesgemahlin trieben. Auch in dieser Nacht fehlten mir Notwendigkeit und Neugierde, ungesehen den Palast zu besuchen.

Mein alter Leihdiener ließ den Boten ein, als ich kurz nach Mittag mit tropfendem Haar aus dem Teich stieg und mich abtrocknete. Ich bedeutete ihm zu warten, ließ ihm Irep bringen und zog mich an. In der kahlen Eingangshalle, in der gerade die Wände mit freundlichen Farben versehen worden waren, setzte ich mich zu ihm.

»Natürlich kennst du den Weg zum Großen Haus, Neb Atlantos«, sagte der Bote schließlich und deutete ins Ungefähre. »Aber Anführer Anch-Resnet wartet an einem Eingang zu einem besonderen Teil des Palasts, und er hat Sorge, dass du ihn nicht findest.«

»Du kennst die Stelle, an der dein Hauptmann wartet?«

»Dort beim kleinen Palast, in dem Herrscher Psammetich zu finden ist, wenn er sich in Men-nefer aufhält.«

»Dann wirst du neben mir im Wagen stehen und mir den Weg zeigen«, sagte ich. Zwei Knechte, vom Nachbarn geliehen, hatten inzwischen die Rappen eingeschirrt. Ich wollte Psammetich mit dem prächtigen Kampfwagengespann beeindrucken und hatte mich entsprechend ausstaffiert; zum ersten Mal trug ich den ledernen Brustpanzer, auf dem das Bild zweier stehender Löwen prunkte, zwischen den Schuppen und Beschlägen aus falscher Bronze. Die Löwen rissen die Rachen auf und kreuzten zwei Schriftrollen; die Stickerei bestand aus Golddraht und kleinen – falschen – Edelsteinen; mit solchen Spielereien beschäftigte Rico sich in seinen Werkstätten, wenn nichts anderes zu tun war.

»Ich stehe also in einem der schönsten Wagen der Stadt«, sagte der Bote, ein junger Söldner, mit sichtlicher Bewunderung. Wir fuhren in langsamem Trab bis zur Stadtmitte, von Nubis gefolgt, zwischen den Sphingen einer Allee im Palmenschatten zu einem Palasttor und in einen großen Hof hinein. Von der obersten Stufe einer breiten Treppe, unter weißen Sonnensegeln, winkte Anch-Resnet; im Hof verteilten sich viele Gruppen wartender Rômet und Palastbediensteте. Im Wasser zweier Teiche spiegelten sich weiße Wolken. Ich hielt vor der Treppe an. Diener sprangen herbei und griffen nach den Zügeln.

»Bringt die beiden Schwarzen in den Schatten«, sagte ich. »Sie sind versorgt und brauchen kein Futter.«

Nubis sprang in den Wagenkorb, kauerte sich nieder und fletschte die Zähne, wenn ihm ein Diener zu nahe kam. Aus dem Portal traten drei Männer und blieben bei dem gedrungenen Anführer stehen. Ich erkannte aus meinem nächtlichen Eindringen ins Große Haus den jungen Psammetich, der andere war ein unbekannter Schreiber, und der dritte, rechts vom Pharaosohn, war der Schriftgelehrte Orsat. Ich erklomm die Treppe, nickte Anch-Resnet dankend zu und verbeugte mich vor Psammetich.

»Ich danke dir, Oberster Heerführer Psammetich«, begann ich und legte die Hand auf die Brust, »dass du Zeit für einen fremden Kaufmann und, für wenige Jahre, einen unbedeutenden Anführer der Truppen auf Keftiu gefunden hast. Ich bin Atlantos von Alashia.«

Sein Misstrauen war unübersehbar. Er war einen Kopf kleiner als ich, ähnelte seinem Vater, als dieser jung gewesen war, und betrachtete mich schweigend, begutachtete mich sozusagen.

Nach einiger Zeit sagte der Schriftgelehrte leise: »Atlantos entspricht den Worten der Prophezeiung, Gebieter. Können wir den Strahlen Re-Harachtes ein wenig ausweichen?«

»Gehen wir hinein.« Psammetichs Stimme entsprach seiner knappen Gestik. Sie war rau, und er gebrauchte sie wie einen Dolch. Orsat nickte mir zu, ich fing einen Blick aus Anch-Resnets dunkelbraunen Augen auf, und wir folgten dem Schreiber unter einem Türsturz aus bemeißeltem Sandstein ins kühle Halbdunkel der Mauern. »Er wird beweisen müssen, Anführer Anch-Resnet, dass sein Können seinen Reden standhält.«

»Ich kenne Atlantos nicht lange«, erwiderte der Soldat und verbeugte sich, »aber ich vertraue ihm.«

»Es wird sich zeigen.«

Sie haben ausführlich über dich geredet. Aber deine Fähigkeiten sind zweifellos größer als die Aufgaben, die er dir stellt.

Seine abwartende Haltung war Psammetich nicht vorzuwerfen. Wir folgten einem verwinkelten Korridor, der in einem jener Säle endete, von dem aus man die Terrasse und einen Innenhof betreten konnte. Die Wände waren mit Darstellungen siegreicher Pharaonen und unterworfener, erschlagener und gefesselter Krieger aus Fremdländern geschmückt. An Holzpflöcken mit vergoldeten Knäufen hingen Dutzende Waffen und Rüstungsteile, einfache Möbel und Truhen, Felle und Binsenteppiche bedeckten den dunkelbraunen Lehmboden. Psammetich setzte sich auf eine Truhe, lehnte die Schultern gegen die Tischkante und suchte aus einem Korb eine Shafadurolle heraus.

»Atlantos von Alashia«, sagte er gedehnt, sah vom kauernden Schreiber zu Orsat und dann mit dem stechenden Blick seiner schwarzen Augen auf mich, deutete auf die Kissen einer Truhe, und als ich mich gesetzt hatte, redete er weiter. »Du wirst uns nun zeigen müssen, wie mein Heer gegen ein

Heer der Pârsa im Grenzland des Osten einen raschen Sieg mit wenig Verlusten erringen kann. Diese Karte zeigt das Land, auf dem wir kämpfen werden.«

»Mit welchen Truppen und wie vielen Männern und Kampfwagen soll ich siegen?«, erkundigte ich mich, nahm die Rolle entgegen und strich sie glatt, stellte leere und halbvolle Becher auf die Ecken und sah auf der Zeichnung leere Flächen und die Symbole von Dünen, Bergen und breiten Spalten. Ich entdeckte den Schatten eines Berges, drehte die Karte und hoffte, dass es ein Morgenschatten war, denn es schien undenkbar, am späten Abend einen Kampf zu beginnen.

Psammetich sah, dass der Schatten nach Westen wies, zuckte mit den Schultern und sagte: »Du bestimmst, was du einsetzt. Anch-Resnet wird dir sagen, ob er so viele Krieger und Wagen hat.«

Ich nickte. Die Aufgabe war nicht schwer. Ich schilderte, an welchen Stellen die Angreifer die Berge überwinden konnten, versteckte je zwei Abteilungen Schleuderer und Bogenschützen hinter Dünen und in flachen Erdspalten und ebenfalls zwei Gruppen Kampfwagen mit Bogenschützen und Speerschleuderern. Ich nannte Zahlen. Als ich sie nannte, stimmte der Anführer zu.

»Wenn es Pârsa sind«, erklärte ich, »kämpfen sie mit der Sonne im Rücken. Also werden alle unsere Krieger, die hier stehen, geblendet. Die Hälfte der unserer Kampfwagen kommt von Süden und zwingt die Fremden, anzuhalten. Die Wagen verstecken sich bei der anderen Hälfte, und wenn die Fremden weiter vorrücken, fahren alle unsere Wagen im Schutz der Hügel nach Süden, und aus den Gräben und Spalten schleudern unsere Soldaten ihre Geschosse, die Bogenschützen ihre Pfeile. Das hält die Fremden bis Mittag oder mindestens bis in den späten Morgen auf. Zum zweiten Mal.«

Ich tauchte einen Griffel in Tusche und malte Pfeile und Linien auf das Blatt. Schweigend starrten die Männer auf die Zeichnung. Ich kreiste fünf Stellen ein, an denen sich Fußkämpfer verstecken konnten.

»Dann, wenn die Sonne in den Süden gewandert ist, greifen die Wagen mit der Sonne im Rücken ein. Sie lassen sich nicht in Einzelkämpfe verwickeln, die Bogenschützen und Schleuderer schleudern und schießen und flüchten scheinbar hierhin und dorthin. Die Fremden werden jetzt geblendet. Ziehen sie sich zurück, kommen die Wagen aus dem Norden. Brechen sie seitlich aus, kommen die Fußkämpfer von hier und hier auf sie zu. Erreichen sie den westlichen Rand des Schlachtfeldes, stürzen sie in diesen Erdspalt. Teilsieg für uns. Also abwarten, was der fremde Feldherr befiehlt. Inzwischen sind die Fremden in der Mittagshitze ständig in Bewegung gewesen, haben Durst und sind müde. Ziehen sie sich zurück, verfolgen sie die Wagen. Bleiben sie unschlüssig, kommen Schleuderer, Bogenschützen und Fußkämpfer von allen Seiten und kämpfen sie nieder, denn sie warteten im Schatten und hatten genug zu trinken. Noch immer haben wir die Kampfwagen. Aber ... «

Ich fasste den Anführer und Psammetich ins Auge, zeichnete Symbole und Pfeile und fuhr fort: »Die Hauptmänner einer jeden Gruppe müssen wissen, was sie zu tun haben, und wann, und sie müssen gehorchen. Der Oberste Feldherr braucht zuverlässige Boten und leicht verständliche Befehle. Und jeder Mann muss das Schlachtfeld kennen, die Wasserverstecke, und er muss Disziplin wahren. Denn die Pârsa sind ebenso gute Kämpfer wie die Rômet und ihre Söldner. Das fremde Heer hat aber einen viel längeren Weg hinter sich.« Ich grinste und legte den Griffel nieder. »Der Oberste Feldherr muss diese Schlacht vorher mit seinen Unterführern Schritt für Schritt üben, mehrere Male.

Es wird nicht so sehr der Sieg der Truppen als ein Sieg für die Anführer.«

»Ich würde es nicht anders machen, o Truppenführer Psammetich«, sagte Anch-Resnet ruhig, die Augen halb geschlossen. »Atlantos hat nur zwei Drittel unserer Soldaten gebraucht.«

»Auch müssen die vielen Söldner im Heer jedes Wort eines jeden Befehls genau verstehen«, sagte ich zu Psammetich. »Und deine Späher, Oberster Feldherr, müssen dich sicher machen, dass die Fremden an diesen beiden Stellen die Berge überschreiten. Keine Verhandlungen zuvor, keine Herausforderungen, sondern Angriff ohne Geschrei, wenn sie eine Linie überschreiten, die du bestimmst. Nur so kannst du siegen.«

Der junge Heerführer nickte. Schweigend betrachtete er die Zeichnung. Er schien Schwierigkeiten zu haben, jeden Zug des Verteidigungskampfes nachzuvollziehen. Der Schriftgelehrte wiegte den Kopf und wechselte stumme Blicke mit Anch-Resnet.

»Hast du selbst gekämpft und getötet, Atlantos?«, fragte Orsat schließlich.

»Ich habe gelernt«, antwortete ich, »alle Waffen richtig und meist besser zu gebrauchen als meine Gegner.«

»Du musst es mir zeigen.« Psammetich riss seinen Blick von der Karte los. Verglichen mit einem meiner Höhenfotos, stellte sie einen hilflosen Versuch dar, Geländemerkmale zutreffend wiederzugeben. Aber wo ein Berg war, gab es auch Täler, aber nicht alle ebenen Flächen bestanden erfahrungsgemäß aus Sand.

»Ich bitte dich, gegen einen Meister zu kämpfen.«

»Mit dem Schild und dem Holzschwert«, erklärte Anch-Resnet. »Der Oberste Truppenführer will nicht, dass sich sein Gast verletzt.«

»Jetzt? Hier? Ganz Men-nefer sieht zu?«

Orsat betrachtete mich, als sähe er die Inkarnation eines Gottes. Psammetich zeigte zum Garten.

»Im Innenhof. Dort ist jetzt Schatten, der Boden ist aus Sand. Ahmose-za-Neith und Wahibre sehen zu, wahrscheinlich auch mein Vater.«

»Dann stelle ich mich dem Meister des Heeres«, erklärte ich. Verglichen mit anderen Aufgaben war ein Schwertkampf, zudem mit Schild, für mich eine einfache Übung. Kämpfe mit Schwertern oder ähnlichen Waffen ... ich hatte sie niemals gezählt. »Es ehrt mich, dass der große Ah'mes sein Auge auf mich richtet.«

Anch-Resnet half mir, zwischen den ausgestellten Waffen zu wählen. Der gebogene Schild aus Holz, Flechtwerk und Leder war schwerer, als ich vermutet hatte. Die Mauern des kleinen Innenhofs waren schmucklos, der Sand war in Mustern sorgfältig geharkt, und fast die gesamte Fläche lag im Schatten eines hohen Gebäudes. An dem Punkt, wo sich die Diagonalen trafen, lag eine Sandsteinplatte. Zahlreiche Fenster, von Säulen gestützt, und einige Durchbrüche führten ins Innere anschließender Palastteile. Als wir den Sand betraten, kam ein Krieger aus einem Torbogen auf der gegenüberliegenden Seite, und die Fenster bevölkerten sich mit Zuschauern. Psammetich rief: »Trefft euch in der Mitte, beim weißen Stein. Wer aufgibt oder abbricht, sage es laut; er hat verloren.«

Das Schwert war eine Art gestreckter Sichel, knapp armlang und aus schwerem Hartholz. Ich hob den Schild, näherte mich dem Gegner, einem vielleicht dreißigjährigen Rôme, der eine Halbrüstung aus hartem Leder trug, mit einzelnen Bronzeplatten besetzt, einen ledernen Schurz, ebensolche Sandalen und einen runden Helm. Ich streckte den Schildarm seitlich aus und sagte: »Wir werden einander nicht verletzen, aber ich werde dich besiegen. Du hast den ersten Schlag.«

»Mich hat noch niemand geschlagen«, gab der stämmige, muskulöse Mann zurück. Seine Augen funkelten.

Ich deckte mich mit dem Schild, hielt das Schwert bereit und wartete. Er holte über dem Kopf aus, schlug mit äußerster Kraft zu und traf die Mitte meines Schildes mit einem aufdröhnenden Hieb. Fast gleichzeitig hieb ich gegen den linken Rand seines Schildes. Während die Wucht seines Hiebes von der Krümmung des Schildes halb abgelenkt wurde und trotzdem in meiner Faust und im Unterarm schmerzte, prellte mein Schlag seinen Schutz um eine Elle zur Seite. Dann krachten unsere Schilde gegeneinander. Der Kampf begann.

Schlag, Abwehr, Vorwärtsdrängen, seitliches Ausweichen, Zurückspringen, schmetterndes Krachen auf den Schilden, Hieb um Hieb, schneller und langsamer, kraftvoll und weniger hart ... wir wechselten vielleicht hundert Schläge und trieben uns gegenseitig kreuz und quer durch den Hof. Die Echos prallten von den Mauern wie Steinwürfe. Mein Gegner war hervorragend, aber meine Arme verschafften mir die größere Reichweite. Längst waren wir schweißbedeckt, keuchten und ächzten, und ganz unvermittelt begann ich doppelt so schnell zu schlagen. Mit einem wilden Hagel prellte ich ihm den Schild aus dem Griff, er parierte mit der Schlagwaffe, aber meine Hiebe kamen so schnell, dass er keine Gelegenheit fand, zurückzuschlagen. Im Zickzack zog er sich zurück, bis seine Schultern gegen die Mauer stießen.

Mein letzter Schlag, waagrecht und mit größter Kraft ausgeführt, traf das Schwert dicht über der Faust des Gegners, und er vermochte es nicht mehr zu halten. Es wirbelte dicht vor seinem Gesicht nach rechts, schlug gegen die Mauer und fiel in den aufstiebenden Sand.

Ich ließ Schild und Schwert sinken und sagte laut: »Du warst der beste Gegner, den ich seit fünf Jahren besiegen durfte. Ein Lob deiner Kraft und deinem Können. Darf ich deinen Namen wissen?«

»Ich bin Iri-Nefer. Du bist der Beste, Atlantos.«

Wir verbeugten uns voreinander, ich ging zurück zu dem Torbogen, durch den wir eingetreten waren, und gerade noch hörte ich, wie Orsat leise zu Psammetich sagte: »Betrachte ihn genau, o Schlachtenlenker. Sieht er nicht aus wie der Krieger des Hellen Volkes?«

Psammetich machte eine unwillige Geste und wandte sich an mich. »Du hast viel versprochen und noch mehr gehalten«, sagte er und schien über den Ausgang des Kampfes erleichtert zu sein. Er sah zu den Fenstern hinauf. »Wahibre und Ahmose-za-Neith wollen mit dir reden, und der Gottesherrscher will, dass du vor ihn trittst.«

Anch-Resnet reichte mir ein großes feuchtes Tuch. Er grinste anerkennend.

Ich wischte mir den Großteil des Schweißes ab und erwiderte: »Der Vorsteher der Torwache und Vorsteher der Türen der Fremdländer. Und der Leiter der Fremdländer! Und der Große Herrscher Ah'mes! Die Götter sind einem kampfstarken Fremdling mehr gesonnen als einem Schwächling. Ich danke für die Ehrung, Heerführer Psammetich.«

Psammetich nickte kurz. Für sein geringes Alter zeigte er zu viel Härte, Entschlossenheit und genoss die Befehlsgewalt zu sehr; auf mich wirkte er überfordert und wie ein Jüngling, der von sich mehr verlangte, als er zu leisten imstande war. Sein schlanker Körper und sein Gesicht mochten Frauen entzücken, aber die dicken, sinnlichen Lippen gefielen mir nicht. *Ein Trost, dass du nur Frauen begehrst, Arkonide,* bemerkte der Extrasinn.

Beflissene Diener geleiteten uns durch Korridore, die nach Weihrauch rochen, über den Lampennischen breite Rußspuren zeigten und nie das Tageslicht gesehen hatten, durch einen Teil des Palasts bis in eine jener hellen Gartenhallen. Dorthin hatte sich ein Teil der Zuschauer zurückgezogen.

Wir setzten uns in den Schatten, tranken kalten Sud, mit gutem Wein gemischt, und schon nach einem Dutzend Fragen war deutlich, dass diese Männer des Hofstaates von mir nichts anderes wollten, als dass ich sie in allen Fragen der Truppen beriet; die Pârsa-Gefahr fürchteten sie nicht grundlos. Mir war bewusst, dass sie mich prüften. Sie fürchteten, und sie fürchteten zu Recht, dass sich zu vieles ändern würde, wenn zu viele Hellenen, Pârsa und andere Einwanderer über die Jahrtausende alten Regeln hinweggehen und die Maat, die göttliche Ordnung aller Dinge, entthronen und eigene Gesetze einführen würden.

Deswegen ein großes Heer, deswegen Söldner, wehrhafte Meeresschiffe und Kampfwagen mit ausgebildeten Besatzungen.

Sie fürchteten sich. Trotz der wieder erstarkten Größe beider Lande Tameris. Ich antwortete, so gut ich konnte und gab, wo ihre Weltsicht eingeschränkt schien, Ratschläge. Es waren Ratschläge, die nur ein Mann beachten, befolgen und in die Wirklichkeit umsetzen konnte.

Der Gottesherrscher.

Ah'mes, der angeblich seine Nächte mit Wein und Frauen teilte. Aber ich hatte ihn angestrengt arbeiten gesehen. Einen großen Teil seiner Zeit nahmen die religiösen Verpflichtungen in Anspruch, denn die Götter und deren Tempel forderten ihr Recht.

Psammetich verließ den Raum und kam eine halbe Stunde später zurück.

»Viel Zeit, die vergeht, erzeugt Ewigkeit. Tameri verschlingt viele Stunden meines Vaters. Du mögest in zwei Tagen, eine Stunde nach Mittag, sagt mein Vater, am Großen Tor warten. Dann bringen dich Diener zu ihm. Er wird sich, o Atlantos, für dich mehr Zeit nehmen als für viele andere, die ihm näher stehen«

Ich stand auf und verbeugte mich wieder. »Abermals fühle ich mich geehrt. Pünktlicher als der Schatten der Sonnenuhr werde ich sein.« Ich leerte den Becher, erhob meine Stimme und erklärte in einem Tonfall, der jeden Zweifel an meiner Ehrlichkeit ausschloss: »Ich strebe kein Amt an. Niemand soll von mir verdrängt werden, keiner soll das Wohlwollen eines Mächtigen verlieren. Ich heilige die Pflichten des Gastes und verteidige sein Recht, sich zu verweigern. Ich bilde mit anderen keine Verschwörungen, und noch lange Zeit werde ich damit verbringen, alles genau zu betrachten und allzu kunstvoll Gewirkte auseinanderzuzupfen wie Spinnwolle.«

Ich nahm einen vollen Becher, dachte kurz nach und fügte hinzu: »Und wenn man von mir zu viel verlangt, oder Unehrenhaftes, Lüge oder Zubereitung niederträchtiger Gerüchte, bin ich binnen Augenblicken verschwunden. Wie ein Horusfalke zwischen den Wolken.«

»Ein guter Bogenschütze ...«, warf Anch-Resnet zwinkernd ein. Er warnte mich vor allzu großen Worten.

»Zuvor sind seine Pfeile krumm oder verbrannt. Habe ich die Erlaubnis, mich zurückzuziehen? In meiner verschwitzten Kleidung beleidige ich eure feinen Nasen.«

Psammetich stand auf und hob die Hand. Er winkte einem Diener, der schweigend davon stob.

»Es ist ebenso schwer, aus dem Palast hinauszufinden«, sagte er lächelnd und zuvorkommend, »wie hineinzugelangen. Ich bringe dich zu deinem Gespann, das bereit ist, wenn wir das Tor erreicht haben werden.«

»Waren die Stunden mit mir für euch ein Gewinn, Sohn des Herrschers?«

»Ein Gewinn und eine nachdrückliche Vorführung.« Er lächelte schon wieder. »Erst jetzt fängt das Begrübeln und

Nachdenken an. Es wird nötig werden, dass du uns das eine oder andere erklärst. Das Per-Ao wird dir ein Geschenk zusenden, Atlantos von Alashia.«

»Wenn das Große Haus mich ruft, komme ich gern. Das Geschenk nehme ich mit großem Dank an.«

Als wir die oberste Stufe betraten, brachten Diener das Gespann. Sie liefen neben den Köpfen der trabenden Pferde, und als der Wagen hielt, sprang Nubis herunter und sah sich wachsam um, ohne Laut zu geben. Ich dankte, ergriff die Zügel und lenkte das Gespann schräg über den Hof. Die Schatten waren lang geworden und glitten noch länger neben mir her, als ich in das gartenkühle, ummauerte Viertel der Reichen einfuhr.

Also wieder einmal warten, sagte ich mir. Da ich keine dringende Aufgabe sah, gab es genügend Zeit, das Geschehene zu überdenken und mich mit dem Gefüge innerhalb des Macht-Mittelpunkts zu beschäftigen. Psammetich der Dritte gierte nach dem Thron des Gottesherrschers. Ah'mes schien die Macht nicht oder noch nicht abgeben zu wollen. Orsat spielte als Ratgeber offensichtlich eine wichtige Rolle. Anch-Resnet war ein Handwerker der Waffen und der Schlachten, Wahibre und Ahmose-za-Neith, um die Verletzlichkeit der Grenzen besorgt, unterstützten den Obersten Heerführer Psammetich, der einen Angriffskrieg plante, den er nicht gewinnen konnte. Die übrigen Figuren auf dem Spielbrett der intrigenhaften Beziehungen im Großen Haus, auch Nitetis und Imotep-za-Neith, die anderen Kinder und deren Mutter Tanet-cheta vermochte ich noch nicht einzuordnen. Also wählte ich mit meinem Gespann einen weiteren Umweg und nahm die Schwingungen der großen Stadt in mir auf. Inzwischen hatte ich vier Diener und eine Köchin, und als ich die Rappen ausgeschirrt hatte, half mir Pa-Sepet, mein »Hofmeister«, die Zugtiere im Stall mit der gebotenen Sorgfalt zu versorgen.

»Wie du befohlen hast, Neb Atlantos«, sagte er mit zahnarmem Lächeln, »haben wir die Eingangshalle so eingerichtet und geschmückt, dass du keine Scham empfindest, wenn du Besucher empfängst.«

»Danke«, antwortete ich und säuberte die Ohren des Blesse-Rappens vom Staub. »Einverstanden, aber noch strömen keine Besucher ins Haus. Nachher sehe ich mir alles an.«

Er grinste listig und ein wenig lüstern. »Das Große Haus aber, vertreten durch die Rechte Hand des Psammetich, hat dir einen feinen Besucher geschickt. Du wirst ihn ... hören, sobald du das Haus betrittst.«

»Du weckst meine Neugierde, Pa-Sepet«, antwortete ich und untersuchte Huf um Huf meiner willigen, starken Rappen. »Aber ... später.«

»Sicherlich. Später.« Sein Grinsen verstärkte sich.

Als die Tiere ruhig fraßen und müde die Hälse lang machten, brachte mir ein junger Diener frische Kleidung und Sandalen, Badeöle und Tücher, und ich reinigte mich im warmen Wasser des Teiches. Auch der Garten zeigte durch beschnittene Hecken und viele Blüten und Blumen, dass sich die Diener mit Mühe und Erfolg seiner angenommen hatten. Schräg fielen die Sonnenstrahlen durch Palmwedel und Baumkronen, als ich, ein Tuch wie einen Schurz gegürtet und den Dolchgürtel locker über der Schulter, zum Haus ging.

Nach einem Dutzend Schritten hörte ich die fordernden Takte von Fingern auf einem Tympanon, einer großen Trommel. Zwei Atemzüge später begann jemand durchaus melodisch einen Aulos zu blasen, ein armlanges Instrument mit dunklen Tönen, das die Fremden eingeführt hatten. Ich betrat durch den schweren, ledergesäumten Wollvorhang die Eingangshalle und sah auf den Kissen einer Truhe, im Licht der einfallenden Nachmittagssonne, eine junge Frau.

Einige Takte lang bewegten sich ihre Finger flink auf den Löchern des Instruments und erzeugten einen langen, verebbenden Triller, dann setzte die Frau das Rohr ab und sagte lächelnd: »Ich bin Takhnef, Neb Atlantos, und Neb Psammetich hat befohlen, dass ich deinen Tag verschönern und dir dienen soll. Zuerst ... « Sie brach ab, als ich näher trat, und strahlte mich an, als sei sie darüber und über mich begeistert. »Und jetzt freut sich Takhnef auf jede Stunde. Ist sie willkommen, Herr?«

»Zutiefst, Takhnef«, antwortete ich. Sie trug eine kunstvolle Perücke, einen knielangen Schurz und breite weiße Bänder, die sich über der Brust kreuzten. Ihr Schmuck war farbig, aber wertvoll. »Schöne Geschenke macht dein Herr, und meine Freude ist groß. Und weil das so ist, werden wir den Abend auf dem Dach verbringen, wo wir Wein trinken und du mir Geschichten aus dem Großen Haus erzählst.«

»Takhnef ist eine gute Erzählerin und Weineinschenkerin. Du wirst viel Freude an Takhnef haben.«

Ich deutete zur Decke, nickte ihr zu und ging hinauf in meine Zimmer. Welche Absicht verfolgte Psammetich wirklich mit diesem »Geschenk«?

Die Mückenschleier, an einem Gerüst aus Schilfstängeln aufgehängt, bewegten sich sacht. Um uns waren die Laute und Gerüche des Gartens und seiner unsichtbaren Bewohner. Die Lotosblüten des Zierteichs hatten sich geöffnet; Takhnef, die ihre Perücke abgenommen hatte, trug eine Blüte im langen, schwarzen Haar. Musik und Gelächter klangen von den Nachbarn herüber. Wir lagen in einem Berg von Kissen, nippten am Wein, und ich erfuhr, während ich die Frau in den Armen hielt, bemerkenswerte Dinge aus dem Palast, die auch Horus nicht hätte herausfinden können.

Jeder, der im Großen Haus von Bedeutung war, besaß seinen eigenen Palast, größer oder kleiner, aber ausgestattet mit eigenem Hofstaat und Kostbarkeiten aus der langen Geschichte seit dem ersten Psammetich. Nitokris die Zweite, Tochter des Ah'mes und der Tanet-cheta, residierte ebenso in einem Teil des ausgedehnten Palastbezirks wie ihre Mutter und ihr Bruder, der neunzehnjährige Heerführer. Höfe, Innenhöfe, Magazine, Küchen, Wohnungen für die Dienerschaft, Sklavenquartiere, ein gewaltiger Aufwand für jeweils eine oder einen Mächtigen ... Ah'mes' Palast war der größte inmitten der kleineren Anlagen.

»Auch Imotep hat einen eigenen Palast?«, wollte ich wissen.

Takhnef nickte und schmiegte sich an meine Brust. »Er teilt sich ihn und ein halbes Dutzend neu gebauter Teile mit seiner angenommenen Schwester.«

»Du meinst Nitetis, die Hellhaarige?«

»Sie hat fast das gleiche Haar wie du, Herr meiner Stunden.« Sie zupfte spielerisch an meinem Haar und blies heißen Atem in mein Ohr. »Bist du sicher, dass ihr nicht Geschwister seid, aus dem Hellen Volk?«

»Völlig sicher«, antwortete ich lachend. »Imotep-za-Neith will nicht gegen die Pârsa oder sonst wen in den Krieg ziehen?«

»Schwerlich, bei Hathor! Seit seine Mutter, Ladike, gestorben ist – man sagt, dass sie vergiftet wurde –, leidet er an Schwermut. Dutzende Dienerinnen, Sklaven und Diener umsorgen ihn. Sein Vater liebt ihn, aber der Kleine liebt niemanden außer Nitetis. Nicht einmal Mädchen, nicht einmal sich selbst.«

Die Adoptivschwester Nitetis also. Bevor ich mich ihrer nächsten leidenschaftlichen Umarmung überließ, stellte ich Takhnef eine vorläufig letzte Frage.

»Alle sind Spielsteine auf einem bunten Brett. Welche Bedeutung hat Orsat, der Schriftgelehrte?«

»Takhnef muss darüber nachdenken«, antwortete sie und fuhr mit dem Zeigefinger die Umrisse meiner Lippen nach. »Deswegen musst du sie so verwöhnen wie vorher. Dann sagt sie dir, was sie weiß.«

»Wir haben die ganze lange Nacht Zeit zum Verwöhnen«, sagte ich und ließ meine Finger auf ihrer glatten, duftenden Haut auf Entdeckungen gehen. Takhnef, vor der Schwelle zur reifen Frau, war anschmiegsam, zugleich scheu und erfahren, mit dem Körper einer Tänzerin gesegnet und sehr, sehr neugierig auf die Zärtlichkeiten eines groß gewachsenen Fremden, der nichts befahl, liebenswürdig um dies oder jenes bat und ihr für einige Zeit das Gefühl schenkte, weit entfernt vom starren Zeremoniell des Per-Ao zu leben. Schon nach wenigen Stunden, hatte sie geflüstert, fühlte sie sich geborgen und umhegt und gab dies in der einzigen Münze zurück, die sie verschenken konnte.

Als uns das gegenseitige Verwöhnen ermüdet hatte, füllte sie unsere Becher und begann zu berichten.

Orsat-Hatchetef-meri-Thot. Ich verglich, was ich hörte, mit den älteren Bildern und meinen eigenen Beobachtungen und versuchte, die richtigen Schlüsse zu ziehen.

Auch Takhnef wusste nur, was sie von Dritten gehört hatte. Orsat, etwa vierzig Sommer alt, kam aus der Thera-Kolonie Kyrene, die vor ungefähr zwei Jahrhunderten westlich des Kanopischen Mündungsarms, zwischen dem fruchtbaren Dreieck und der Wüste, gegründet worden war. Ein König, der wahrscheinlich Battos der Lahme hieß, regierte das Gebiet, und Orsat, der hellenische und rômetische Großeltern und Eltern und eine Ausbildung als Schreiber und Priesterschüler hatte, verließ die Kolonie; niemand glaubte ihm, dass er ein einzigartiges Schriftstück – jene *Prophezeiung* –

gefunden hatte. Er fand vor ungefähr zwanzig Jahren Aufnahme bei Ah'mes und schien ihn von der Wichtigkeit des Dokuments und der Richtigkeit dessen überzeugt zu haben, was dort geschrieben stand.

»Etwa über das Helle Volk? Eine Prophezeiung, die mit Hellhäutigen und Blauäugigen zu tun hat, also mit Nitetis?«

»Takhnef hat das uralte Shafadublatt nie gesehen. Man sagt, dass nur der alte Gottesherrscher es kennt. Und natürlich Orsat selbst.«

Ich konnte mir durchaus vorstellen, dass Orsat, seit er Nitetis zu einer jungen Frau heranwachsen sah, sie für die künftige Herrscherin der paradiesischen Sieben Königreiche hielt und Ah'mes drängte, nach dem Hellen Volk suchen zu lassen. Mehr darüber würde ich nur vom Gottesherrscher selbst und von Orsat erfahren.

»Ich danke dir für die Erzählung«, sagte ich. »Weißt du, wo Orsat wohnt und seine Schriften aufbewahrt?«

»Das weiß Takhnef«, erklärte sie fröhlich und löste sich von mir. »Er ist Gast bei den Priestern, in einem Haus beim Tempel. Takhnef ist aber noch lange nicht müde.«

»Atlantos auch nicht«, sagte ich und spielte mit dem Zellaktivator. In den Lampen verbrannte das letzte Öl, die Flammen erloschen zitternd nacheinander. Millionen Mücken, Fliegen, Käfer und Nachtfalter beendeten ihren Ansturm auf die Falten der Mückenschleier. Wir fanden erst spät Schlaf, hörten den Lärm der erwachenden Vögel nicht und versäumten die Morgendämmerung.

5
Ah'mes und das Dokument der Prophezeiung

Der Schatten der riesigen Akazie fiel auch auf das Sonnensegel, das sich über uns spannte. Wir saßen auf der Terrasse, die an den Saal anschloss, in dem ich vor Tagen den Gottesherrscher und seine Gäste belauscht hatte.

Ah'mes und konnte seine Blicke nicht von meinem Haupthaar lösen. »Seit ich dich kämpfen gesehen habe, glaube ich, dass du mehr Erfahrungen hast als viele kluge Rômet.«

»Es waren aufregende Jahre, o Herrscher, in denen aus einem Kaufmann, der überleben will, schnell ein Kämpfer wird oder ein Kapitän oder ein Anführer von Truppen. Immer und überall habe ich etwas lernen können.«

»Hoffentlich auch über die Großzügigkeit von Geschenken aus meinem Haus?«

»Das hochherzige Geschenk deines Sohnes hat meine Stunden bereichert, Herr. Musik, Blüten, dazu der Wein, den Psammetich mitschickte, ein lieblicher Körper und ein zärtliches Wesen ... Takhnef ist *nedjemet merut.* Aber ich bin unbedeutender, als man im Palast denkt.«

Der Ausdruck besagte vieles: liebenswert, liebesbedürftig, anschmiegsam, eine Gottesfreude für die Augen und alle anderen Sinne.

Ah'mes grinste verständnisvoll und redete weiter. »Vielleicht liegt ein Teil deiner Bedeutung darin, dass du uns ablenkst und Hoffnungen weckst.«

»Das mag sein«, erwiderte ich. »Nun weißt du alles über meine Herkunft und den langen Irrweg über die runzlige Schale dieser Welt.«

»Pah! Runzeln, Narben, Falten ... ich vermag meine Runzeln nicht mehr zu zählen. Es ist wohl an der Zeit, dass ich mich vom Thron davonstehle.«

»Mit Psammetich als Nachfolger?«

»Er ist der Einzige, der fähig und würdig ist.«

Wir tranken kalten Sud. Die Unterhaltung ähnelte derjenigen zweier alter Männer, die sich frierend am Feuer wärmten, von alten Zeiten schwärmten und die scheinbare Jugend des Anderen beneideten. Schon nach wenigen Sätzen hatte ich verstanden, warum Ah'mes' Beliebtheit beim Volk außer Frage stand: Wir schätzten uns, weil wir einander ähnlich waren. Neue, »alte« Freunde.

Er stand auf und sagte aufgeregt: »Deine helle Haut unter der Bräunung des Rê-Harachte, die seltsame Farbe deiner Augen, dein Haar ... ich sage dir: Es gibt noch einen aus deiner ... Familie. Komm mit!«

Er eilte vor mir her. Wir gingen durch breite und schmale Korridore, kurze Treppen hinauf und hinunter, entlang geschmückter Wände aus Lehmziegeln, gestützt mit Holzbalken und Traversen aus Stein, durch Halbdunkel, das durch plötzliche Helligkeit zerteilt wurde, wenn wir an Torbögen oder Durchlässen vorbeikamen. Diener und Sklaven wichen erschreckt zur Seite und warfen sich vor Ah'mes nieder. Türen öffneten sich lautlos; wir traten in einen hellen Raum, in dem sich nicht mehr als sieben Menschen befanden. Einer davon ...

»Mein Sohn Imotep-za-Neith«, murmelte der Pharao. »Ich liebe ihn. Er ist so hilflos.«

Der Vierundzwanzigjährige saß auf einem goldverzierten Bett, summte vor sich hin und erschrak, als er seinen Vater sah. Sein Gesicht verzog sich zu einer weinerlichen Grimasse. Der »Zarte«, ein Mann in der Größe eines Heranwachsenden, mit dünnen Gliedmaßen und großen, dunklen

Augen, drehte den Kopf weg und blickte auf eine hochgewachsene hellhaarige Frau, die in einer Breischüssel rührte. Nitetis. Als Imoteps Blicke sie trafen, lächelte er selig.

Sein Vater murmelte neben mir: »Ein rätselhaftes Fieber, Atlantos, ergriff ihn, als er klein war. Sein Körper und sein Geist, sie wuchsen viel zu langsam. Er ist wie ein Vierjähriger.«

Kleinwüchsig und gebrechlich, zerbrechlich fast, umschwirrt von jungen Dienerinnen, ein alt gewordenes Kind, grinste er, als ihn Nitetis fütterte. Seinen Vater und mich neben Ah'mes hatte er schon vergessen.

Leise sagte ich: »Dass es dir das Herz zerreißt, o Herrscher, verstehe ich.«

Ah'mes nickte schwer und antwortete: »Seit seine Mutter starb, hat ihn niemand lachen gehört. Die Götter, die mir wohlgesonnen sind, haben einen Unschuldigen gestraft. Die Priester sagen, dass die Waage der Maat ausgeglichen sei.«

Ich stimmte zerstreut zu und betrachtete Nitetis. Mein erster Gedanke war, dass sie einer Arkonidin glich und eine der schönsten Frauen war, die ich je gesehen hatte. Sie trug ihr rückenlanges Haar, fast so weiß wie meines, doch mit hellgoldenem Einschlag, straff an den schmalen Kopf mit den zierlichen Ohren und den hohen Jochbeinen gekämmt. Ihre Augen strahlten tatsächlich, wie Sonnenlicht auf einer Meereswelle. Sie schien weder Ah'mes noch mich zu beachten und streichelte die bartlosen Wangen des Erstgeborenen.

Der Herrscher winkte einer Dienerin, redete leise mit ihr und nahm dann mein Handgelenk. Er zog mich ins Halbdunkel zurück. »Er wird niemals erwachsen werden, wird niemals herrschen können. Reden wir weiter, in meinem Palast.«

Er wählte einen anderen Weg zu dem ausgedehnten Mittelteil des Großen Hauses. Wir kamen an großen und kleinen Granitstatuen vorbei, die Götter und frühere Herrscher zeigten, an herrlichen Wandbildern und mannslangen Truhen und kostbaren Statuetten aus anderen Materialien. In einem Saal, in dem viele Diener arbeiteten, blieb Ah'mes stehen, blickte über die Rücken der Frauen und Männer hinweg und sagte zu mir: »Ich habe nach Orsat geschickt. Er soll mir und dir die Prophezeiung zeigen. Dann verstehst du sicherlich, warum ich so viele Fragen gestellt habe.«

»Meine Neugierde und meine Erwartungen sind groß«, gab ich zu und folgte ihm bis zur schattigen Terrasse. Nicht nur ihrer außergewöhnlichen Schönheit wegen ging mir Nitetis nicht aus dem Sinn. Die Stärke ihrer Persönlichkeit überstrahlte jeden Anwesenden.

Orsat trug weder wertvollen Schmuck noch teure Kleidung. Auf seinem kurzen, ergrauenden Haar über einem schmalen Gesicht saß keine Perücke. Er hatte eine kupferne Röhre, eine Elle lang, in beiden Händen und begrüßte den Pharao mit aller Ehrerbietung. Vor mir verbeugte er sich und betrachtete mich ebenso aufmerksam, wie ich Nitetis betrachtet hatte.

»Um Vergebung«, sagte er, nachdem ihn Ah'mes zum Sitzen aufgefordert hatte. Er sprach rômetisch ohne Akzent. »Es fällt mir schwer, nicht an den Weißen Krieger zu denken, wenn ich dich sehe, Atlantos von Alashia.«

»Und an die Goldene, in der du die schöne Nitetis siehst, nicht wahr?«, gab ich grinsend zurück. Er nickte.

Ah'mes klatschte in die Hände und rief begeistert: »Ich bin voll Stolz auf Nitetis. Bisweilen ärgert sie mich, denn sie widerspricht mir oft. Ich liebe sie trotzdem. Oder gerade deswegen.«

»Ich hab geschwiegen und zugehört, geredet und mich umgesehen«, sagte ich und deutete auf den hochglänzenden Kupferzylinder. »Psammetich will, dass ich mit seinem Heer kämpfe. Der Gottesherrscher will, dass ich das Rätsel um Nitetis löse, die er aufgezogen hat. Was du willst, Orsat-Hatchetef-meri-Thot, weiß ich nicht genau, aber *ich* will sehen, was du vor zehn Jahren in Kyrene gefunden hast, und will wissen, warum du so inbrünstig an den Weißen Krieger und all das glaubst.«

Er zeigte weder Überraschung noch Zweifel, zog die Kappe vom Zylinder ab und ließ ein eng gerolltes Shafadurblatt herausgleiten. Vorsichtig zog er sie auf einem Tischchen auseinander und beschwerte die Ecken. Ich beugte mich vor und betrachtete das Blatt, das an allen Rändern ausgefranst war, Wasser- und Brandspuren zeigte. Es war alt, ob älter als ein Jahrzehnt, vermochte ich nicht zu beurteilen. Es war in der Mitte in etwa zwei Dutzend Zeilen beschriftet; die schwarze Schrift war ausgeblichen. Wenn dieses »Dokument« eine Fälschung war, dann verfügte der Fälscher mindestens über Ricos Können.

Die Bilderschrift der Rômet, die *Medu-neter,* die »Gottesworte«, wechselte mit alten Schriftzeichen ab, die auf hellenischen Inseln und auf dem Festland gebraucht worden waren, und viele Wörter waren in der Keilschrift der Sumerischen Zivilisationen – Akkade? Assur? Babyla? – geschrieben. Ich kannte sie alle, meine Erinnerung arbeitete mit absoluter Zuverlässigkeit. Trotzdem war es schwierig, Wort für Wort zu entziffern. Ich versuchte es einmal stockend, unsicher und schweigend, mit langen Pausen, dann prüfte ich die Richtigkeit einiger Worte, schließlich las ich langsam und deutlich vor.

Auf Orsats Gesicht – und einige Atemzüge danach auf den Zügen des Ah'mes – erschien der Ausdruck ungläubigen Staunens. So lautete meine »Übersetzung«:

ABER SEHET UND MERKET, IHR ALLE – Ich aber sage euch: Es erhebet sich der WEISSE KRIEGER. Scharf sind seine Waffen, sein Kampf ist siegreich.

Aber fern von ihrem Stamm wächset die GOLDENE heran. Groß wird ihre Schönheit sein, ihre Klugheit ist ihre Waffe.

Wenn die SONNE IM WESTEN im Aufgang sich vom Horizont löset, wird es geschehen: Aus der Knechtschaft seiner Feinde befreiet der WEISSE KRIEGER das HELLE VOLK, die GOLDENE führet sie auf lange Wanderung.

Ihr Ziel sind die sieben Lande, in denen das Volk geschützet ist. Denn die dunklen Feinde sind zahllos und wollen nicht, dass das Volk seine Bestimmung findet. Und siehe: Bald erblühen die SIEBEN REICHE zu großer Macht und Herrlichkeit. Das wird geschehen, wie die ALTEN es vorbestimmt haben.

»Du kannst es entziffern!«, keuchte Orsat. Er schien fast entsetzt zu sein. »Ich habe Jahre dazu gebraucht.«

Der Pharao genoss sichtlich seine Gewissheit, in mir einen ungewöhnlichen Gast gefunden zu haben. Ich zuckte mit den Schultern. »Ich habe berichtet, dass ich weit herumgekommen bin in der Oikumene. Man lernt dies und das und vieles, was unnütz erscheint. Wo hast du's gefunden, Schriftgelehrter?«

»In einem Wrack, das an einem Strand des Großen Grünen halb im Ufersand begraben war«, antwortete er, ohne zu zögern. »Kinder haben es beim Spielen ausgegraben und mir gebracht.«

»Seit du die Worte kennst, suchst du nach der Goldenen, dem Hellen Volk und dem Krieger?«, stellte der Pharao fest.

»Ohne das Volk gefunden zu haben«, knurrte ich. »Aber im festen Glauben, Krieger und Goldene zu kennen.«

»So ist es.«

Zwischen uns lag dieses einzigartige Schriftstück. Wir starrten es eine Weile lang an, jeder tief in Gedanken versunken. Wahrheit oder Zeichen eines Planes, der von Ehrgeiz diktiert wurde. Aber welche Macht, welchen Reichtum konnten Ah'mes und Orsat dadurch erwerben, wenn sich, sozusagen, die Prophezeiung samt falschem Sonnenaufgang und Nitetis und mir als Helden erfüllte? Irgendwo am Rand der Welt oder im Herzen des Großkontinents?

Der Pharao ließ gemischten Wein bringen, sah dem gelassenen Stelzen eines weißen Reihers zu und sagte schließlich, ernst und würdevoll: »Ich habe immer von Anderen gelernt. Wenn du willst, Atlantos, mache ich dich zum Berater des Gottesherrscher und zum Mitglied des Hofstaats. Besuche diesen Gelehrten in seinem Tempelhäuschen und hilf ihm, das Helle Volk zu finden. Habt ihr es gefunden, sende ich Soldaten dorthin und, wenn er will, den alten Ka-Nachtmin, der mir einst Nitetis brachte. Willst du?«

Ich nickte. »Ja. Ich bin geehrt.«

»In drei Tagen wird Men-nefer vom Gott Hapi verwöhnt sein«, fuhr der Pharao fort. »Die Überschwemmung. Und zugleich wird das Schiff der Gottesgemahlin aus dem fernen Ipet-sut anlegen. Dann werde ich verwöhnt und von ihrem Liebreiz überschwemmt. Ich glaube, dass es lange dauert, bis das Helle Volk gefunden ist. Ich überlasse also die Suche euch.«

Orsat sah mich fragend an, ich nickte wieder, er rollte den »Papyros« zusammen und verschloss die Kupferröhre. Die Vorhänge teilten sich, und Nitetis betrat die Terrasse. Die Schatten schienen sich aufzuhellen.

»Du hast mich gerufen, mein Vater«, sagte sie und kauerte sich neben ihm nieder. »Wie kann meine kindliche Einfachheit im Rat dreier kluger Männer bestehen?«

Sie beachtete weder mich noch Orsat. Ich hingegen musterte sie schweigend und hingerissen. Selbst im grellen Licht verlor sie nichts von ihrer Schönheit; ihr Körper war vollkommen, ihr Profil einzigartig.

Ah'mes zeigte auf mich und sagte: »Dies ist mein neuer Berater, Atlantos von Alashia. Sieh ihn an – sein Haar, sein Körper, seine Größe, die deiner Größe entspricht ... ist es nicht denkbar, dass er der Weiße Krieger aus der Prophezeiung ist?«

»Ist es nicht denkbar, dass sein Haar gefärbt ist, oder ausgebleicht?«, gab sie zurück. »Er ist, wie auch ich und Orsat, hochgewachsen. Von seiner Größe, wenn er sie denn erringt, wird man vielleicht in der Zukunft reden. Oder das Schweigen vorziehen.«

Ich legte den Kopf schräg, schenkte ihr mein schönstes Lächeln und antwortete: »Du hast recht, Schönste. Bedenke aber, dass auch Goldene Frauen altern. Dann bliebe ihnen nur Weisheit und Erfahrung inmitten ehrwürdiger Falten.«

»Die dir fehlen, Atlantos«, sagte sie.

Sie war wortgewandt und schlagfertig, was mich für sie einnahm. »Innerlich aber bin ich zerfurcht wie die Windseite einer wandernden Düne, da bin ich nur ein tapferer Greis. Dass ich der Weiße Krieger sein könnte ... dein Vater und dieser treffliche Mann der Wissenschaft glauben's. Ich nicht.«

Einen Augenblick lang, der schnell verging, zeigte sie, dass sie wenig Übung in Selbst-Sarkasmus hatte. Man lernte wahrscheinlich, im Großen Haus zu überleben, Teil unbedeutender, geschwätziger oder auch gefährlicher Intrigen zu sein, aber die raue Schule des Lebens stand an anderen Stätten. Sie bedachte meine Bemerkung und sah mich an. Ihre Haltung veränderte sich, war aber noch immer nicht königlich.

»Warum also soll ich Atlantos betrachten, als sei er Thot und Apollon zugleich?«

Meine Achtung stieg. In Sa'u schien sie einen hellenischen Lehrer gehabt zu haben. Ich grinste ihr so schäbig, wie ich konnte, ins strahlende Gesicht und entgegnete leichthin: »Weil ich klug wie Apollon und schön wie Thot bin. Und weil, wenn du an Alter und Reife zunähmest, du vielleicht doch die Goldene sein könntest – und ich dein Krieger. Wollen wir weiter streiten, oder hast du Besseres vor?«

Orsat und Ah'mes verfolgten unser Streitgespräch mit Verblüffung.

Nitetis zog die Schulten hoch, sah Ah'mes entschuldigend an und sagte leiser und voller Ernst: »Imotep braucht mich. Er muss schlafen, und ohne mich schläft er nicht ein.«

»Dann geh zu ihm«, antwortete Ah'mes sanft. »Nun kennst du meinen neuen Berater und wirst nicht erschrecken, wenn du ihn im Palast triffst.«

Sie verbeugte sich spöttisch in meine Richtung. »Auch dann nicht, wenn er mit dir und deinem trunkenen Tross bis in den Morgen hinein lacht, trinkt und ...« Sie schob die Vorhanghälften auseinander und verschwand im angrenzenden Saal.

Ah'mes schlug die flachen Hände auf seine Schenkel und rief: »Die Pfeile ihrer Rede treffen immer. Aber deine Geschosse sind nicht weniger gut gezielt, Atlantos. Darf ich euch verabschieden? Ihr wisst – die Überschwemmung und die Schiffe!«

Wir standen auf. Diener geleiteten uns zum Ausgang. Ich bot Orsat an, ihn mit dem Wagen zu seiner Behausung zu bringen, und er nahm freudig, fürchtete sich auch nicht vor Nubis. Mein Gespann beeindruckte ihn kaum; er schien Ähnliches gesehen zu haben und verhielt sich wie ein erfahrener Mitreisender im Wagenkorb.

Wir fuhren durch einen Teil Men-nefers, an einem Kanal entlang und bis zum Tempel. Er zeigte mir ein Häuschen in einem Tamariskenwäldchen, und ich versprach, ihn bald zu besuchen – wenn ich Takhnef mitbringen dürfe. Orsat verbeugte sich und sagte, er sei lange und weit umhergezogen und sähe Klugheit, Reichtum, Mut und Schönheit mit den Augen eines Weisen.

6
In der Zeit der Überschwemmung

Eine Handvoll Tage später: Auch die Umgebung, in der Orsat wohnte und arbeitete, wies ihn als ernsthaft Forschenden und Mann der Bilder und Schriften aus. Die Räume in seinem Häuschen waren voller Wandgestelle, die in bunten Binsenkörben Hunderte Schriftstücke enthielten. In einem Raum kopierten einige Schreiber verschiedene Blätter, in einem anderen waren auf Tischen große Schriftrollen voll mit Bildern und Schriftzeichen ausgebreitet, und auch im Wohnraum, dessen Wände, wo sie zwischen den Shafadurollen sichtbar waren, mit Figurenmalerei verziert waren, lagen zusätzlich Körbe voller solcher Rollen in tiefen Wandnischen.

»Mir scheint, Atlantos, dass du die alte Schrift mit grimmigem Blick gemustert hast, vor zwei Tagen, im Palast.« Orsat hatte den Gesprächsgegenstand gewechselt. »Vielleicht denkst du, alles sei eine Fälschung?«

»Ich halte es für möglich«. Durch den Türbogen sah ich Takhnef, die mit großen Augen die dargestellten Szenen der Bilder betrachtete. Jäger und Vogelfänger im Schilf waren nicht größer als ein ausgestreckter Finger und liebevoll gemalt. »Es wäre nicht das erste Mal, dass mit falschen Briefen, Verträgen und Ähnlichem riesenhafter Betrug stattfindet.«

»Oder zumindest versucht wurde.« Er nickte und breitete hilflos die Arme aus. »Der Weiße Krieger ... niemand kannte dich. Erst seit einer Handvoll Tagen bist du in Men-nefer.«

»Nitetis allerdings zeigt seit fünf oder zehn Jahren ihre zukünftige Schönheit.«

»Aber nicht ihre wahre Bedeutung. Und kaum jemand sieht sie. Ich glaube der Prophezeiung«, sagte er. »Aber was haben der Pharao oder ich damit zu tun?«

Dies war auch der Umstand, der dafür sprach, dass der Papyros echt und uralt war. Dazu kam der Text in drei verschiedenen, halb vergessenen Schriften. Er entsprach nicht den sprachlichen Gepflogenheiten der Zeit – aber dies versuchte Rico zu überprüfen.

»Wenn es durch einen Zufall gelänge«, begann ich wieder, unterbrochen von den Lauten des Entzückens, die Takhnef ausstieß, »das Helle Volk zu finden – falls es wirklich irgendwo lebt –, wer führt es aus der Sklaverei? Denn: Wenn das Völkchen sich nicht aus eigener Kraft befreien kann, bedeutet dies, dass die Herren dieser Sklaven mächtig sind. Wer soll diese Herren bekämpfen? Der Weiße Krieger allein?«

Orsat schien selbst an der Gewichtigkeit seiner Antwort zu zweifeln. »Ah'mes schickt Soldaten, sagt er.«

»Auch ans Ende der Welt? Durch die Wüste? Oder auf dem Großen Grünen?«

»Ich weiß es nicht.«

»Und weiter: Selbst wenn das Volk gefunden und befreit werden würde – wo finden sich die Sieben Königreiche?«

»Das weiß ich auch nicht. Sieben fruchtbare Täler? Sieben Inseln? Sieben große Oasen?« Hilfesuchend glitten seine Blicke über die Schriftrollen. »Sicherlich nicht entlang des Hapi, auch nicht über die Katarakte hinaus.«

»Auch ich glaube nicht daran – die Rômet kennen die Wüste bis tief in alle Nebentäler hinein.«

Wir schwiegen, blickten einander ratlos an und tranken lauwarmen Sud. In der Stille raschelte Takhnef mit Zeichnungen und Bildern. Sie hatte einen Bogen gefunden, auf dem Liebespaare in vielen kunstvoll gestalteten Haltungen und Stellungen gemalt waren. Immer wieder hörte ich Takhnef lachen und anerkennend schnalzen.

Es war alles bedacht und gesagt worden; dass ich immerhin bereits wusste, wo das Helle Volk *nicht* lebte, verschwieg ich selbstverständlich. Ich hielt Orsat auch keineswegs für einen Ehrgeizling, der mit diesem Vorhaben, wann auch immer, Erfolg, Macht und Gold zu gewinnen versuchte. Alles schien so endlos weit weg von Tameri zu sein.

»Die Welt ist groß«, sagte ich, »und voller scheinbarer Wunder. Die Wege der Götter, vielfältig und ungenau wie deren Zahl, führen uns vielleicht zur Einsicht.«

Ich stand auf und verbeugte mich lächelnd. »Wir treffen uns sicherlich bald wieder im Großen Haus.«

Takhnef kam lächelnd herein, einen halb handgroßen Shafadufetzen in den Fingern.

»Schließlich braucht Ah'mes unsere Beratung.«

Orsat hob grüßend die Hand. Takhnef hielt den Ausriss in die Höhe. Darauf war ein Paar abgebildet, das im Binsenboot durchs wuchernde Schilf fuhr, das voller Vögel, Schmetterlinge und Fischen war. »Darf Takhnef das behalten? Schenkst du's ihr?«

»Wenn es dich freut – nimm es mit.« Orsat grinste. »Wenn alles so leicht wäre ...«

Sie bedankte sich überschwänglich und tänzelte aufgeregt neben mir, bis wir in den Wagen stiegen und die Rappen zu meinem Haus lenkten.

Takhnef fühlte sich, wie sie mir zögernd nach der ersten hitzigen Umarmung des nächsten Tages gestand, wie ein Vogel, dessen Käfig durch meine Hand geöffnet worden war. An zwei Dutzend Stellen im Haus schwammen Blumen und Blüten im Wasser und erfüllten die Räume mit mancherlei Düften. Takhnef lief mit wehendem Haar umher, sang, spielte auf dem Aulos und trommelte, scherzte mit den Pa-Sepet, dem Alten und den anderen Dienern und freute sich, wenn ich das Haus betrat.

Als wir nach dem Besuch bei Orsat, dessen Sammlung von Shafadurollen und, weniger zahlreich, alten und neuen Pergamenten ihr Ehrfurcht vor manchem Geschriebenem einflößte, als uns also erst die Sonnenhitze weckte, beherrschte ein neuer Geruch die Stadt.

Ganz Men-nefer hatte sich verändert. Es war, als stünden alle Gebäude und jeder Baum in einem riesigen, bräunlichen See. Das Wasser der Überschwemmung war wie ein dunkler Spiegel und roch nach dem Schlamm der Fruchtbarkeit. Tausend Binsenboote bewegten sich auf den langgezogenen Seen, in den Kanälen, die zehnfache Breite angenommen hatten und um ein halbes Tausend Gebäude herum, die auf Hügeln standen. Es schien, als versänke Djosers steingestuftes Grabmal in der riesigen Wasserfläche. Nicht mehr als die Hälfte aller Dammstraßen befand sich über der Wasseroberfläche, jenseits der Straße vor der Hofmauer begann das neue Ufer.

»So habe ich Men-nefer noch nie erlebt.« Ich staunte über das Ausmaß der Flut. »Meine Rappen werden zu Flusspferden, und wir werden viel schwimmen.«

»Mit dir zusammen im Haus und im Garten eingeschlossen ... nach zwei Monden wirst du Takhnef hassen müssen, Atlan.«

»Nur wenn du missgelaunt bist und falsch singst und spielst«, antwortete ich und sah zu, wie sie Schalen voller heißem Sud balancierte.

Sie lachte zwitschernd und rief: »Wie könnte Takhnef! Takhnef denkt an deine Umarmung, und dann hat sie viel mehr Atem!«

Während sie Tage und Nächte mit Blüten, Aulosklängen und den Wonnen ihres biegsamen Körpers füllte, redete ich mit Rico, dessen Sonden unermüdlich suchten, rief mitunter Anubs Bilder aus der Wohnung in Naukratis ab und erfuhr vom Horusfalken, dass die Gottesgemahlin mit ihrem Gefolge neben dem Amûntempel wohnte – wenn sie nicht zwischen den Palastmauern dem Ah'mes auf höchst angenehme Weise den Schlaf raubte. Entlang der begehbaren und befahrbaren Straßen war Men-nefer für Amûn und den Besuch seiner Obersten Priesterin geschmückt worden. Boote, mit Blumenranken bekränzt, brachten Stadtbewohner und andere, die bei den Feierlichkeiten zusehen wollten, zu den Tempeln. Die Freude war groß, denn nun erlebten die Rômet, wie sich die Erde langsam mit dem schlammigen Wasser vollsog.

Die Luft war voller Feuchtigkeit. Wie jedes Jahr begannen sich die Tiere zu begatten. Das halb ertrunkene Schilf barst vor Leben. Frösche, Enten und Gänse, Zugvögel, Zikaden und Grillen, Fische, die nach Luft schnappten, und anderes Getier lärmten Tag und Nacht. Im Nordwind flogen, flatterten, sirrten und summten Insekten aller Art in großen Schwärmen umher und belästigten Mensch und Vieh, das sich in Ställen und auf kleinen Inseln zusammendrängte.

Die Bauern, deren Weiden, Äcker und Felder unter Wasser lagen, wanderten – meist fuhren sie in Booten – zu den Steinbrüchen und den Bauten, zu Tempeln und Totenmalen, wo sie Steine schleppten, zogen und bearbeiteten. Sie arbeiteten für »Bier und Brot«, lebten in kleinen Handwerkerstädten und warteten den Zeitpunkt ab, an dem sie beginnen konnten, die neue Saat in die weichen Felder eintreten zu lassen.

Auch ich wartete wieder.

Auf Bilder.

Auch wenn Spionsonden in zehn Mannshöhen über das Land schwebten, war es nicht sicher, dass sie entdeckten, was Rico und ich suchten. Das Gebiet südlich und westlich Kyrenes war riesig und bestand nur zu einem geringen Teil aus ebener Sand- oder Geröllwüste.

Anders als etwa im Zweiströmeland folgte der Kurs einer solchen Sonde, von Rico kontrolliert, einem Wasserlauf, an dem sich Städte befanden. Oder einer Straße, die im Lauf von Jahrhunderten durch das Land gefräst worden war, von Abertausenden Fußeindrücken, Hufen und Karrenrädern und von Wasserstelle zu Wasserstelle oder zu Karawansereien führte. Südlich der Kargen Küste gab es nur verstreute Dörfer, winzige Fischersiedlungen, magere Weiden und Felder und kleine Züge streifender Nomaden. Nachts breitete sich unter den hochempfindlichen Optiken namenlos dunkles Land aus, und ein Lagerfeuer oder eine große Fackel, die sich bewegte, waren seltene Zeichen für Leben. Trockene Gebirge sah ich, tiefe Erdspalten, mitunter breite und mitunter fruchtbare Täler, periodische Flüsse und nicht einmal zerfallene Ruinen. Jede Oase wurde angesteuert, aber die Menschen, die sich dort aufhielten, waren braunhäutig, trugen ihr starres Haar zu seltsamen Figuren geformt und redeten in unverständlicher Sprache. Die Rômet nannten die Bewohner des Küstenstreifens »Libu«, und es hatte einmal einen Libu-Pharaonen gegeben, der in einer Kemet-Stadt residierte.

Wenn Takhnef schlief, stellte ich die Verbindung mit Rico her und betrachtete Zusammenschnitte der »interessantesten« Bildsequenzen.

»Kein Helles Volk«, murmelte ich.

Auf einer Aufnahme, die aus großer Höhe gemacht worden war, fand Rico im Ozean, jenseits der Meeresenge zum Binnenmeer, eine Inselgruppe. Eine Höhensonde hatte zufällig eine Feuerberg-Eruption aufgefangen, und der Robot fertigte Fotos von der Rauchfahne des Auswurfs an, die vom Südostpassat auf den Ozean hinausgetrieben wurde.

»Weiterhin nichts. Woher kamen die Eltern Nitetis'?«, fragte ich mich und schaltete die Überspielung ab; ich hörte, dass Takhnef aufgewacht war und sich dem Arbeitszimmer näherte.

Obwohl die Gottesgemahlin Anch-nes-nefer-ib-Ra die Aufmerksamkeit des Pharaos an jedem Tag in Anspruch nahm, fand er Zeit, mir einen Boten zu schicken. Mein Diener ließ ihn in der Halle warten, bis ich aus dem oberen Arbeitszimmer herunterkam.

»Neb Atlantos!« Ein junger Palastwächter verneigte sich. »Dem Gottesherrscher hat es gefallen, seine Berater um sich zu versammeln. Er braucht eure Weisheit, denn es sind Boten aus dem fernen Pârsa bei ihm, die es geschafft haben, nicht in der herrlichen Überschwemmung zu ertrinken.«

»Aus Pârsa. Somit können wir sicher sein, dass sie zugleich Spione sind. Was wollen sie?«

»Der Herrscher Kurusch, oder Kyros, wie die Hellenen ihn nennen, scheint einen unerfüllbaren Wunsch übermittelt zu haben. Mehr weiß ich nicht.« Wieder verbeugte er sich. »Du solltest nicht lange zögern. Der Herrscher ist in Sorge.«

Eine halbe Stunde danach stand er neben mir im Wagenkorb und führte mich auf Dammstraßen-Umwegen zum Palast. Ich bemerkte im Umkreis der Tempel eine große Zahl von Amûnpriestern und viele Nachen und Boote. Der Hapi, der sein Bett verlassen hatte, ließ keine Strömung erkennen. Es war, als sei der Schlamm zu einer glasartigen Masse geronnen oder habe sich in die polierte Oberfläche riesiger Granitplatten verwandelt.

Seit zwei Tagen erholten sich die Boten von der Mühsal des Weges und von der Todesangst, die sie in Binsenbooten ausgestanden hatten. Mitten auf ihrem Weg waren sie von der steigenden Flut überrascht und von Fischern in schmalen, überladenen und schwankenden Booten gerettet worden. Zudem hatten sie einen Teil der Geschenke und das Schreiben ihres Haschamanish-Herrschers, des Großen Kurusch, verloren.

»Oder Kyros aus dem Geschlecht der Aichemeniden, wie die Hellenen zu sagen pflegen.« Der Anführer verbeugte sich tief und blickte in die Gesichter der Versammelten. »Darum trage ich, der pflichtvergessene und darob verzweifelte Bote, die Botschaft mündlich vor.«

»Wir üben Nachsicht«, sagte Ah'mes herablassend. »Sprich, Bote des Mächtigen Pârsa.«

»Es sind Kurusch Nachrichten zu Ohren gelangt, die von der einzigartigen Schönheit Eurer Tochter sprechen.«

Psammetich ächzte leise. Ich war wenig überrascht.

Der Bote fuhr fort: »Mein Herrscher ist allem Schönen zugetan. Aber er begehrt nicht die göttliche Nitetis für sich selbst, sondern für seinen Sohn Kambuzhya, den Ihr vielleicht als Kambyses kennt. Eine Verbindung würde die Freundschaft zwischen Pârsa und Tameri mit goldenen Ketten und Ringen aneinander schmieden. Handel und fruchtbare Beziehungen würden wachsen, schneller als Uferschilf und Granatapfelbäume. Mit einem Zug, der göttergleiche Pracht und die Herrlichkeit unseres riesenhaften Landes zeigt, will Kambuzhya seine Braut abholen und mitsamt ihrem Hofstaat heimführen. Und ich Unwürdiger soll ihm Eure Einwilligung mitbringen und diese Züge anführen.« Er verneigte sich abermals vor jedem Einzelnen, trat ein paar Schritte zurück und wartete demütig.

Die Erläuterungen meines Extrasinns ließen nur ein paar Herzschläge auf sich warten: *Zuerst hat das Gerücht von Nite-*

tis' unglaublicher Schönheit den Weg nach Susa gefunden. Spätestens daraufhin wurde auch der beste Weg für Spione, Boten und ein Heer gefunden. Wasser erkauft Kurusch von den Nomaden des Landdreiecks zwischen den Armen des Roten Meeres. Dann ist die Schlacht, die du auf Shafadukarten gewonnen hast, unvermeidlich.

Die Versammelten schwiegen. Ah'mes handelte schnell und richtig. Er führte eine großzügige Geste der Beschwichtigung aus und sagte: »Die Bitte eines der größten Herrschers der Welt ehrt uns. Aber jeder Umstand muss lange und gründlich begrübelt werden. Die Bedeutung des Ansinnens ist gewaltig. Ihr dürft euch zurückziehen, weiterhin die Gastfreundschaft des Großen Hauses genießen und die Wässer der Überschwemmung bewundern. Man wird gebührlich alles bereden.«

Er nickte; Palastdiener führten die Pârsa zurück in eines der Gästehäuser. Die ledernen Vorhänge hinter dem Thronsitz glitten auseinander, und Nitetis zeigte sich uns. Sie trug die Gewandung einer Prinzessin, und ihre Schönheit ließ das Gold und die Steine ihres Schmucks bedeutungslos abstumpfen. Ihr Gesicht war bleich, die Augen auffallend geschminkt, der Mund ein bleichroter Strich.

»Wenn der Große Rat, der die Handlungen meines Vaters zu beeinflussen vermag oder nicht, für die Heirat mit einem Pârsa spricht, wird Kambuzhya eine Tote heimführen müssen. Vergiftet von eigener Hand, mit geschlossenen Beinen und jungfräulich wie bei der Geburt. Dies solltet Ihr gebührlich bedenken.«

Sie nickte, betrachtete uns nacheinander wie Tiere, die unter flachen Steinen hervorgekrochen waren; Skorpione, Vipern oder Würmer mit klirrendem Brustschmuck. Dann schloss sich der Vorhang wieder, hinter ihr. Schlagartig erwachte aufgeregtes Gemurmel; Psammetich stieß zwei, drei

Flüche aus, die Orsat zum anerkennenden Schmunzeln brachten. Ich zuckte nicht einmal mit den Schultern und schwieg.

»Deinen Rat, Atlantos, werde ich befolgen«, sagte Ah'mes nachdrücklich. »Überfließende Gastfreundschaft, Honig und Sklavinnen und alles. Und ich lasse diesen ... Herold warten, bis alles Wasser versickert ist.«

»Aufschub zum Bedenken«, knurrte ich.

Wie im Selbstgespräch fuhr der Gottesherrscher fort: »Am Hof der Pârsakönige würde Nitetis nicht mehr als eine von vielen Nebenfrauen sein. Vielleicht Mutter von bedeutungslosen Prinzen, die sich später wegen der Thronfolge gegenseitig metzeln. Einen Krieg vermeiden – gut. Aber nicht, wenn ich mit meiner schönen Tochter zahlen muss.«

Die gegensätzlichen Meinungen und die Konflikte im Großen Haus waren seit langem vorhanden. Jetzt, mit Nitetis als Mittelpunkt, würden die Streitereien ausbrechen. Zuerst verdeckt, dann mit Gewalt. Den ersten Machtkampf würden Psammetich und Ah'mes führen.

Leise sagte ich: »Die Zukunft deines Reiches, göttlicher Ah'mes, steht auf dem Spiel. Denn die Pârsa werden die Grenze überschreiten.«

»Auch wenn wir ihnen Nitetis schicken!«, sagte Psammetich dumpf. Ah'mes nickte schwer. Psammetich fuhr fort: »Ich habe immer gedacht, dass sie die nächste Gottesgemahlin des Amûn sein würde.«

»Du glaubst, sie würde deine nächste Bettgenossin sein«, warf Ah'mes ein. »Aber deine schöne Stiefschwester hat anderes im Sinn.«

»Es soll fremde Schönheiten gegeben haben«, meldete sich der Schriftgelehrte, »mit festem Willen und der Kenntnis von Giften und Heimtücke, die auf den Thron beider Lande gelangten. Aber nicht Nitetis, die Goldene.«

»Was wir nie erfahren werden, wenn sie sich am persischen Hof zu Tode langweilt«, warf ich mit lauter Stimme ein.

Die militärischen Berater, Unterführer und Vertrauten Psammetichs, mit denen ich gesprochen hatte, vertraten zwei entgegengesetzte Meinungen. Entweder Freundschaft oder solide Verträge mit Pârsa – oder verstärkte Verteidigungsanstrengungen, an denen sich auch die Flotte beteiligte. So hatte sich Psammetich nicht ein einziges Mal in jenem Gebiet aufgehalten, durch das jede Armee aus dem Osten in Tameris Osten einfallen würde. Und auch der östlichste Mündungsarm war in seine Überlegungen nicht mit einbezogen.

»Atlantos hat recht!«, sagte Orsat scharf.

Tatji Psamtek-Meryneit meldete sich zum ersten Mal zu Wort. »Der Pârsa wird Tameri erobern wollen, ob nun Nitetis – oder eine andere schöne Frau – eine der vielen Gattinnen des Kambuzhya ist oder nicht. Wenn Tameri erobert wird, beginnt die furchtbare Herrschaft, von der Dutzende anderer Länder befallen sind wie von tödlichen Krankheiten. Nicht wahr, Udjahorresnet? Ist es nicht so?«

»So wird es berichtet«, pflichtete ihm der Arzt bei.

Ah'mes stemmte sich aus dem Thronsitz hoch und kam die Stufen herunter zu uns. »Gehen wir, tief in Gedanken, auseinander. Jeder soll das Für und Wider begrübeln. Eines sage ich: Wenn Tameri auf dem Spiel steht, ist jedes Opfer gerechtfertigt.«

»Auch der Verlust der Liebe deiner Ziehtochter?«, wagte ich zu fragen. Ah'mes sah mich an wie ein waidwundes Tier. Dann zuckte er mit den Schultern und verließ mit schleppenden Schritten den Saal.

Im Westen und Osten Kemets, des fruchtbaren Dreiecks, zogen sich Wege durch das Land. Sie waren das Ergebnis von Jahrtausenden der Versuche, in lebensfeindlicher Umgebung zu überleben und große Entfernungen zurückzulegen. Auf den Höhenfotos zeichneten sie sich als haardünne Linien ab. Seit undenkbar weit zurückliegender Zeit hatten Einzelne und Gruppen, Karawanen und Heere, Kaufleute und Wagemutige, Schritt um Schritt, die Wege erschlossen. Tausende waren bei den Versuchen gestorben; meist führte Wassermangel zu ihrem qualvollen Tod im Delirium. Wasserstellen waren kostbare Haltepunkte, einige Oasen kauerten als dunkle Punkte auf den Linien, und die »Straßen« endeten stets dort, wo sich Sand und schwarze Erde trafen.

An vielen Nächten, wenn Takhnef schlief, zeichnete ich nach den fotografischen Vorlagen auf künstlichen Shafadublättern aus Kuppelproduktion solche Karten, deren Symbole und schriftliche Erklärungen für heute Lebende zu verstehen waren.

Ein Straßensystem – weit auseinander liegende Linien – verzweigte sich im Westen und verlor sich in den Gebirgen, die erst am Rand des Kontinents endeten. Das andere, im Osten, begann oder endete letztlich im Zweiströmeland. Hätten Kurusch oder Kambuzhya eine solche Karte, könnten sie ein Heer ohne Verluste nach Tameri führen.

Ich zeichnete also Karten, die gleichermaßen falsch und richtig waren. Sie zeigten Schwierigkeiten, wo es keine gab, und verschwiegen wirkliche Todesstrecken. Diese Machwerke waren Teile eines kühnen Plans, der sich in meinen Überlegungen entwickelte. Vielleicht scheiterte ich, aber ich war vorbereitet.

Ich sah und hörte mit Horus' Linsen und Mikrofonen, dass die Gottesgemahlin Anch-nes-nefer-ib-Ra mit einer wechselnden Schar ihrer Priester täglich einmal den Palast besuchte und nachts, kurz vor dem Morgengrauen, bei Fackellicht zu ihrer Tempelunterkunft zurückgerudert wurde. Ich lenkte den Falken tiefer in den Palast des Ah'mes hinein und beobachtete das Paar.

Manchen Frauen, sagte ich mir mit der Erfahrung eines potenziell Unsterblichen, die Hand am Zellschwingungsaktivator, *gelingt es, ihre Anziehungskraft und Schönheit viel länger zu bewahren als andere Geschlechtsgenossinnen.* Anch-nes-nefer, im sechsten Jahrzehnt ihres Lebens, hatte ihr Aussehen aus der Jugend gerettet. Eine schlanke, schwarzhaarige Frau, vollbrüstig und dunkeläugig, mit den Bewegungen einer Tänzerin und in einem Kleid, das ihre wohlgeformten Hüften und langen Beine betonte. Ihr Lächeln galt nur Ah'mes, mit jeder Geste forderte sie seine Aufmerksamkeit und sein Begehren heraus.

Sie lagen sich auf Betten gegenüber und redeten – über Nitetis, die Pârsa, die mögliche Eroberung Tameris und die Zukunft: Wenn sich Kurusch des Landes bemächtigte, verloren sie alle ihre Macht und, vielleicht, ihr Leben, und der Pârsa-Gott Ahura-Mazda würde im Sturm alle alten Götter hinwegfegen. »Du rätst mir also«, sagte der Pharao und verschlang sie mit Blicken, »Nitetis dem Kambuzhya zur Gattin zu geben?«

»Ich sehe keine andere Möglichkeit, die Beiden Lande vor fremder Herrschaft zu bewahren.«

»Ich werde meinen Entschluss hinauszögern«, versprach Ah'mes und sah gebannt zu, wie die Frau mit gleitenden Bewegungen aufstand und zu ihm kam. Aufreizend langsam hob sie die Arme und knüpfte im Nacken den Verschluss des kostbaren Brustschmucks auf. »Die Boten sollen noch warten. Aber dann werde ich deinen Rat befolgen.«

Sie schob die breiten Leinenbänder vor ihren Brüsten zur Seite und stellte einen Fuß auf Ah'mes' Liege.

»Es wird den Hunger der Pârsa auf unser Land und unsere Tempel, unsere Götter und unser Gold stillen. Wenn der Sohn des Herrschers Nitetis in den Armen hält, vergisst er den Angriff«, versicherte Anch-nes-nefer-ib-Ra, als ob es ihr Kambuzhya geschworen hätte.

»Wenn ich dich umarme«, ächzte der Pharao, stand auf und streckte die Hände nach ihr aus, »vergess' ich alles. Es ist, als ob es keine Sorgen mehr gäbe, als ob ich vierzig Jahre jünger wäre.«

Der Brustschmuck klirrte auf einen Tisch. Ah'mes riss die Frau an sich und ließ sich auf seine Liege zurückfallen. Die Schwester des Vorgängers Apriës und Gemahlin des Amûn hatte ihn überredet, aber ihre Furcht war berechtigt: Kyros hatte den lydischen König Kroisos vernichtend geschlagen und in dessen Reich verheerend gehaust und vor einem Jahr Babyla angegriffen und besiegt. Pârsa blieb als Bedrohung Tameris am östlichen Horizont.

Anch-nes-nefers Amt als Hohepriesterin war ebenso gefährdet wie ihr immenser Reichtum, für den sie mehrere Verwalter brauchte. Das Schicksal Nitetis' wog wenig gegenüber dieser Macht und diesem Reichtum.

Vorübergehend desaktivierte ich den Robotfalken und zog mich zwischen die Kissen auf dem Nachtlager des Daches zurück, wo Takhnef ungeduldig auf mich wartete.

7
Geheimnisse der Mächtigen und Ohnmächtigen

Dies alles, Kristallprinz und Paladin der Menschheit, sagte ich mir, *ist zwar nicht gerade langweilig, aber alles andere als eine echte Herausforderung.* Zwar hatte Ah'mes die Beiden Lande reich und alle Städte größer und schöner gemacht, aber Tameri war nicht in der Lage, den wechselnden Machtverhältnissen und Ansprüchen seiner großen Nachbarn zu widerstehen. Ich lag mit geschlossenen Augen neben der schlafenden Musikerin und versuchte, die Prophezeiung, Nitetis und Orsat, die intrigenhaft Handelnden und Zögernden im Großen Haus, die Möglichkeiten eines Psychostrahlers, jene des Deflektorfeldes und anderer »Wunder«, dazu allerlei Vermutungen und die Wirklichkeit – und meine Rolle in dieser Wirrnis – zu durchschauen und in ein logisches, berechenbares System einzuordnen.

Es gelang nicht.

Ganz Men-nefer schlief, ich gähnte und genoss die Gewissheit, in den nächsten Tagen von niemandem außer Takhnef vom Nichtstun abgehalten zu werden. Ich löschte das Öllämpchen, zog das Laken bis zum Kinn und betrachtete sehnsuchtsvoll die Sterne, bis auch ich einschlief. Mein letzter Gedanke galt nicht der Rückkehr nach Arkon, sondern Rico, dem Einzigen, der immer wach blieb und um diese Zeit im Dunklen auch nicht mehr das Helle Volk suchte.

Auf den Besuch Orsats, der sich bis wenige Schritte vor meinem Hoftor rudern ließ, war ich nicht vorbereitet. Ich holte ihn am Tor ab, führte ihn in mein Arbeitszimmer und sah zu, wie er sich von Takhnef mit Wein und kaltem Sud bewirten ließ. Er starrte bewundernd meine Karten an, die ich an den Wänden befestigt hatte; es waren optisch verfremdete, farbige Höhenaufnahmen, die den nördlichen Rand des Großkontinents zeigten, die Siedlungen, die Rico und ich entdeckt hatten, und meine kurzen Texte in arkonidischer Schrift. Ich dachte noch immer, wenn ich wenn ich diesen Ausschnitt betrachtete, an die »Karge Küste«, die seit langer Zeit gar nicht mehr so karg war. Aus Handelsplätzen der Phönizier, die Qart Hadasht gegründet hatten und jetzt »Punier« genannt wurden, entstanden Hafenstädte.

»Ich bin gekommen, o Atlantos«, sagte er und riss seine Blicke fast gewaltsam von den Karten los, »um dich zu bitten. Um Hilfe zu bitten. Es geht um Nitetis.«

»Ich habe es mir fast gedacht«, antwortete ich.

»Noch habe ich nicht mit dem Gottesherrscher reden können.« Orsat hob die Schultern und zeigte ein bekümmertes Gesicht. »Er hat sich Rat geholt bei der Hohepriesterin. Anch-nesnefer, deren nicht unbeträchtlichen Reizen er verfallen ist ... «

» ... was im Großen Haus fast jedermann weiß«, fügte Takhnef leise hinzu. Orsat nickte, und die Falten auf seiner Stirn wurden tiefer. Er nestelte unruhig an seinem Wesech.

»Neb Ah'mes hat das Versprechen, das er Nitetis gab, gebrochen. Das heißt, er wird es brechen, in einer Handvoll Tagen. Er fürchtet die Pârsa, fürchtet Kurusch. Er wird dem Boten seine Einwilligung geben, und dann wird Kambuzhya seinen Hochzeitszug schicken.«

»Und ich soll ihn überreden, dieses Vorhaben nicht wahr zu machen?«, entgegnete ich kopfschüttelnd. »Soll ich sie mit meinem schönen Kampfwagen entführen und mit ihr zum Hellen Volk flüchten, von dem niemand weiß, ob es und wo es sich versteckt? Sag's mir, Schriftgelehrter.«

Wieder ging sein Blick zu der großen Karte. Er konnte wohl nur das fruchtbare Dreieck Kemet erkennen, weil er den Namen Men-nefer an dessen unterer, südlicher Spitze in der Sprache der Rômet las.

»Auch wenn du es nicht wahrhaben willst, o Atlantos«, brachte er hervor, »sind viele überzeugt davon, dass du jener Weiße Krieger der Prophezeiung sein könntest.« Er zeigte auf die Karte »Und du kennst so vieles und weißt mehr als viele andere ... nur mit dir will Tanet-cheta, die Gemahlin Ah'mes', reden.«

»Tanet-cheta, die Vergessene, die Große Königsgemahlin«, sagte ich. »Sie lebt im Palast, nicht wahr?«

»In ihrem eigenen Palast. Sie, die Verschmähte, kennt viele Geheimnisse, die Nitetis retten können. Sie bittet dich, auf meinen Rat und den des Udjahorresnet, sie aufzusuchen. Sie vertraut ihm, er ist ihr Arzt. Ich bin der Überbringer der Bitte. Wirst du kommen?«

Takhnef nickte mir zu. Ich antwortete: »Überdies müsste ich die Hohepriesterin umstimmen, denn sie will, das Nitetis mit dem Pârsa verheiratet wird, auch gegen ihren Willen.«

Wir dachten wohl gleichzeitig an ihren Schwur, sich eher umzubringen, als dem Kambuzhya als Kebsweib zu dienen.

»Bevor du daran denkst, solltest du mit der Gemahlin des Pharaos reden«, schränkte Orsat ein. Er hob wieder den Blick zu der Karte und sagte nach einigen Augenblicken: »Vieles von der Welt, wie sie aussieht, wer sie im Westen beherrscht, ist im Großen Haus und bei den Anführern bekannt. Aber du weißt um so vieles mehr ... wie kommt das?«

»Ich bin viel gereist, habe mit vielen Mächtigen geredet und mich in vielen Häfen umgesehen. Aber was hinter den Bergen ist und vieles andere weiß auch ich nicht.«

Er zeigte auf die Oase Sekhetam mit ihren riesigen Palmenwäldern und fuhr mit dem Finger die Linien der Straßen nach. »Dies ist die Oase des Amûn. nicht wahr? Dann ist dieser grüne Fleck ... Kyrene, nicht wahr?«

»So ist es. Die Fremden nennen diese große Bucht *die Große Syrte* und sagen, landeinwärts leben die Nasamonen, westlich von denen die Maken.«

»Und jene, deren Schiffe das Meer beherrschen?«

»Die Nachkommen der Phoiniker haben vor einigen Jahrhunderten ihre Neue Stadt, Qart Hadasht, gegründet, von den Hellenen *Karchedon* genannt. Ihre Schiffe haben vor Jahren den Seekrieg im Norden des Großen Grünen verloren, aber nun drängen sie die Hellenen zurück. Sie haben den westlichen Teil des Großen Grünen gesperrt. Es wird keine neuen Kolonien der Hellenen mehr geben. Aber hier, in der Nähe der Küste oder weit im Land, in Libus Wüsten, leben andere Völker: Garamanten, Masaesyler und Mauretanier und Gätulier. Bis zur Meerenge ist die Küste bekannt, und viele Häfen gibt es dort, meist von Puniern oder Phoinikern gegründet.«

Ich hob die Arme und rief: »Wo sollen wir das Helle Volk finden? In Igilgili? Oder in Ikosion? In Iol? Oder im Hinterland von Zilis?«

Ich kannte natürlich längst nicht jede Stadtgründung und die unzähligen Kämpfe zwischen den vielen Völkern, die rund um das Binnenmeer siedelten, auswanderten, Kolonien gründeten, einander befehdeten und wieder versöhnten, Verträge schlossen und brachen, unentwegt Handel trieben und Schiffe bauten, die bis in den Ozean vorstießen. Ricos Datenspeicher enthielten zwar unzählige Informationen, aber mir zeigten sich nur die gegenwärtigen Tatsachen. Das Gebiet, das die Karte abdeckte, war so riesengroß, dass sich ganze Volksstämme darin verloren, und falls es jenes Helle

Volk gab, würde es die klassische Suche durch die Spionsonden niemals entdecken. Das Gebiet nahe der drei Dörfer, in denen Nitetis' Eltern gelebt hatten, war ebenso gründlich wie erfolglos abgesucht worden.

»Du sagst, man wird dieses Volk niemals finden?«, erkundigte sich Orsat leise. Er schien verzweifelt zu sein.

Ich schüttelte den Kopf und antwortete: »Es wäre ein göttliches Wunder.«

Takhnef füllte die Schalen und sagte zu mir: »Die Große Gemahlin Tanet-cheta ist unglücklich. Wie könnte es auch anders sein? Sie lebt in ihrem kleinen Palast, sorgt sich um ihre Kinder und hasst die Hohepriesterin. Sie weiß, dass Psammetich die Nitetis begehrt. Nichts kann im Großen Haus lange geheim bleiben. Rede mit ihr, Atlantos.« Sie blickte mich bittend an. »Du bist dann der Erste aus einem anderen Land, mit dem sie reden kann.«

»Ich werde tun, worum ihr mich bittet«, sagte ich. »Du, Orsat, wirst den Tag und die Stunde mit Tanet-cheta absprechen und mir einen Boten schicken, der mich sicher zu ihrem Palast führt.«

»So wird es geschehen.« Er verbeugte sich knapp. »Der Glaube vermag vieles, Atlantos. Und ich glaube an die Prophezeiung.«

Ich zuckte mit den Schultern und entgegnete: »Ich achte deine Bereitwilligkeit, an Wunder zu glauben. Was ich dir darüber sagen konnte, habe ich gesagt.«

»Deine Geduld ist groß«, stellte er fest. »Die Ruderer warten schon lange. Begleitest du mich zum Tor?« Ich führte ihn durch den Garten und sah dem großen Binsenboot nach, das eine spitze Spur im schlammigen Wasser zurückließ und die Ringe, die sich dort ausbreiteten, wo die Paddel der Ruderer den Schlick in Strudeln bewegten.

Eine knapp vierzigjährige, verbitterte Frau, deren einst schönes Gesicht ihre Einsamkeit und Langeweile widerspiegelte. Auch sie war von einem Hofstaat umgeben; eine Schar Frauen empfing mich am Palasttor und führte mich, augenscheinlich eine auffallende Gestalt von schwer erkennbarer Bedeutung, zu Tanet-cheta, die sich auf einer Gartenterrasse unter einem Sonnensegel aufhielt. Das Segel war tiefbraun gefärbt.

Ich verbeugte mich tief, und jetzt erkannte ich auch, warum der Stoff so auffallend gefärbt war. Die Frau wollte vermeiden, dass scharfe Schatten die Falten ihres Gesichts zeigten. Der Schatten überzog sie mit einem stumpfen, milden Licht, das auch die Spuren dreier Geburten verwischte.

»Du also bist Atlantos, ein Mann, dessen Erscheinen im Großen Haus so viele Dinge in Bewegung gebracht hat«, sagte sie nach der Begrüßung. »Du kennst meinen Gatten, seine Ratgeber, unsere gemeinsamen Kinder, die Hellhäutige und die Giftnatter aus Ipet-sut.«

Keine Frage, sondern eine Feststellung. Ihre Stimme, trotz einiger Schärfe, war tief und angenehm.

Ich antwortete zurückhaltend: »Ich habe mit jedem außer mit der Hohepriesterin geredet. Kennen – wer kennt schon wirklich den Anderen? Das Herz ist hinter einem dicken Panzer verborgen; meist.«

Sie nickte verständnisvoll und in schweigender Zustimmung. Die Dienerinnen umflatterten uns und brachten Getränke sowie kleine, süße Gebäckstücke. Nach einigen Atemzügen ließen sie uns allein. Ein schneller Blick zeigte mir, dass dieser Garten viel liebevoller gestaltet war als die anderen Palastgärten; jede Winzigkeit schien perfekt mit allen anderen abgestimmt.

»Reden wir über den Gottesherrscher, meinen Gemahl«, begann sie. Ich war von diesem Treffen alles andere als begeistert und hoffte, dass es nicht quälend lang werden würde. »Den Mann, der mich nahm, als ich fünfzehn war, mit mir drei schöne Kinder zeugte, vierundsiebzig Sommer alt, hat mich vergessen.« Hilflos hob sie die Hände, an deren Fingern viele Ringe funkelten. »Er beschläft die Frauen seines Hofstaats, die jünger und schöner sind als ich. Und völlig bedeutungslos, auch für mich. Aber jetzt ist wieder die Hohepriesterin in Men-nefer, die Gottesgemahlin, älter als ich, unermesslich reich, und ihr ist der Greis verfallen.«

Ihre Stimme hatte einen klagenden Ton angenommen. Jetzt richtete sie sich auf, starrte mich an und stieß in unüberhörbarer Schärfe hervor: »Anch-nes-nefer-ib-Ra umgibt ein furchtbares Geheimnis. Nur drei oder vier Menschen kennen es.«

Ich erinnerte mich an manche Intrige im Bannkreis des Kristallpalasts Arkons. Offenbar gehörten die Bereitschaft und die Fähigkeit dazu zu allen denkenden Wesen der Milchstraße. Ich sah an ihrem Gesichtsausdruck, dass sie es ernst meinte und erwiderte zurückhaltend: »Und du willst mir dieses Geheimnis ... offenbaren, Gattin des Pharaos?«

»Nur dann, wenn du einige Hindernisse beseitigst, die mir im Wege stehen. Denn ich will Genugtuung für die jahrelange Schmach, weißhaariger Fremder.«

»Du willst Rache, Fürstin!«

»Nenn es, wie du willst.«

»Und wen muss ich dafür ermorden? Oder reicht es, wenn ich dein Geheimnis in ganz Men-nefer laut verkünde?«

»Nur die richtigen Menschen sollen es erfahren. Abermals nur wenige im Großen Haus.«

»Was muss ich tun?«

Sie hob die Hand und spreizte zwei Finger ab. Sie schien sich jedes Wort lange und genau überlegt und zurechtgelegt zu haben. Wenig erstaunt hörte ihre Forderungen: »Du musst es fertig bringen, dass mein Gatte sich nicht mehr mit der Hohepriesterin trifft und keine leidenschaftlichen Nächte mit ihr verbringt. Selbst wenn er ihr verfallen ist, muss er ihr entsagen.«

Ich wiegte den Kopf, dann zuckte ich mit den Schultern und grinste zweifelnd. »Ich glaube, dass Ah'mes bisweilen auf mich hört, über einen guten Ratschlag nachdenkt, denn er hat mich zum Berater gewählt ... aber das übersteigt meine Möglichkeiten. Und was willst du noch, dass ich tu?«

»Diese Nitetis«, antwortete Tanet-cheta mit weniger Schärfe. »Aus zwei Gründen, die du verstehen wirst. Nitetis hat wohl zu viel von der Großen Herrscherin Hatschepsut gehört, denn sie giert nach dem Thron im Großen Haus. Und sie würde als Große Herrschergattin neben Psammetich thronen. Dann, und du würdest mir recht geben, würde Psammetich so regieren, wie sie es will. Und schließlich würde das Schicksal Tameris von einer Fremden abhängen. Vielleicht weißt du, wie oft fremde Könige das Land oder Teile davon beherrscht haben – mein Gatte hat beide Lande zusammengeführt, und sie sind wieder reich und machtvoll, in seiner Regierungszeit gewachsen – wie in den alten Zeiten.«

Tanet-cheta hatte sich, während sie ihre leidenschaftlichen Worte hervorstieß, vorgebeugt. Jetzt verlor ihr Körper die Anspannung, und sie lehnte sich zurück. Sie schenkte mir ein zerfahrenes Lächeln und sagte abschließend: »Das sind meine Bitten. Versprich mir, dass du mir hilfst, und du erfährst die Geheimnisse.«

»Wenn Nitetis an den Hof des Kurusch zu Kambuzhya ziehen würde, wäre sie unerreichbar fern vom Thron und von Psammetich, o Gottesgemahlin«, schränkte ich ein und biss in das dritte Küchlein; die getrockneten Trauben und der geschmolzene Honig machten das Gebäck fast unerträglich süß.

»Sie hat geschworen, sich zu vergiften, wenn Ah'mes sie fortschickt«, antwortete sie. »Ich will nicht, dass jemand stirbt, dass sie stirbt. Ich bin keine Mörderin.«

Die Frau mir gegenüber schien zur Statue erstarrt zu sein. Mir war klar geworden, dass sie die Hohepriesterin aus tiefstem Inneren hasste. Vielleicht gab es außer dem Vertrauensbruch noch andere Gründe dafür. Also sagte ich: »Ich werde dir helfen und alles tun, damit du bekommst, was du willst. Es wird nicht leicht sein, und vielleicht habe ich keinen Erfolg. Psammetich ist ebenso starrköpfig wie Ah'mes, und die Hohepriesterin ist nicht nur sehr reich, sondern hat unzählige Amûnpriester als Helfer und Ratgeber. Die Priesterschaft unterstützt daher auch Ah'mes in beträchtlichem Maß. Ich aber bin allein.«

»Wenn du gehört hast, was ich dir sagen werde, bist du der Mächtigste von allen.«

»Dann sag' mir, was ich wissen muss.«

Ich erfuhr eine Geschichte, die vor dem siebenten Regierungsjahr des Ah'mes begann und noch immer nicht beendet war. Es war eine üble Geschichte, die einige meiner Fragen klärte, und in der die Beweise schwer beizubringen waren. Die wenigen Beteiligten würden nur dann reden, wenn sie in eine derart große Zwangslage gebracht wurden, dass ihnen nichts anderes mehr übrig blieb.

Als Tanet-cheta schwieg, stand ich auf und sagte leise: »Ich muss lange nachdenken und bestimmte Vorbereitungen treffen. Schicke nach zwei Tagen jeden Abend einen Boten zu mir. So können wir Nachrichten austauschen, denn ich werde deine Hilfe brauchen.«

»Ich werde meine engste Vertraute schicken. Month-Sechet.«

»Ein Erkennungszeichen?«

Sie drehte einen Ring vom Mittelfinger, in dessen Goldplatte das Bild der Göttin Neith eingeschnitten war. »Month-

Sechet wird dir den Ring zeigen. Dann erst kannst du sicher sein, dass sie von mir geschickt wurde. Sie kann Geheimnisse bewahren, und sie war damals, als es geschah, zwar noch jung, aber eine Zeugin.«

»Du erfährst alles, was ich unternehme. Ob ich Erfolg habe oder erfolglos bleibe. Opfere zu deiner Göttin, denn sie muss uns helfen.«

Tanet-cheta nickte schwer und stand auf, dann klatschte sie dreimal in die Hände. Binnen weniger Atemzüge waren mehr als ein Dutzend Dienerinnen erschienen.

»Geleitet meinen Gast zu seinem Wagen«, befahl sie leise. »Und schwätzt untereinander nicht darüber, wie lange wir miteinander geredet haben, ich und Atlantos.« Und an mich gewandt: »Die Götter mögen uns helfen, denn die Maat muss gewahrt bleiben. Auf den Tag, an dem ich dir danken kann, freue ich mich.« Sie zeigte auf eine ältere, schlanke Nubierin mit winzigen Ziernarben auf den Wangen: »Das ist Month-Sechet, meine Botin.«

Ich verbeugte mich und ließ mich zum Innenhof bringen, wo mein Rappengespann wartete. Einige junge Frauen fütterten die Pferde mit Grasbüscheln und frischen Blättern und streichelten die glänzenden Felle der Tiere. In mein undeutliches Bild der Beziehungen im Großen Haus flossen einige neue Farben ein. Während ich das Gespann zu meinem Haus lenkte, versuchte ich mir vorzustellen, welche Folgen mein Versuch haben konnte.

In Sa'u hatte Ah'mes den Tempel der Göttin Neith aufwändig umgestaltet, und hier in Men-nefer war während seiner Zeit ein neuer Tempel für Isis errichtet worden. Der Tempel des Amûn und alle Nebenbauten in Men-nefer waren alt, ausgedehnt und prachtvoll. Horus hatte mir gezeigt, dass sich Anch-nes-nefer und die Mehrzahl ihrer Priester im Tempel befanden. Bevor ich in der beginnenden Dämmerung aus dem Tor meines Gartens schlüpfte, aktivierte ich den Deflektorschirm und ging ohne Eile bis zum Beginn der Widderallee, die zum Haupteingang führte.

Teile des Tempels, im blutroten Licht der Abendsonne, spiegelten sich im dunklen Hapischlammwasser. Priester standen in Gruppen und redeten miteinander, zwischen den bunt bemalten Säulen und den Durchgängen der kantigen Eingangsbauwerken zog Weihrauchgeruch wie dünner Nebel hervor. Die Standarten an den langen Masten hingen schlaff herunter. Hoheitsvoll und entrückt blickten die großen Götterstatuen auf jeden, der sich zu dieser Stunde in ihre Nähe wagte. Fledermäuse jagten lautlos unter den tonnenschweren Dächern.

Langsam ging ich weiter, wich Tempeldienern aus und versuchte, alle Götter wiederzuerkennen, an deren Statuen ich vorbeikam. Dumpfer Gesang aus den Höhlen der Dunkelheit brach sich an Tempelwänden, die Lotosblüten in den Heiligen Teichen begannen sich zu schließen. Eine Kette Gänse mit buntem Gefieder rauschte laut trompetend über die steinernen Dächer und fiel ins grünende Schilf ein. Die unzähligen Figuren in den Szenen der Wände begannen zu leben und sich zu endlosen Reihen zu formieren.

Ich kannte die schöne Hohepriesterin von den übermittelten Bildern. Heute gedachte ich sie aus der Nähe zu betrachten, und vielleicht entschloss ich mich schon jetzt, ihr gegenüberzutreten. Ich drang tiefer ins Innere des Tempels vor, in eine Dämmerzone, die nicht von dieser Welt schien. Tauben gurrten auf den Säulenkapitellen, die Steine dünsteten Feuchtigkeit und Salpeter aus, Tausende Blumen und Blütenkränze verdorrten und verwelkten und sonderten faulige Gerüche ab. Mühsam bahnte sich das schwindende Sonnenlicht seinen Weg zwischen Stelen, Säulen und Pfeilern, und Priester wanderten mit Fackeln und Öllampen einzeln und in kurzen Prozessionen vor den Steinmassen einher.

Zwischen den dicken Säulen mit Tausenden Figuren und Schriftzeichen öffneten sich in unregelmäßigen Abständen rechteckige und viereckige Plätze, auf denen ich Altäre sah und Statuen des Amûn in allen seinen Erscheinungsformen. Es war, als entstünden in einem dichten Wald plötzlich kleine, helle Lichtungen. Die steinerne Stille schluckte alle Geräusche, selbst den Gesang und die Trommelschläge. Die Flammen aus großen Ölschalen, die auf dem Boden und auf niedrigen Sockeln standen, schufen eine dämonische, flackernde Helligkeit.

Als ich aus der Hauptmasse des Tempels heraus, dem Licht und den Lauten von Gesprächen folgend, nach rechts abbog, näherte ich mich einer Ansammlung von Lichtern, Tischen, Sesseln und Hockern und einer Anzahl Rômet, die in Gruppen um diese Tische saßen. Im Hintergrund erhoben sich die ein- und zweistöckigen Häuser, in denen die Priesterschaft wohnte.

Am größten Tisch, auf dem Krüge und viele Becher und Schalen standen, hatte die Gottesgemahlin des Amûn ihre Vertrauten versammelt. Auch vier oder fünf Priester saßen da, ein Schreiber und einige Frauen. Ich ging so nahe heran wie möglich, setzte mich auf einen unfertigen Steinblock und lauschte der Unterhaltung.

Die Berater redeten über Besitz und Gold, die Priester über die Mehrung des Tempelvermögens, und schon nach kurzer Zeit wurde deutlich, dass die Hohepriesterin die Herrin dieser Gruppe war. Wenn sie sprach, hörte jeder zu. Sie schien an diesem Abend mit der Neuordnung eines Teils ihres Vermögens beschäftigt zu sein, das vermutlich zum Schatz des Amûntempels zu Ipet-sut, einem Stadtteil von

Waset, gehörte und diktierte einem Schreiber, was mit jenen Einkünften zu tun war und wie die Abgaben der Bauern, die dem Tempel gehörten, verwendet und möglichst gesteigert werden konnten.

Eine gutaussehende Frau, die mit Menefru-tet angesprochen wurde, war die Zofe und, wie es schien, die engste Vertraute der Hohepriesterin. Auch sie schrieb bisweilen etwas auf ein Shafadublatt.

Die heutige Nacht verbrachte Anch-nes-nefer nicht bei Ah'mes in dessen Palast, sondern sagte, sie habe mit Menefru-tet vieles zu bereden und wolle die Stunden in Ruhe und in der Nähe des Tempels verbringen. Einer ihrer Priester bedauerte, dass es, da viel Land auf dem westlichen Ufer Waset oder No-Amûns zum Tempel der Hatschepsut hin, neu erschlossen worden sei, keine ausreichend genauen, neuen Karten und Verzeichnisse gäbe. Der Logiksektor meldete sich und wisperte: *Verschaffe ihr diese Karten, und du wirst dich ihrer hohepriesterlichen Gunst erfreuen!*

Der Einwurf erfolgte gleichzeitig mit meinem Entschluss, mich mit einem meiner kleinen Geschenke der Hohepriesterin unauffällig zu nähern. Aber, bei den Themen ihrer Gespräche ... es war überzeugender, wenn ich, der Fremde, versuchen würde, ihr die Karte oder mehrere davon möglichst teuer zu verkaufen. Ein Geschenk würde sie möglicherweise misstrauisch werden lassen. Und: Ah'mes hatte ihr sicherlich nach einer ihrer Liebesnächte von mir erzählt, dem Weißen Krieger aus Orsats altem Schriftfund. Und wenn sie von ihrem Liebhaber nichts über mich erfahren hatte, dann von den Priestern, die ihre Tempelbrüder von Men-nefer befragt hatten.

Oder, noch anders, vielleicht besser, wenn ich mich Menefru-tet mit der Bitte näherte, mir etwas von Anch-nes-nefers kostbarer Zeit zu verschaffen. Schließlich zählte die Zofe zu den wenigen Trägern des Geheimnisses, das mir Tanet-cheta anvertraut hatte. Und ob ich der vernachlässigten Ah'mes-Gemahlin jedes Wort glauben durfte, musste dahingestellt bleiben.

Das ist die Lösung, sagte ich mir und glitt von dem Steinblock, der noch die Hitze des Tages ausströmte. Ich ging einmal um den Tisch herum, prägte mir die Gesichter, die Namen und die Bedeutung der Versammelten ein und bückte mich. Ich hob einen Steinsplitter auf und warf ihn nach einem Reiher, der im Zierschilf des Teiches nach Fröschen stocherte. Das Tier sprang hoch und schlug krächzend mit den gestutzten Flügeln; alle Versammelten drehten die Köpfe und blickten den Vogel an.

Ich nahm einen vollen Becher Wein vom Tisch und entfernte mich auf Zehenspitzen. Ich ging hinüber zu den Priester-Wohnhäusern und wartete, bis ich von den Dienern erfuhr, welche Räume die Zofe bewohnte; die jungen Priesterschüler bereiteten die Räume für die Nacht vor und unterhielten sich über die körperlichen Reize der Zofe, der Hohepriesterin und anderer Frauen aus Anch-nes-nefers Gefolge.

Ich hörte eine Weile lang zu und merkte mir grinsend einige deftige Ausdrücke, die ich in der Rômetsprache bisher nicht gekannt hatte. Dann stellte ich den leeren Becher zwischen die Pranken einer zierlichen Granitsphinx, warf einen letzten Blick auf die riesige Tempelanlage, deren Umrisse mit der Nacht verschmolzen, und rief Nubis. Der Hund hechelte aus der Dunkelheit heran und lief dann drei Handbreit neben meinem Knie. Ich machte mich auf den Weg zu meinem Haus und zu Takhnef, der ich nur die Hälfte dessen erzählen durfte, was ich gehört und gesehen hatte.

Auf den leicht verfremdeten, zweidimensionalen Höhenfotos, deren Farben ich absichtlich schwach gehalten hatte, war – abgesehen von den Einzelheiten des Landes am westlichen Hapiufer – eine erstaunliche Einzelheit zu erkennen:

Von den übereinander liegenden Rampen des Djeser-djeseru, des Totentempels der Großen Pharaonin Hatschepsut, mündend in die Längsachse der Tempelanlagen am Ostufer des Stroms, zog sich eine absolute Gerade über die Felder, den breiten Hapi und das Uferland. Sie war vielleicht zehntausend Schritte lang und ein wirkliches Geheimnis der Architekten und der Erbauer jener Tempel. Nur aus der Luft war die Einzigartigkeit dieses Vermessungs-Kunststücke zu erkennen; am Boden reichte das menschliche Auge nicht aus.

»Sie hatten Zeit, Atlan«, sagte ich im Selbstgespräch, »und da sie für die Götter und die Ewigkeit arbeiteten, durften sie keine Fehler machen.«

Ich stellte die Karten fertig, beschriftete sie sorgfältig, rollte sie zusammen und schob sie in eine Röhre aus dünnem Riedgeflecht. Dann nahm ich im Teich ein erfrischendes Bad und stieg die schmale Treppe zum Dach des Hauses hinauf. Takhnef hatte noch nicht geschlafen. Auf einem Tischchen lag der Shafadufetzen aus Orsats Haus, der das winzige Paar in inniger Umarmung zeigte.

8
Die Wut des Gottesherrschers

Ich traf Menefru-tet, die engste Vertraute der Hohepriesterin, zwei Tage nach meinem nächtlichen Spaziergang, im Haus Orsats. Er hatte mir verraten, dass sie die jüngste Tochter des Apriës war, eine von mehreren, den Ah'mes entthront hatte. Sie schien überrascht, als sie mein Gespann betrachtete, das im Schatten wartete. Nun sah ich sie bei Tageslicht: Eine schöne, etwa dreißigjährige Frau, mit scharf geschnittenen Gesichtszügen, einem prachtvollen Körper und in wertvolle Gewänder gekleidet. Sie trug zu viel Schmuck, allerdings von unschätzbarem Wert.

Ich begrüßte sie unter dem Vordach, und Orsat bat uns in sein unordentliches Arbeitszimmer. Nach kurzem Gespräch und einer Schale faden Kräuteraufguss entdeckte Menefru-tet die kleine Karte von Men-nefer, die ich dem Schriftgelehrten geschenkt hatte.

»Meine Herrin würde ein Vermögen ausgeben, wenn der Tempel zu Ipet-sut das Land so sehen könnte. Wie mit dem Auge des Falken«, sagte sie und wölbte ihre Hüfte vor. »Wie kommt es, dass du diese Kunst beherrschst, Atlantos?«

»Ich bin lange und weit gereist«, wich ich aus und bewunderte die fein ziselierten Reife um ihre Oberarme. »Einige Meister des Griffels und der Rechenkunst lehrten mich, Karten zu zeichnen.«

Die Priesterin sah gespannt zu, wie ich die Rolle öffnete und die Karten hervorzog. Ich befreite ein Stück der Tischplatte von leeren und halb vollgeschriebenen Blättern und breitete die Karten von Wasets oder No-Amûns Umgebung aus, das seit dem hellenischen Einfluss »Theben« hieß. Mit großen Augen betrachtete sie die Darstellung; ihre volle Brust hob und senkte sich. Sie vermittelte eine kühle, berechnende Sinnlichkeit und musterte mich wie eine erfahrene Jägerin.

»Das sind Karten von Theben oder Waset, das in den guten alten Zeiten No-Amûn hieß«, sagte ich und sah zu, wie sie meine Erläuterungen las. »Alte Priester kennen die alten Namen. Wenn deine Hohe Herrin sie haben will, möge sie einen Boten schicken. Die Priester kennen mein Haus.«

Langsam rollte ich meine Blätter zusammen und schob sie in das dicke Rohr zurück. »Mit meinem Gespann fahre ich dich gern zu deinem Haus, schönste Menefru-tet.«

»Danke. Deine Großzügigkeit erspart mir einen Gang durch die Hitze.« Sie ordnete mit gezierten Bewegungen ihren Brustschmuck, und ihre Zunge fuhr über ihre Lippen. Sie schien sicher, mich erobern und womöglich den Preis der Karten dadurch mindern zu können. »Ich denke, die Straßen sind nicht überflutet.«

»Ich weiß, dass sie trocken sind, Schönste«, sagte ich und verabschiedete mich von Orsat. Er lächelte zufrieden und begleitete uns bis zum Gespann. Schon während des ersten kurzen Trabs schwankte sie im Wagenkorb hin und her, obwohl sie sich festzuklammern schien. Ihr Körper streifte meine Hüften, sie ließ sich gegen meine Brust fallen und suchte meine Berührungen. Als ich die Pferde galoppieren ließ – wir umfuhren den Tempelbezirk in einem weiten Halbkreis –, legte sie den linken Arm um mich und hielt sich mit überraschender Kraft fest; nun schwankte sie nicht mehr.

Um meinen Plan durchzuführen, war eine bestimmte Vertrautheit von Vorteil. Bei den Priesterhäusern angekommen, hielt ich an, sprang vom Wagen und packte Menefru-tet um die Hüften. Sie ließ sich lachend herunterhelfen, hob die Arme und legte mir die ringgeschmückten Finger auf die Schultern. Ihr Lächeln sollte nichts weniger als ein Versprechen von Nächten voller unaussprechlicher Sinnenglut und einzigartiger Leidenschaft sein. Ich spielte mit, hielt ihre Finger fest und blickte in ihre unergründlichen schwarzen Augen. Die kunstvoll angebrachte Mesdemet-Schminke ließen sie größer und ihre Blicke rätselhafter erscheinen.

»Mit dir, Atlantos, möchte ich bis nach Waset fahren«, hauchte sie überwältigt. »Dorthin, wo ich jede Palme kenne, die deine Karten zeigen. Ach, ihr Götter – ich könnte dir so vieles zeigen ...«

»Was ich hier sehe«, antwortete ich und legte so viel Begehren in meine Stimme, wie mir möglich war, »genügt mir, ist fast schon zu viel für einen alten Fremden. Bald wieder, glaube ich, sehen wir einander.«

»Schon bald, Atlantos«, sagte sie, ließ mich los und ging mit wiegenden Hüften zum Eingang des nächsten Hauses. Ich wendete das Gespann und fügte dem Gesamtbild meiner Vermutungen ein paar neue Zeichen hinzu. Was Tanetcheta, die Gemahlin des Goldhorus, mir berichtet hatte, war wieder ein wenig glaubwürdiger geworden. In der dämmerigen Kühle meines Arbeitszimmers, den Arm um Takhnefs schlanke Hüften, dachte ich über die nächsten Schritte meines Plans nach.

An einem Nachmittag, an dem ich mit den Dienern viel dünnes Henket, auf dem Markt gekauft, durch Tücher in saubere Krüge seihte, mit Honig und kretischem Wein abschmeckte, führte mein alter Diener Month-Sechet, die schwarzhäutige Botin, ins Haus. Ich wusch meine Hände, bot ihr einen Becher des nunmehr erträglich schmeckenden

Henket an und brachte sie in mein Arbeitszimmer. Sie hob die Hand; am Zeigefinger ihrer überschlanken Hand funkelte der Neithring der Tanet-cheta.

Ich lehnte mich zurück, schlug die Beine übereinander und berichtete ihr kurz das Wenige, das ich erreicht hatte; schließlich sagte ich ihr, dass ich bald mit Anch-nes-nefer-ib-Ra zusammentreffen und ihr die Karten verkaufen oder sogar schenken würde. »Und wie kann meine Herrin dir helfen? Was soll sie tun? Soll sie weiter warten, bis die Götter und die Menschen die Wahrheit erfahren und die Maat wieder gewahrt ist?«

Die Maat, das Symbol für ausgewogene Gerechtigkeit, dargestellt durch ein flehend erhobenes Armpaar, galt bei den Rômet als heilig; ihre Anrufung und ihre Regeln sollten die Wagschalen des Verhaltens in gleicher Höhe halten.

»Die Maat – nun denn, wir wollen's versuchen, Month-Sechet«, antwortete ich bedächtig. »Deine Herrin soll, vielleicht durch Psammetich, zu einem Fest rufen. Alle Ratgeber, die Hohepriesterin und Menefru-tet, deren Verwalter, die wichtigsten Oberpriester, Pharao Ah'mes, Nitetis und auch die Boten des Kurusch sollten zugegen sein, auch die jungen Frauen von Ah'mes' vielen Nächten, und zum Höhepunkt soll deine Herrin mit ihrem Gefolge erscheinen. Ich brauche aber noch Zeit.«

»Dein Henket ist vorzüglich, Atlantos. Wann soll ich wiederkommen?«

»Vieles auf dieser Welt kann besser werden, wenn man will und es versucht. Sagen wir ... in drei Tagen.«

»Ich werde der Herrin genau berichten, was du gesagt hast. Wirst du dich von Menefru-tet verführen lassen?«

»Nein. Aber ... sie ist eine Frau von großer, gefährlicher Schönheit. Trotz der Schönheit der Hohepriesterin und ihrer Vertrauten, trotz des Reichtums und der Macht des Tempels, dessen Priesterschaft auf die Worte Anch-nes-nefers hört, gibt es, sozusagen, göttliches Wirken. Die Wahrheit, manchmal versteckt sie sich lange, aber da die Wahrheit böse ist, ist sie oftmals stärker als jede Lüge.«

Month-Sechet stand auf. Sie bewegte sich wie ein langgliedriges Raubtier. Sie legte die Fingerkuppen auf ihre Stammesnarben, küsste den Ring ihrer Herrin und sagte leise: »Im Namen meiner Herrin danke ich dir, o Atlantos. Auch wenn es dich belästigt und ich nichts Neues erfahre ... ich werde in zwei Tagen wieder hier sein.«

»Um die gleiche Zeit.« Ich nahm ihren Arm. Unter der fast schwarzen Haut spürte ich harte Muskeln. »Ich erfreue mich an deiner Gegenwart.«

Ich brachte sie zum Hoftor. Ohne sich umzusehen ging, sie mit weiten, federnden Schritten auf der belebten Dammstraße in die Richtung des Palasts.

Der nächste Bote war ein Priester in mittleren Jahren. Er bat mich, die Einladung der Hohepriesterin anzunehmen und die Karten mitzubringen.

»Morgen, Neb Atlantos, um Mittag, im kühlen Seitenbau des Tempels«, sagte er höflich, mit der geschulten Stimme dessen, der uralte Texte laut vorzulesen pflegte. »Man wird dich erwarten. Du mögest die Karten, von denen ihre Vertraute Menefru-tet ihr berichtet hat, mitbringen. Ihre Verwalter und Berater und einige von uns werden zugegen sein.«

»Ich werde pünktlich im Tempel sein«, versprach ich. Der alte Diener, der im Garten wilde Triebe der Hecke kürzte, warf meinem Gast misstrauische Blicke zu. »Bist du Tempelpriester hier in Men-nefer oder in Ipet-sut?«

»Aus dem Großen Tempel zu Ipet-sut«, antwortete er und neigte demütig den Kopf. »Aber wir alle gehören dem mächtigen Amûn. Er wache auch über deinen Tag.«

Ich sah ihm nach, wie er würdevoll die Dammstraße entlangging, als gehöre sie ihm und alle andern Benutzer müssten ihm ausweichen. Ich winkte freundlich dem alten Pa-Sepet und machte eine anzügliche Geste; er stieß ein meckerndes Gelächter aus und schnitt eine Grimasse. Wahrscheinlich mochte er Priester nicht.

Der Schatten der Sonnenuhr fiel auf die längste Kerbe, als ich die Rappen zwischen den Säulen des Vordachs anhielt und wartete, bis ein Priesterschüler die Zügel nahm, sich vor mir verbeugte und den Pferden lederne Eimer voller Wasser hinstellte. An einem schmalen Durchgang, den eine mächtige, bemeißelte Traverse überspannte, führten mich vier Priester ins Innere eines neuen Anbaus. Zwei der Wände und einige Säulen waren noch nicht fertig, aus breiten Schlitzen unter der Decke fiel strahlendes Sonnenlicht ins Innere, und ungefähr ein Dutzend Personen erwarteten mich.

Menefru-tet stand am Eingang, nahm meine Hand und zog mich lächelnd in die Mitte der Wartenden. Anch-nes-nefer-ib-Ra, umgeben von ihren Vertrauten, sah mir erwartungsvoll entgegen und wartete, bis Menefru-tet mich vorgestellt, die Namen der anderen Versammelten genannt und die Schönheit meiner Karten gelobt hatte.

»Wenn sie all das zeigen, was mir Menefru berichtet hat, und ich zweifle nicht daran, bereichern deine Karten das Wissen unseres Tempels, und dies kann nie groß genug sein«, sagte die Hohepriesterin. Auch sie sah ich zum ersten Mal im Tageslicht. *Was Ah'mes gefällt,* sagte ich mir, *gefällt auch mir.* Sie gehörte jener Gruppe Frauen an, zu der auch ihre Zofe, die verlassene Pharaonin und andere Frauen zählten, die Macht verkörperten oder besessen hatten. Hier jedenfalls war sie die wichtigste Person.

»Ich bin sicher, dass meine einfachen Zeichnungen dir zeigen, was du erwartest«, antwortete ich, zog einen Tisch ins Sonnenlicht und breitete die beiden Karten aus. Dann, als die Ecken mit Steinwürfeln beschwert waren, trat ich ein paar Schritte zurück, verschränkte zuerst die Handgelenke vor der Brust und breitete dann die Arme aus.

Rico hatte die Technik eines Psychostrahlers, der früher gewisse Ähnlichkeit mit einer kleinen Strahlerwaffe gehabt hatte, in einem dicken Armband untergebracht. Es ähnelte dem Mehrzweckarmband, und ich trug den Strahler am rechten Handgelenk. Das Programm war eingespeist; ich brauchte nur den Kontaktschalter zu betätigen.

Begeisterung, äußerstes Entgegenkommen, angemessene Großzügigkeit. Das Psychofeld breitete sich augenblicklich aus und schloss alle Anwesenden ein.

Ich hatte weniger Erfolg erwartet. Aber ich hatte dieses Instrument der Beeinflussung schon lange nicht mehr benutzt. Selbst der Schreiber drängte sich zum Tisch und versuchte, einen Blick auf die Karten zu erhaschen. Jeder gab Laute der Begeisterung von sich, man schob sich gegenseitig zur Seite, beugte sich über die Darstellung und klatschte in die Hände.

Ich beobachtete beide Frauen genauer.

In jeder Geste Menufre-tets erkannte ich, dass sie nichts sehnlicher wünschte, als mit dem Meister dieser unvergleichlichen Kunst ebenso unvergleichliche Liebesnächte zu verbringen. Sie würde alles dafür tun, mich zu verführen; möglichst noch heute, hier im Tempel oder in ihren Wohnräumen.

Begeisterung, ins Große gesteigertes Gefühl, das noch vor wenigen Augenblicken viel, viel schwächer ausgeprägt gewesen war. Die Hohepriesterin richtete ihre Gier nicht auf mich, sondern auf die Karten. Sie begriff, zwar durchaus beeindruckt, dass sie nur durch großzügiges Entgegenkommen in den Besitz dieser Kostbarkeiten kommen konnte. Sie bereitete sich darauf vor, Teile des Tempelschatzes einzusetzen, und zwar für beide Karten. Die größere zeigte das Land in weitem Abstand um die von Tempeln dominierte Stadt.

Entgegenkommen! Großzügigkeit!

Sie wandte sich um, holte tief Luft und legte die Hand auf die Brust. »Wie viel soll deine Kunst wert sein, Atlantos?«

»Vierhundert Deben Gold und dreihundert Deben Silber sind die Karten wert. Eine wohlfeile Summe«, sagte ich. Es war ein kleines Vermögen, das ich sinnvoll zu verwenden gedachte.

Sie sah mich an, starrte die Karten an, beriet sich durch Blicke mit ihren Priestern und Verwaltern und sagte einige Atemzüge später, scheinbar ungerührt und von der Summe nicht beeindruckt: »Du sollst es haben, denn an Ausschnitten, die wir kennen, haben wir erkannt, dass die Genauigkeit der Karten und ihre Schönheit ihresgleichen suchen. Wie ist es dir möglich, das Land mit den Augen des Falken oder Adlers zu sehen?«

Ich antwortete lächelnd: »Ein zahmer Adler und zwei zahme Falken haben mir geholfen, und Horus war mit mir und führte meinen Griffel.«

»Wir haben das Gold nicht hier«, sagte sie, ohne auf meinen Scherz einzugehen. »Morgen Abend magst du es holen.«

»Ich bitte dich, das Nub und das Hedsch ins Große Haus tragen zu lassen. Pharao Ah'mes wird es zählen und wägen lassen und es für mich verwahren; in meinem Häuschen brauche ich nur ein paar Deben Kupfer, Herrin.«

»Eine ungewöhnliche Bitte«, antwortete sie, noch immer im Bann der Psychostrahlung. »Aber nichts spricht dagegen.«

Ich deutete auf die Karten. »Sie gehören dir, Hohepriesterin, und deinem Amûntempel.«

Mit feierlichen Gebärden trat sie an den Tisch. Der Sonnenlichtfleck war weiter gewandert und leuchtete nun auf dem Schmuck Menufre-tets. Sie war sich dieses glänzenden Umstandes wohl bewusst, strahlte förmlich die anderen Versammelten an und kam mit funkelndem Geschmeide und leuchtendem Gesicht auf mich zu; die barbarisch-sinnliche Versuchung, für die jeder Mann kämpfen und töten würde. Sie stellte sich neben mir auf die Zehenspitzen und flüsterte in mein Ohr: »Komm heute zu mir. Ich bin allein, ich warte, nackt und duftend, mit gutem keftischen Wein und Honigküchlein. Ich will dir gehören, die ganze Nacht. Ich schenke dir jedes Deben meines Körpers.«

»Unaufschiebbares hält mich fest«, flüsterte ich zurück. »Wenn ich komme, dann erst spät. Vielleicht zwei Stunden vor den ersten Strahlen des Râ-Harachte.«

»Ich bin wach und fiebre der Stunde entgegen.«

Sie ging zurück zu den anderen, die wie gebannt zusahen, wie die Hohepriesterin die Karten zusammenrollte und in die Schutzröhre schob. Ich verbeugte mich vor allen Anwesenden, ging zum Durchlass und schaltete erst, als ich im Freien war, den Psychostrahler aus. In meinem Rücken erhob sich erregtes Stimmengewirr.

Es dauerte keine halbe Stunde, bis ich in meinem Garten das Gespann ausgeschirrt und den Dienern überlassen hatte. Ich sah, dass wieder in allen Schalen duftende Blüten schwammen, roch das frische Brot aus dem Küchenofen, verbarg den Psychostrahler und ging zu Takhnef, die mit untergeschlagenen Beinen auf meinem Lager saß und mir mit bangem Gesichtsausdruck entgegenblickte.

»Du kommst von diesen zwei Frauen. Sind sie schöner als Takhnef? Wirst du Takhnef wegen ihnen in den Palast zurückschicken, Atlan?«

Ich schüttelte den Kopf und nahm sie in die Arme. Das freigelassene, fröhlich flatternde Vögelchen zitterte und klammerte sich an mich. »Wenn du es nicht willst, musst du niemals wieder ins Große Haus zurück. Nur einmal, an meiner Seite, duftend, mit Schmuck behängt und eine der Schönsten auf dem Fest des Goldhorus. Aber nur, wenn du willst!«

»Wirklich? Dann fahren wir mit deinem herrlichen Gespann ins Große Haus. Aber ... wirst du Takhnef danach nicht allein lassen?«

»Ich werde dafür sorgen«, versprach ich ehrlich, »dass du weiterträumen kannst, du könntest umherflattern und immer singen, wenn dir danach zumute ist.«

Month-Sechet, mit weiß umrundeten Augen, den Neithring am Finger, lehnte an der Tischkante und betrachtete die Karte, die sich über die gesamte Wand spannte. Die Elfenbeinscheiben in ihren Ohrläppchen, mit sparsamen Golddrahteinlagen, schufen einen auffallenden Gegensatz zu ihrer dunklen Haut und dem kurzgeschorenen Haar. Offensichtlich war ihr herausforderndes Selbstvertrauen gewachsen, seit sie zur Vertrauten der Pharao-Gemahlin und zur verschwiegenen Botin gereift war.

Ich berichtete ihr, mit gebotener Knappheit, vom Verkauf der Karten, nannte die Höhe der Summe und sagte ihr, dass Menefru-tet mir mindestens eine unvergessliche Liebesnacht versprochen hatte, aber dass sie vergeblich auf mich gewartet hatte.

»Sie wird vor Zorn und Enttäuschung gezittert haben«, bemerkte die schlanke Nehesi kühl. »Sie wird es dir niemals verzeihen.«

»Darauf bin ich vorbereitet – trotzdem: Sie ist eine schöne, reife, begehrenswerte Frau! Und immerhin die Tochter des Apriës. Auch aus diesem Grund tragen sie den Kaufpreis zum Pharao«, erklärte ich. »Eine dringliche Bitte habe ich an deine Herrin, Month.«

»Ich trage jedes deiner Worte zu ihr. Was sage ich ihr?« Sie warf mir einen langen, verschwörerischen Blick zu.

»Dieses Fest, von dem wir geredet haben – es muss stattfinden, bevor Ah'mes seine Lieblingstochter dem Pârsa verspricht und die Boten zurückschickt. Tanet-cheta will ihren Erfolg, ihre Rache ... nur wenn alle versammelt sind, gelingt's.«

»Ich weiß, dass meine Herrin alles tut für dieses Fest. Sie hat nicht nur mich als Botin zum Goldhorus geschickt.« Month-Sechet stellte den leeren Becher klirrend auf den Tisch zurück. »Er hat eingewilligt, auch weil die Hohepriesterin nicht heimlich im Palast erscheinen muss.«

»Also gibt es wenig, das ich tun muss«, sagte ich. »Du wirst mir sagen, wann das Fest stattfindet, und mich und meine Begleiterin im Namen deiner Herrin einladen.«

»So wird es geschehen, Atlantos.«

Auch heute brachte ich sie zum Hoftor. Zum ersten Mal betrachtete sie den blühenden, gepflegten Garten und die Teiche, dann hob sie die Schultern und hob grüßend die Hand. Im Palast und in dessen Umgebung, sagte ich mir versonnen, schienen sich nicht nur Intrigen, Reichtum, Begierden und enttäuschte Hoffnungen zusammenzufinden, sondern auch die schönsten Frauen beider Lande.

Der nächste Bote störte mich zwei Stunden später, nur um mir zu versichern, dass Gold und Silber beim Obersten Wächter des Schatzhauses abgegeben worden waren und gerade geprüft und gewogen wurden. Ich dankte ihm und widmete mich wieder den Szenen, die ich durch Anubs Augen und Lauscher in Naukratis beobachten konnte, und danach zeigte mir Rico eine Zusammenfassung der Beobachtungen seiner Spionsonden, die inzwischen die Hafenstadt Ikosion und die Gebirgstäler im Land der Masaesyler beobachteten – und noch immer keine Angehörigen des Hellen Volks gefunden hatten.

Mir war beides fremd; ich konnte nur erkennen, dass die Bewohner dunkelhäutig und schwarzhaarig waren, und dass in der Stadt Hellenen und Punier mit Einheimischen zusammen lebten.

Ich bezweifelte, dass wir das Helle Volk dort finden würden, wies aber Rico an, weiterhin zu suchen.

Orsat würde verzweifeln. Sein altes Shafadublatt war wertlos. Ich betätigte mich als Intrigant und genoss die Freuden eines unabhängigen Lebens in Men-nefer.

Der Extrasinn höhnte: *Wo bleibt das Abenteuer, Arkonide? Willst du warten, bis Kurusch angreift?*

Ich hatte darauf keine Antwort.

Noch nicht?

Ah'mes, der Starke Stier, Goldhorus und Gottesherrscher, schien die Insassen des Großen Hauses und uns alle beeindrucken zu wollen. Davon, wie ein Fest vorzubereiten war, verstand er wohl am meisten. Blütengirlanden hingen an allen Wänden und umkränzten jeden Türsturz. Der Boden war von vielfarbigen Blütenblättern übersät, die einen betäubenden Duft verströmten. Aus Krügen quollen mächtige Blumensträuße, blühende Binsen und Baumzweige, in Wasserschalen schwammen prächtige Blüten. Kleine Vögel zwitscherten und sangen in Käfigen, noch waren die Öllampen, die auf Steinsockeln standen, nicht angezündet. Auf Bänken und Hockern lagen pralle Sitzkissen, farbige Tücher schmückten den Saal, den Innengarten und den Hof. Zwei Gruppen Musikerinnen wechselten einander ab; der Klang von Harfen, Doppelflöten, Trommeln und langhalsigen Lauten echote von den Wänden und brach sich zwischen den Säulen. Die Musikerinnen trugen durchscheinende Gewänder, und einige wirkten, als trügen sie nur Schminke und Schmuck. Auf vielen Stelle breiteten sich geflochtene Matten aus verschieden gefärbtem Stroh aus.

Der Abend und die Nacht schienen zu weiteren Höhepunkten eines fragwürdigen Unterfangens zu werden, dem ich mich freiwillig aussetzte. In allen Räumen wimmelten junge Mädchen und Knaben, Nubier und Rômet und Sklaven aus anderen Ländern. Alle Hautfarben bis auf fahles Weiß waren vertreten. Noch waren die Tänzerinnen nicht aufgetreten.

Auf gemauerten, weiß gekalkten Podien lagen und standen die Geschenke, die Kambuzhyas Vater Kurusch geschickt hatten, daneben jene, die aus dem Schatzhaus des Goldhorus' Ah'mes ausgesucht und an den Königshof Pârsas geschickt werden würden. Die Krüge, gefüllt mit Silber, und die kleinen Truhen, die mein Gold enthielten, hatte der Oberste Schatzhaushüter auf einer Truhe aus farbigem Binsengeflecht ausgestellt. Das Fest hatte noch nicht angefangen, Diener und Dienerinnen standen bereit, und einige Gäste standen und saßen im Saal, im Innenhof und im Garten.

Takhnef bewegte sich würdevoll neben mir. Sie hatte mir den Weg durch den Palastirrgarten zeigen wollen, aber inzwischen kannte ich, auch dank Horus' Hilfe, die Gebäude und Höfe so gut, als hätte ich die Baupläne gezeichnet.

Wir begrüßten Orsat, der Takhnef erst nach einigen verwirrten Blicken erkannte. Sie sah hinreißend aus und ging auf den Sandalen mit den erhöhten Absätzen, als sei sie damit aufgewachsen. Auf ihrer Perücke schmolz ein duftender Salbkegel, ihr Schmuck und ihre Kleidung waren erlesen, und die Frauen, die Month-Sechet aus dem Palast geschickt hatte, hatten sorgfältig mit Schminke, Balsamöl und Kohol-

Tusche hantiert. Auch ich hatte meine beste Kleidung angezogen und trug den Psychostrahler am Handgelenk.

Month-Sechet schob sich durch das Gewimmel, grüßte mich und Takhnef und sagte leise: »Alles ist bereit, Atlantos. Sie werden alle kommen.«

»Ich sehe Ah'mes nicht«, entgegnete ich. »Vergnügt er sich etwa mit der Hohepriesterin?«

Sie lächelte kaum wahrnehmbar. »Er bereitet sich auf eine lange Nacht vor. Anch-nes-nefer hat das Große Haus noch nicht betreten.«

»Und einige seiner Berater und Vertrauten fehlen auch noch«, stellte ich fest. Wir gingen in den Garten hinaus, ließen uns Dünnbier bringen und setzten uns abseits der Musikerinnen in den Schatten. Mädchen und Frauen, die Takhnef kannten, kamen zu uns, staunten sie an und musterten mich scheu. Im Lauf der folgenden Stunde hielten die einzelnen Gruppen Einzug; jeder versuchte zu beeindrucken.

Anch-nes-nefer-ib-Ra mit zwei Beratern und sechs kahlköpfigen Priestern; Menefru-tet mit vier ihrer jungen Begleiterinnen; die Gaufürsten Psamtek und Padineith mit Kriegern, die aber keine Schilde trugen; Ahmose-za-Neith, Vorsteher der Torwache, kam mit seiner Gattin und zwei hinreißenden Kindern, seinen Töchtern; Psammetich begleitete die Boten des Kambuzhya und umgab sich mit Bogenschützen ohne Köcher. Udjahorresnet, der Leibarzt und Wahibre, erschienen mit nubischen Geliebten, auch die übrigen Gäste, die ich nicht kannte, trafen nacheinander ein. Noch fehlte der Gottesherrscher, und seine Gemahlin wartete auf ihren späteren Auftritt.

Die Musik wurde lauter. Wir beobachteten die Ankunft der Gäste und wie sie sich verteilten, zu Gruppen zusammenfanden und wieder trennten, warteten auf den Pharao, der zusammen mit Nitetis erschien und mit lauter Stimme das günstige Wirken Amûns und aller Götter für ein glückliches Fest beschwor. Mein Horusfalke zog seinen ersten Kreis über dem Hof und dem Garten und scheuchte einen Taubenschwarm in die Höhe.

»Takhnef, Quell meiner Freude«, sagte ich, während ich beobachtete, wie Menefru-tet mich in der Menge mit schnellen Blicken suchte. »Es werden sich später seltsame Dinge tun. Ich bin daran beteiligt.«

Sie sah mich erstaunt, fast ängstlich an. Ich winkte Month, der Nubierin, die auf uns zuglitt. Ich sprach leise weiter. »Du bleibst bitte hier sitzen, auch wenn Tumult ausbricht.«

»Was wird geschehen?«, fragte sie und sah sich unruhig um.

»In jedem Fall wirst du einen Augenblick der göttlichen Wahrheit miterleben.«

Takhnefs Blick irrte ab.

»Atlantos?«

Month stand neben mir und sah abwartend von Takhnef zu mir, dann zum Pharao auf seinem erhöhten Thronsitz.

»Wenn der Augenblick der Wahrheit gekommen ist, Schönste«, sagte ich, »wirst du bitte hier stehen und Takhnef schützen. In der Wirrnis geschieht mitunter Unerwartetes und Gefährliches.«

Month schlug den Saum ihres Schurzes zur Seite, und ich sah in der Falte einen schmalen, knapp handlangen Dolch. Die Nubierin nickte und sagte kehlig: »Nichts, was ich nicht erwarte, Neb Atlantos.«

»Gut zu wissen«, antwortete ich, streichelte Takhnefs Schulter und bereitete mich auf den Augenblick vor, an dem das Fest mit brutaler Plötzlichkeit enden würde. Ich hatte jeden Schritt berechnet, die Programmierung des Psychostrahler dreimal getestet, wusste aber nicht, welche der möglichen Wahrheiten sich offenbaren würde.

Ungefähr drei Stunden später hatte sich das Bild geändert. Hunderte Ölflammen brannten, ein Teil der Gäste war trunken, es hatten sich eng umschlungene Paare gebildet, zwischen den Säulen stand Menefru-tet und starrte mich mit kalten Blicken an, als ich aufstand und mich langsam dem Pharao und Nitetis näherte.

Er sah mich, winkte mich zu sich und sagte lachend: »Weißer Krieger, meine junge Goldene – weißt du inzwischen, wo sich euer Volk versteckt?«

Nitetis, mit der Ausstrahlung und Schönheit einer jungen Arkonidin, betrachtete mich schweigend, aber nicht abweisend. Ich hob den rechten Arm, legte die Hand auf die Brust und zielte mit dem spitzen Abstrahlkegel auf den Herrscher.

Gesteigerte Aufmerksamkeit war programmiert und *brennende Neugierde und Wissensdurst.*

»Seit langem«, begann ich und aktivierte das Gerät, »raunt, wispert und mutmaßt man im Großen Haus, dass deine erste Gattin, o Goldhorus, nicht an einer Krankheit gestorben ist.«

Die Wirkung des Psychostrahls trat augenblicklich ein. Nitetis schob ihr Haar aus dem Gesicht. Sie schien erschrocken zu sein.

Ah'mes beugte sich vor, funkelte mich an und sagte zwischen zusammengebissenen Zähnen: »Was weißt du, Atlantos von Alashia, was ich nicht weiß?«

»Ich weiß wenig mehr als jene Gerüchte«, antwortete ich, »aber Menefru-tet und die Hohepriesterin des Amûn wissen alles. Du solltest sie befragen.«

»Und zwar hier und sofort«, knurrte er, griff nach den Armen zweier Diener und murmelte etwas. Sie verneigten sich tief und eilten die Stufen des Podiums hinunter. Einige Atemzüge später schoben sich die beiden Frauen durch das Gewimmel und blieben in fünf Schritt Entfernung vor dem Thron stehen.

Ais einem schmalen Eingang des Saales schob sich Tanetcheta und blieb hinter einem Wandschirm vor den Blicken aller verborgen. Niemand achtete auf ihr Erscheinen.

Ich wechselte, nachdem ich den Einfluss des Strahlers auf Ah'mes zwei Atemzüge lang verstärkt hatte, auf die nächste Programmeinstellung und richtete den Kegel mit der gleichen starken Leistung auf Anch-nes-nefer und dann auf Menefru-tet, deren wütende Blicke mir galten.

Ich wollte die wichtigste Frage stellen, aber Ah'mes kam mir zuvor. Er deutete auf seine Geliebte und sagte laut und deutlich: »Ich will wissen, was damals geschehen ist. Ladike, die über alles Geliebte, starb nicht an einer Krankheit, nicht an einem Schlag oder einem Dolch. Also starb sie an Gift. Eifersucht, groß und lautstark, hast du damals schon verbreitet – was hattest du damit zu tun?«

Die Hohepriesterin stand voll im Fokus des Strahlers, der den unwiderstehlichen Drang zu *absoluter Ehrlichkeit und rücksichtsloser Wahrheit* abstrahlte. Menefru-tet drehte sich um und wollte ihren Platz verlassen, aber noch bevor ich den Strahl auf sie richtete, wurde sie von der Hohepriesterin hart am Arm gepackt. Anch-nes-nefer fiel auf die Knie, Tränen schossen in ihre Augen, und sie rief, sich selbst anklagend: »Ladike ist an Gift gestorben. Ich habe es von Udjahorresnet, der es mir schickte, weil ich angeblich einen kranken Leoparden töten wollte!«

Sie zog und zerrte, bis Menefru-tet neben ihr auf die Knie fiel. Zitternd und mit zitternden Stimme rief die Hohepriesterin: »Aber es war nicht das Tier, sondern Ladike! Die Tochter des Apriës hat ihr das Gift verabreicht. Sie wollte den Tod ihres Vaters rächen, und das hat sie getan!«

»Ist das wahr, ihr Ungeheuer?«, donnerte Ah'mes. In diesen Augenblicken offenbarte er die Kraft, mit der er damals seine Krieger begeistert hatte. Im Saal hatte sich betroffene Stille ausgebreitet. Niemand wagte sich zu rühren. Aus dem Augenwinkel sah ich Tanet-cheta hinter dem Wandschirm hervorkommen. Sie bewegte sich langsam, bis sie hinter Ah'mes stand und jeder sie sah. »Habt ihr Ladike vergiftet?«

»Ich habe nicht mit ansehen können, dass du nicht nur mich liebst, sondern deine Nächte zwischen uns teilst!«, rief die Hohepriesterin schrill.

Menefru-tet fiel ihr ins Wort, und die Stimmen verschränkten und überschlugen sich. »Und ich tat es aus Gehorsam zu meiner Herrin, und weil du meinen Vater getötet und den Thron geraubt hast!«

»Bei allen Göttern! Ich habe Apriës nicht getötet und auch keinen Befehl gegeben, ihn zu töten! Das Volk habe ich über sein Schicksal entscheiden lassen!«, brüllte Ah'mes. Er ließ sich schwer in seinen Sessel fallen, schlug die Hände vor das Gesicht und schwieg eine Zeit lang. Ich stieg vom Podium und sah zwischen den Säulen zum Garten die Nubierin und Takhnef. Die große, schlanke Schwarze stand in Takhnefs Rücken und hatte die Arme um die Rôme gelegt. Verwirrte, flehentliche Blicke Menefru-tets trafen mich, aber ich zuckte nur mit den Schultern.

Tanet-cheta legte in einer rührenden Geste eine Hand auf die Schulter des Zusammengesunkenen. Langsam richtete sich Ah'mes auf, nahm die Hände herunter und blickte auf die Menge im Saal. Seine dunklen Blicke, wie schwarze Blitze, schienen jeden zu treffen.

»Für euch ist der Tod eine zu milde Strafe«, sagte er laut, aber beherrscht. »Du wirst in deinem Leben Men-nefer nicht mehr betreten, Hohepriesterin. Jedes halbe Jahr will ich einen Bericht, und wenn er mich ärgert, schicke ich meine Soldaten, die in deinen Tempeln wohnen werden.«

Er schien die Hand Tanet-chetas auf seiner Schulter nicht zu bemerken und redete im gleichen, unversöhnlichen Ton weiter. »Menefru-tet, die eine Tochter eines Gottesherrschers ist, ist würdig genug, die Nächte des Kambuzhya zu verschönern. Die Boten Kuruschs werden sie und meine Geschenke sicher nach Pârsa begleiten, es sei denn, sie zieht es vor, in einem lichtlosen Gewölbe des Großen Hauses am gleichen Gift zugrunde zu gehen, das sie meiner Gemahlin gegeben hat.«

»Ich will leben!«, schluchzte Menefru-tet. Inzwischen war aus der lastenden Stille ein aufgeregtes Gemurmel geworden. »Ich gehe mit den Boten!«

»Schafft sie aus meinen Augen!«, rief der Pharao. »Das Fest soll weitergehen. Spielt! Trinkt. Esst!«

Damit hatte er mehrere Probleme elegant gelöst. Die Pârsa hatten nur von der Schönheit der Nitetis gehört, jene Frau aber nie gesehen, da Ah'mes sie ja fast aller Beobachtung fernhielt. Und Menefru-tet sah ausgesprochen gut aus. Sicherlich würde sie, einmal am Hofe des Königs der Pârsa angekommen, den Betrug eingestehen, falls er nicht von selbst aufflog, aber der Palast des Kurusch war weit und Ah'mes' Reich einstweilen verschont.

Psammetichs Soldaten hoben die Frauen auf und brachten sie aus dem Saal. Ich schaltete den Psychostrahler ab und wusste nun, welches die wirkliche, wahre Wahrheit war; es war die der Gerüchte und Tanet-chetas. Ich ging zu Takhnef und Month, hinaus in den kühlen Garten, setzte mich und ließ mir einen großen Becher Wein bringen.

»Dein Anblick hat die Frauen dazu gebracht, die Wahrheit zu gestehen? Nunmehr, nach mehr als einem Vierteljahrhundert?« Die Nubierin mich mit undeutbarem Gesichtsausdruck. Ich lachte, verschluckte mich am Wein und antwortete atemlos:»Solche Dinge geschehen, wenn die Zeit reif ist. Und, wie du gesehen hast, war die Zeit reif.« Ich zog Takhnef an mich. »Und ich war nicht einmal das Werkzeug der Wahrheit.«

Sie bedachte mich mit einem unergründlichen Nicken und verschwand in der Menge. Die Gemahlin des Pharaos, ob er nun in ihr Bett zurückkehren würde oder nicht, brauchte die Hohepriesterin nicht mehr zu hassen, Psammetich konnte weiterhin seiner Stiefschwester nachstellen, Kambuzhya durfte sich in absehbarer Zeit der nie versiegenden Leidenschaftlichkeit Menefru-tets erwehren, und ich suchte weiter nach dem Hellen Volk. Die behagliche Ruhe meines Gartens, des verschwiegenen Hauses und der Stunden, die ich in Takhnefs Armen verbrachte, blieben mir.

9
In der Oase ein Orakel

Stille Tage und zärtliche Nächte in Men-nefer. Der Mond Thot der ersten Jahreszeit, Achet, kam in seine letzten Tage. Die Wasser der Überschwemmung waren um eine Handbreit gesunken. Meine Diener und ich bildeten eine Eimerkette und schöpften einen Vormittag lang schwitzend Schlammwasser und düngten abseits der Wege den Garten mit der nährenden Brühe. Die Natur war zu berstendem Leben erwacht; überall blühte, spross und wucherte alles Grün. Das Schilf wuchs wie rasend, alle Vögel schienen gleichzeitig zeternde Junge zu haben, und noch immer war die Luft heiß und feucht. Nubis bewachte das Anwesen, meine Rappen vermissten Trab und Galopp vor dem Wagen, und Takhnef war glücklich: Ich war, bis auf wenige Nachtstunden in meinem Arbeitszimmer, stets in der Nähe ihrer Hände.

Auch im Palast schien, soweit ich es beobachten konnte und es mich anging, das Leben wieder seinen gewohnten Gang angetreten zu haben. Psammetichs Soldaten hatten als Ehrengarde die Boten Kuruschs samt ihrer schweigend weinenden Fracht zwei Tage lang auf dem Weg zur Grenze begleitet. Anch-neb-nefer-ib-Ra hatte bei kräftigem Nordwind mit ihrer Begleitung das Schiff bestiegen und war hapiaufwärts in die Verbannung gesegelt.

Ricos Sonden schwebten westlich Ikosions und über den Schluchten und Flusstälern des Landes, in dem die Masaesyler lebten; wer sie so genannt hatte, war ebenso obskur wie die turmartigen Burgen bedeutungsloser Fürsten, denen nicht viel mehr als Schafe, Ziegen und dürre Weiden gehörten.

Zwischen den dicken Lehmziegelmauern des Hauses herrschte hinreichende Kühle. Trotzdem schliefen wir meist auf dem Dach zwischen den Mückenschleiern. Ich würde Takhnef hören, wenn sie auf nackten Sohlen die Stufen heruntertappte. Und wenn sie sah, womit ich manche Nachtstunden verbrachte, kostete es mich nur einige Erklärungen; ihr Wissen würde die Gegenwart nicht verändern.

Ich saß da, schwitzte, trug nur einen knielangen Schurz und einen Stoffgürtel und betrachtete die Holos, die mir Rico übermittelte. Vor mir stand ein Krug voll mit kaltem Sud, mit Wein gemischt. Zwei Öllämpchen flackerten. Aus dem Untergeschoss drang bisweilen das Schnarchen der Diener herauf. Am Rand der Teiche quakten Frösche; die Grillen schwiegen nicht einmal tief nachts.

Ich betrachtete seit einer Viertelstunde nichtssagende Bilderfolgen.

Plötzlich ...

Bewegung, Dramatik, taghelle Bilder, bedeutsame Aufnahmen ...

Die langen Morgenschatten der Hastenden – es waren drei Männer, zwei Frauen und ein Halbwüchsiger – glitten und hüpften über das Gras und niedrige Erdhügel, über Steine und durch Gräben. Die Füße der sechs hatten im Gras, an dessen Spitzen noch Tautropfen glänzten, breite Spuren hinterlassen. Wie die Schatten bewiesen, rannten die Menschen nach Norden. Welches Ziel sie hatten, war nicht zu erkennen, aber vielleicht eine Stunde vor ihnen, wenn sie in der gleichen Geschwindigkeit weiter rannten, erhob sich ein

Felsenrücken, der aus vielen einzelnen Riesenbrocken zu bestehen schien. Darauf rannten die Menschen zu; zweifellos waren sie Flüchtende.

Hin und wieder warfen sie gehetzte Blicke in die Richtung, aus der sie gekommen waren. Pause. Eine kurze Zeitspanne verging. Das Bild änderte sich. Ich trank einen Schluck und wischte Schweiß von der Stirn, aus den Achselhöhlen und unter dem Zellaktivator.

Gegenschnitt: Vor einer Landschaft aus Erhebungen, die wie niedrige Tafelberge aussahen, war eine Schar Reiter auf galoppierenden Pferden zu erkennen. Kleinwüchsige, verhüllte Gestalten saßen auf kleinen Pferden. Auf den ersten Blick erkannte ich, dass ungefähr zwei Dutzend Reiter, die kleine Schilde und Lanzen trugen, die sechs Rennenden verfolgten.

Die Flüchtenden waren kräftig und ausdauernd. Die Aufnahmeoptiken glitten näher heran, und jetzt sah ich, warum Rico der Szene so viel Aufmerksamkeit geschenkt hatte. Ich zuckte zusammen und konnte nicht glauben, was ich sah.

Die Flüchtenden waren hellhäutig.

Ihr langes, weißgoldenes Haar flatterte bei jedem Schritt, jedem Sprung.

Ob sie blaue Augen hatten, diesen Umstand erfassten die Spionsonden aus den Aufnahmewinkeln nicht. Was sie deutlich zeigten, war, dass die Flüchtenden um ihre Freiheit, wenn nicht um ihr Leben rannten.

»Das ist ... nicht wahr!«, stieß ich hervor. »Angehörige des Hellen Volks!«

Ich hatte es nicht für wahr gehalten. Ich hatte mich getäuscht. Orsats Prophezeiung war keine Fälschung. Rico hatte tatsächlich Menschen eines Volksstammes gefunden, dem auch Nitetis' Eltern entstammten, und folglich gehörte auch sie zum Hellen Volk.

Einige Herzschläge lang hatte ich die abenteuerliche Vision, dass ich die Flucht von sechs Arkoniden vor einer Gruppe barbarischer Reiter beobachtete.

Sie näherten sich dem Felsgewirr. Dort hinein konnten ihnen die Reiter nicht folgen. Der Abstand verringerte sich.

Auch der Abstand der Galoppierenden zu den Flüchtenden wurde geringer. In dem Gebiet, das ich beobachtete, herrschte frühester Morgen, und es war kühl, und die Pferde litten ebenso wie die Flüchtenden noch nicht unter einer glühenden Sonne. Als sich die Sonde einmal langsam drehte und einige Weitwinkelbilder und Vergrößerungen produzierte, erkannte ich, dass die Jagd in einem weiten Flusstal mit schwarzen Felswänden stattfand, das kein sichtbares Wasser führte und bis zu den Rändern tiefgrün, also fruchtbar, war.

Die Reiter holten auf.

Es war also doch keine abenteuerliche Vision. Eine der Flüchtenden stolperte und fiel, raffte sich wieder auf und hastete den anderen hinterher. Die sechs waren unbewaffnet und trugen nur Beutel an Riemen über den Schultern. Noch vielleicht zweitausend Schritt oder fünfhundert mehr trennten sie von den rettenden Felsen.

Ich verfolgte mit, wie die vordersten Reiter den Flüchtenden immer näher kamen. Ich glaubte, die anfeuernden Schreie zu hören und das wilde Hufgetrappel. Die Speerspitzen blitzten in den waagrechten Sonnenstrahlen. Die Pferde schäumten. Ein Mann und eine Frau des Hellen Volks erreichten die Sandfläche vor den Felsen und schienen plötzlich viel schneller rennen zu können. Die anderen waren am Ende ihrer Kräfte und stolperten, blieben einige Atemzüge lang stehen und versuchten dann, weiterzulaufen. Der oder die Halbwüchsige sah sich um, sah die Reiter und raffte die letzten Kräfte zusammen. In einem rasenden

Lauf erreichte er das Paar und rannte zwischen ihnen auf die schmalen Durchlässe der aufgetürmten Felsen zu.

Die ersten Reiter überholten die drei Langsameren, zügelten die Pferde und rissen die Tiere in die Höhe. Mit den Lanzenschäften schlugen sie die drei nieder, die stehen geblieben waren und vor Erschöpfung zu Boden sanken. Die anderen vom Hellen Volk schlüpften zwischen die Felsen und waren plötzlich verschwunden.

Dann waren die anderen Reiter heran, ritten im Kreis um die erste Gruppe herum und schwenkten ihre Lanzen. Einige der Verfolger sprangen von den Pferderücken, rannten auf die Erschöpften zu und fesselten ihnen die Hände vor dem Körper. Sie knüpften Wasserschläuche von den Reitgurten und tranken daraus, und nach einer Weile saßen sie wieder auf und zerrten die Eingefangenen mit, die an langen Seilen hinter den Pferden herstolperten. Die Verfolger, wahrscheinlich gegen die unbarmherzige Sonne in bodenlange, bräunliche Gewänder gehüllt, ritten ohne Sattel, nur mit einem Fell oder einer Decke auf den Rücken der Tiere.

Das Bild wechselte.

Es schienen einige Stunden zwischen den Aufnahmen vergangen zu sein. Oder es zeigte die Szenen an einem der folgenden Tage. Die Sonne stand hoch und zeigte mir ungewöhnliche Bilder.

Runde und viereckige Türme standen in einer durchaus fruchtbaren Landschaft. In hellem Gestein sah ich gerundete Öffnungen, die in die Tiefe führten, und am Grund dieser Löcher erkannte ich Menschen des Hellen Volks, viele Höhlenöffnungen, einige Rauchsäulen und Treppen, die aus dem Gestein gemeißelt oder geschabt worden waren und in die Höhe führten, auf ebene Flächen, auf denen nichts wuchs.

Schafe, Ziegen und wenige Rinder weideten auf schmalen Grasstreifen zwischen den Türmen. Ich zählte dreizehn dieser großen Bauwerke. Um die stumpfen Steinzylinder und kantigen Säulen erstreckten sich Gärten, in denen Fruchtbäume standen. Ich sah Kornfelder und ordentliche, lange Erdreihen, zwischen denen allerlei Gemüse und Kräuter wuchsen. Schweine mit dunklem Fell wühlten im Boden. Alle Menschen, die dort und an anderen Stellen arbeiteten, gehörten zum Hellen Volk!

Die Folgerungen aus dem Gesehenen waren eindeutig.

»Die Bewohner der Türme sind die Herren«, sagte ich zu Rico, während die Bilder weiterliefen, »und die Hellhaarigen sind Sklaven. Wie geht es weiter?«

»Die nächsten Bildreihen zeigen es, Kristallprinz«, antwortete der Robot. »Zusammengefügt aus den Informationen beider Sonden.«

»Ich verstehe. Zeig' sie mir.«

Mittnacht war längst vorbei. Ein zwiespältiges Gefühl breitete sich in mir aus. Dass die Legende mehr als nur einen Wahrheitskern beinhaltete, störte mich nicht. War es Zufall oder Ergebnis systematischer Suche, die Rico das Helle Volk hatte finden lassen? *Beides,* sagte ich mir. Aber in dem Augenblick, an dem ich die Bilder sah und entsprechende Erkenntnisse hatte, begann aus vagen Ideen und Gerüchten eine Aufgabe zu entstehen, die mich herausforderte. Der Extrasinn schien laut zu lachen und erklärte: *Jetzt hast du das Abenteuer gefunden, Arkonide. Deine Langeweile ist vorbei, so wie die Palastintrigen. Endlich kannst du wieder handeln, wie es deiner Ausbildung und deinem Können entspricht!*

Es waren archaische, barbarische Abenteuer, die mir bevorstanden; etwas ganz anderes als das, was ich als Verantwortlicher einer Arkon-Flotte hätte leisten können und müssen. Müßige Überlegungen!

Die Angehörigen des Hellen Volks lebten in diesen unterplanetarischen Behausungen in weichem Gestein. Rico hatte angesichts vieler Bilder die Zahl dieser Minorität auf zwischen siebenhundert und eintausend errechnet. Sie waren tatsächlich Sklaven der braunhäutigen Bewohner des Landes, weitab vom Saum der Kargen Küste, weit im Südwesten von Ikosion, jener Siedlung von ausgewanderten und vertriebenen Hellenen.

»Der Weg, den Nitetis' Eltern bis zu diesen drei schrundigen, von Ka-Nachtmin niedergebrannten Dörfern an der Grenze zurückgelegt hatten, musste einige Jahre gedauert haben. Vielleicht sind sie auf ebensolche Weise geflüchtet wie die drei, die wir gesehen haben«, sagte ich zu Rico.

»Die Wahrscheinlichkeit für beide Annahmen ist überzeugend groß«, bestätigte er.

Ich hatte es ihm nicht zu befehlen brauchen: Eine Sonde kreiste weiterhin über dem fraglichen Gebiet und fing, unsichtbar, weitere Informationen auf, und die andere stieg in die Höhe, um Fotos für eine zuverlässige Karte zu erstellen. Ungefähr eine Stunde später besaß ich eine solche Karte, nach der auch ein pharaonischer Anführer den Weg von der Küstenstadt bis zu dem Tal hinter den Bergen gefunden hätte – aber: Die Entfernungen und somit die Strapazen, die jede vordringende Gruppe durchmachen mussten, waren mörderisch!

»Schluss für heute, Rico«, sagte ich. »All das muss verifiziert werden. Und ein Vorstoß der Truppen des Ah'mes dorthin ... nicht daran zu denken. Ich glaube, ich werde mich dort selbst umsehen, also sei bereit, den Gleiter aus dem Versteck zu holen. Wir brauchen Zeit, und ich habe Zeit. In zwei Nächten rufe ich dich wieder.«

»Dennoch freut es mich, deine Nacht zu einem spannenden Erlebnis gemacht zu haben«, antwortete Rico.

Ich lachte und antwortete: »Du verwechselst deine Beobachtungen mit der Anwesenheit von Takhnef. Spannend, auf andere Art, wird's erst in einigen Tagen.«

»Ich widme mich wieder den Erkenntnissen, von denen ich mehr zu verstehen scheine«, sagte Rico, nicht im Mindesten beeindruckt. »Ende.«

Das Bild erlosch, ich schloss die Truhe. Orsat, wüsste er, was ich wusste, würde tagelang in Freudentaumeln schwelgen.

Der Schriftgelehrte war außer Atem und schweißüberströmt, als er zwei Tage nach meinem nächtlichen Erlebnis ans Hoftor hämmerte. Mein Diener ließ ihn ein und führte ihn ins Arbeitszimmer.

»Setz dich, Orsat«, sagte ich und gab ihm ein feuchtes Tuch. »Komm erst einmal zu Atem. Trink kaltes Henket. Was treibt dich in der größten Hitze zu mir?«

»Ein Traum! Heute Nacht, Atlantos! Drei Mal der gleiche Traum!«

»Hoffentlich kein Albtraum«, sagte ich grinsend. »Was hat er dir gesagt?«

»Die Prophezeiung, Atlantos«, erklärte Orsat, der etwas ruhiger geworden war. »Ich habe von der Prophezeiung geträumt. Sie hat also mich erreicht. Und auch den Pharao. Ich habe ihn endlich überzeugt! Er berät sich mit seinen Mächtigen, denn er will viele Krieger ausschicken, die das Helle Volk suchen.«

»Wahnsinn!«, antwortete ich. »Sie würden ein halbes Jahr oder länger marschieren müssen. Und dann wär' die Hälfte von ihnen tot. Verdurstet, von Schlangen und Skorpionen gebissen, mit gebrochenen Gliedern und nach Überfällen von Nomaden.«

»Und weil der Goldhorus dies weiß«, sagte Orsat, noch immer überzeugt, »hat er verfügt, dass du, ich und Nitetis, geschützt durch ein kleines Heer, nach der Oase mit dem Amûn-Orakel aufbrechen.«

»Du meinst Seketham, mit den großen Palmenwäldern und den vielen Wasserstellen? Im Westen von Men-nefer, am Ende der Wüstenstraße?«

»Ja, die Orakeloase. Nur mit dem Segen und der Zustimmung der Götter, sagt der Herrscher, finden wir das Helle Volk und erfahren, ob du der Weiße Krieger bist und Nitetis die Goldene ist.«

»Amûn wird sicherlich die Wahrheit wissen«, schränkte ich ein und dachte mir meinen Teil. »Aber es sind die Priester des Gottes, die das Orakel handhaben. Und wenn dieses Orakel uns sagt, dass es keinen Krieger, keine Goldene und kein Volk gibt – was dann?«

»Das weiß ich auch nicht«, gab er mit niedergeschlagener Miene zu.

Eigentlich hatte ich, allerdings mit wenig Begeisterung, andere Pläne entwickelt. Ich wollte verhindern, dass Tameri von den Pârsa überrannt wurde. Der junge Psammetich, trotz seiner gespielten Zuversicht und Selbstsicherheit, würde eine Schlacht und erst recht einen Krieg mit der großen Macht im Osten nicht gewinnen können, auch nicht mit der stattlichen Flotte und all seinen Soldaten. Im Gegensatz zu mir hatte er keinen Plan. Eigentlich waren die Beiden Lande durch ihre abgeschlossene, von Wüsten geschützte Lage nicht schwer zu verteidigen, aber dafür mussten alle Kräfte klug eingesetzt werden.

»Also ... «, begann ich nach kurzer Überlegung, »gehe, ohne zu rennen, ins Große Haus, du Berater des Goldhorus. Sage ihm, dass Träume meist mit der Wirklichkeit wenig oder nichts zu tun haben.«

»Aber ... «

»Ich lade die Anführer Anch-Resnet und Ka-Nachtmin hierher ein, in mein Haus. Ich muss mit ihnen reden. Der Goldhorus möge Boten zu ihnen schicken. Dann werde ich mit ihnen für einige Tage und Nächte – allein! – in die Wüste gehen, um zu beraten.« Ich sah, wie Orsat zwischen Zweifel und Hoffnung schwankte. »Darüber, ob ich mit euch nach Sekhetam zum Orakel marschiere oder mit dem Gespann fahre, weiß ich noch nicht.«

»Willst du denn nicht wissen, ob du der Weiße Krieger bist?«

»Ich weiß, wer ich bin, mein Freund. Sehr genau. Kein Retter für ein Volk, das niemand kennt.«

»Und ob Nitetis die Goldene ist ... auch das ist dir gleichgültig?«

»Mir ist nicht gleichgültig, wenn sie ihre Schönheit im Bett des Kambuzhya oder des Psammetich verschwendet. Aber denkst du daran, denkt der Herrscher daran, was es bedeuten würde, wenn ein ganzes Volk sich auf die Suche nach den Sieben Königreichen macht?«

»Wo immer sie zu finden sind.« Orsat senkte den Kopf.

Ich deutete mit beiden Händen auf meine Wandkarte, die das Land bis zu den Ufern des Ozeans zeigte. Ich hatte Ikosion und das Land der ebenso legendenhaften Masaesyler nicht eingezeichnet.

»Dieses Helle Volk – es sind keine Soldaten. Die Prophezeiung sagt, dass sie festgehalten werden von irgendwelchen Herren. Wenn sie zwanzig Jahre lang nach Westen gehen würden, durch unbekanntes Gebiet, stirbt die Hälfte, und viele Kinder werden geboren.« Ich wies auf den Westrand des Kontinents, jenseits und südlich der Meeresenge. »Finden sie fruchtbares Land auf dem Weg bis zum Ende der Welt, müssen sie siedeln, säen und ernten. Die Wanderung dauert einige Generationen, o Orsat! Du und ich ... uns gibt es bis dahin nicht mehr. Und auch Nitetis ist dann längst begraben.«

Er senkte den Kopf und ließ sich hinunter und hinaus führen. Ob er glaubte, dass seine Träume zerronnen waren, konnte ich nicht wissen, aber die Schwierigkeiten, die ich ihm gegenüber erwähnt hatte, waren durch seinen Traum weder kleiner geworden noch leichter zu überwinden.

Wenn jemand das Problem bewältigte, so war ich es. Aber zur Lösung solch großer Probleme gehörte lange und genaue Vorbereitung. Ich hatte die Mittel und die Zeit dazu, wartete eine Stunde und rief dann Rico.

»Bringe den Gleiter nach Men-nefer«, sagte ich. »Am Tag und während des letzten Viertels des Anflugs mit eingeschaltetem Deflektorschirm. Zwischen der Hofmauer und dem Zierteich ist die Landung leicht durchzuführen. Ich lasse Horus über dem Haus kreisen, und Nubis wird durch den Garten streifen.«

»Ich habe den Gleiter bereit gemacht«, lautete die Antwort. »Höchstgeschwindigkeit?«

»Es hat keine Eile. Gemächlicher Flug.«

»Dann wird er morgen Abend in deinem Garten landen.«

»Einverstanden.« Der Gleiter war, wie bei den meisten Einsätzen der Vergangenheit, hervorragend ausgerüstet. »Heute um Mittnacht melde ich mich wieder, und dann sehe ich wohl die letzten Bilder aus dem fraglichen Gebiet.«

»Die Sondeninformationen werden gerade nach Wichtigkeit geordnet, Kristallprinz.«

»Ich habe keine andere Antwort erwartet«, sagte ich. »Ende.«

Als das leise Summen aufhörte, das Takhnef beunruhigte, wusste ich, dass der Gleiter gelandet war und ein unsichtbares Hindernis im Garten darstellte. Die Bilder der Sonden hatten mich davon überzeugt, dass die Strecke von der unbequemen Heimat des Hellen Volks an den westlichen Rand des Kontinents tatsächlich einen Marsch der Generationen erforderte, der Weg zur Küste, beispielsweise nach Ikonion, ungefähr weniger als einen Mond Zeit erforderte; Greise und Kinder verlangsamten die mögliche Geschwindigkeit.

Aber, wie erwartet, würde sich diese Wanderung ebenfalls schwierig gestalten. Die Strecke war bergig, die Möglichkeiten, Nahrung und Wasser zu finden, schienen auf den ersten Blick nicht zahlreich zu sein, und sie führte an einigen Stellen durch bewohnte Gebiete. Es lag also an mir, den Exodus von weniger als tausend Menschen zu organisieren.

Verrenne dich nicht in Spekulationen!, warnte der Logiksektor. *So viele Einzelheiten sind noch zu klären.*

Der Einwand war überflüssig. Wer konnte diese im Moment schon wissen, wo genau die »fernen Königreiche« lagen, oder dass sie nicht reine Hirngespinste darstellten?

Ein Schritt nach dem anderen, Kristallprinz!, sagte ich mir.

Es war nicht leicht, Paladin der Menschheit zu sein.

Also wartete ich weiter, dieses Mal auf die beiden erfahrenen Anführer. Orsat, dessen altes Fundstück inzwischen sein vordringlichster Lebensinhalt zu sein schien, war als Bote zwischen dem Großen Haus und mir ständig unterwegs. Während Takhnef in meinem Arm schlief, vervollständigte ich meinen Plan und vollzog in Gedanken die ersten Schritte.

10
Der Flug des Horusfalken

Zusammen mit den Dienern kaufte Takhnef auf dem Markt das Beste, was zu finden war und briet, buk und kochte mit den Frauen fein gewürzte Leckerbissen und Krüge voll Kräutersud. Selbstverständlich wusste sie, dass eine Reise bevorstand, kannte aber weder das Transportmittel noch die Teilnehmer oder gar das Ziel.

Während in der Küche geschwitzt wurde und verheißungsvolle Gerüche durchs Haus wehten, saß ich mit Ka-Nachtmin und Anch-Resnet im Arbeitszimmer, trank mit ihnen dünnes Bitterhenket und hatte eben einen kurzen Vortrag über das Helle Volk beendet.

Ka-Nachtmin, fünf Jahre jenseits der fünfzig Sommer, verarbeitete das Gehörte, wiegte seinen runden Schädel und spielte mit den Goldfliegen der Halskette. Er schien ein besonnener Mann zu sein, mit klugen, schwarzen Augen und, wie Anch-Resnet, sehr kurzem grauem Haar auf dem erkahlenden Kopf. An einer Lederschnur trug er neun goldene Fliegen.

»Zum ersten Mal, o Anführer großer fremder Heere«, sagte er, offensichtlich beeindruckt, »haben wir alles über dieses Rätsel erfahren.«

»Alles, was wir wissen«, schränkte ich ein. »Mit Ausnahmen. Gibt es das Helle Volk ...«

»Wo lebt es? Will es sich aus der Sklaverei befreuen? Wo liegen die Sieben fernen Königreiche?« Anch-Resnet betrachtete die Narben auf der haarlosen Brust des anderen Anführers. »Lebt dort jemand, der sie, würden sie dort eindringen, vertreibt? Oder wieder versklavt? Und will die Göttin der Schönheit das Volk anführen? Nitetis, die du als Kind gefunden hast, Nachtmin?«

»Das ist es, was wir herausfinden werden, Anführer Resnet«, sagte ich. »Dazu werden wir einige Listen gebrauchen müssen. Von dir, Resnet, brauche ich den besten Gespannführer, der mit einem unersetzlichen Wagen und edlen Zugpferden umgeht wie mit seiner Geliebten.«

»Pasers Sohn. Netjerimaat. Wann brauchst du ihn, Neb Atlantos?«

»Morgen bei Sonnenaufgang.«

»Hier, bei deinem Gespann?«

»Genau hier, vor dem Stall. In einem Watsack soll er mitnehmen, was er braucht, um andernorts einige Tage lang zu leben.«

»Wohin soll er dein Gespann bringen?« Resnet klatschte in die Hände. Der Teil des Planes, den er überblickte, schien ihm zu gefallen. Er und Ka-Nachtmin, hervorragend ausgebildete Krieger, ausdauernd, genügsam und vom Leben gehärtet, erkannten auch die Schwächen eines Vorhabens; sie waren Praktiker der Wirklichkeit. »Als Wagenlenker, der oft den Gottesherrscher begleitete, kennt er alle Wege.«

»Nach Najukeredj-Naukratis, in mein Haus, zu Korinna, meiner Vertrauten – und zurück. Einen Brief an Korinna gebe ich ihm mit.«

»Dies soll allen zeigen, dass du Men-nefer verlassen hast, nicht wahr? O ihr Götter!«, sagte Ka-Nachtmin. Er grinste begeistert. »Und daraufhin ...?«

Jetzt grinste ich.

»Daraufhin werden ich, ihr beide und die liebreizende Takhnef eine kurzweilige Reise tun, die euch wie ein Traum erscheinen wird. Eine Stunde, nachdem Netjerimaat die Zügel in die Hand genommen hat, brechen wir auf.«

»Also sollen auch wir mitnehmen, was wir brauchen?«

»So ist es.« Ich deutete zur Treppe. »Kein Essen. Was wir verzehren, entsteht gerade in der Küche.«

»Es riecht, als würden wir nicht hungern müssen«, bemerkte Anch-Resnet zufrieden. Er glich, obwohl um mehr als zwei Jahrzehnte jünger, den anderen Anführer; untersetzt, kräftig, mit knapper Gestik und vielen Auszeichnungen. Im Gegensatz zu Ka-Nachtmin hatte er einst schwarzes Haar gehabt, das jetzt nur eine Art Schatten auf seinem Kopf bildete, und einige größere Narben liefen quer über seine Brust. »Erzähl' uns mehr über unsere Reise, Atlantos!«

Ich hatte in der späten Nacht den robotischen Falken abberufen und bewahrte ihn im Wartemodus in einer Lederhülle auf. Er würde uns begleiten. Nubis, der ewig Wachsame, blieb zusammen mit der Dienerschaft zum Schutz des Hauses zurück. Die zwei Anführer würden den Schock des Fluges, sagte ich mir, mit meiner Hilfe verarbeiten, und Takhnef, die im Gleiter wie ein Vogel flog, würde vor Freude außer sich sein. Hoffentlich. Aber die Barbaren glaubten an viele Götter, an Götterboote, an göttliche Wunder, und schließlich war ein Gleiter nichts anderes als ein göttliches Wunderboot.

»Bevor wir die Reise beginnen«, sagte ich abwägend, »wird uns alle eine große, erwartungsvolle Ruhe überkommen. Dann besteigen wir ein Götterboot, das uns zuerst etwa hierhin bringt.« Ich deutete auf die bewusste Stelle meiner Wandkarte. »Wir werden das Land mit den Augen eines hungrigen Geiers betrachten. Wenn wir gesehen haben, was wir sehen müssen, bringt uns das Götterboot an einen anderen Ort, der voller Seltsamkeiten ist.

Und wenn wir auch dieses Land betrachtet haben, kommen wir wieder hierher. Und dann, glaube ich, wird euch der Herrscher befehlen, einen Zug zur Oase des Amûn-

Orakels durchzuführen, an dem auch Nitetis teilnimmt.« Ich lachte; die Männer blickten mich verwundert an. »Dort soll der Gott bestätigen, was wir auf dieser Götterboot-Reise gesehen haben.«

»Gut zu wissen«, sagte Anch-Resnet und biss sich auf die Unterlippe. «Wirst du mit uns nach Sekhetam wandern?«

»Ich werde vor euch dort sein«, versprach ich. Ich hörte, dass zwei Diener, Pa-Sepet und Takhnef den Tisch im Garten vorbereiteten. »Aber bis dahin vergeht noch viel Zeit. Das wenige, über das wir noch nicht geredet haben, bereden wir beim Essen. Ihr seid eingeladen und habt hoffentlich viel Hunger, Anführer.«

»Unsere Bäuche knurren wie gereizte Schakale«, antwortete Ka-Nachtmin. Während des Essens, das einige Becher Kefti-Irep beendeten, dachte ich darüber nach, was ich Korinna in Narukeredj schreiben würde.

Netjerimaat hatte zuerst Futter, Wasser und seine Habseligkeiten im Wagenkorb verstaut und machte sich jetzt, als er die Pferde aus dem Stall führte, mit den Tieren vertraut. Ich lehnte an einem Palmenstamm und beobachtete jede Bewegung des etwa Fünfundzwanzigjährigen.

Seine Hände, als er beim Zäumen und Anschirren half, waren behutsam und sicher. Er prüfte jede Schnalle, jeden Knoten, schlang die langen Zügel um einen Griff und sagte, an mich gewandt: »Ich habe gesehen, dass die Rappen getränkt sind. Herrliche Tiere, Neb Atlantos. Wollen wir fahren?«

Ich stieß mich vom Stamm ab, nickte und antwortete: »Du hast meinen Brief. Du fährst, Netjerimaat.«

Er grüßte Anch-Resnet und Ka-Nachtmin, wartete, bis ich im Wagenkorb stand, und ruckte mit den Zügeln. Als wir mit knirschenden Felgen auf die Dammstraße kamen, sah ich, dass das Wasser abermals um eine Handbreit oder mehr gefallen war. Die Rappen begannen zu traben, als wir auf den Mittelpunkt der Stadt zufuhren. In einem Palmenwäldchen, im Schatten großer Wedel, sagte ich leise: »Du weißt, was du zu tun und zu sagen hast. Bring mir mein Gespann unversehrt zurück, ja?«

»Bei meiner Ehre, Neb Atlantos!«

Er zog die Zügel straff. Die Pferde fielen in Schritt zurück. Ich aktivierte den Deflektorschirm, sprang ab und ging zweihundert Schritte zurück zu meinem Haus. Unterwegs begegnete ich meinen Dienern, die Takhnef zum Markt geschickt hatte; alle, bis auf den Alten. Im Garten warteten die Anführer mit ihren Waffen und Felleisen und Takhnef mit Körben, Krügen und Ledersäcken. Ich drosselte die Leistung des Psychostrahlers, der die Programmierung *Tiefe Unaufgeregtheit und Gleichgültigkeit* verbreitete. Dann desaktivierte ich beide Deflektorprojektoren, und wir beluden das sichtbar gewordene Götterboot.

»Du sitzt neben mir, Takhnef«, sagte ich. Die Anführer setzten sich hinter uns, als sich die Ladefläche gefüllt hatte. Als der Gleiter senkrecht aufstieg, war er wieder unsichtbar, und ich steuerte ihn, langsam, schräg in die Höhe und einmal im Kreis über die bräunliche Seenfläche, die Men-nefer umgab. In kleinen Schritten verringerte ich die Leistung des Psychostrahlers und schaltete ihn schließlich ab.

»Nun fliegen wir wie ein Falke und sehen die Welt mit den Augen eines Adlers«, sagte ich zufrieden, als ich erkannte, dass meine Gäste nicht in Schreckensstarre gefallen waren. »So wie du, liebste Takhnef, fühlt sich ein Vögelchen, das aus dem Käfig geschlüpft ist.«

Der Gleiter stieg höher, die Sonne im Rücken, ich steigerte seine Geschwindigkeit, und als ich Takhnef ansah, war ich wider Willen von echter Rührung getroffen: Ihre Freude, ihre Verwunderung, ihr Staunen und ihre Aufgeregtheit waren echt, wie das eines Kindes, das erlebt, wie seine Träume wahr wurden. Diese Anblicke und diese erstaunlichen Augenblicke, im eigentlichen Sinn des Wortes, würde sie ihr Leben lang nicht vergessen können – und wollen.

»Ich weiß nicht, Liebster, was ich sagen soll«, flüsterte sie. »Zuerst muss ich mich zurechtfinden ... alles ist von oben ganz anders als von unten.«

»Bist du ein Halbgott, Neb Atlantos?«, sagte Ka-Nachtmin. Sein Gesichtsausdruck zeigte, dass seine Gedanken dem schwierigen Prozess der Neuordnung altgewohnter Bilder unterworfen waren. Unverändert stieg der Gleiter; die Dinge waren kleiner geworden und blieben zurück. Anch-Resnet sah aus dem anderen Fenster und schüttelte schweigend den Kopf. Er klammerte sich an Haltegriffe, auf seiner Stirn perlten dicke Schweißtropfen, sein Mund stand halb offen.

»So scheint es nur«, antwortete ich. »An anderen Orten der Welt fliegen die Menschen in solchen Booten, und daran ist nichts Göttliches.«

Zum Beispiel auf Arkon, sagte mürrisch der Extrasinn. *Da sind Gleiter, Psychostrahler und Deflektoren an der Tagesordnung.*

Bald glitten wir in einer Höhe von vielleicht zweitausend Schritten in die Richtung des Sonnenunterganges, zur Kargen Küste. Mein erstes Ziel waren Ikosion und der Rand des Großen Grünen. Wir flogen über die unterschiedlichen Formen der Libu-Wüste, über die dürftigen Länder der Tjehenu-Nomaden, und je höher die Sonne stieg und je kürzer die Schatten wurden, desto entsetzlicher erschien uns die Ödnis dieses Landes. Innerlich betraten wir eine fremde Welt, als ob es ein anderer Planet wäre, sagte ich mir. Und während wir, vor der irrwitzigen Grelle durch die Filter in den Glassitflächen geschützt, in schweigendem Staunen wie ein spiegelnder Tropfen mit Höchstgeschwindigkeit dahinjagten, verfolgte ich auf dem Bildschirm unseren Kurs. Takhnef hatte meine Hand ergriffen und umklammerte meine Finger mit schmerzhaftem Griff.

»Niemand kann uns sehen, Ka-Nachtmin«, sagte ich eindringlich. »Aber in den Nachmittagsschatten erkennen wir vieles. Die Höhe von Bäumen und Gebäuden, die Berge und die Tiefe deren Täler. Ihr wisst, dass wir nach einem Weg suchen, der vielleicht tausend Menschen – keine Soldaten, keine Krieger! – ohne große Verluste aus dem Land bis hierher, zum Großen Grünen führen kann. Also: Das ist die Stadt, und dort ist der Hafen Ikosion.«

Wir kreisten und suchten, fanden abseits des Hafens viele kleine Buchten, sahen unüberwindbare Felsen und runde Hügel, entdeckten Fruchtbaumhaine und Felder, breite und schmale Pfade ins Hinterland und einen dürftigen Wasserlauf. Es gab eine Werft, in der zwei unfertige Schiffe standen. Langsam bewegten wir uns vom Meeressaum nach Süden, die sinkende Sonne zur Rechten. Wir prüften die gesamte Landschaft, die wir überflogen, ob es einen einigermaßen gut begehbaren Weg ins Innere des Landes – oder aus dem Inneren heraus – für ein ganzes Volk gab.

»Es wird Zeit, dass wir einen Platz zum Übernachten finden«, sagte ich, als wir uns einer Barriere aus felsigen Hügeln näherten. »Eine Stelle, an der uns niemand stört.«

Hier gab es nur Wildziegen, Vögel und vielleicht andere Tiere, von denen wir nichts sahen oder hörten. Ich landete den Gleiter auf einem bewachsenen Vorsprung, auf dem nur vom Windschliff verformte Bäumchen standen. Nach meinen Anweisungen hämmerte Anch-Resnet die Pfosten für die Projektoren eines Schutzfeldes im Kreis um den Gleiter. Takhnef packte das Essen von der Ladefläche herunter und breitete Näpfe, Brettchen und Brotkörbe auf einer Decke aus. Ich rollte die Kunstschaummatten aus, unsere Nachtliegen, und im schwindenden Licht befreite ich Horus aus dem Lederbehältnis. Als ich ihn einschaltete, breitete er langsam die Schwingen mit und betrachtete die drei Rômet einen Atemzug lang aus gelben, kühnen Raubvogelaugen; ich bestimmte den Gleiter als Zentrum seiner wachsamen Kreise und hielt ihn in die Höhe. Er stieß drei Falkenschreie aus, zur Verwunderung der Anführer, und schwang sich in die Höhe.

Ich bohrte einige von Ricos falschen Fackeln in den Boden und aktivierte die Lichtquellen, dann schaltete ich den Deflektorschirm des Gleiters ab.

»Ich glaube nicht, dass uns jemand sieht«, sagte ich und setzte mich vor den Weinkrug, lehnte mich gegen die Flanke des Fluggeräts und klapperte mit den Bechern. »Und wenn, dann ist es uns auch gleichgültig. Meine Freunde – es reicht für zwei Dutzend Hungrige! Esst euch satt an Takhnefs Leckerbissen!«

Ich langte ans Paneel vor dem Pilotensitz und schaltete rômetische Musik ein.

»Hilft gegen Heimweh«, sagte ich und freute mich über die verdutzten Gesichter. Das letzte Rot der versinkenden Sonne übergoss uns, während wir – es war fast windstill – tafelten und tranken, mit düsterer Farbe und einem kaum wahrnehmbaren Rest von Wärme. Um uns herum gab es nur das Zirpen von Grillen und das Rascheln unsichtbarer kleiner Tiere außerhalb des Schutzkreises. Eine halbe Stunde später wölbte sich über uns der mächtige, mondlose Sternenhimmel, von wenigen Sternschnuppen durchzuckt. Aber dieser

Anblick erhöhte noch unsere wohlige Stimmung; nichts, das die drei Rômet in Erstaunen oder gar in Furcht versetzte.

Die erste Hälfte der Nacht redeten wir über ein solches Vorhaben, wie es die Prophezeiung unterstellte. Beide Anführer hatten Krieger und Handelkarawanen durch schwierigstes Gebiet geführt und schützend begleitet und hatten vielleicht ebenso viel Erfahrung darin wie ich. Takhnef lehnte an meiner Schulter und mischte Wein und Sud, damit wir nicht zu früh betrunken wurden. Im Gespräch wurde deutlich, dass die Prophezeiung gar nichts über die mögliche Dauer und die ungeheuren Strapazen einer solchen Volkswanderung aussagte, aber ausgerechnet Ka-Nachtmin warf die Frage auf, ob das Helle Volk seine Königreiche nicht auf Schiffen erreichen konnte – so wie die Hellenen Tameri auch mit ihren Handelsschiffen, den umgebauten Hapischiffen oder später den nachgebauten Dreiruderern erreicht und dort an Land gegangen waren, zunächst als Gäste, später dann als wirtschaftlich und militärisch wichtige Siedlergruppe mit eigener Namensgebung für die Orte des Gastlandes.

»Noch wissen wir nichts über einen anderen Weg«, gab ich zu bedenken. »Wir wissen ja nicht einmal, ob es sie gibt.«

»Wenn es sie gibt«, versicherte Takhnef leichthin, »dann finden wir sie auch und können sie fragen, ob sie länger Sklaven oder frei sein wollen.«

»Wenn sie unsere Sprache verstehen und vielleicht sogar sprechen, liebste Freundin«, warf Ka-Nachtmin ein. »Damals, die räuberischen Tjehenu, mit denen konnte ich reden.«

»Abwarten«, sagte ich. »Man wird sehen.«

Aus der östlichen Wüste zog Nachtkälte heran und ließ uns schaudern. Ich öffnete ein Fach im Unterbau des Gleiters und verteilte schwarze, weiche Hemden aus Flottenbeständen, knielang und wärmend. Die Barbaren bewiesen wieder einmal ihre Bereitschaft, augenblicklich Dinge, Gegenstände oder Verfahren zu akzeptieren, wenn sie ihnen hilfreich und sinnvoll erschienen.

Die Krieger gähnten ebenso wie Takhnef und ich. Sie hoben ihre Schlafunterlagen auf, nahmen meine Decken und ihre Mäntel unter die Arme und stolperten bis zum Innenrand des Schutzfeldes, wo sie sich zwischen den geschundenen Bäumchen hinlegten. Der Tag war lang gewesen, auch Takhnef und ich spürten Müdigkeit; die vorderen Sitze klappten summend nach hinten und bildeten eine mannslange, nahezu ebene Fläche, auf der wir uns ausstreckten und zudeckten. Unter meinem Mantel gingen Takhnefs Finger auf Wanderschaft, während sie mit heißem Atem ihre freudige Begeisterung über den Flug flüsterte und mir versicherte, auch morgen jeden Atemzug des Weiterflugs mit allen Muskeln und Sehnen ihres Körpers zu ...

Mitten im Satz übermannte sie der Schlaf.

Beide Männer schnarchten abwechselnd. Die Nacht blieb ruhig, wir wurden nicht gestört. Vor dem Morgengrauen kam leichter Wind auf und brachte salzgetränkten Meeresgeruch mit sich. Auf dem Expeditionskocher erhitzte ich den Sud, bevor ich die Männer wecken wollte, aber sie waren beim ersten Lichtstrahl wach und brachten ihre Ausrüstung zum Gleiter. Nach einem ausgiebigen Essen demontierten wir die Schutzanlage und erleichterten uns hinter den kleinen Nadelbäumen.

Kurz darauf, begleitet von Horus, setzten wir mit eingeschaltetem Deflektor unseren Flug fort. Über einer Savanne mit mindestens einem Dutzend hintereinander liegender Wasserlöcher konnte ich die Geschwindigkeit heraufsetzen, und so näherten wir uns dem breiten Flusstal, einer Landschaft aus Schwemmsand, die mich ans Zweiströmeland erinnerte. Dahinter erhoben sich die flachen Berge, auf denen

Türme standen, und die umgeben waren von jenen niedrigen Tafelbergen aus weichem Sandgestein, in das die vom Hellen Volk seit amûnweißwielanger Zeit ihre Wohnhöhlen geschabt und gekratzt hatten.

Horus meldete an einer der mittleren Wasserstellen eine Händlerkarawane.

»Hinunter!«, sagte ich entschlossen. »Nachsehen. Nicht eingreifen, Freunde!«

Ich steuerte den Gleiter auf dem vorgegebenen Kurs zu der winzigen Oase mit dem See, einem Tümpel mit klarem Wasser in der Mitte. Ungefähr drei Dutzend Menschen und die doppelte Anzahl Tragetiere waren dort versammelt. Ich landete die getarnte Maschine außerhalb der Bäume, stieg aus und aktivierte meinen eigenen Deflektorschirm. Langsam und so leise wie möglich näherte ich mich den rastenden Männern, die augenscheinlich beabsichtigten, über Nacht hier zu lagern.

Vorsichtig bewegte ich mich zwischen Eseltreibern, angepflockten Pferden und gestapelten Tragelasten auf die dösenden, schlafenden und arbeitenden Männer zu. Sie schienen dort, woher sie kamen, gute Geschäfte gemacht zu haben, denn immer wieder hörte ich Gelächter und Wortfetzen in einer unbekannten, kehligen Sprache.

Plötzlich erwachte meine Aufmerksamkeit. Einige Männer in bodenlangen Gewändern hantierten mit fingerlangen Pflanzen oder Faserbüscheln, schienen über deren Länge, Dicke und Beschaffenheit zu reden und behandelten die dünnen weißen Gebinde, als wären sie von großem Wert und hätten eine bestimmten Bedeutung.

Ich blieb neben den Händlern stehen und erkannte meinen Irrtum. Ich stolperte über eine Wurzel und hielt den Atem an. Sie verglichen helle Haarbüschel miteinander! Die abgeschnittenen Haarteile, etwa fingerlang und zwei Finger dick, leuchteten zwischen den braunen Fingern der Männer wie flüssiges Gold.

Abermals ein Beweis für das Helle Volk!, erklärte der Logiksektor.

Händler! Sie tauschten etwas, das die Hellhaarigen brauchten, gegen Büschel von deren Haupthaar ein! Ihr Verhalten bewies mir, dass das Haar einen großen Wert hatte – bei den Händlern und an anderen Orten. Als ich weiterging, hörte ich auch hellenische und rômetische Sprachteile. Ich konzentrierte mich und erfuhr, dass die Haarbüschel als Glücksbringer dienten, als Talismane gegen bestimmte Krankheiten und, da sie einzigartig und nicht nur ausgebleichte Strähnen waren, ein teures Handelsgut darstellten.

Ich hatte genug gesehen und gehört und schlich zum Gleiter zurück. Als wir wieder in der Luft und auf dem Flug nach Süden waren, berichtete ich den Rômet, was ich herausgefunden hatte.

»Du glaubst nunmehr«, fasste Anch-Resnet zusammen, »dass irgendwo dort vorn das Helle Volk lebt. Wenn es so ist, haben sie einen endlos langen Weg vor sich, die Goldhaarigen.«

»Und ich habe erkannt, dass die Eltern der schönen Nitetis einen noch längeren Weg zurückgelegt haben bis zu diesen schrundigen drei Dörfern, die wir damals zerstörten«, sagte Ka-Nachtmin.

»Ihr werdet erleben, dass es in diesem Land zwischen dem Großen Grünen und den unendlichen Horizonten des schmelzenden Sandes und der glühenden Felsen noch viel längere und beschwerlichere Wege gibt!«

»Hier kann niemand leben. Es gibt kein Wasser. Oder so wenig, dass kein Bauer einen Acker anlegen kann«, bemerkte Takhnef schaudernd. Wir erreichten den Rand der Savanne und trieben auf die düsteren Felsen zu, die sich vor uns abzeichneten. Nach kurzer Suche fand ich einen flachen See, in den das wenige Wasser des Flussbetts mündete, an dessen oberem Teil Ricos Sonden die Türme und die Felsbehausungen entdeckt hatten. In wenigen Tagen, spätestens in einem Mond, würde der See verschwunden sein, weil sein Wasser verdunstet war – der große Ring ausgedörrten Bodens um sein Ufer bewies, dass Fluss und See nur durch periodische Regenfälle gespeist wurden.

»Hier kämen tausend Leute immerhin gut vorwärts«, sagte Anch-Resnet abwägend. »Ebenes Land, ein bisschen Wasser – aber so gut wie kein Schatten!«

»Nur wenige würden den Elendsmarsch überleben«, bestätigte ich bitter. »Dort, am Horizont, glaube ich eine Wüste zu erkennen.«

Ab und zu sahen wir den Schatten des Falken über den ausgeglühten Boden, die Hügel und die Bergflanken huschen. Ein Pfad, den die Karawane der Haar-Händler genommen haben mochte, wand sich wirr durch die Einöde. Die Sonne schien heller und heißer zu strahlen als am Oberlauf des Hapi. Wir folgten dem Flusstal, schwebten über jener Felsbarriere, in der ich jene drei Flüchtenden hatte verschwinden gesehen, und erblickten nach einer Stunde, umgeben von schwärzlichen, kahlen Bergen, die ersten Türme und die Felder.

»Leben sie hier, Atlan, die Hellhaarigen?«, fragte Takhnef aufgeregt. Sie stand noch immer unter dem Eindruck dieses Fluges, der alle ihre Träume mehr als zu erfüllen schien. Sie war nachdenklich geworden, weil sie erkannte, dass auch Vogelflug-Träume ihre Wurzeln im Boden einer rauen Wirklichkeit hatten. Immer dann, wenn sie von den Eindrücken überwältigt wurde, griff sie nach meiner Hand oder meinem Arm.

»Hier wohnen sie, als Sklaven«, sagte ich und steuerte den Gleiter in einen weiten Kreis. Anch-Resnet und Ka-Nachtmin begannen zu zählen und kamen auf knapp eineinhalb

Dutzend eckiger und runder Türme. Ich merkte mir eine Gruppe dicht zusammenstehender Bauten um einen Turm, die der Beweis für den Wohnsitz eines Gesamtherrschers sein konnten – oder auch nicht.

»Wenn es denn tausend weißgoldhaarige Sklaven sind, wie du uns in Men-nefer gesagt hast«, begann der ältere Rôme, »dann schuften ungefähr hundert vom Hellen Volk für den Herrn eines Turms, Greise und Säuglinge mitgerechnet?«

»So ungefähr wird es sein.« Ich zeigte meinen Gefährten in langsamstem, niedrigem Flug alles, was zu sehen war. Als ich schließlich nach Westen abdrehte und den Gleiter höher zog, bemerkte ich: »Wenn wir einen guten Platz und Schatten finden, rasten wir. Morgen früh, glaube ich, wird euer Staunen größer sein als über alles, was wir bisher sehen konnten.«

»Weil ich's doch nicht verstehen kann und immer noch denke, dass ich träume«, murmelte Ka-Nachtmin mürrisch, »lasse ich alles geschehen und hoffe, mein Herz überlebt das alles.«

Die Rômet hielten das Herz für den Sitz des Verstandes, des Wissens und der Maat, und ich beabsichtigte nicht, sie über die wahre Funktion ihrer Gehirne aufzuklären. Also antwortete ich: »Für andere Völker sind, ein Beispiel, die riesigen Sehedhu-Grabmale eurer dahingegangenen Gottesherrscher Chaef-Re, Chufu und Djoser die wirklichen Wunder. Für euch bin ich ein Mann, der mit anderen Wundern umzugehen weiß.«

Ich wandte mich grinsend zu den Anführern um. »Was dort als Wunder gilt, ist hier alltäglich. Kein Gott hat dieses Gefährt erschaffen!«

Ich setzte die Geschwindigkeit herauf. Die Bilder der Landschaft, die wir überflogen, hatte Rico längst gespeichert. Ihm und mir fehlten nur noch der Küstenbereich und eventuelle Inseln.

Nachdem wir am späten Nachmittag auf einer Erhebung unser Lager aufgeschlagen hatten, die einem Tafelberg glich, und von der wir einen Rundblick von betäubender Weite und Großartigkeit hatten, schwebten wir jetzt über einer von Sümpfen umgebenen Lagune von stattlichem Ausmaß. Auch an dieser Stelle schien ein periodischer Fluss zu münden. Das Flussbett war trocken wie die Mitte der Wüste, unüberschaubar weite Schilfflächen umwucherten die morastigen Lagunenränder. Ebenso riesige Vogelschwärme kreisten über dem Brackwasser, stoben aus dem Schilf auf, jagten draußen, jenseits der Brandung im Meer. Wir steuerten nach Westen; rechts und links von uns erstreckten sich leere Strände bis in scheinbare Unendlichkeit.

»Welch ein Bild!«, staunte Takhnef atemlos. »Wolltest du uns das zeigen, Liebster?«

»Auch dieses Bild«, sagte ich sanft und ließ den Gleiter steigen. Der Anblick des Horusfalken ließ Schwärme kleiner Vögel nach allen Richtungen auseinanderflüchten. »Und all die anderen.«

»Ich staune, dass die Dinge sind, wie sie sind«, bekannte Ka-Nachtmin

»Dann werdet ihr erkennen müssen, dass ich an einen großen Teil der Prophezeiung glaube.« Ich lachte sarkastisch und endete: »Obwohl ich zuerst nichts davon geglaubt habe.«

»Zu viele Wunder, Neb Atlantos!«, ächzte Anch-Resnet. Takhnef verschränkte schweigend, aber mit nach innen gerichtetem Lächeln ihre Finger mit meinen.

Ka-Nachtmin schüttelte eine ganze Weile lang den Kopf und starrte über meine Schulter hinweg auf die Anzeigen der Instrumente. Dann sagte er abwägend, die Faust in die Höhe haltend: »Was wir gesehen haben, Fremder von Alashia, reicht bis zum Tag, an dem wir die Jenseitsbarke besteigen. Warum hast du uns drei ausgesucht – auf diesen Falkenflug?«

»Weil ich erfahrene, kluge Männer brauche. Und einer liebenswerten Frau, mit der ich unvergessliche Stunden teilen durfte, habe ich einen Traum erfüllt. Dafür verlange ich von euch ... «

»Schweigen«, sagte Resnet.

Ich nickte. »Absolute Verschwiegenheit. Auch gegenüber dem Herrscher. Auch auf dem Weg zum Orakel und gegenüber dem Schriftgelehrten Orsat. Jedem gegenüber, selbst Nitetis, auch wenn euch ihre Schönheit blendet.«

Ich hatte das Ziel gewählt und aktivierte den Autopilot. »Wir kennen erst den Beginn einer langen, schwierigen Geschichte. Das Ende ahnen wir nicht einmal. Noch etwas – außer uns kennt niemand die möglichen Wege und das Land der Hellhaarigen. Das muss so bleiben, bis die Geschichte zum Ende gekommen ist ... zu welchem Ende auch immer.«

Ich machte eine Pause und fragte mich, wie viel ich diesen Menschen noch zumuten konnte. In der Vergangenheit, indes, war ich bei gleichen Gelegenheiten von ausgesuchten Barbaren niemals enttäuscht worden. Ich begann zögernd weiter zu reden und wählte meine Worte besonders sorgfältig.

»Füllst du bitte unsere Weinbecher, Takhnef?« Sie nickte. Dann: »Ein Fremder wie ich, der alle Dinge um den Thron des Gottesherrscher herum mit anderen Augen sieht, aus einem anderen Blickwinkel. Psammetich: Er wird gegen Kurusch oder später Kambuzhya verlieren, wenn er nicht versteht, dass die Pârsa geübte Kämpfer und Eroberer sind, und wenn er die östliche Grenze nicht sichert wie ein erfahrener Kriegsherr, wie sein Vater.«

»Wahr gesprochen«, antwortete Ka-Nachtmin. «Das sind keine Tjehenu-Halbnomaden.«

»Pharao Ah'mes ist zu alt, um ein großes Heer anzuführen.«

Gleichzeitig nickten die Anführer.

Ich fuhr fort: »Tanet-cheta spielt keine Rolle mehr. Die anderen Kinder des Ah'mes sind zu schwach. Anch-nes-nefer-ib-Ra ist Priesterin und bei all ihrer kalten Tüchtigkeit keine Kriegsführerin, ihre Zofe ist auf dem Weg nach Pârsa. Wer bleibt übrig?«

Leise sagte Takhnef: »Nitetis.«

»So ist es«, sagte ich und hob den halb gefüllten Becher. »Sie kennt alle Intrigen und Gerüchte im Palast. Sie ist Ah'mes' Lieblingstochter, schlug das Bett des Kambuzhya aus und glaubt oder hofft, dass sie statt Psammetich, der ihr erfolglos nachstellt, auf den Thron gelangt.«

Die Anführer tranken, als müssten sie ihre Schrecken durch Trunkenheit bekämpfen.

»Es ist nicht undenkbar, dass eine Frau Tameri beherrscht. Denkt an die Große Hatschepsut. Aber nicht Nitetis; eher bringt Psammetich sie um. Was bleibt ihr, mit ihrem Ehrgeiz, ihrer – wie man sagt – Klugheit, ihrer Schönheit?«

»Herrscherin des Hellen Volks?«

»So sehe ich es, Nachtmin«, antwortete ich. »Aber nur, wenn das Orakel zu Sekhetam sich für sie entscheidet, mit Hilfe Amûns.«

»Wir werden es bald erfahren, Atlantos«, murmelte Resnet, trank und gähnte. »Werden wir heute Nacht noch einmal lagern?«

»Ja«, sagte ich. »In vielleicht drei Stunden. Mitten in der Wüste. Wir können über alles reden, über alles nachdenken und hoffen, das alles so ist, wie wir glauben, dass es ist.«

Pharao Ah'mes hatte mir angetragen, mich mit Orsat zusammenzutun, um die Heimat des Hellen Volkes zu finden und einen Vorstoß dorthin vorzubereiten. Ah'mes war offenbar fest davon überzeugt, dass ich der »Weiße Krieger« war. Er träumte wohl davon, dass ich und Nitetis als Paar die Worte der Prophezeiung erfüllen würden. Ich verspürte darauf keine Lust, ebenso wie auf eine erschöpfende, gefährliche Wanderung, die einen Mond lang dauern konnte und sicherlich viel länger dauern würde. Jetzt kannten wir die gefährlichen Pfade. Auch die verbitterte Gattin des Herrschers sah Nitetis lieber an jedem anderen Ort als in Mennefer und im Palast, aber ich hatte mich gehütet, ihr etwas zu versprechen.

Nach drei Stunden landete ich den Gleiter auf einer riesigen Düne inmitten vieler anderer Dünen; die Sandlandschaft lag im leeren, heißen Nichts.

Am nächsten Abend sank der Gleiter unbeobachtet im Garten meines Hauses. Der Falke stieg wieder auf und begann seine Runden über dem nächtlichen Men-nefer. Die Diener erschraken, als wir plötzlich auf dem Plattenweg erschienen und aufs Haus zugingen, ohne dass der Hund knurrte. Resnet und Nachtmin schliefen, nachdem wir den Rest unseres verderblichen Proviant vertilgt hatten, in einem der unbenutzten Zimmer; Takhnef und ich badeten im Licht einer Öllampe im Teich und stiegen die Stufen zum Dach hinauf. Flüsternd zählte die junge Frau die gewaltigen Wirklichkeits-Traum-Bilder auf, versuchte mit Worten, Fingern und Lippen die Erregung ausfließen zu lassen, die sich in den vergangenen Tagen in ihr gesammelt hatte. Ihre Zärtlichkeiten hatten etwas Verzweifeltes, aber sie schlief ruhig in meinem Arm ein.

Der Falke warnte mich eine Stunde vor Mittag. Nitetis näherte sich aus dem Palast, im ersten von vier Gespannen, die mit Soldaten besetzt waren. *Hoher Besuch, und wahrscheinlich ohne Geschenke und große Freundlichkeit,* sagte ich mir. Ich hatte genügend Zeit, um mich vorzubereiten, und stand rechtzeitig am weit offenen Hoftor. Das Hapiwasser war um eine weitere Handbreit gesunken. Im ersten Gespann stemmte sich der Lenker gegen die Zügel; schnaubend hielten die Pferde an. Nubis stand, die Läufe gespreizt und das weißblitzende Gebiss gefletscht, im Tor und versperrte den Eingang. Hinter dem ersten Wagen rasselten die Felgen dreier Gespanne. Leichtfüßig sprang Nitetis aus dem Wagenkorb, kam an den Pferden vorbei und tätschelte den Hals des rechten Braunen.

Ich verbeugte mich, lächelte Nitetis an und sagte: »Hättest du einen Boten vorausgeschickt, o Sat-Nitetis, würdest du zu deinen Ehren meinen Garten geschmückt gesehen.« *Tochter des Rê* bedeutete der Zusatz ihres Namens, den ich bewusst benutzte.

»Ich glaube, es genügt deine blumenreiche Rede, o Atlantos. Ich will mich nicht im Schatten ergehen, sondern mit dir Worte wechseln. Du hast das schönste Gespann der Stadt, ich habe mehr Gespanne.«

»Wenn's dir ein Trost ist – auch in meinem kargen Arbeitszimmer ist es kühl«, antwortete ich. Sandalen, Schurz, Gürtel, Goldreifen und Wesech, einfach aber kunstvoll, unterstrichen ihre Schönheit. Ihr rückenlanges Haar, in einem dicken Zopf geflochten, war mit vielen schwarzen Perlen geschmückt. Ich zeigte zum Haus. Nitetis war vielleicht drei, vier Fingerbreit weniger groß als ich, und daher überragte sie fast jeden Rôme um einen Kopf. »Wenn ich in dein Gesicht sehe, ist da nur Schönheit, indessen wenig heitere Freundlichkeit.«

»Meine Freundlichkeit hält sich während dieser Tage in Grenzen«, entgegnete Nitetis über die Schulter. Sie ging vor mir die Treppe hinauf und ließ sich, nach einem langen Rundblick, in einen Sessel fallen. »Vielleicht entlockst du mir ein Lächeln, Fremder Atlantos, wenn alle Fragen beantwortet sind.«

»Vielleicht gelingt es mir schon mit einem Schluck edlem Wein von der Nachbarinsel Alashias?«, Ich füllte aus dem unzerbrechlichen, vergoldeten Krug zwei Pokale aus durchsichtigem Plastam, die mit Goldrand, vielen kleinen Edelsteinen und eingeätztem *alpha*-Monogramm verziert waren. Solcherlei, aus Ricos Werkstatt, gab es nicht im Palast. Nitetis' Blicke kehrten von der Wandkarte zurück und hefteten sich auf die edlen Gefäße.

»Seit du in Men-nefer bist, ändern sich viele Dinge«, sagte sie und schlug die langen Beine übereinander. Ich ließ mich von der glatten, leicht gebräunten Haut nicht ablenken und reichte ihr einen Pokal.

»Ah'mes buhlt um deine Freundschaft, der Giftmord an Ladike wird öffentlich, Psammetich will dich als Heerführer, und du kommst und gehst und niemand weiß, wohin. Mich hast du vor dem Bett des Pârsa gerettet, denn ich hätte mich nicht entleibt, und nun soll ich, nach dem Willen meines Ziehvaters, nach Seketham wandern und danach an deiner Seite das Helle Volk suchen.« Sie nahm einen Schluck und spitzte anerkennend die Lippen. Ihre schweren Ohrgehänge schaukelten erregend. »All das geschah wunderbarerweise binnen eines Mondes und weniger Tage.«

»Glaubst du an den Wahrheitsgehalt der Prophezeiung?«

»Ich weiß nicht, was ich glauben soll.«

»Es gibt jemanden«, sagte ich und musterte sie über den Rand des Glases hinweg, »der weiß, dass es das Helle Volk gibt, er kennt das Land, in dem das Volk versklavt wird, und er glaubt, die Sieben Königreiche zu kennen. Ich bin es nicht, aber ich kenne den Wissenden.«

»Orsat?«

Schon während des Rückflugs waren weitere Unsicherheiten und Fragen auf mich eingestürmt. Kamen die Hellhaarigen mit den leuchtenden blauen Augen aus dem hohen Norden des Planeten? Dort hatte ich rothaarige Menschen, auch mit weizenfarbigem Haar und blauäugig, häufig getroffen. Waren die Angehörigen des Hellen Volks das Ergebnis einer genetischen Störung oder Besonderheit? Wie kamen sie bis zum Nordrand des heißen Großkontinents?

»Nein. Er fand die Prophezeiung und hat seltsame Träume«, erwiderte ich. »Mehr weiß er nicht. Dein Ziel mag der Herrscherthron Tameris sein, aber die Rômet wollen keine Pharaonin, und Psammetich würde dich eher vergiften lassen, als dich neben sich zu dulden.«

Sie überdachte das Gesagte. Glaubte sie mir? Sie blieb bewundernswert gelassen, und mehr denn je erinnerte sie mich an eine Arkonidin aus einer der Großen Familien. Über Selbstbewusstsein und Stolz verfügte sie in hohem Maß; ich wusste von Takhnef, dass sie das Leben in der Abgeschlossenheit des Großen Hauses hasste.

»Wie hast du es geschafft, dass Anch-nes-nefer-ib-Ra und Menefru-tet den Mord nach so vielen Jahren so plötzlich bekannt haben? Denn ohne dich, sagen alle, hätten sie nie die Wahrheit gestanden!«

Ich hob die Schultern. »Die Blüten meiner blumenreichen Worte enthielten einen Duft, der Menschen dazu bringt, nicht länger zu lügen.«

»Dies, und eine Liebesnacht mit der schönen Menefru-tet.«

»Keine Nacht, nicht einmal eine viertel Stunde.« Ich schüttelte den Kopf. »Sie hasst mich deswegen noch heute, weil sie eine halbe Nacht vergeblich gewartet hat.«

Wir hoben die kostbaren Pokale und tranken.

Nach einer Pause sagte Nitetis: »Ich wollt's lange nicht wahrhaben, aber ich sehe ein, dass es mir vorbestimmt ist, nicht über die Beiden Lande zu herrschen, als elternlose Ziehtochter. Die Herrscherin eines Volkes, in dem alle so aussehen wie ich und du ... aber ist diese Prophezeiung wahr? Sag's mir, wenn du es weißt, Atlantos!«

»Das Orakel wird uns die Wahrheit offenbaren. Was ich zu wissen glaube, ist nicht entscheidend.«

»Die Truppen meines Ziehvaters – werden sie das Helle Volk finden?«

»Nach langer Suche, ja«, sagte ich. Nitetis' Feindseligkeit hatte einer deutlich erkennbaren Nachdenklichkeit Platz gemacht. »Aber viele Sklaven, besonders jene, die seit langem versklavt sind, fürchten die Freiheit. Ob sie dir folgen werden, vermag niemand zu sagen.«

»Und ... diese sieben fernen Königreiche? Wo fände die Goldene die neue Heimat ihres befreiten Volkes?«

Ich sah, dass sie ihren Pokal geleert hatte, hob den Krug und sah sie fragend an. Zuerst schüttelte sie den Kopf, dann hielt sie mir das Gefäß entgegen.

»Die Welt ist riesengroß«, antwortete ich abwägend. »Das Helle Volk, aus dem deine Eltern und folglich auch du kommen, kann nicht sonderlich zahlreich sein, denn sonst hätte es sich erfolgreich dagegen gewehrt, versklavt zu werden. Es gibt viele Orte, die ein Königreich werden können.«

»Es heißt: Sieben Königreiche!«

»Sieben Täler, sieben Berge, selbst sieben Inseln – nichts ist sicher, nichts auszuschließen; das alte Shafadublatt Orsats sagt nichts darüber.«

Rico hatte einmal ausgerechnet, dass die durchschnittliche Lebenserwartung der Rômet ungefähr dreißig Jahre betrug. Das schloss nicht aus, dass ein 75-Jähriger auf dem Herrscherthron saß und seine Nächte mit jungen Frauen teilte.

»Selbst wenn ich nicht entschlösse«, sagte Nitetis leise und blickte in den Pokal, als sähe sie im dunklen Spiegel des Weins ihre Zukunft, »das Helle Volk aus der Sklaverei zu den

Sieben Königreichen zu führen, gehört zu der Prophezeiung der Weiße Krieger, der alle Widrigkeiten niederkämpft. Wo finde ich ihn?«

Ich lächelte. Sie gefiel mir immer mehr. »Nicht in diesem Haus, Schönste.«

»Wo sonst? In der Amûn-Oase?«

»Vielleicht. Vielleicht auch innerhalb des Hellen Volkes.«

»Wenn dein ... Freund? Der Weise? Ein Orakel zu Alashia oder Kypros? ... weiß, wo das Volk zu finden ist, dann weiß er auch, wie lange ein Zug dorthin dauert.«

»Er weiß es wahrscheinlich. Ich weiß es nicht. Ich erinnere mich, dass er von etlichen Monden sprach. Aber das würde ich nicht beschwören«, wich ich aus. »Der Marsch dorthin führt durch die Wüste. Unübersehbar großes *Rotes Land*. Und der Marsch des Hellen Volkes zu den Königreichen ist nicht weniger mörderisch.«

Sie biss sich auf die Unterlippe, leerte den Pokal und stellte ihn behutsam auf den Tisch zurück.

»Ich werde alles lange begrübeln«, versprach sie und lächelte; ein zurückhaltendes Lächeln, das nicht mir galt, sondern eher den Weg der Erkenntnis markierte, den sie während der letzten Stunde zurückgelegt hatte. »Amûn und seine Priester werden einen Orakelspruch abgeben, dem ich mich unterwerden muss, weil auch mein Vater es so will. Ah'mes hat mich mit Liebe überschüttet, und ich bin eine dankbare Tochter.«

Ich senkte den Kopf und verschloss den Weinkrug. Binnen kurzer Zeit schien Nitetis einen Entschluss gefasst zu haben. Ob er durchführbar blieb, musste ich abwarten. Es gab keine Eile, wenigstens nicht für mich: Der Zug nach Sekhetam, der Palmenstadt, war noch nicht befohlen worden. Nitetis stand auf und sah mir in die Augen.

»Diese Ehrlichkeit adelt dich, Prinzessin«, sagte ich.

Sie hob die makellosen Schultern und antwortete leise: »Ich wäre in allem sicherer, wenn du der Weiße Krieger wärst, o Atlantos.«

»Ich bleibe lieber der Fremde mit dem schönsten Gespann und dem besten Wein.«

»Und mit einem anschmiegsamen Geschenk meines Vaters, die dich bewundert, als ... «

»So ist es, Prinzessin.« Ich grinste. »Es ist einfacher, der oder die Erste in einem kleinen Haus zu sein als einer oder eine unter Vielen. Das hat mich mein Leben gelehrt.«

Sie antwortete nicht und ließ mich vorausgehen. Geduldig hatten die Krieger und die Pferde gewartet. Meine Diener lugten aus den Fenstern und hinter Hecken hervor. Ich begleitete Nitetis zu ihrem Gespann und wartete, Nubis neben meinem rechten Knie, bis sich die Kavalkade geräuschvoll in Bewegung gesetzt hatte. Dann schloss ich langsam das Hoftor und ging ins Haus.

Es wurde Zeit, dass Netjerimaat mit meinem Gespann aus Narukeredj zurückkam. Aber Rico hatte sich nicht gemeldet, also hatte es keine gefährlichen Zwischenfälle gegeben.

Ungefähr auf der Hälfte der Strecke zwischen Men-nefer und der Orakeloase lag Wachet Mehtit, die nördliche Oase. Wer nach Siwa wollte, musste durch Mehtit, das sich in den letzten Jahrhunderten zu einem wichtigen Handelszentrum entwickelt hatte. Die Libu-Pharaonen waren daran nicht unschuldig gewesen.

In Wachet Mehtit rastete der Zug und verbrachte die Nacht, und ich ließ ihn. Nur kurz sah ich mich um und musste grinsen, als ich die beiden kleinen Tempel sah, die man dem Ah'mes gewidmet hatte, der sich als großer Beschützer der Oase sah.

Jenseits der Oase ließ die Bequemlichkeit rasch wieder nach Für Gespanne war der Pfad nicht geeignet, denn er führte über Geröll und splitternde Steinplatten, von denen die Hufe der Zugpferde zerschlitzt worden wären. Die Mittagshitze hatte Sand, Felsen und Luft mit kochender Grelle überschüttet; alles flirrte in im unbarmherzigen Licht, das Menschen und Tiere blendete und das Metall so stark erhitzte, dass jeder sich die ungeschützten Finger verbrannte.

Ich hielt den schwer beladenen Gleiter zehn Ellen über einer ebenen Sandfläche an und sagte zu Takhnef: »Diese Orakel – ich kenne sie. Die Antworten auf die Fragen der Zaudernden, ja oder nein, geben die Priester. Und, ich wäre sehr verwundert, wenn sie die Fragen nicht so beantworten, wie es im Sinn des Goldhorus ist.«

Sie sah mich bestürzt an und stammelte. »Aber der Gott neigt sich nach rechts oder links und ... Amûn sagt immer die Wahrheit.«

»Besonders wenn er auf einem hölzernen Schiffchen steht, das sich leicht bewegen lässt.» Ich lachte und ahmte die Bewegungen nach. »Kannst du Resnet und Nachtmin sehen?«

»Resnet redet mit den Eselmännern. Dort drüben.«

Seit vier Tagen war der Zug zum Orakel auf dem Weg. Nitetis und Orsat saßen in Eselssänften, die Krieger wurden von Anch-Resnet und Ka-Nachtmin angeführt; ein Hellene namens Demetrion befehligte einen kleinen Trupp, der Erfahrungen mit Nomaden dieses Gebietes hatte und aus Fußkämpfern bestand. Ich kannte alle Einzelheiten von Resnet, denn wir waren ins Große Haus gerufen worden und hatten dort Nitetis, Psammetich und Orsat im Gespräch mit dem Herrscher angetroffen. Ah'mes hatte befohlen, nach Sekhetam zu ziehen, in seinem Namen das Orakel zu befragen und mit dem Urteil zurückzukehren. Mit allen diesen Schritten, die in der unwiderruflichen Behäbigkeit der Abläufe vollzogen wurden, hatten die beiden Anführer und ich seit Tagen gerechnet.

Dann, sagte er, würde er entscheiden, ob er ein kleines Heer nach Westen schicken würde, um das Helle Volk zu finden. Er zögerte zunächst, seine dringende Bitte auszusprechen – was einem herrscherlichen Befehl entsprach –, nämlich dass es endlich Gewissheit darüber geben sollte, ob ich der Weiße Krieger sei oder nicht. Ich versprach, mich dem Orakelspruch zu beugen, und wusste, welches Wagnis ich damit einging. Ich ließ aus dem Schatzhaus einen kleinen Teil meines Goldes und Silbers bringen und fuhr zurück in mein Haus, um mich vorzubereiten und Rico zu verständigen.

Resnet und Demetrion sammelten ihre besten Leute, ließen die Tragetiere mit Futter, Proviant und Wasser für die ersten zwei Tage beladen und marschierten, nachdem Orsat und Nitetis am Stadtrand zu ihnen stießen, im Morgengrauen von Men-nefer nach Westen. Hinter ihnen blieben die überfluteten Flächen zurück, die Tag um Tag kleiner wurden und mehr Land freigaben.

Die großen Sichtflächen des Gleiters waren verdunkelt. Horus lag mit ausgebreiteten Schwingen halbaktiv auf den hinteren Sitzen. Ich öffnete eine Strukturlücke im Deflektorschirm und scheute mich noch, die Tür zu öffnen.

»Ich gehe zu Resnet und erschrecke ihn«, sagte ich leise. »In zwei Stunden sind wir im Palmenschatten.«

Dann schlüpfte ich hinaus und ging im Schutz der Unsichtbarkeit hinüber zum Anführer, der beim Aufspannen von Schattensegeln half. Ich sagte in seinem Rücken leise: »Es spricht kein Gott zu dir, Anführer Anch-Resnet. Es ist Atlantos, den du nicht sehen kannst. In zwei Tagen seid ihr in der Oase?«

Er zuckte zusammen und erschrak, dann antwortete er leise: »Nicht später. Es gab keine Verluste.« Er unterbrach seine Arbeit und ging ein Dutzend Schritte zur Seite.

Ich folgte ihm schwitzend. Dann raunte ich: »Mit dem Götterboot sind Takhnef und ich schneller. Wir haben alles geladen, was der Bequemlichkeit dient. Brauchst du etwas? Halten Nitetis und Orsat durch?«

»Er wird am übermäßigen Schweißverlust sterben, sagt er. Die Frau ist so zäh wie Ka-Nachtmin. Sie geht oft auch mit uns, zu Fuß.«

»Fragt in Sekhetam nach mir. Ich bereite so viel vor wie möglich«, sagte ich. »Wenn jemand fragt: Wir sind Tage vor euch aufgebrochen. Amûn schütze euren Weg, mein Freund!«

»Und euren ... Flug.«

Ich flüchtete mich in das gekühlte Innere des Gleiters und sah zu, wie Resnet sich zuerst suchend umblickte, dann zu Nachtmin ging, der schon im Schatten hockte und seinen Kopf mit Wasser kühlte. Sie redeten miteinander; Nachtmin nickte und schien zu lachen. Langsam stieg der Gleiter auf, und etwas schneller folgte ich der Straße, die sich, nur von einer Wasserstelle unterbrochen, nach Westen schlängelte. Nur ein paar Tamarisken, deren unterste Äste von Ziegen leergefressen waren, umstanden Tümpel. Eine Gruppe harmlos aussehender Nomaden lagerte im Schatten; in ungefähr einem Tag würden die Frau und die Männer des Pharaos die Wasserstelle erreichen.

Nachdem ich die Oase dreimal umkreist und die Kreise jedes Mal enger gezogen hatte, setzte ich den Gleiter zwischen dem Palmenwald und der ersten Reihe knorriger, ineinander wie kranke Muskeln und trockene Därme verdrehter, verschlungener und verknoteter Stämme ab. *Ölbäume!* Sehr alte Bäume, die dicke, grüne Oliven trugen.

Ich wandte mich an Takhnef, die nur die Schatten zwischen den Kronen der Dattelpalmen zu sehen schien, streichelte ihre Wange und sagte: »Vor einer Ewigkeit brachte ein erfahrener Mann von der Insel Keftiu, die im Norden Kemets im Großen Grünen liegt, eine Anzahl kräftiger Ölbaumschößlinge nach Tameri; mit guten Schiffen und tüchtigen Kapitänen. Jahre später, als er in Tameri war, sagte man ihm, dass die Pflanzen, obwohl behütet wie des Herrschers Augenlicht, keine Wurzeln gebildet hatten und langsam eingegangen waren.«

Wieder schlug eine Woge aus der Ferne meiner Erinnerungen über mir zusammen und riss mich in ihren Strudel, und ich konnte einige Atemzüge lang nicht weiterreden: Asyrta-Maraye, die schöne schwarze Quellnymphe Thot-K'aima, Fürst Minoos und Daidaloos mit seiner blutjungen Geliebten, die Tänze der Thronfolger und die lange Jagd zwischen den Inseln ... ich redete weiter: »Dies enttäuschte ihn sehr, denn wenn sich die Ölbäume in Tameri ausgebreitet hätten, würden die Beiden Lande kein Öl, keine grünen und schwarzen Oliven und kein hartes Holz teuer bei den Hellenen eintauschen müssen.«

Ich betrachtete lächelnd die langen Reihen der Ölbäume. Takhnefs Blicke glitten über die bizarr verformten Stämme und über die Blätter, die im schwachen Wind zitternd ihre silbrigen Unterseiten zeigten.

»Ich sehe vielleicht zwanzig Mal tausend oder mehr Ölbäume. Hier in Sekhetam gediehen sie, seit langer Zeit. Jener Mann, der sie einst nach Tameri brachte, würde Luftsprünge vor Freude machen.«

»Zu jedem Bild, o Fürst meiner Stunden, Nächte und Träume, kennst du eine Geschichte und erzählst sie auf herzerwärmende Weise.«

»Die Welt ist voller Geschichten, schlechten und guten, meine schöne, unerschrockene Liebste«, antwortete ich und sah durch die Stämme den großen, steingefassten Heiligen Teich, in dem sich der Himmel spiegelte. »Wer weit reist, hört tausend von ihnen.«

Ich aktivierte den Robotvogel, ließ ihn ins Freie und glaubte zu wissen, wo wir den Zug der Nitetis erwarten konnten. Summend stieg Horus schräg in die Höhe. Die Oase lag tiefer als ihre Wüstenumgebung, also kam das Wasser, mit dem Sekhetam reich gesegnet war, aus der Tiefe unter der Wüste, da einfacherer Zugang zum Grundwasser vorhanden war. Etwa zwanzig Mal tausend Schritte lang, zwei mal tausend an der engsten und ungefähr zwanzig Mal tausend an der breitesten Stelle, von einem dichten Ring Palmen und großen Hainen Ölbäumen umgeben, war diese Oase geradezu ein Kleinod in der Großen Wüste.

Wo die Straße aus Tameri endete, nahe einiger kleiner Tempel, hatte ich einen halb verwahrlosten Garten und ein Haus entdeckt, dessen Läden geschlossen waren. Es dauerte nicht länger als eine Stunde, bis Takhnef mit meinem Gold das Haus für einen Mond gemietet, ein Dutzend Diener angeworben und ich den Gleiter gelandet hatte. Einige Stunden danach, als die Sklaven und Diener das Haus bewohnbar machten, gingen wir Hand in Hand zum Mittelpunkt der Oase, zu den Tempeln. Seit Pharao Amenemhet verbreitete sich der Ruf des Orakels in allen Ländern an den Ufern des Großen Grünen.

Als die Späher, die Anch-Resnet vorausgesandt hatte, die Nomaden an der Wasserstelle entdeckten, wollten sie zuerst zu den Hauptleuten zurückrennen und berichten. Dann aber zählten sie die Erwachsenen, die Kinder und Ziegen und beratschlagten: Dieses Dutzend Männer stellte keine Gefahr dar. Also schickten sie einen Mann dem Zug entgegen, der die Anführer verständigte.

Ka-Nachtmin kannte die mörderische Wirkung von Hirtenschleudern. Er beorderte zehn schildbewehrte Bogenschützen zur Spitze des Zugs und ließ ohne Unterbrechung weitermarschieren. Die Nomaden sahen die Staubwolke, die von den Eselshufen aufgewirbelt wurde, und kamen aus dem Schatten der struppigen Bäume hervorgerannt. Je mehr Bewaffnete sie sahen, desto aufgeregter wurden sie.

Die Bogenschützen blieben stehen, setzten ihre Schilde ab und setzten die Pfeile auf die Sehnen. Auf ein leises Kommando ertönte nur ein ineinandergehendes, mehrfaches »pffft-plunck«, und einige Handbreit vor den Füßen der Nomaden zitterten zehn Pfeile im harten Sand.

»Keinen Schritt weiter, Leute!«, rief Ka-Nachtmin laut, aber mit beruhigender Stimme. »Wir wollen euch nicht vertreiben. Nur eure dürren Meckertiere!«

Verwirrt blieben die Nomaden stehen. Die Kinder versteckten sich hinter den Frauen, die mageren Ziegen hoben ihre Köpfe aus den trockenen Büschen.

Plötzlich hörten alle aus der Mitte des Zuges heraus eine helle Frauenstimme. Aus einer Sänfte sprang mit behänden Bewegungen eine junge Frau und lief zwischen den Soldaten auf die Bogenschützen zu, schob zwei von ihnen zur Seite und stellte sich vor die Nomaden. Fast um zwei Köpfe überragte sie die Schützen.

Sie breitete die Arme aus. Der dünne weiße Leinenmantel rutschte von ihren Schultern. Als sie den Kopf schüttelte, flogen ihre langen Haare und bildeten eine Art weiße Wolke um ihr schmales Gesicht. Ihre Augen strahlten wie der Himmel über der Szene und waren vom gleichen Blau wie das Meer.

»Ihr braucht euch nicht zu fürchten. Wir sind auf dem Weg nach Sekhetam, zur Palmenstadt. Ihr habt uns noch genug Wasser übrig gelassen?«

Demetrions Krieger schoben sich zögernd nach vorn. Nitetis' Stimme war gleichermaßen beruhigend und befehlend. Sie hielt mit einer herrischen Geste die Soldaten auf, die sich anschickten, zur Wasserstelle weiterzumarschieren. Nitetis' hellhäutige Schönheit schien sie vor der stechenden Hitze zu bewahren. Ein hagerer Nomade wandte sich an verwirrt an seine Nachbarn, stieß ein paar Worte hervor, hob die Arme und fiel auf die Knie.

Demetrion und Ka-Nachtmin standen zufällig nebeneinander; der hellenische Krieger murmelte: »Die Ziegentreiber ... kennen die unsere Prinzessin?«

»So scheint's«, gab Nachtmin ebenso verwundert zurück. Nacheinander, als wären sie geblendet, sanken die Nomaden in den Sand. Zuerst die Männer, dann die Frauen; die Kinder wussten nicht, was sie tun sollten. Einige machten es den Erwachsenen nach, andere begannen zu greinen und zu plärren. Plötzlich kam aus den Reihen der umherziehenden Ziegenhirten ein Ruf.

»Die Goldene!«

Demetrion und Ka-Nachtmin blickten einander verblüfft an. Ratlos brachte Ka-Nachtmin hervor: »Sie wissen von der Goldenen – da wissen sie mehr als wir.«

»So scheint's«, knurrte der hellenische Söldner.

»Die Goldene! Du bist ... die Goldene!«

»Ich bin Nitetis aus Men-nefer«, rief die hellhaarige Frau und lächelte. Dieses Lächeln schien jedem einzelnen Nomaden zu gelten. »Lasst uns durch, zum Wasser.«

Die ersten Männer standen langsam auf, schüttelten sich und starrten die junge Frau an. Dann rückten sie zur Seite, machten den Bogenschützen Platz, führten die Frauen und die Kinder in den Schatten zurück und verscheuchten ihre Ziegen. Auch Nitetis wich den nachrückenden Soldaten und den Eseln aus und ließ den Zug an sich vorbeiwalzen. Orsat kam herbeigerannt, verbeugte sich in unerwarteter Ratlosigkeit vor Nitetis und begann auf sie einzureden.

Sie hörte lächelnd zu und folgte schließlich, ihren Mantel über dem Arm, den schwer beladenen Eseln in den Schatten um den Wassertümpel. Während sie die glühendheiße Fläche verließ, änderte sich ihr Gesichtsausdruck. Sie bot für lange Augenblicke das Bild einer zutiefst nachdenklichen Frau voller Selbstzweifeln und Unsicherheit. Aber als Orsat seine Stimme erhob und gestikulierend mit den Anführern redete, rief Nitetis befehlend: »Wir gehen zum Orakel. Dort wird sich zeigen, was Amûn und die Götter uns befehlen! Haltet euch nicht zu lange auf – wir müssen rasch weiter!«

Der Schatten eines Falken huschte über die Sandflächen. Eine Schar Wüstenhühner stob flatternd auf und strich nach Norden ab.

Es mochten zwölftausend oder mehr Bewohner sein, die mit großem Fleiß der Oase zu großem Reichtum verhalfen. Datteln von mehreren hunderttausend Palmen, unzählige Stapel von Palmwedel-Flechtwerk und Balken aus Stammholz ergaben viel wertvolle Tauschwaren, dazu kamen die Erträge der Ölbäume. Takhnef und ich, auf dem Weg zum Tempelbezirk und auf dem Spaziergang zurück zum gemieteten Haus sahen viele Gruppen der Amûnpriester und waren von der Größe und Schönheit der Tempel beeindruckt.

Wir erfuhren, dass das Orakel viele Besucher anzog, selbst aus der hellenischen Welt. Der Haupttempel, Sitz des Orakels, ein langgestrecktes Gebäude von dämmeriger Pracht, dessen steinerne Decke von vier langen Reihen Säulen gestützt wurde, endete in einem prächtigen Altar. Durchdringend nach dem Rauch des Opferharzes rochen selbst die Quadern und Säulenringe. Stufen führten zu mehreren Sockeln hinauf, auf denen der Große Amûn – auf Hellenisch *Ammonion* – im Halbkreis anderer Götter thronte, mit steinernem Gesicht und Halbedelsteinaugen über die Hilfesuchenden hinwegstarrte. Die gut eine Elle hohe kleinere Götterfigur stand in einem Schiff aus Zedernholz, prachtvoll beschnitzt und goldüberkrustet, mit langen Tragestangen. Aus vielen Vertiefungen der Sockel lugten kostbare Gefäße hervor; durch diese Öffnungen konnten Priester die Gläubigen beobachten, deren Fragen hören und das Schwanken des Schiffs anordnen. Bewusst verzichtete ich darauf, der jungen Rôme den Glauben an die göttliche Richtigkeit eines Orakels zu rauben; sie hatte schon genügend »Wunder« verarbeiten müssen.

Fette Schafe hatten das Gras zwischen den Tempeln kurz gefressen, die Sphingenallee erstreckte sich im Schatten der raschelnden Wedel, an vielen Stellen war das Tiefenwasser in großen Becken aufgefangen, und reines Wasser gab es in Sekhetam im Überfluss.

Takhnef sah im Haus und im Garten nach den Arbeitern, und ich ging zum Gleiter und belud mich mit Vorräten und Ausrüstung. Als die letzten Gartenarbeiter bergeweise grüne Reste und abgesägte Äste wegschleppten, gab ich jedem ein winziges Stück Gold und schloss zufrieden die Torflügel. Jetzt waren wir allein im Haus und vorläufig nichts anderes als Gäste, die auf die Soldaten des Herrschers, auf Nitetis und Orsat und die Antworten des Orakels warteten.

Einige Male waren einzelne Männer gegen die unsichtbare Schutzmauer gelaufen, hinter der sich der getarnte Gleiter verbarg. Anch-Resnet und Ka-Nachtmin, die wie Orsat und Nitetis im Haus schliefen, kamen diesem Winkel des Gartens nicht einmal nahe. Orsat-Hatchetef-meri-Thot verhandelte im Namen des Gottesherrschers mit den Priestern den Zeitpunkt und die Handvoll wichtiger Fragen, die Ah'mes gestellt hatte und die er stellvertretend vortragen musste.

Demetrion und Nitetis versuchten bei den Verwaltern des Großen Hauses zu erfahren, wie es möglich war, dass einfache Nomaden von der Prophezeiung wussten und die Goldene zu erkennen glaubten.

Schon auf den ersten Blick war der schwarzbärtige Söldner, den Ka-Nachtmin dem Herrscher empfohlen hatte, als Hellene zu erkennen. Groß, hager, mit auffallend kräftigen Oberschenkel- und Armmuskeln, fingerbreit kurzem schwarzem Haar und Hakennase, größer als die meisten anderen Soldaten, erkannte ihn jeder als Ausnahmeperson. Unter dünnen, fragend gebogenen Brauen blitzten unter schweren Lidern flinke schwarze Augen. Es hieß, er kenne mehr Pfade und Wasserlöcher im Westen der Grenze und in der Libu-Wüste als Ka-Nachtmin, spräche jeden Dialekt der Nomaden und Bewohnern jenseits von Kyrene und sei als Bogenschütze besser als Paser. Und Paser, zehn Jahre älter als Nachtmin und todkrank, hatte in Ka-Nachtmins Truppe die meisten Fliegen an seinem Hals.

Demetrion, auf einer der hellenischen Inseln geboren, war in Kanopus und Naukratis aufgewachsen.

Nachdem die Karawane aus Men-nefer die Oase erreicht hatte, war er fast einen ganzen Tag lang verschwunden gewesen. Jetzt saßen Resnet, Nachtmin, ich und Demetrion auf dem Steinrand des Teichs im Garten, tranken Wein und redeten miteinander.

»Es ist so, dass ein Orakelspruch, gleich, wie er ausfällt, mehrfach gedeutet werden kann. Hab' ich erfahren«, sagte der Hellene. Seine Stimme, tief und rau, knarrte wie trockenes Schilf. »Sollte auch Ah'mes – ewige Zeugungskraft seinen Lenden! – wissen.«

»Ich bin sicher, er weiß es«, antwortete ich.

Anch-Resnet fischte kleine Palmrispen aus dem Weinbecher. »Und die Priester gehorchen sowohl ihm als auch Amûn.«

»Sie werden sagen, der Gott habe gesagt, dass die Prophezeiung aus göttlichem Quell stammt.« Es schien, als hätten Ka-Nachtmin und Anch-Resnet seit unserem langen Flug ein gehöriges Stück blinden Götterglaubens verloren. »Das wird Orsat freuen.«

»Dass es auch Nitetis freut, glaube ich nicht«, mutmaßte ich und zog den Krug aus dem kühlen Wasser. Ka-Nachtmin grinste.

»Amûn wird sagen, sie sei die Goldene der Prophezeiung – oder ich will nie wieder einen Schluck Irep trinken!«

»Aber wenn Amûn sagt, dass sie die Goldene sei«, klärte uns Demetrion auf, »wird sie das Heer des Herrschers nach Westen führen. Wollen wir dies denn wirklich?«

»Zumal das Heer viel besser an der östlichen Grenze die Verteidigung üben sollte.« Ich füllte die Becher nach.

»Wahr gesprochen!«, brummten die beiden Rômet-Anführer.

Demetrion starrte mich an, hob eine Strähne meines Haars an und grinste. »Von dir, Mann aus Kypros, wird das Orakel sagen, laut und deutlich, dass nur du der Weiße Krieger bist? Was meinst du?«

Ich nickte. »So mag es kommen, oder auch nicht. Ich werde mir bis morgen das Haar rußschwarz färben!«

»Zu spät. Ganz Men-nefer, ganz Sekhetam und alle Priester kennen dich schon als Weißhaarigen!«, rief er. »Aber eine große Frage wird das Orakel wohl nicht beantworten.»

»Ich weiß, was du meinst«, sagte ich. »Warum Orsat so begierig darauf ist, einem Volk, von dem er nicht weiß, ob es irgendwo in der Ferne lebt, zu helfen, und warum der Herrscher dazu tausend Soldaten schickt. Auch er hat keinen Vorteil davon, wenn das Helle Volk aus der Sklaverei flieht, und zudem verliert er seine Lieblingstochter und die Pflegerin seines bedauernswerten Sohnes.«

»Die Antwort darauf wissen nur die Götter«, murmelte Demetrion.

»Aber sie werden uns nicht antworten«, schloss Resnet. »Nicht darauf.«

Der Vorrat reichte gerade aus, unsere Becher zum letzten Mal zu füllen. An diesem Abend, denn nach den Orakelsprüchen würden wir einen wirklichen Grund haben, uns zu betrinken.

In Gedanken hatte ich längst sämtliche Szenarien durchgespielt. Ungefähr tausend Menschen mit einem Teil ihrer Habe, einem möglichst großen Teil, von ihren Wohnhöhlen in den Westen zu bringen, den Marsch der Truppen ins Hinterland der Masaesyler und zurück nicht zu einem Todesmarsch werden zu lassen oder überhaupt zu verhindern – das überstieg offenkundig meine augenblicklichen Möglichkeiten. Und danach? Vielleicht sogar über das Meer? Eine arkonidische Lösung? Siebzig Gleiterflüge mit jeweils fünfzehn Personen? Schiffe der Punier, die das Große Grüne beherrschten? Meeresschiffe der Rômet? Eine Elendskarawane dorthin, wo das Land endete? Ich wusste es nicht. Gestern hatte ich mich nachts in den Garten geschlichen und in den Gleiter gesetzt; ich hatte Rico das Problem geschildert und angeordnet, es zu prüfen und durchzurechnen. Noch hatte ich keine Antwort.

Dicht gedrängt standen vielleicht dreihundert Menschen zwischen den Säulen und im Mittelschiff des Tempels; Priester, unsere Soldaten, Bewohner der Oase und wir, sieben Schritte vor der Amûnstatue, Orsat, Nitetis und ich, in feinster Kleidung und in schwerem Schmuck. Schwelendes Opferharz machte die Luft schwer und betäubend, zwischen den Mauern verloren sich die Trommelschläge und der dumpfe Gesang aus hundert Priesterkehlen. Wir hatten längst die Geschenke des Goldhorus und die Opfergaben auf die Stufen des Altars gelegt und warteten. Länger als eine halbe Stunde dauerten schon die Anrufungen der kahlköpfigen, mit Leopardenfellen geschmückten Diener des Gottes.

Einige Zeit später drängten junge Priester die Wartenden zurück. Eine Gasse zwischen der Amûnbarke und uns entstand, und als acht Priester die Tragestangen ergriffen und ein uralter Priester Orsat am Arm berührte, ihm eine Tonschale reichte, aus der Weihrauch wolkte, war es offensichtlich so weit.

»Ich, der Schriftgelehrte Orsat-Hatchetef-meri-Thot, rede für den Gottesherrscher Ah'mes im Per-Ao zu Men-nefer. O Amûn, Gott der alles weiß, offenbare dich – die Prophezeiung, die vom Hellen Volk spricht ... ist sie wahr? Ist es richtig, trifft es zu, was die Worte uns sagen?«

Es schien, als bewegten die Priester nur ihre Füße. Die Arme, die Oberkörper und die Köpfe schienen Steingestalten zu gehören, als sie die kostbare Barke vom Sockel hoben und auf uns zukamen. Das dunkelbraune Schiff mit dem hochgebogenen Lotosblütenbug bewegte sich nicht um einen Fingerbreit. Aber zwei Schritte vor Orsat durchlief ein Zittern die kleine Statue des Gottes, und er neigte sich nach rechts. Er kippte nicht hin und her, sondern lehnte sich ein wenig aus seinem Boot hinaus. Den Menschen, die uns umstanden und sich erregt bewegten, entrangen sich ächzende, murmelnde, stöhnende und wispernde Laute.

Der Priester teilte Orsat murmelnd etwas mit, und Orsat stellte die zweite Frage. Die Priester umrundeten mit dem Orakelboot einen Pfeiler und kehrten zum leeren Sockel zurück.

»Die Prophezeiung spricht von einer Goldenen Frau, die das Volk führen wird. Wird Nitetis diese Goldene Frau sein?«

Wieder kamen die Priester mit dem Götterboot auf uns zu, wieder konnte selbst ich kein Zittern eines Muskels oder eine andere willkürliche Bewegung der Männer wahrnehmen. Und wieder neigte sich Amûn nach rechts.

Ich wandte den Kopf und sah Nitetis an. Sie war von dem Orakelspruch nicht überrascht, aber sie erhielt in diesem Augenblick die Bestätigung dessen, wozu sie sich nach langer Unsicherheit und vielen Zweifeln entschlossen hatte. Sie war also die Goldene.

Unter dem dräuenden Gemurmel der Versammelten, neuen Weihrauchwolken und nachhallendem Gesang aus dem Hintergrund des Säulenwaldes vollzogen die Priester einen weitern Umgang. Und Orsat stellte die letzte Frage, jene, die mich betraf.

»Das Ziel des Hellen Volkes, o Großer Amûn, ist die Freiheit. Sicherlich muss sie erkämpft werden, ebenso wie die Sieben Königreiche. Der Weiße Krieger, der an der Seite der Goldenen gegen die Sklavenhalter kämpft, der Weiße Krieger, steht neben mir. Ist Atlantos von Alashia dieser mächtige, entschlossene Krieger, der das Volk zu seinem neuen Königreich führt?«

Ich bemühte mich, nicht zu grinsen und keine auffallende Regung zu zeigen. Als das Götterboot an mir vorbeikam, schien sich der Gott auf mich zuzubewegen. Dann kippte er wieder in seine hoheitsvolle Haltung zurück, und die priesterlichen Träger brachten die Statue zu ihrem Granitsockel und stellten sie behutsam ab. Nach einiger Zeit würde ein Priester Orsat ein Shafadublatt überreichen, auf dem die Priester die Deutung des Orakels in Worte gefasst haben würden – in jedem Fall hatte sich die Figur auf Orsat, Nitetis und mich zubewegt, die Antworten lauteten also: *ja*.

Vermutlich würde es zudem einen „kryptischen" Hinweis erhalten wie: *Geht nach Westen, wo das Land endet!*

Nun waren wir also Goldene und Weißer Krieger, und somit war gegenüber allen Beteiligten im Umkreis der Prophezeiung unsere Aufgabe klargemacht worden.

Zusammen mit allen Versammelten verließen wir langsam den Tempel. Jedermann sog gierig die frische Luft außerhalb der Eingänge in die Lungen. Orsat war im Tempel geblieben, Takhnef kam zu mir, und wir gingen hinter Nitetis zum Teich und setzten uns auf die steinerne Umfassung.

Viele Menschen, besonders unsere Soldaten, warfen uns lange Blicke zu. In ihren Augen hatten wir vollends jene Bedeutung erlangt, die uns zu Anführern und Befehlsgebern machte.

»Das erste, einfache Viertel liegt hinter uns, Nitetis«, sagte ich leise. »Ich sage dir: Viele werden elend sterben müssen, ehe das Ziel erreicht ist. Und wenn der endlos lange Weg zu Ende ist, wirst du viel von deiner Schönheit, und ich werde viel von meiner Kraft verloren haben.«

Beide Frauen starrten mich betroffen an. Ich zuckte mit den Schultern, weil ich wusste, dass sich weder Nitetis noch Takhnef vorstellen konnten, wie groß dieses Unterfangen wirklich war. Nun – meine Gefährtin würde nicht mit uns nach Westen aufbrechen, sondern in Men-nefer bleiben ... für sehr lange Zeit.

Ich stand auf, reichte Takhnef die Hand und ging zurück ins Haus. Im Garten sagte ich leise zu ihr: »Was auf dem

Shafadublatt steht, wissen wir. Ich werde also als Weißer Krieger die Befehle geben. Aber noch ist es nicht so weit.« Ich deutete in die Richtung des Gleiterverstecks. »Bevor wir mit dem Götterboot nach Men-nefer fliegen, muss ich verschiedene Dinge vorbereiten. Packe bitte unsere Ausrüstung und sorge für Proviant, Liebste – es soll uns gut ergehen in den nächsten Tagen.«

Sie nickte und glitt davon. Ich hingegen sah mir, bestärkt durch den Orakelspruch, noch einmal die Höhenfotos an – und durch jenen Zufall, der plötzlich aus einer flüchtigen Beobachtung ein wichtiges Bild entstehen ließ, sah ich die Inseln. Ich begann zu zählen.

Sieben Inseln!

Ich zuckte innerlich zusammen, der Extrasinn schwieg noch. Die mögliche Bedeutung drängte sich mir förmlich auf, obwohl die Theorie abenteuerlich erschien. *Die Sieben Königreiche?* Ich betrachtete das Bild durch meine Speziallinse.

Sieben Inseln und einige Felsbrocken, umschäumt von der Brandung des Ozeans, vielleicht zehn Segelstunden nordöstlich des Kontinentalrandes.

Ich hastete nach draußen zum Gleiter, aktivierte die Verbindung zu Rico und sagte: »Ich brauche ein deutliches Bild, ein Holo. «

»Verstanden, Atlan. Welches Bild?«

Ich schilderte ihm die Position der sieben Inseln und fragte nach dem Gleiter. Er war, nachdem ich ihn vor den Mauern Naukratis' entladen hatte, in sein Höhlenversteck zurückgekehrt.

»Ich kann ihn jederzeit zu deinem neuen Standort steuern«, versicherte Rico erwartungsgemäß. »Brauchst du ihn, Gebieter?«

»Noch nicht. Ich melde mich, wenn ich ihn benötige.«

»Das gewünschte Bild ist in den Speichern. Sendung beginnt«, sagte der Robot nach einigen Atemzügen.

Aus großer Höhe betrachtet, gab es auf der vierten Insel, von Osten aus gezählt, einen auffälligen Mittelpunkt. Ich sah den dünnen Rauch, der aus einem Bergkrater aufstieg und nach Nordost abgetrieben wurde; nur ein dünner Schleier, der zufällig während der Aufnahme entstanden war. Mit einiger Fantasie interpretiert, bildeten sechs Inseln zwei nach Norden offene Bögen, einen großen rechts und einen kleineren links, die sich im Zentrum der vulkanischen Insel trafen. Die siebente Insel ragte unterhalb der letzten, westlichsten Insel aus dem Meer.

Starker Südostpassat wehte einen riesigen Schleier Wüstenstaub über die Inseln hinweg, der fast bis zur südlichen Hälfte des Doppelkontinents weit im Westen reichte.

»Zwei Bögen, zwei Wellen, zwei Täler«, sinnierte ich und erinnerte mich an einige Legenden der Barbaren, deren geschichtliche Wurzeln durchaus einer Wirklichkeit entsprachen. »Sollten diese verdammten Inseln tatsächlich etwas mit den Sieben Königreichen zu tun haben?«, fragte ich mich leise. Soweit ich die Einzelheiten im Holo erkennen konnte, waren die Inseln reich bewaldet, hügelig und bergig, und der stumpfe Kegel des Vulkanberges der alle Erhebungen aller Insel überragte, trug eine Schnee- oder Eiskappe. Ich sah viele Strände, aber noch mehr felsige Küsten, und bei günstigem Wind konnte ein rômetisches Meeresschiff, ein Rahsegler, schon am Abend die östlichste Insel erreichen, wenn es im Morgengrauen oder früher ablegte.

Wie beabsichtigst du vorzugehen, Arkonide?, fragte der Logiksektor halb spöttisch.

Ich zuckte mit den Schultern, warf einen letzten Blick auf die Bilder und schaltete alle Übermittlungsgeräte ab. Immehin wusste ich jetzt, wohin wir wollten. Wie – das war eine ganz andere Frage.

Ich aktivierte erneut die Verbindung zu Rico und begann mit ihm die Einzelheiten der nächsten Stunden und Tage zu besprechen und das notwendige Material abzurufen.

»Zuerst zur Straße nach Westen, an der Südgrenze Kyrenes«, sagte ich. »Deine Sonden haben entsprechende Informationen eingeholt ... «

Ich entdeckte nach einiger Zeit ein großes Besitztum, das sich nahe der Handelsstraße ausdehnte, unmittelbar am Rand der Wüste. Es gehörte einem Hellenen, der den Namen »Myron der Schmächtige« trug; vielleicht war er nur der Verwalter dieses Gebietes. Es musste mir gelingen, ihn zu überzeugen, also ließ Rico dort eine Sonde kreisen.

Ich ließ ihn Karten anfertigen, hörte seine Vorschläge, in dem der Gleiter eine große Rolle spielte, dachte über die einzelnen Schritte nach und entschied mich schließlich, den Berechnungen des Robots zu folgen. Auf Demetrion, Nachtmin und Resnet musste ich mich verlassen können, ebenso auf die Soldaten des Pharaos, unter denen sich Schilfflechter, Fischer und einige andere handwerklich erfahrene und absolut zuverlässige Männer befinden mussten.

Dann, nach einigen Stunden Arbeit, blieben nur noch meine persönlichen Angelegenheiten übrig. Sie schienen am leichtesten zu erledigen: Horus, Anub und Nubis, das Gespann, die umfangreiche Ausrüstung und die Menschen, die mir nahe standen.

Nach einem langen Abend, an dem ich mit Orsat, Nitetis und den Anführern möglichst viele Einzelheiten klären konnte, machten wir aus, uns in Men-nefer zu treffen; Pharao Ah'mes, den Orakelsprüchen gehorchend, würde uns mit seinen Befehlen nicht überraschen können.

Einige Stunden später rief ich Horus zu mir, dann beluden Takhnef und ich unbeobachtet den Gleiter und verließen die Oase. Aber nicht Men-nefer war mein Ziel ...

11
Die Pläne des Weißen Kriegers

Einige Tage nach unserer Rückkehr nach Men-nefer schickte der Pharao einen Boten, der mich ins Große Haus rief. Ich hatte ihn erwartet; meine Vorbereitungen der nächsten Schritte waren getroffen, Ricos Hilfe längst einbezogen. In ruhigem Trab lenkte ich das Gespann zum Palastbezirk und sah, dass abermals große Flächen aufgeweichten Landes aus der Flut aufgetaucht waren. An vielen Streifen entlang von Hügelflanken traten Rinder und Schafe Saatgut in den trocknenden Boden.

Im Morgenschatten eines Gartens hatten sich Psammetich, Nitetis, Orsat, die Anführer Demetrion, Nachtmin und Resnet versammelt, dazu mehrere Schreiber und Aufseher der Magazine, ebenso Ahmose-za-Neith, der »Vorsteher der Torwache«, und Wahibre, dem die Sicherheit der Grenzen oblag. Ich begrüßte die Versammelten höflich, aber mit der neu erlangten Selbstsicherheit des Weißen Kriegers. Selbst Ah'mes schien die Bedeutung der vom Orakel Auserwählten verstanden zu haben.

Als ich eintraf, beendete der Gottesherrscher die Folge seiner Anordnungen. Auf seinen Befehl würde ich zweihundertfünfzig Soldaten befehligen; auch der Tross bestand fast ausschließlich aus bewährten Bewaffneten. Anch-Resnet, Ka-Nachtmin und Demetrion waren hochzufrieden, dass der Weiße Krieger die Karawane leitete; sie grinsten, bevor sie die Versammlung verließen, um ihre besten Krieger auszusuchen.

Eine Szene, die ich miterlebte, berührte mich zutiefst: Nitetis erkannte nach einer kurzen Zeit Ka-Nachtmin, ging auf ihn zu, nahm sein verwittertes Gesicht in beide Hände und küsste ihn auf die Stirn.

»Dir verdanke ich, Anführer, dass ich lebe«, sagte sie mit einem Lächeln, dessen Herzlichkeit außer Zweifel stand. »Du hast mich als Erster hier im Per-Ao in den Armen gehalten, und du hast mehr getan, als du hättest tun müssen. Ich ehre dich, Väterchen Ka-Nachtmin.«

Nachtmins Gesicht hatte sich verfärbt. Er grinste und war sichtlich verlegen, aber dann breitete sich auch auf seinem Gesicht ein Strahlen aus; er verbarg seine Rührung ebenso wenig wie ich und andere Anwesende. Nitetis kehrte, als sei es das Selbstverständlichste, zu ihrem Platz zurück. Ah'mes grinste selbstzufrieden.

Nach einigen Atemzügen, während denen wir schwiegen, zeigte ich auf die drei Männer und sagte laut: »Sie wissen es schon – eine Handvoll Umherstreifender will erfahren haben, wo wir das Helle Volk finden. Aber der Herrscher im Großen Haus möge Geduld haben. Es kann ein Jahr oder länger dauern, bis wir wieder zurück sind.«

»Mein Ziehvater weiß es auch schon«, belehrte mich Nitetis. »Wir haben viele Stunden über alles geredet.«

Ich winkte den Anführern, setzte mich und ließ mir einen Becher kalten Suds bringen.

Die Goldene sprach mit kühler Entschlossenheit. Sie war im Begriff, ihre neue Bedeutung zu verinnerlichen. Jetzt berichtete uns der Schriftgelehrte, der die Niederschrift der priesterlichen Worte schwenkte, dass das Orakel auch die Sieben Königreiche betraf: sie waren dort »im Westen, gen Sonnenuntergang« zu finden, »wo das feste Land seine Grenze in jenes Wasser senkt, das bis zum Ende der Welt schäumt«.

Die Ratgeber des Herrschers, Orsat und Nitetis reden über Einzelheiten des Riesen-Wagnisses, und selbst Psammetich der Dritte zeigte sich erleichtert, dass ich ihm – wahrheitsgemäß – mehrere Male versicherte, die Gesundheit und das Leben seiner besten Krieger nicht in Gefahr bringen zu wollen.

Einige Stunden danach waren Nitetis und ich mit dem Herrscher allein. Nur zwei Schreiber und einige Dienerinnen – Sklavinnen? – hielten sich außer Hörweite auf.

Ich wandte mich an Ah'mes und fragte im Tonfall der fragilen Vertraulichkeit, die wir miteinander gefunden hatten: »Und nun, Starker Stier, Goldhorus, Gottesherrscher, habe ich nur eine große Frage. Von winzigen Fragen, die ich allein zu beantworten vermag, brauchen wir nicht zu reden.«

»Frage, o Atlantos. Vielleicht kann ich antworten.«

»Ich bezweifle es nicht«, sagte ich. »Also: Warum setzt du alles daran, das Helle Volk zu befreien und ihm in Königreichen, die erst noch zu finden sind, deine geliebte Ziehtochter als Herrscherin zu schenken? Ich vermag in allem keinen Vorteil für Tameri zu erkennen, oder gar für dich selbst.«

Er hob die Schultern, aber er schien die Antwort schon seit einiger Zeit zu kennen.

»Die Armut, in der ich aufgewachsen bin, war wie Sklaverei. Frei war ich erst als Truppenführer, und je mehr es mir danach gelang, die Beiden Lande zu einigen und stärker zu machen, desto mehr fiel ich in die Sklaverei zurück. Die Versklavung durch die Macht. Was ich tu, ordnet sich den Notwendigkeiten der Herrschaft unter. Selbst als Fremder weißt du, wie wir mit Sklaven umgehen.«

Daran war in den meisten Fällen nichts auszusetzen. Der geringe Verlust an Freiheit wurde dadurch ausgeglichen, dass sie meist bestens versorgt wurden und klar umrissene Rechte besaßen. Er redete, ein wenig heiser, weiter. Nitetis hörte erstaunt schweigend zu. Ah'mes winkte. Aus der Schar junger Dienerinnen am Zierteich löste sich eine Frau und kam näher, und als Ah'mes abermals winkte, blieb sie neben seinem rechten Knie stehen.

»Nun bin ich ein Greis. die Götter schenken mir scheinbar unverbrüchliche Gesundheit. Die Freiheit, die mir geblieben ist, nun ... ihr wisst es längst.«

Er legte den Arm um die Oberschenkel der Frau, seine Finger bewegten sich halb streichelnd, halb fordernd. In das Gesicht der Dienerin trat ein erwartungsvoller Ausdruck. Ah'mes sprach weiter, als ob der schöne Beweis seiner einzig verbliebenen Freiheit nicht anwesend wäre.

»Und weil ich, dessen Tage unter den Strahlen des Rê-Harachte bemessen sind, in Tameri diese Freiheit nicht mehr verteidigen muss, weil ich meiner geliebten Ziehtochter einen Thron verschaffen will, der nicht in Tameri steht, weil ich vielleicht vom Jubel des Hellen Volkes hören werde und viele Mahnmale der Vergeblichkeit menschlichen Planens und Ausführens kenne ... deswegen, Weißer Krieger.« Er trank gierig eine Silberschale Irep leer. »Ich kenne diese Menschen nicht, aber ich weiß, was sie fühlen. Also – kommt unversehrt zurück und berichtet mir vom neuen Volk in den Sieben Königreichen.«

Nitetis stand auf, war mit drei Schritten auf dem Podium und küsste Ah'mes auf die Stirn. Dann lief sie mit klatschenden Sandalen ins Halbdunkel des Palasts; es schien mir, als ob sie weinen würde.

Ich stand auf. Ich war zutiefst beeindruckt, verneigte mich tief und sagte: »Ich stehe zu den Versprechen, die ich gab. Aber ich befehle so, wie ich es für richtig halte – bisher war ich erfolgreich.«

Aus seinen dunklen, schwerlidrigen Augen schoss mir der Pharao einen langen Blick zu. Tiefer Ernst und ungebrochener Machtwille machten den Blick zu einer schwarzen Speerspitze, die sich in meinen Kopf bohren wollte.

»Mit Amûns Zustimmung und meinen Soldaten, der Klugheit ihrer Anführer und meiner Hoffnungen wirst du auch im fernen Asmach, im Westen, Erfolg haben. Geh jetzt, begleitet von Gebeten und allerlei Sehnsüchten eines alten Mannes.«

Ich verbeugte mich abermals tief und verließ den Schatten des Gartens, um aus dem Schatzhaus das Edelmetall zu holen, das dort nach dem Verkauf der Karten aufbewahrt worden war. Ah'mes hatte die lächelnde Frau auf seinen Schoß gezogen, und seine Hände wanderten dorthin, wo auch ich in seiner Lage meine Finger gehabt hätte.

Ich fand den Weg zu Tanet-chetas Palast und ließ die schöne Nubierin rufen. Month-Sechet hörte sich lächelnd meine Bitten an und versprach, sie gewissenhaft zu erfüllen. Zwischen Ah'mes und seiner Gemahlin hatte sich wenig zum Besseren geändert; immerhin redeten sie bisweilen miteinander, allerdings nicht über Anch-nes-nefer-ib-Ra, die verbannte Hohepriesterin. Vier Sklaven schleppten den kleinen Gold- und Silberschatz zu meinem Wagen, ich verließ den Palasthof mit klappernden Hufen und mahlenden Felgen und glaubte zu wissen, dass ich die Säulen, die bunten Mauern und die Taubenschwärme nicht wiedersehen würde.

Nur noch wenige Gegenstände, die mit meiner Anwesenheit zu tun hatten, befanden sich im Haus. Ein Teil meiner Ausrüstung, der schwerere und wertvollere oder besser: bedeutungsvollere, war im Gleiter verstaut, der andere im Wagenkorb befestigt. In den vergangenen Tagen hatten sich auf der Ladefläche seltsam anmutende Teile aus Binsengeflecht gestapelt, die Anch-Resnets Soldaten-Handwerker nach meinen Zeichnungen angefertigt hatten. Die Verhandlungen mit dem reichen Besitzer des Hauses waren zu meiner und seiner Zufriedenheit beendet, ein Krug voller Urkunden und ein kleinerer voller Kupferblättchen, Goldkörner und Silber warteten darauf, von Takhnef geöffnet zu werden.

Im Hapi, der bereits wieder, wenn auch schwache, Strömung aufwies, würden Psammetichs Schiffe Orsat, Nitetis und alle Soldaten samt Waffen, Eseln, Pferden und Ausrüstung zum westlichsten Mündungsarm bringen, wo sie etwa in der Höhe von Naukratis an Land gehen und auf mich warten würden. Wahrscheinlich war ich längst vor ihnen dort.

Der Abschied von Takhnef dehnte sich und war schmerzlich. Meine verletzliche Lotosblüte ahnte, dass es ein Abschied für immer war; sie weinte viel, und ihre Leidenschaft war von Verzweiflung getränkt. Ihr fiel nicht einmal auf, dass ich Horus aus der Luft geholt hatte und Nubis nicht Haus und Garten, sondern das Gespann bewachte.

»Du würdest deine Schönheit verlieren, dein liebenswertes Wesen und vielleicht auch dein Leben«, versuchte ich Takhnef zu trösten. »Das Warten wird dir keine Last sein; im Großen Haus erinnert man sich an dich. Du hast keinerlei Sorgen. Du lebst weiterhin im Haus, hast genügend Diener und wirst weder hungern noch in Lumpen herumlaufen müssen.«

»Wirst du wiederkommen? Oder bringt man dich zu Tode verwundet zurück? Oder musst du kämpfen und wirst dabei getötet?«

»Ich bin jede Nacht in deinen Träumen bei dir«, sagte ich und strich das nasse Haar aus ihrer Stirn. »Zwischen Narukeredj und dem Ende der Welt werde ich dich jeden Tag, jede Nacht schmerzlich vermissen.«

Was ich ihr sagte, klang selbst in meinen Ohren hohl und wenig überzeugend. Wäre sie eine Arkonidin oder so selbstbewusst, ehrgeizig und entschlossen wie Nitetis, würde mir der Abschied leicht fallen. Vielleicht brach Takhnefs Herz, bevor sie mich vergessen hatte. Ich fühlte mich wie ein Schurke, auch weil ich nicht ermessen konnte, wie tief ihre Empfindungen wirklich waren. Lotosblüten, die sich nachts schlossen, öffneten sich am Morgen zu neuem Duft und neuer Schönheit; ein anderer Mond, ein anderer Mann, vielleicht ein anderes Glück. Takhnef würde mich vergessen, so wie einige andere Frauen vor ihr.

»Uns bleiben noch vier oder fünf Nächte, Liebster«, sagte sie stockend und ein wenig bitter. »Wenn du gehst, wirst du wissen, was du zurücklässt.«

»Ich weiß es längst«, antwortete ich ehrlich, zog sie an mich und wischte die verlaufenden Koholstriche von ihren Lidern. »Jede Stunde, die uns bleibt, ist eine Kostbarkeit. Weine nicht.«

Ich trug sie im sinkenden Abend zu unserem Lager auf dem Dach und versuchte ohne viel Erfolg, ihr das Vergessen leichter zu machen, aber die Flüge ihrer Träume, die zur Wirklichkeit geworden waren, konnte sie ebenso wenig vergessen wie den Umstand, dass sie wieder in den Käfig zurückkehren musste – wenn auch mit offenem Türchen. Am letzten Tag, als sie mit dem letzten Schluck Wein einen Schlaftrunk geschluckt hatte, stahl ich mich lautlos fluchend davon. Aus Men-nefer und aus ihrem Leben.

In meinem Rücken stieg, von Rico ferngesteuert, der Gleiter auf und flog nach einem Abstecher nach Sardonien, zur Höhle der Sandaleninsel, mir voraus zu seinem alten Platz im Garten Naukratis', zwischen Mauer und Teich. Der Extrasinn schwieg, was mein schlechtes Gewissen nicht erträglicher machte.

Neunzehn Tage nach meiner Ankunft in Narukeredj stand ich neben Myron dem Schmächtigen auf einem der Hügel seines Besitzes. Über uns schaukelten reifende Früchte zwischen den Ästen alter Granatapfelbäume. Wir hielten Ausschau nach den Reitern der Vorhut; die Späher Demetrions waren bereits zurückgeritten, nachdem sie die Grenzen des Landguts erreicht hatten. Myron hatte mein erster Besuch – unser erster Besuch, denn Takhnef war bei mir gewesen – nach dem Orakel gegolten

Der »Schmächtige«, fast eine Handbreit größer als ich und in den Schultern eine Elle breiter, strähnte mit den Fingern seinen schwarzen, mit Grau durchsetzten Kinnbart und sagte beeindruckt: »Da sind sie. Gute Ordnung! Zweihundert von ihnen ... und das soll mein Landgut überstehen?«

»Es liegt bei dir, sie gut zu verpflegen und zu beschäftigen. Solltest du eine kleine Stadt bauen wollen – es sind viele Handwerker unter den Soldaten.«

Er lachte kehlig. Seine Stimme, ein unerschütterlicher Bass, kollerte tief aus seiner Kehle. »Man wird einen Weg finden.«

»Vielleicht bauen sie dir auch eine Straße«, antwortete ich. Der Weg, auf dem sich »meine« bewaffnete Karawane näherte, war so breit, dass Männer und Tiere zu zweit nebeneinander Platz fanden. Sie marschierten in guter Ordnung, vor den Fußsoldaten ritten Nitetis, Orsat und Demetrion. Wir sahen zwischen dem Staub das Blitzen von Waffen und die aufgetürmten Lasten auf den Eselsrücken. Myron nickte mir zu. Wir wandten uns um, stiegen auf die Pferde und ritten den Soldaten entgegen.

»Ist deine liebliche Rômet bei ihnen?«, sagte Myron auf halbem Weg. Ich lockerte den Zügel, spürte das raue Reitfell zwischen den Schenkeln und entgegnete:

»Nein. Ich habe sie verlassen – müssen. Wegen diesem Zug dort.«

»Bittere Sache, so etwas. Ist sie traurig – wegen der, sozusagen, Goldenen?«

»Sie ist traurig, weil ... sie nun allein davon träumen muss, was bis vor einigen Tagen Wirklichkeit war.«

Myrons Blick und sein Gesichtsausdruck zeigten nur halbes Verständnis. Auf den flachen Stück der Straße begannen wir zu galoppieren und hielten die Pferde vor Nitetis und Demetrion an. Hinter ihnen kam der lange Zug müder Männer zum Stehen. Myron, der bisher stets äußerste Gelassenheit verkörpert hatte, starrte Nitetis mit offenem Mund an.

Entweder wusste sie genau, wie sie Männer beeindrucken konnte – was ich voraussetzte –, oder sie hatte sich hervorragend vorbereitet. Sie trug ein halb offenes Lederwams, mit Bronzeschuppen besetzt, Bogen und Köcher auf den Schultern, ein bronzenes Sichelschwert und einen Schild an dem leichten Sattel, den Resnets Truppen-Handwerker geflochten hatten, und ihre Füße steckten in Stiefeln aus Stoff, Leder und Bronze. Der Lederhelm baumelte vor ihrem rechten Knie, zwei Dolche steckten in goldverzierten Lederhüllen an ihrem linken Unterarm. Sie wirkte wie eine Kriegerin aus einem Trunkenheitstraum. Ihr Lächeln war kaum wahrnehmbar, aber ihr Blick verriet ihr Erstaunen, als sie mich fragte: »Du bist schon hier? Schon lange? Und dieser Riese neben dir ... ein Wegekundiger?«

»Unser Gastgeber für lange Zeit, und nicht für jeden von uns.« Ich stellte Myron und Nitetis einander vor. »Er wird uns zeigen, wo wir unser erstes Lager aufschlagen.«

Auch Nitetis hatte keine Wahl: Sie unterstand meinem Befehl. Resnet und Nachtmin kamen herangeritten, grüßten und musterten den Riesen an meiner Seite. Nur sie beide und Demetrion waren in – nicht alle! – meine Pläne eingeweiht.

»Hinter diesem Hügel«, erklärte Myron, Sohn eines reichen Hellenen und einer Punierin aus einflussreicher Familie, größter Landbesitzer Kyrenes, »liegt ein großes, fruchtbares Tal. Es gehört mir. Dort werdet ihr lagern. Ich stelle reiches Essen, Wein und frisches Wasser, ihr alle, damit Nichtstun und Langeweile euch meiden, werdet Bäume fällen, eine Brücke bauen, einen Damm, ein paar Häuser und Schuppen errichten.

Ich will hier eine Karawanserei haben, mit viel Wasser und Platz für Kaufleute und Tiere. Keine schrundige Absteige, sondern ein sicheres Haus für das ganze Jahr. Für Wanderer, die gern und viel zahlen für Bequemlichkeit. Eure Anführer werden meine Männer ausbilden, und auf dem Rückweg von Atlantos' fernen Zielen werdet ihr euch in dem, was ihr geschaffen habt, gebührend ausruhen und erholen können.«

»Und ... unser Zug gen Sonnenuntergang? Endet er schon hier, o Weißer Krieger?«, sagte Nitetis in unüberhörbarem Spott.

Ich grinste und sah das gleiche Grinsen, nur verdeckter, in den Gesichtern der drei Anführer. Jetzt kam auch Orsat zur Spitze des ungeduldig wartenden Zuges und sah sich verständnislos um.

»Nein«, antwortete ich. »Eigentlich beginnt er hier. Aber warte es ab, o Goldene. Das Orakel hat mir jeden Schritt auf dem langen Weg gezeigt.«

»Mag sein.« Sie wirkte erleichtert, aber noch unsicher. Manchmal schien ihr Verhalten ebenso schwankend wie das Takhnefs. »Mir nicht.«

»Weiter, Freunde!«, dröhnte Myron, der sich wieder gefangen hatte. »Folgt mir, alle, ins Tal der Gastfreundschaft.«

Wir wandten die Pferde und ritten voraus. Ich war sicher, in Myron den richtigen Partner für mein Unterfangen gefunden zu haben. Es hatte mich, nach der Suche der Spionsonde und der subtileren Ausspähung durch Horus, einen Großteil des Silbers und einige Überredungskunst gekostet, Myron von diesem Teil des Planes zu überzeugen. Den Ausschlag hatte mein Geschenk gegeben: der in Teilen mitgeführte Wagen, ohne Pferde. Myron selbst ritt einen schwer gebauten, hochbeinigen Braunen, einen unruhigen Hengst.

Nach einer Stunde erreichten wir die Stelle, an der ein schmales Rinnsal in ein grünes, weites Tal mündete. Wenn irgendwann, irgendwo am Oberlauf des Flüsschens Regen fiel, überschwemmte es das Tal. Myron und ich schwenkten auf einem kaum erkennbaren Pfad, folgten dem Flussbett und führten den Zug zum rechten, flacheren Ufer.

Myron hielt seinen Braunen neben meinem Zelt und nahe des getarnten Gleiters an und brüllte: »Hier sollt ihr lagern! Stellt eure Behausungen nicht zu nahe am Ufer auf, das überflutet werden kann. Manchmal wagen sich Nomaden aus dem Inneren des Landes hierher, also stellt Wachen auf. In zwei Stunden lasse ich Essen und Wein bringen, frisches Brot und Öl und alles. Die Tiere könnt ihr frei weiden lassen. Atlantos kennt meinen Landsitz und die Umgebung – fragt ihn.« Er zeigte flussabwärts und stieß ein polterndes Gelächter aus. »Dort, bei den Palmen, findet ihr das gute Wasser, also scheißt erst dahinter in den Fluss!«

Horus zog seine Kreise über dem Tal. Nubis und Anub bewachten meine Habe. Unsichtbar wartete der Gleiter hinter einem Wall aus Bäumen, deren Fällung Myron mir erlaubt hatte; mit dem Spurstrahl meiner Hochenergiewaffe hatte ich sie umgelegt und die Stämme in passende Stücke zerschnitten. Einen Tag lang hatte ich das Tal untersucht und kannte jeden Winkel, konnte zwischen Fruchtbäumen und Nutzholz unterscheiden. Myron winkte mir, riss sein Pferd herum und galoppierte davon. Ich sah eine Stunde lang zu, wie die Soldaten abluden und das Lager einrichteten,

Schwemmholz zusammentrugen und zerhackten, die Ziegenbälge und Krüge auffüllten und Pfähle für zukünftige Unterkünfte in den Boden schlugen.

Dann ging ich ins Zelt, schloss die Bahnen und legte mich für ein paar Stunden zum Schlafen. An den letzten Traum erinnerte ich mich: Wieder nahm ich Abschied von Takhnef, dem weichen Schatten der Tage und Licht mancher Nächte, und flüchtete vor ihren Tränen.

Auf einem meiner einsamen Flüge, nachdem ich Men-nefer verlassen hatte, landete ich den Gleiter auf einer weit vorspringenden Klippe der Kargen Küste und erwartete zwei Stunden lang den Sonnenaufgang. Horus hockte auf einer Strebe der Kabinenabdeckung. Das Meer, über dem sich wirre, schwarze Wolkengebilde türmten und nach Süden wanderten, zeigte Windfelder und Wellen mit Schaumkronen, die allmählich ihre nächtliche Farbe in strahlendes Weiß änderten. Hinter der zerfetzten Wolkenflut rötete sich der Himmel. Die Windfelder änderten ihre Form und Größe, und wieder einmal vollzog sich auf schnelle Weise der Wechsel der Bilder, Bedeutungen und Lebensumstände.

Als sei es ein Beispiel für die aktive Hälfte meiner unverschuldeten Verbannung auf dieser Welt. Kein Planetarier, mit dem ich befreundet gewesen war, lebte noch. Männer und Frauen waren stets nur Begleiter für kurze Zeit. Scheinbar mächtige oder besser machtvolle Kulturen blieben nur Episoden. Meine Versuche, mit Ricos Hilfe winzige Teile der Welt zu verändern und die Menschen in ebenso winzigen Schritten auf den Weg zu den Sternen zu führen, blieben fragwürdig. Für Ah'mes, Nitetis, Orsat, die drei ehrlichen, tüchtigen Anführer, für Takhnef und Korinna blieben auch ich und ein Stückchen Leben an meiner Seite nur Episoden. Ich war der Fremde auf der dritten Welt von Larsafs Stern.

Meine Überlegungen stellten keinen Rechtfertigungsversuch dar. Das Schicksal war unaufhaltsam wie die Drehung des Planeten. Weder die Goldene noch der Weiße Krieger würden Entscheidendes daran ändern können. Ich blieb der Fremde unter Millionen Eingeborenen. Freiheit und neues Land für tausend Menschen? Ein Achselzucken der Natur, die sich hier in ihrer grenzenlosen Schönheit zeigte, konnte sie ohne Spuren auslöschen.

Aber diese Überlegungen im Morgengrauen hielten mich nicht davon ab zu tun, was mir möglich war; mit der Entschlossenheit und den technischen Möglichkeiten des Kristallprinzen.

Anscheinend zufrieden sagte der Extrasinn: *Das bist du deinem Gewissen und deiner Ausbildung schuldig, Arkonide!*

»Wie schaffe ich uns diesen Schriftgelehrten vom Hals, Atlantos?«, fragte mich knurrig Anführer Demetrion. »Er gebärdet sich im Lager, als würde er alles besser wissen und können. Dabei ist er höflich, spricht mit leiser Stimme, will sich beliebt machen. Meine Männer wollten ihn schon verprügeln.«

Ich gab ihm ein Glasröhrchen und antwortete: »Schütt' ihm das unbemerkt in den Wein. Dann schläft er einen Tag und eine Nacht. Und ... es ist besser, wenn er heute Nacht tief schläft.«

»Einverstanden. Wann?«

»Vor dem Morgengrauen. Hier. Wie abgesprochen.«

Am zweiten Abend nach unserer Ankunft gab es bereits ein provisorisches Lager. Die Männer saßen an den Feuern oder erkundeten das Tal, redeten über ihre zukünftige Arbeit und darüber, dass der Vorstoß ins Unbekannte bisher so wenig beschwerlich gewesen war. Als Orsat und die meisten anderen Männer schliefen, führten Ka-Nachtmin und Demetrion fünfundzwanzig ausgesuchte Soldaten zu meinem Zelt und weiter zu der Lichtung, auf der sich ein seltsames Gebilde niedergelassen hatte

Der Gleiter, neben dem Rico stand, einen Hund am Knie, war durch die Schilfgeflecht-Anbauten der Ladefläche und einige furchterregende Bemalung zu einer Art Vogel Phoinix oder Drache umgestaltet worden. Gleichzeitig bot er Platz für sechsundzwanzig Männer mit knapper Ausrüstung, die allerdings dicht gedrängt auf der Ladefläche und in der Kabine Platz fanden. Einige künstliche Fackeln erhellten die Lichtung. Nach dem ersten Erstaunen verteilte Demetrion seine Soldaten. Sie musterten Rico nicht weniger aufgeregt als das Fluggerät, aber ich konnte darauf verzichten, den Psychostrahler einzusetzen.

»Du hast ihnen berichtet, was am Ende des Flugs auf sie wartet?«, wandte ich mich leise an Demetrion.

Er nickte. »Sie wissen nicht alles, denn den Rest erfahren sie an Ort und Stelle.«

»Mit dem nächsten Flug kommt Proviant und alles andere«, versicherte ich. »Und weitere zwei Dutzend Krieger. Dieses Mal jene, die Resnet ausgesucht hat.«

»Ich komme zurück und berichte«, sagte Ka-Nachtmin. Auch er war mit Waffen, Trinkschlauch und zwei Decken ausgerüstet. »Und wann kommst du?«

»Wenn ihr mich braucht. Mit dem dritten oder vierten Flug«, antwortete ich. »Verlasst euch auf Riancoros; bei ihm seid ihr sicher.«

Rico stand unbewegt da, nur seine Augenlinsen schimmerten eisig blau. Als sich alle Soldaten auf und in das Gefährt gezwängt hatten, was nicht ohne Gedränge vor sich ging, setzte sich Rico an die Steuerung und aktivierte das Schutzfeld. Leise summend, schwer beladen, hob sich der Gleiter und schwebte schräg aufwärts. Einige Atemzüge danach war er in der Dunkelheit verschwunden. Ich löschte die auffallenden Kunstlichter und ging zu meinem Zelt. Nubis folgte mir; Anub lag zu Demetrions Füßen in der Gleiterkabine.

Im Zelt klappte ich die Truhe auf, wartete auf das Tageslicht und die Bilder Ricos oder der Spionsonde, testete erfolgreich die Verbindung zu meinem Roboter und streckte mich auf meinem Lager aus.

Wir hatten lange geplant, Pläne entwickelt oder verworfen, Strecken, Entfernungen und Zeiten so genau wie möglich berechnet und uns schließlich – mit hoher Wahrscheinlichkeit des Erfolgs – für ein riskantes Vorgehen entschlossen.

Rico hatte den Transmitter in der Höhle der Sandaleninsel benutzt, eine zweite sichere Verbindung aufgebaut und war mit umfangreicher neuer Ausrüstung von mir mit dem Gleiter abgeholt worden. Unser erster gemeinsamer Flug führte nach Tingis, einer Gründung der Punier von Qart Hadasht, das einen Ozean-Hafen besaß. Da »Neustadt« die Meeresenge, »die Säulen des Melqart« beherrschte und kontrollierte, trafen wir dort nur deren Schiffe an. Aber ich fand Boshmun, einen mutigen Kapitän mit Geldsorgen, befreite ihn von dieser Misslichkeit, und er versprach, mit der KÜSTENSCHWALBE und zwei weiteren Schiffen, für die er noch sorgen würde, zu jenem Strand zu segeln, den ich ihm auf meiner Karte bezeichnet hatte.

Die Unsicherheit, ob Schiff und Mannschaft diesen Meereskurs überlebten, musste ich in Kauf nehmen.

Der zweite Flug endete in Kyrene und dort an der südlichen und westlichen Grenze der hellenischen Kolonie. Ich hatte es nicht schwer, den reichsten Grundbesitzer zu finden: Myron der Schmächtige ging nach langem Feilschen auf mein Angebot ein. Und so kam es, dass sich jetzt die erste Gruppe Soldaten auf dem Flug zum Hellen Volk befand.

Noch eine andere Erinnerung trug ich mit mir: Argos der Pferdeschinder in Narukeredj, von dem ich die Pferde gekauft hatte, nahm meine Rappen in Obhut, verlangte zu viel Gold dafür und ließ sich herunterhandeln. Ich bestimmte, dass die Zugpferde Korinna gehören sollten, wenn ich nicht mehr zurückkam. Ich wanderte langsam zu meiner Wohnung zurück.

Diesmal nahm ich mir die Muße, die Stadt genau zu betrachten und, wenn ich etwas nicht kannte oder verstand, Fragen zu stellen. Der Tempel war von Händlern aus Miletos erbaut und allen hellenischen Göttern geweiht worden, das Versammlungshaus an der Agora errichteten Kaufleute aus Mytilene. Athener, Spartaner, Thessalier, Rhodier, Kreter, Kyprer, viele Bewohner von Städten an der ionischen Küste, Phoiniker aus Tyros, Sidon und Qart Hadasht, dunkle Kushiten und helle Rômet ... die Stadt war ebenso ein Gewimmel von Menschen wie ein Stilgemenge verschiedener Bauformen und Lebensarten.

In meinem Garten musste ich noch meinen Wagen in Einzelteile zerlegen und diese auf die Ladefläche des getarnten Gleiters wuchten.

Korinna hatte Anub freudig bellen und mich im Garten arbeiten gehört und kam die Treppe herunter. Auch dieses Bild ruhiger Schönheit würde zu meinen tiefen Erinnerungen gehören. Sie trug keines der Geschenke aus Men-nefer, sondern ein knielanges Kleidungsstück, das die Hellenen *Chiton* und die Punier *kitun* nannten; ich wusste, dass die Verzierungen an den Säumen von ihr selbst stammten.

»Seit der gutaussehende und stürmische Netjerimaat mit deinem schönen Gespann bei mir war«, sagte sie, ohne zu lächeln, »hab' ich gedacht, du kämst nicht mehr, Atlantos.«

Ich breitete die Arme aus und ging auf sie zu. »Er brachte den Wagen und die Pferde unbeschädigt zurück, Korinna, und du hast seinen kurzen Besuch hoffentlich auch ohne Ärger überstanden.«

Korinna umarmte mich kurz und mit schmerzlicher Herzlichkeit, zog sich aus der Umarmung zurück und sagte vorwurfsvoll: »Anub, dein Hund, hat ihn schwanzwedelnd begrüßt. Zweimal hab ich den Jungen abgewiesen; als ich ihm den Nachtdolch zeigte, hat er's verstanden.«

Wir betraten die Wohnung. Korinna erzählte mir, dass sie sich einige Tage, nachdem ich nach Men-nefer aufgebrochen war, zu langweilen begonnen hatte. Zunächst brachte sie die Wohnung in tadellosen Zustand, dann besann sie sich darauf, was sie konnte, bevor sie zur Witwe wurde, und kaufte ein: farbige Fäden und Garne, feinen Silber- und Golddraht, Nadeln, Holzstäbe und einige einfache Kleidungsstücke. Ich sah, in Rahmen eingespannt, sechs Chitone in den Zimmern herumstehen, an deren Säumen Korinna arbeitete.

»Die Gewänder sind so geschnitten wie alle anderen«, erklärte Korinna mit unverhohlenem Stolz. »Aber aus ausgesuchten Stoffen. Du siehst, dass ich die Ärmel, den Halsausschnitt und den Kniesaum verziere.«

Handbreite Stickerei aus farbigen Mustern, unterschiedlichen Motive und Stilen, in denen ich silberne und goldene Verzierungen sah, schmückten, meist noch unvollständig, die Kleidungsstücke. Korinna war fleißig gewesen und trug zwei Chitone aus meinem Schlafraum hinaus, an dessen Einrichtung sie nicht verändert hatte. Die Wandbilder schienen mich bunt und freudig zu begrüßen. Das weiße Gewand, das sanft fließend ihren Körper umgab, war fertig bestickt; prachtvoll und wahrscheinlich ihr erstes Muster. Sie wirkte gelöst und schien herausfordernd in die Zukunft zu schauen.

»Ich hab' sie alle schon verkauft, dreimal so teuer.« Sie lachte. »Bleibst du jetzt hier in deiner Wohnung, Atlantos?«

Sie sagte nicht »bei mir«, und ich hielt dies für ein weiteres gutes Zeichen ihrer Unabhängigkeit.

»Nur einige Tage«, antwortete ich. »Aber es gibt viel zu erzählen.«

»Hier in Naukratis ist es wie immer, wenn die Überschwemmung zurückgeht. Tausende Arbeiter fangen zu schuften an. Wir haben viele Vorräte – soll ich uns etwas zu Essen bereiten?«

»Damit und mit gutem Irep«, sagte ich, »würdest du mir und meinem leeren Magen einen oder mehrere Gefallen antun.«

Ich holte einen Teil meiner Ausrüstung aus dem Gleiter, breitete sie im Arbeitszimmer aus und überlegte, ob ich während der nächsten zehn Stunden mit Rico reden oder ihn kontrollieren musste; alles war geplant, und er würde mich rufen, wenn er neue Befehle brauchte.

In jedem Teil Tameris, in dem ich mich bisher aufgehalten hatte, waren die Hitze und die Hapiüberschwemmung allgegenwärtig gewesen und hatten, wie seit endlos langer Zeit, das Leben der Rômet und aller bestimmt, die in den Beiden Landen wohnten. In den Häusern herrschte angenehme Kühle, der Sternenhimmel leuchtete prachtvoll, und ausnahmslos alle Menschen schienen arbeitsam zu sein. Beim Essen, das Korinna geschickt und liebevoll bereitet hatte, berichteten wir uns gegenseitig die wenigen Neuigkeiten aus Narukeredj und die gewichtigeren Vorkommnisse aus Men-nefer. Ich redete auch über das Helle Volk, die Goldene und den Weißen Krieger, und Korinna schien zu ahnen, dass damit meine weiten Reisen zu tun hatten.

Es wäre erstaunlich, sagte ich mir, wenn sich die Erregtheit und die darauf folgende Vertrautheit der ersten Tage wiederholen würden. Korinna und ich schliefen in dieser Nacht allein und ungestört, tief und lange, und ich sagte mir, dass ich wohl keinen tränenreichen Abschied vor mir hatte. Am späten Morgen zog der Duft frischen Suds durch das Haus, und ich hörte den Boten des Händlers, der uns frisches Brot brachte.

Ich blieb drei Tage und drei Nächte. Ich sah durch die Optiken der Sonde, dass Kapitän Boshmuns KÜSTENSCHWALBE mit zwei anderen Schiffen den Hafen verließ und wie sich der Zug meiner Soldaten den Ländereien Myrons des Schmächtigen näherte. Am Abend, beim gemeinsamen Essen, musste ich Korinna sagen, dass ich sie wieder für ungewiss lange Zeit verlassen würde.

Sie hob eines der schweren Gläser und sagte bemerkenswert abgeklärt: »Also werden wir, mein rätselhafter Geliebter Atlan, für lange Zeit unsere letzte Liebesnacht verbringen. Jeder Atemzug, jeder Tropfen Schweiß und Erguss werden sich in die Erinnerungen einätzen. Wenn du wiederkommst, glaube ich, wird sich vieles geändert haben.«

»So soll es sein«, antwortete ich und begegnete dem unergründlichen Blick ihrer sorgfältig geschminkten Augen. Das Land dahinter, aus Felsen, Blumen und Wolken, würde niemand außer ihr je betreten.

»Klare Willensentscheidung und Einsamkeit, Verzicht und Schmerz – es sind Teile der Freiheit, die wir nicht verlieren dürfen. Die Nacht verspricht schmerzhaft einzigartig zu werden.«

Sie nickte lächelnd und trank; uns war bewusst, dass wir uns vielleicht niemals wiedersehen würden. Nach vielen Stunden erschöpfender Leidenschaft badete ich lendenlahm mit pochendem Zellaktivator im Teich, räumte mein Arbeitszimmer leer und betrachtete lange die schlafende Korinna, die von der Erschöpfung statuenhaft dahingestreckt war, ehe ich den Gleiter startete und die Frau, meine Wohnung und Narukeredj verließ. Zum letzten Mal? Ich wusste es nicht.

12
Im Reich eines kleinen Königs

Die Optiken der Spionsonde, Ricos Sehlinsen, die Mikrofone des Horusfalken und Ka-Nachtmins Schilderungen ergaben zusammen ein klares Bild der Ereignisse. Mit roboterhafter Zuverlässigkeit hatte »Riancoros aus den Höhlen des Hephaistos' im Berg Ida auf Keftiu« den schwer beladenen Gleiter gesteuert.

Als die Dunkelheit wich, erkannten die Soldaten, dass sie über einer Landschaft dahinrasten, deren Einzelheiten sie zwar erkannten, die ihnen aber aus dieser Sicht unfassbar fremd blieb. Die vielen Gesichter der Wüste, die langen Morgenschatten und die Dünen und Geröllflächen verloren ihre Schrecken, als Demetrion und Ka-Nachtmin riefen, die lahmen Krieger sollten sich bei den Göttern bedanken, dass sie nicht durch diese wasserlosen Einöden wandern mussten.

Der fliegende Drache änderte den Kurs, als er das Flussbett erreichte und über die Felsbarriere hinwegglitt. Die Berge, die das Tal begrenzten, schienen nicht sonderlich hoch zu sein, aber Riancoros klärte die Männer darüber auf, dass sie so gut wie unüberwindlich waren, und dass weder Säuglinge noch Frauen und Kinder oder Greise an jenen steilen, schroffen Stellen aus dem Tal fliehen konnten.

Die Höhlen und die Türme waren zu sehen. Ricos Stimme übertönte das erstaunte Gemurmel.

»Ihr sollt jetzt nach unten sehen und euch Wege, Hügel und Hindernisse einprägen. Der höchste Turm, geradeaus, den niedrige Türme und Häuser umgeben, ist die Königsburg. Wir, die Soldaten des Pharaos, nisten uns in dem halb zerfallenen Turm ein, den ihr links seht, zwischen den Bäumen auf dem Hügel.«

Demetrion hob den Arm und fuhr fort: »Die Bewohner des Turms, zu dem noch einige Häuser und Scheunen gehören, werden sich nicht wehren. Weil sie sich nicht bewegen können. Wir müssen den Turm halten, bis das zweite Vierteilhundert unserer Männer hier sind. Riancoros wird uns einige neue Waffen zeigen.«

»Wann sind die anderen bei uns?«

»In der kommenden Nacht. Noch vor dem Morgen«, antwortete Rico.

»Wasser und Essen haben wir bei uns«, erklärte der Anführer. »Weiteren Proviant finden wir sicherlich im Turm. Macht euch bereit – es wird keine Gegenwehr geben, und wir müssen so leise sein, dass uns niemand bemerkt.«

Das Götterboot flog in geringer Höhe einige Kreise über dem bewohnten Teil des Tales. Die Männer sahen die ersten Angehörigen des Hellen Volkes, die zur Arbeit auf dem Feldern und Äckern aufbrachen, sahen die bewaffneten Männer des noch unbekannten, für uns namenlosen Königs ausschwärmen und tauschten untereinander ihre Befürchtungen aus. Die Erregung wuchs, als Rico die letzten Kreise um die Hügelkuppe zog und sich mehr und mehr dem Boden näherte. Noch war der Gleiter unsichtbar, aber dieser Umstand bedeutete den Soldaten nichts.

Ein leises, fauchendes Geräusch ertönte während der nächsten Umkreisung. Aus den Kronen der Bäume fielen dunkle Klumpen; Vögel, die ihr Bewusstsein verloren hatten. Dann steuerte Rico zwischen zwei Baumreihen hindurch auf den Turm zu. Durch diese Lücke, in der ein breiter Sandstreifen verlief, war ungehinderte Sicht auf die große Königsburg auf dem nächsten Hügel möglich. Am Fuß des maroden Turms, zwischen heruntergebrochenen Quadern und Steinbrocken, bog der Gleiter ab und landete mit knirschendem Kiel.

Noch während sich der Deflektorschirm auflöste, sprangen die Männer aus der Kabine und von der Ladefläche und folgten Demetrion. Sie duckten sich hinter die Schilde und hielten die Sichelschwerter schlagbereit. Leise Kommandos ertönten. Ka-Nachtmin, ebenso bewaffnet wie alle Soldaten, ließ sich mehr Zeit und folgte dem schlanken Hund Atlantos' und den anderen Eindringlingen.

Überall lagen besinnungslose Männer und einige Frauen zwischen Vögeln und kleinen Tieren. Demetrion brauchte keine Befehle zu geben; seine Truppe handelte mit langer Übung. Die kampfgewohnten Männer sammelten die Waffen der Turmbesatzung ein, fesselten die Bewegungslosen und schleppten sie in ein Haus, das sich neben dem Turm duckte, und eine zweite Gruppe drang in den Turm ein.

Halbdunkel, das nach Rauch und faulendem Holz stank, empfing die Eindringlinge. Bisher hatte Demetrion ein Dutzend Besinnungslose gezählt. An der Spitze von sieben, acht Mann, gefolgt von Ka-Nachtmin, rannte er einmal im Zickzack um den Fuß des Turms, der einen Durchmesser von gut dreißig Ellen haben mochte.

»Keine Gefahr mehr!«, brüllte Demetrion. Sein Trupp hatte drei reglose Verteidiger gefunden, vier Weißhaarige, einige Ziegen und nur andere Kleintiere, viele Vögel und heruntergefressenes Gras zwischen Mauersteinen, die vor langer Zeit aus der Turmkrone herausgebrochen und heruntergefallen waren. Die Anlage schien weniger eine befestigte Verteidigungseinrichtung als ein Bauernhof zu sein, in dem bewaffnete Männer Dienst taten und die Sklaven des Hellen Volks beaufsichtigten. Die weißhaarigen, hellhäutigen Männer wurden nicht gefesselt; man legte sie vorsichtig in den Schatten.

Als Ka-Nachtmin, in der Helligkeit blinzelnd, den Turm verließ, traf er auf Riancoros, der den Turm in entgegengesetzter Richtung umrundet hatte.

»Zum Götterboot, Nachtmin«, sagte der breitschultrige Rôme im Schuppenpanzer ruhig. »Wir müssen zurück.«

»Ihr Götter!«, rief Nachtmin. »Sie haben alle die Besinnung verloren! Hast du eine Krankheit mitgebracht?«

»Deine Götter waren mit uns«, antwortete Riancoros, nahm Nachtmin am Arm und zog ihn zum Götterboot. »Und dein Freund Atlantos wartet auf uns. Du musst berichten.«

»Ich hab' alles gesehen, glaube ich.« Nachtmin schwang sich in den Sitz neben Riancoros und zog die Tür zu. »Ich versteh' jetzt, welchen Plan Atlantos hat.«

»Da wärst du der Erste, der ihn versteht.« Riancoros startete lachend das Boot und ließ es am Ende der Baumreihen in die Höhe steigen. Im Sonnenlicht erkannte der Rôme nur einen milchigen Schimmer, der das seltsame Gefährt umgab. Das Götterboot raste über die selbe Landschaft zurück, über die es hergeflogen war, und Nachtmin konnte nur noch verwaschene helle Gestalten zwischen den Hütetieren und auf den Feldern erkennen. Dann schoss das Gefährt schattenlos über den Wall aus aufgetürmten Riesensteinen nach Osten.

Immerhin, dachte Ka-Nachtmin, *haben Riancoros und Atlantos den Männern einen beschwerlichen Marsch erspart, der viele verlustreiche Tage und Nächte lang geworden wäre.* Der zweite Flug brachte abermals mehr als zwei Dutzend Krieger zum Turm, und bei diesen Kriegern würde Ka-Nachtmin dabei sein. Und – er würde fliegen, nicht marschieren!

Ein weiteres Problem dieses Vorhabens, einer kleinen Völkerwanderung, hatte ich von Anfang an nicht unterschätzt: die Sprache. Es wurde nicht viel geredet zwischen den Sklavenhaltern und den Angehörigen des Hellen Volks, aber die Sonden und jetzt der Falke fingen viele kurze, meist wenig zusammenhängende Sprachfetzen auf, aus denen Rico und ich nach bewährten Mustern ein hoffentlich brauchbares Verfahren entwickelt hatten. Dank meines fotografischen Gedächtnisses lernte ich schnell und stellte fest, dass die fremde Sprache so fremd nicht war – sie enthielt rômetische, punische und hellenische Einsprengsel, und ein Sprach-»Schatz« von ungefähr fünfhundert Begriffen reichte zur Verständigung aus, die mehr als notdürftig sein sollte.

Während des ersten Flugs hatte Rico die Sprachelemente und den Modus ihrer Anwendung als Hypnoschulung unausgesetzt abgestrahlt; Demetrions Krieger, die viel Erfahrung mit Libu-Nomaden und Tjehenu hatten, würden sich rasch mit den Bewohnern des Tales verständigen können.

Noch überlegte ich, ob ich die zweite Gruppe begleiten sollte. Noch und immer wieder störte mich das Verhalten des Schriftgelehrten. Im Gegensatz zu selbst der Goldenen half er niemandem mit seinem Wissen, und bei den Arbeiten der Soldaten rührte er keine Hand. Die Soldaten, die ihr Lager errichtet und eingerichtet hatten, fingen damit an, am Ende des Tals einen Damm zu bauen, auf dem ein breiter Weg aus dem Inneren von Myrons Besitz in die Umgebung führen sollte. Orsat tat, als habe er die Prophezeiung nicht gefunden, sondern *er*funden, und trank zu viel. Sein Erfolg war ihm wohl in den Kopf gestiegen. Ich würde ihn mir schon wieder zurechtstutzen.

Bisher hatte er noch nicht herausgefunden, auf welche Weise ich den Befehl des Pharao ausführte. In der Abgeschlossenheit meines Zelts redete ich mit Rico, ließ den Robothund durch das gesamte Tal stromern und die sogenannte Königsburg ausspähen und sah und hörte zu, wie sich die erste Gruppe im zerfallenen Turm einrichtete und Anführer

Demetrion mit den insgesamt sechs jungen Männern des Hellen Volks redete; sie waren besinnungslos im Turm und in dessen Umgebung aufgelesen worden. Inzwischen – es war um die Mittagszeit – begannen sich Vögel und Kleintiere von ihrem »Rausch« zu erholen und torkelten oder krochen unter dem Gelächter der Soldaten umher und versteckten sich im Schatten.

»Nitetis! Goldene!«, sagte ich zu mir. »Ist es sinnvoll, wenn du schon jetzt mitten zwischen deinen ahnungslosen Untertanen, den zukünftigen Bewohnern der Sieben Königreiche, auftauchst?«

Es ist klüger und risikoärmer, wenn du noch wartest!, beschied mich der Logiksektor.

Nun denn. Also noch nicht. Ich verließ das Zelt und ging zu Anch-Resnet, um ihn mit Ratschlägen zu langweilen, die er nicht brauchte.

Axtschläge und die Geräusche der Sägen hallten durch das Tal. Der Damm erhielt einen Kern aus einer Art Palisadenreihe und angehäufter großer Steine. Wir hatten genügend Holz für die Lagerfeuer und zum Warmhalten der Speisen, die uns Myron pünktlich schickte. Ein Trupp meiner Krieger und Bogenschützen bildete die Wachposten des Gutsbesitzers auf die harte, »pharaonische« Art aus. Im Lager herrschten Ruhe und Entspannung; fünfundzwanzig Soldaten freuten sich auf den bevorstehenden Einsatz in den fernen Türmen des Herrschers, den wir als »kleinen König« bezeichneten. Sie redeten von goldener Beute und willigen Frauen, die sich jubelnd den Siegern hingeben würden.

Myron und seine Gattin ritten auf stämmigen Apfelschimmeln ins Lager und ließen sich von mir erklären, wie die Pferde eingeschirrt und gelenkt werden mussten. Die Frau des Gutsherren, kaum kleiner als er und eine fleischige, braunhaarige Schönheit mit großen dunklen Augen, mächtigen Brüsten und ausladenden Hüften, erkannte schnell, welches Pferd rechts eingeschirrt und als Leittier behandelt werden musste. Unter dem Gewicht der beiden schnitten die Felgen tief in den Sand, als sie mit Peitschenknallen und anfeuernden Rufen aus dem Lager galoppierten. Meine Soldaten johlten vor Begeisterung.

Und ich hatte zwei neue Freunde.

Bis zum frühen Abend schien in der Umgebung des kleinen Königs niemand unseren Überfall bemerkt zu haben. Auch der kreisende Falke und der umherstreifende fremde Hund riefen keine Aufmerksamkeit hervor. Insgesamt elf Gefangene, darunter drei ältere Frauen, waren in einem der Häuser neben der Turmruine eingesperrt. Die Frauen – so viel konnte ich gerade noch erkennen – schienen Mischlinge zu sein; ihre Haut und ihr Haar waren heller als das der Bergbewohner, die ich einem Stamm der Maersyler zuordnete.

Bei Anbruch der Nacht signalisierte Rico, dass der Gleiter im Landeanflug war. Ich ließ Anch-Resnet rufen, ordnete an, dass er die Männer seines Trupps hinter meinem Zelt versammeln sollte, und aktivierte die künstlichen Fackeln am Rand der Lichtung.

Während Rico mir einen kurzen Bericht gab, den Ka-Nachtmin ergänzte, überwachte Anch-Resnet das Beladen des Gleiters und beruhigte seine Männer, die sich in die schmalen Sitze zwängten. Ka-Nachtmin schlang einen Imbiss herunter, verabschiedete sich von mir und stieg ein. Nach einem Aufenthalt, der kürzer als eine Stunde war, verschwand der Gleiter wieder in der Finsternis.

Noch bevor ich am Morgen Nitetis aufsuchen konnte, kam sie zu meinem Zelt und rief meinen Namen. Ich schlug die Leinwand des Vorzelts zurück, begrüßte die junge Frau und deutete auf einen fellbedeckten Scherenstuhl. Ihr Gesicht und ihre Gesten drückten Ratlosigkeit, aber auch die Entschlossenheit aus, diese Unsicherheit zu beenden.

»Wir müssen miteinander reden, o Feldherr des Goldhorus«, sagte sie und nickte dankend, als ich aus dem Zeltinneren zwei Becher heißen, mit Wein veredelten Sud holte. Ihre Blicke wollten mich durchbohren, sie redete mit erzwungener Schärfe. »Es mehren sich die Seltsamkeiten dieses Feldzugs, die ich nicht zu verstehen vermag.«

»Darüber werden wir reden«, stimmte ich zu. »In einer Stunde wäre ich deswegen zu dir gekommen.«

»Um dir einen Rat zu holen?«, sagte sie, ohne zu lächeln.

»Um dir Verwunderung, Rätselraten und Enttäuschung zu ersparen. Du wunderst dich darüber, dass ungefähr zweihundert Männer hier im Tal für Myron den Schmächtigen arbeiten?«

Sie nickte und blies auf den Sud im Tonbecher. Ich deutete auf den entstehenden Damm und das Lager der Soldaten.

»Hier ohne Hast und Zwang zu arbeiten, ist förderlicher als ein Wüstenmarsch oder langsames Vordringen durch Länder, in denen wir uns jeden Tagesmarsch mit den Waffen erkämpfen müssen.«

»Das ist sicherlich richtig. Aber wie sollen wir, wenn wir hier rasten, das Helle Volk finden?« Sie holte tief Luft und starrte mich verwirrt an. »Zweihundert Männer ... wo sind die anderen fünfzig? Ich hab' versucht, sie zu zählen, aber ...«

»Dort, wo wir, du und ich, morgen oder übermorgen sein werden«, antwortete ich unbewegten Gesichts. »Beim Hellen Volk und beim kleinen König, der es gefangen hält.«

Sie zuckte zusammen, ließ beinahe den Becher fallen, konnte sich gerade noch beherrschen und beugte sich vor. Ihre weiße Haarflut schwang nach vorn und verhüllte halb ihr Gesicht. Ihre Stimme schwankte, sie stöhnte ungläubig:

»Das Helle Volk ... du weißt, wo es lebt? Seit wann? Wie habt ihr es gefunden, Orsat und du?«

»Orsat hat viel geredet und nichts gesagt, hat auf Binsenmarkblättern gesucht und nichts außer Worten gefunden. Ich, meine Helfer, meine Aufspürer und Spione, meine Zuträger und jene, die Gerüchte deuten können, haben das Tal deines Volkes gefunden«, sagte ich und wartete auf den Ausdruck ihrer Bereitwilligkeit, mir zu glauben. Durch meine plötzliche Offenheit zwang ich sie, ihre Entscheidungen schnell zu treffen, denn alles, was sie erfuhr, war völlig neu und erschreckend.

»Also hast du das Volk, das mein Volk werden soll, allein gefunden, Atlantos«, stellte sie fest. Ihre Gedanken schienen sich zu überschlagen. »Wo leben die Hellen Menschen? Wie lange müssen wir marschieren?«

»Es dauert eine Nacht oder länger als eineinhalb Monde. Zwei Monde, glaube ich, wenn wir rennen und nicht kämpfen müssen.«

»Eine Nacht? Du sprichst in Rätseln.«

Sie blickte zu Boden, trank scheinbar gedankenlos vom erkaltenden Sud und schüttelte den Kopf. Eine Nacht? Zwei Monde? Und da waren noch so viele Fragen zu beantworten ... von mir. Ich wartete auf die nächste Frage.

»Wie groß ist mein Volk?« Sie hatte sich also mit ihrem bislang fragwürdigen Herrscherinnentum abgefunden.

»Es ist schwer, sie jetzt schon zu zählen«, antwortete ich bereitwillig. »Es werden weniger als eintausend sein.«

»Wie leben sie dort?«

Ich schilderte ihr kurz, was ich wusste. Es brauchte offensichtlich keiner ihrer zukünftigen Untertanen zu hungern, und gegen die abgeschnittenen weißen Haarsträhnen tauschten sie wenig Silber und Gold ein und nützliche Gegenstände, die sie schwerlich als Waffen gebrauchen konnten.

»Hast du mit ihnen über die Prophezeiung geredet?«, erkundigte sie sich plötzlich.

»Nein. Das ist Aufgabe der Goldenen.«

»Aber ich weiß nichts!« Sie sprang auf. Ihre dichte Mähne, die im Sonnenlicht aufleuchtete, wehte über ihren Rücken. »Ich weiß gar nichts, Atlantos!«

»Du wirst bald mit meinen Kriegern dem König gegenüberstehen, der dein Volk versklavt hält. Die Männer Demetrions bereiten die Sklaven auf deine Ankunft vor. Es ist nicht leicht, denn wir lernen gerade eine einfache, gemeinsame Sprache. Auch du musst diese Sprache lernen, aber mit meiner Hilfe schaffst du es schnell.«

»Wirst du, der Weiße Krieger, mir helfen?«

»Das Orakel hat mich dazu bestimmt«, log ich. »Ich stehe an deiner Seite. In voller Bewaffnung oder unsichtbar, als guter Dämon. Aber ich werde die Prophezeiung und das Orakel nur auf meine Weise erfüllen oder bestätigen – oder etwas ganz anderes tun.«

Sie nickte, als habe sie nichts anderes erwartet. Wieder bewunderte ich ihre schnelle Entschlusskraft; schließlich war ihre Erfahrung diejenige einer allzu jungen Frau, die ihre Bildung und Erziehung in einem Palast der Barbaren genossen hatte. Im bronzebesetzten Lederwams, mit den Dolchen und dem breiten Schwertgurt wirkte sie auf mich wie eine legendenhafte Kriegerin aus dem eisigen Norden des Planeten – sofern dort solche Halbgöttinnen lebten.

»Und auch Orsat wird bei uns sein«, stellte sie fest. »Er zählt nicht zu deinen guten Freunden, so wie die Anführer?«

»Sie haben sich bewährt, als Freunde und Anführer.«

»Nicht so der Schriftgelehrte?«

»Nicht nur ich habe ihn genau beobachtet«, antwortete ich ausweichend. »Orsat hat jeden dazu gedrängt, diese vielen Soldaten und uns nach Westen zu schicken. Was hat er davon, wenn wir dein Volk zu neuen Königreichen führen? Was verspricht er sich davon? Auch ist er nicht durch Arbeitswut und das Erteilen guter Ratschläge aufgefallen. Will er vielleicht eines der Königreiche regieren?«

Sie zuckte mit den Schultern. In ihrem Gesicht stritten Wut und Wehmut miteinander. Bisher schien sie Orsats Wichtigkeit größer eingeschätzt zu haben. Wieder eine neue Einsicht! Ich befürchtete eine andere, weit bedeutungsvollere Störung: Er war, gelehrt und scharfäugig, am ehesten in der Lage, einen Teil meiner technischen Hilfsmittel zumindest im Ansatz zu durchschauen und meine Soldaten durch unangebrachtes Gezeter zu verunsichern.

»Was willst du tun, Atlantos? Was kann ich tun?«

»Sorge dafür, dass er von meinen Vorbereitungen nichts erfährt und nichts sieht. Ein paar Tropfen Schlaftrunk in seinen Wein – er wird schlafen, wenn wir auf dem Weg zum Hellen Volk sind.«

»Wann willst du aufbrechen?«

»Heute Nacht. Die Stunde kenne ich noch nicht. Die Bogenschützen und Demetrions Nomadenjäger sind längst bei den Geldhaarigen. Suche du zwanzig deiner besten Fußkämpfer aus. Bring sie mit ihrer Ausrüstung und genug Proviant nachts hierher. Ich sage dir, wann.«

Ihre Finger, die den Becher hielten, zitterten nicht. Sie beherrschte sich meisterhaft. Je länger ich mit ihr zu tun hatte, desto größer wurde meine Überzeugung, dass sie ihrer Aufgabe gewachsen war. Überdies blieb ihre frauliche Schönheit trotz der Nähe erhalten; in einem halben Jahrzehnt würde sie eine faszinierende Frau sein. Sie warf einen Blick auf den Hund.

»Ich schickte dir Nubis als Boten«, versprach ich. »Wähle deine Männer aus und trage Sorge, dass uns Orsat nicht stört.«

Nitetis lächelte flüchtig, wandte sich um und ging mit weiten Schritten den Pfad abwärts. Ich sah ihr nach; sie war ein überaus erfreulicher Anblick. Ebenso erfreulich wie Takhnef und Korinna.

Im Zelt aktivierte ich die Verbindung zu Rico, betrachtete einige Atemzüge lang neue Bilder und sagte dann: »Einen Bericht, Rico. Einen Überblick.«

Die Antwort kam augenblicklich.

»Nachdem es gelungen war, uns mit den Hellhaarigen der Turmruine mühsam zu verständigen, haben alle unsere Krieger den Turm geräumt und in zwei Höhlensystemen der Canarii – so nennen sich die Angehörigen des Hellen Volks – gute Verstecke gefunden. Die Anführer warten auf Atlantos und die Goldene.

Unsere ersten Gefangenen, Wachen des Königs, haben völlig verwirrt ihre Erlebnisse berichtet. Es fällt ihren Kameraden schwer, ihnen zu glauben, da es keine Spuren gibt. Aber bisher sind wir nicht entdeckt worden; die Canarii schützen uns.

Inzwischen sind junge Canarii unterwegs, von Höhle zu Höhle, und berichten den anderen, was wir ihnen aufgetragen haben: Die Goldene, für die der Weiße Krieger kämpft, wird sie befreien und zu den Sieben Königreichen führen. Der Weiße Krieger wird König Aferafer zwingen, das Helle Volk freizugeben.

Ich bin auf dem Rückflug und werde drei Stunden nach Dämmerungsende landen. Mühsam genug haben wir eine zusätzliche Neuigkeit erfahren, Gebieter: König Aferafer verfügt über ungefähr hundertzwanzig mehr oder weniger gut ausgebildete Soldaten oder Krieger. Davon sind vier bis fünf Dutzend beritten, nicht mehr. Rund ein Drittel der Bewaffneten sperrt das Tal vor der Felsenbarriere und am oberen Ende; sie sind also nicht in der Königsburg. Angeblich ist das Helle Volk mit einem Fluch belegt, sagt Aferafer. Alle Soldaten, wahrscheinlich nur wenige Söldner unter ihnen, sind rücksichtslos und gute Kämpfer, sagen die Canarii. Wir dürfen uns also nicht darauf verlassen, dass die waffenlosen Wehrhaften des Hellen Volks uns eine große Hilfe sein werden. Mein Rat: Bereite Nitetis auf ihren großen Auftritt vor.«

»Das habe ich während des Fluges vor«, antwortete ich. »Eine zusätzliche Bewährungsprobe für die junge Frau.«

»Und denke darüber nach, wie du unsere arkonidischen Hilfsmittel einsetzen kannst. Du wirst wahrscheinlich dazu gezwungen werden.«

»Verstanden, zuverlässigster Robot von allen«, sagte ich grimmig. »Ich warte auf dich.«

Ich schaltete bis auf mein Armbandgerät die Verbindungen mit Rico ab und widmete mich wieder den Karten, die das Königreich Aferafers zeigten. *Der kleine König Aferafer!* Noch hatte zwar das eigentliche Abenteuer nicht begonnen, aber bisher war kein Blut vergossen worden.

Zwischen den »Gardisten« der Goldenen stapelten sich die Schilde, deren Flächen strahlend weiß bemalt glänzten. Orsat schnarchte auf einigen Decken und Mänteln. Nitetis saß neben Rico, der den Gleiter mit neunzig Prozent der Höchstgeschwindigkeit nach Westen steuerte. Die Krieger hatten ihre anfängliche Verwunderung und die kürzeren Augenblicke des Schreckens, als sich das Gefährt erhob und Fahrt aufnahm, überwunden. Die Goldene würde erst dann erschrecken, wenn sie in der Dämmerung und später im Sonnenlicht die dahinrasende Landschaft unter sich sah. Jetzt starrte sie, beide Hände an Haltegriffe gekrampft, auf die Instrumente vor Rico. In meinem Rücken arbeitete das Hypno-Sprachprogramm.

»Du hast selbstverständlich Verbindung zu Ka-Nachtmin, Anch-Resnet und Demetrion, Rico?«

»Sie warten auf unser Signal«, gab er zurück. Nitetis schwieg, ihre Finger zitterten noch immer. Ich legte ihr die Hand auf die Schulter und fühlte die Anspannung, die ihren gesamten Körper ergriffen hatte.

»Nicht alles, was du nicht kennst, Schepset Nitetis«, versuchte ich sie zu beruhigen, »ist wunderbares Dämonenwerk oder ein Wunder aus der Werkstatt der Götter ... «

Ich erzählte der »Edelfrau« unglaubwürdige, aber überzeugende Geschichten aus Alashia/Kypros und von späten Nachfahren des göttergleichen Feinschmieds Daidaloos von Keftiu/Kreta, die derlei Maschinen und andere Nützlichkeiten erfunden hatten, und langsam löste sich ihre Verkrampfung. Einmal lachte sie sogar. Während des zweiten Teils des nächtlichen Flugs besprach ich mit Rico und ihr, so genau es unter den unsicheren Umständen möglich war, den Plan unseres ersten und entscheidenden Auftritts in der Königsburg Aferafers.

Als der Gleiter ungefähr eine Stunde nach Sonnenaufgang beim alten Turm landete, erwarteten uns die drei Anführer und sämtliche Krieger des Ah'mes. Horus drehte seine Kreise und übermittelte mir, dass meine Männer noch nicht entdeckt worden waren. Abwartend, vielleicht verängstigt, verbargen sich die Canarii in ihren Höhlen. Nur einige junge Männer, vielleicht zwei Dutzend, hatten sich mit Holzknüppeln ausgerüstet und fieberten förmlich den Ereignissen der folgenden Stunden entgegen.

Die Bogenschützen hatten die Köcher geöffnet und sahen sich unruhig um; erst als ich den Deflektorschirm des Fluggeräts desaktivierte, erkannten sie Nitetis und mich und umringten uns. Orsat hörte zu schnarchen auf und bewegte sich unruhig. Wir begrüßten die Anführer, ich hob

Nitetis auf den Bug des Gleiters und schwang mich neben sie. Zwei weiße Schilde lehnten an der offenen Tür, von Nubis bewacht.

»Hört alle zu! Ganz genau!«, rief ich. »Auch die jungen Canarii. In Dreierreihen marschieren wir jetzt zur Königsburg. Nitetis und ich an der Spitze, dann die Männer der drei Anführer. Man wird uns sehen, wenn wir zwischen den letzten Bäumen dort hervorkommen. Nitetis und ich sind geschützt, eure Anführer hören unsere Befehle. Drückt die kleinen roten Knöpfe, Demetrion und die anderen beiden.«

Jetzt ergriff Rico das Wort. Auch er war heute wie ein edler rômetischer Krieger ausstaffiert. Ich trug den Panzer mit den beiden sich aufbäumenden Löwen als Zierrat und am linken Unterarm den Sehnenschutz mit verborgenen Kommunikationseinrichtungen; scheinbar aus Leder, polierter Bronze und wenigen goldenen Verzierungen gefertigt.

»Nach kurzer Verwirrung wird man uns angreifen«, sagte der Robot. »Wenn wir an einer Stelle sind, an der die Männer von Aferafer im Vorteil sind – Schilde hoch, Pfeile auf den Sehnen, Wachsamkeit wie im Kampf. Achtet auf eure Rücken, achtet auf den Freund, der neben euch steht! Überlasst das Reden dem Atlantos und der Goldenen. Die beiden Hunde sind schnell wie Leoparden und haben den Mut von Löwinnen; ihr Gebiss ist tödlich.«

Er lachte kurz. »Jetzt nicht gegen die Schilde hämmern. Das kommt später. Nichts wird uns aufhalten, bis wir vor Aferafer stehen, in seinem schrundigen Thronsaal, der ärmlicher sein soll, sagen sie, als jede Fischerhütte am Hapi. Aber immerhin aus Steinen gemauert wie der Turm hinter mir.«

Die Krieger entspannten sich ein wenig, einige lachten, andere lehnten sich auf ihre Schilde. Rico hob die Hand und zeigte auf den Sandstreifen zwischen den Bäumen.

»Bei Sachmets Wut! Alle Götter sind mit uns! Wartet, bis die Goldene und der Weiße Krieger bei euch sind – sie führen uns an!«

Ich hatte Nitetis einen Projektor umgehängt und die Stärke sowie den Radius des Abwehrfeldes eingestellt. Sie wusste, welche Teile des Zierrats sie drücken musste. Ich half ihr vom Gleiter herunter, und als sie sich auf mich stützte, wurde eine flüchtige Umarmung daraus. Wir gingen aufmunternd lächelnd und grinsend durch die Reihen der Krieger, hoben unsere Schilde und fassten das Ziel, die Türme und Gebäude des dunklen »Palasts« ins Auge. Wenige Atemzüge später, nach einem Dutzend Schritte, waren Anub und Nubis neben uns, mit eingeschalteten Kombistrahlern und Körper-Schutzschirmen.

Wir verließen den Schatten der Baumreihen. Hinter uns formierten sich die Krieger zu Dreierreihen. Von den Sichelschwertern, dem Goldschmuck mancher Helme, den Lanzenspitzen und der goldgleichen Bronze der Panzerwamse flirrten und blitzten Sonnenfunken. Kurze Zeit darauf wurde aus den Tritten von fast achtzig Kriegern eine Art dumpfer Gleichschritt; nicht einwandfrei, aber durchaus beeindruckend. Hinter uns drängten sich die Canarii, und als ich mich einmal umdrehte, sah ich Orsat, der uns hinterherhastete.

Bis zum Tor der steinernen Burg, einem schmucklosen Bogen aus Feldsteinen und wenigen Quadern, waren es jetzt noch zweihundertfünfzig Schritte. Auf dem niedrigsten Turm tauchten Helme, Speerspitzen und die Oberkörper einzelner Wachen auf. Unbeirrbar schritten, dröhnten und rasselten wir weiter.

13
Der Weiße Krieger und die Goldene

Ich hatte vier Helfer: die Hunde, Horus und Rico. Rechts und links des Sandpfades senkten sich die Hügelflanken. Von dort aus konnten wir nicht angegriffen werden; wir sahen auch keinen möglichen Verteidiger. Zweihundert Schritte. Vor uns bevölkerten sich die Mauern und die Türme. Mehr Gardisten waren hinter den Brüstungen zu sehen, hinter dem Tor und an anderen Stellen hasteten Bewaffnete hin und her. Einige Hörner gaben krächzende Warnrufe von sich, die das Stimmengewirr hinter den Mauern übertönten. Ich nickte Nitetis zu; sie aktivierte ihren Körperschutzschirm, änderte aber das Maß ihrer entschlossenen Schritte nicht.

Nach einigen Dutzend weiterer Schritte ertönten vom Hauptturm aus zwischen den Hornsignalen wirre Kommandoschreie. Einige Verteidiger holten aus und schleuderten kurze Speere in unsere Richtung. Die Geschosse bohrten sich ungefährlich weit vor uns in den Sand und blieben mit wippenden Schäften stecken.

Der Weg senkte sich auf einen grasbewachsenen Damm hinunter, der die beiden Hügel miteinander verband. Rico senkte seinen weißen Schild und deutete zum Turm hinauf. Die Geräusche der Lähmstrahl-Projektoren in seinen Fingern gingen im Lärm vom Turm und dem Dröhnen und Knirschen unserer Schritte unter. Einige Gestalten hinter den niedrigen Brüstungen brachen zusammen und gerieten aus unserem Blickfeld.

»Kein freundlicher Empfang, Heerführer«, bemerkte Nitetis mit staunenswürdiger Ruhe. Ich nickte und warf ihr über den Schildrand einen Blick zu. »Was hast du erwartet? Blütenblätter und Harfenklang?«

Sie zuckte die Achseln. Der Damm führte wieder aufwärts zum größeren Hügel, auf dem zwischen Bäumen und Buschwerk der Burgturm hervorwuchs. Weder die Hunde noch Horus sandten warnende Signale. Aber einige Atemzüge später hörten wir Wiehern und Hufgetrappel. Die Bogenschützen traten rechts und links aus den Reihen der Marschierenden und setzten Pfeile auf die Sehnen. Geschrei und Hufgeräusche wurden lauter, und kurz darauf bogen rechts und links der Burg, am Fuß des Hügels, zwei Gruppen Reiter hervor und schwenkten ihre Wurfspeere. Jede Gruppe bestand aus etwa zwei Dutzend Berittener, denen man ansah, dass sie unvorbereitet gewesen waren, als sie sich auf die Pferderücken schwangen.

»Anub! Nubis!«, sagte ich scharf, aber leise. »Abwehrfeld! Die Reiter aufhalten!«

Die Hunde sprangen auseinander und waren mit wenigen Sprüngen am Hang des Hügels. Erste, schlecht gezielte Speere flogen durch die Luft. Die Flanken der Hunde bebten, als die Projektoren zu arbeiten anfingen. Noch während die Reiter johlend und schreiend näher kamen, schossen unsere Bogenschützen. Sie hatten auf die Pferde gezielt und trafen gut; die Tiere bäumten sich auf, stolperten, stiegen in die Höhe und brachen seitlich aus. Die Reiter wurden abgeworfen, die Tiere in der vordersten Reihe prallten mit wirbelnden Hufen im vollen Galopp gegen die unsichtbare Wand des Schirms.

Wir gingen weiter, scheinbar unangreifbar.

In das wiehernde, fluchende, von Schmerzensschreien durchzuckte Durcheinander aus zerbrochenen Speeren und auskeilenden Pferden galoppierten die meisten Nachfolgenden hinein. Keiner der Reiter dachte noch daran, uns anzugreifen. Mit weiteren Pfeilschüssen vertrieben die Bogenschützen die Wächter von den Türmen und Mauerkronen. Das Lärmen aus der Umgebung der Burgtürme schwoll an. Noch hundert Meter bis zum Torbogen.

»Unsere Tapferen sind auf alles vorbereitet«, sagte ich, nachdem ich mich mit einem schnellen Rundblick von unserer drohenden Marschordnung überzeugt hatte. »Innerhalb der Burg wird es unübersichtlich werden, Nitetis.«

Ihr Schild ruckte eine Handbreit höher. Sie nickte, ihre Augen sprühten blaue Blitze. »Wir haben sie völlig überrascht, nicht wahr?«

»Das war meine Absicht«, antwortete ich und hob den Arm. Wir hatten den Torbogen erreicht. Ich winkte Demetrion und Anch-Resnet, deutete nach rechts und links. Krieger und Bogenschützen rannten an Nitetis und mir vorbei und schwärmten in einem ringförmigen Hof fächerförmig zwischen den Gebäuden aus. Schrille Schreie hallten von den Mauern wider, in das Heulen der Pfeile und der Hiebe, der Schleudersteine und der Wurflanzen, die gegen die Schilde krachten, drang das siegreiche Geschrei der nachrückenden Fußkämpfer, die Ka-Nachtmin befehligte. Ein Teil meiner Krieger rannte zum Fuß des Hügels hinunter, um die Reiter zu entwaffnen und den Pferden zu helfen, nötigenfalls durch einen erlösenden Kehlschnitt.

Nitetis und ich hatten den Hof halb durchquert und sahen uns dem Eingang zum Hauptturm gegenüber, einem Dach aus Binsen und Stroh, das von dicken Holzsäulen gestützt wurde. Ich fragte mich, einem aufblitzenden Gedanken folgend, woher diese dicken Balken stammten – weit und breit hatte ich keinen Baumstamm mit einem solchen Durchmesser gesehen.

Ich tastete die Oberfläche meines Armbands ab und drückte einen Schalter. Binnen weniger Augenblicke waren Anub und Nubis wieder bei uns und sicherten in alle Richtungen. Ich sagte ruhig: »Hinein!«

Demetrions und Anch-Resnets Krieger folgten uns fast vollzählig. Ringsherum erscholl der wüste Lärm vieler Einzelkämpfe. Einige Rôme, die sich anscheinend dem Kommando Orsats unterstellt hatten, versperrten mit erhobenen Schilden und gefällten Lanzen den Eingang der Außenmauer. Er schien aber nicht der einzige der Burganlage zu sein. Langsam, aber mit den entschlossenen Schritten der Eroberer betraten wir das dämmerige Innere des Turms. Wir blieben am Rand eines kreisrunden Raums stehen, den zwei Säulen stützten. Sie trugen in zehn Mannsgrößen Höhe ein Gewirr schwarzer Balken, von denen die Decke gehalten wurde und zwischen denen sich Fensteröffnungen befanden. Aus der Wand aus Steinen unterschiedlicher Färbung ragten metallene Fäuste und Hände. Sie hielten Fackeln und Ölschalen. Nur die Hälfte der Lichter brannten, mit langen Rußfäden. Nach einigem Blinzeln hatten sich unsere Augen an das vage Licht gewöhnt.

Ein alter Mann mit kurzem grauen Haar, wahrscheinlich war es der König Aferafer, saß in einem geschnitzten Stuhl, der auf einem vier Stufen hohen Podium stand. Stufen führten auch zu Sitzbänken oder Rängen, die sich an den übrigen Wänden herumschwangen, und auf denen vielleicht hundert Bewaffnete standen. Vier Öffnungen zwischen den Rängen waren durch hölzerne, metallbeschlagene Türen verschlossen. Wir blickten in überraschte, wütende und hasserfüllte Gesichter angriffsbereiter Männer.

Der König hob eine Hand und fragte mit lauter, knarrender Stimme: »Wer seid ihr? Was wollt ihr?«

Ich flüsterte Nitetis zu: »Deine Rede, Schepset Goldene!«

Nitetis trat drei Schritte vor und antwortete mit heller, klarer Stimme: Ich bin Nitetis, die Goldene der Prophezeiung. Dies ist der Weiße Krieger Atlantos. Wir sind gekommen, um die Sklaverei des Hellen Volks zu beenden.«

»Und die anderen?«

»Atlantos aus dem fernen Alashia ist der Befehlshaber der Krieger, die der Gottesherrscher in Tameri ausgeschickt hat, um mir, seiner Tochter, die Herrschaft über die Canarii zu sichern.« Sie wollte die Hand auf meine Schulter legen, brach die Geste aber ab, als sie gegen den Schutzschirm stieß. »Es gibt verschiedene Wege, eine Sklaverei zu beenden – ich habe den kurzen Weg gewählt.«

Weder der König noch einer seiner Männer schien sich vorstellen zu können, dass mehr als ein halbes Hundert fremder Krieger sich unbemerkt der Königsburg genähert hatten. Der Kampflärm von draußen hatte aufgehört, meine Männer bildeten hinter Nitetis und mir einen dichten Halbkreis. Unter den Bewaffneten auf den Stufen breitete sich deutliche Unruhe aus.

Ich sagte laut: »Warum hältst du, kleiner König Aferafer, das Helle Volk der Canarii seit so langer Zeit in Sklaverei?«

»Seit alten Zeiten liegt ein Fluch auf den Hellhaarigen, Ich muss sie von meinen Untertanen fernhalten.«

Wir hatten weitaus weniger dunkelhäutige, schwarzhaarige Menschen in der Nähe der Türme gesehen als Angehörige der Canarii.

Der König, ein alter, hagerer Mann mit langem, altersweißem Haar und einem schmalen Goldreif um die Stirn, hockte zusammengesackt in den Fellen und Kissen seines Thronsitzes. Ich wandte, als ich ein undeutliches Geräusch hörte, den Kopf. Nahezu gleichzeitig schleuderten vier oder mehr Verteidiger ihre Kurzspeere auf uns. Sie schienen auf mich und Nitetis gezielt zu haben. Die Geschosse prallten von unseren Schilden, den Schilden der umstehenden Krieger und von den Schutzschirmen ab. Mitten im Klirren und Klappern der Speere hörten wir einige dicht aufeinanderfolgende Laute; die Schläge der Bogensehnen gegen die Stulpen der Unterarmschutzleder, das kurze, summende Heulen der Pfeile und, nach den gurgelnden Todesschreien oder fast gleichzeitig mit ihnen, den Fall einiger Körper.

Erst der zweite Blick zeigte mir genau, was geschehen war. Die Männer des Königs hatten ohne erkennbaren Befehl ihres Herrn gehandelt.

»Nun liegt ein Fluch auf dir, Aferafer«, begann Nitetis anklagend, mit vorwurfsvoll schneidender Stimme.

Ich beendete den Satz. »Du hast den Tod deiner eigenen Leute verschuldet. Bisher hab' ich Rücksicht auf dein Alter und deinen ärmlichen Königsturm genommen. Jetzt werden wir handeln wie Sieger, denen Erbarmen fremd ist! Legt die Waffen nieder! Anführer – sorgt dafür, dass sie gehorchen.«

Der König hatte sich halb aus dem Sitz erhoben und fiel ächzend zurück. Er hob beide Hände und rief: »Es war der Großvater von meinem Vater, Atlantos, der das Volk geraubt hat. Niemand weiß, wo sie zuvor gelebt haben! Keiner kann sagen, wie sie hierher gekommen sind. Sie waren immer Sklaven!«

»Jetzt nicht mehr«, sagte Nitetis. Meine Männer fingen damit an, die Waffen der Burgwachen einzusammeln. »Atlantos hat sie befreit, und ich spreche für sie. Und der Fluch hat deine Untertanen nicht davon abgehalten, sich mit den Canarii zu paaren. Sind auch die Mischlinge verflucht?«

»Auch sie unterliegen dem Fluch.«

Die wenigen Canarii, die hinter den Kriegern standen, begannen zu lachen und zu johlen. Während die Wachen des Königs ihre toten und schwer Verletzten wegschleppten, hatte sich Nitetis vor dem Thron aufgebaut und betrachtete den

König, als sei sie eine Göttin und er nur ein erbärmlicher Sterblicher. Jedes ihrer Worte schien den König und seine Getreuen zu treffen wie ein Peitschenhieb oder ein Schleuderstein.

Ich betrachtete im schwachen Licht des Turminneren den König. Aferafer, ein mittelgroßer, sehniger Mann von vielleicht sechzig Jahren, strahlte wenig Würde, aber eine gewisse Listigkeit aus. Er trug kaum Schmuck; einige Ringe und, zusätzlich zum Stirnreif, schmale goldene Bänder an Handgelenken und Oberarmen. Unter dichten grauen Brauen zuckten seine kleinen schwarzen Augen aufgeregt hin und her. Wohin er blickte, sah er fremde Krieger und zwei große Hunde, deren leuchtende Augen den runden Raum durchforschten.

Nitetis schüttelte ihr Haar aus, fuhr mit beiden Händen durch die dichten Strähnen und begann wieder zu sprechen. Orsat drängte sich durch die Krieger, die noch immer unseren Rücken schützten. Er hob die Rolle, die das Binsenmarkblatt der Prophezeiung enthielt.

Nitetis fuhr fort: »Die göttliche Prophezeiung hat uns, der Goldenen und dem Weißen Krieger, die zukünftigen Sieben Königreiche offenbart. Dorthin werde ich, die Canarii führen, aus deinem abgeschlossenen Tal hinaus in die Freiheit, begleitet von den mutigen Kämpfern des Weißen Kriegers.«

Jedermann in diesem mehr als einfachen Thronsaal, der einen Durchmesser von kaum mehr als siebzig Ellen hatte, hörte und verstand die Worte. Ob die Folgen dieser Erklärung in ihrer vollen Bedeutung verstanden worden waren, würden erst die nächsten Stunde und Tage zeigen können.

»Demetrion«, rief ich. »Lass die Türen dort und dort öffnen!«

»Ich höre und gehorche«, erwiderte er ehrfürchtig, so, als erhalte er einen Befehl von einem Gott.

Nitetis sagte dem König, welche Wendung das Schicksal der Canarii nehmen würde. Ich ging langsam zu einer der schweren Türen, die von Demetrions Männern geöffnet wurden, und holte den Ohrlautsprecher aus dem Gürtelfach. Ins Mikrofon des Armbands sagte ich: »Horus! Bericht abgeben!«

Der Sprachschatz des Robotfalken war nicht groß, genügte aber den Anforderungen. Er berichtete, dass kaum ein Canarii außerhalb der Wohnhöhlen arbeitete und dass in den einsehbaren Innenhöfen deutliche Unruhe herrschte. Einzelne Hellhaarige schienen als Boten zwischen den Höhlen unterwegs zu sein.

Im nahen Umkreis der anderen Türmen hasteten und schlichen die Maersyler, also die Eingeborenen dieses abgelegenen Tales, zwischen den Burgwächtern umher. Sie schienen noch nicht zu wissen, was in der Königsburg geschehen war.

Aber nicht alle Reiter hatten uns angegriffen. Einige Anführer schienen die Vorkommnisse richtig gedeutet zu haben und hatten reitende Boten zu den Grenzwächtern geschickt. Inzwischen, sagte ich mir, berieten die Wächter, was erfolgreicher schien: Weiterhin die Flucht der Sklaven zu verhindern oder in den Kampf einzugreifen. Es würde Stunden dauern, bis die Grenzwächter hier eingetroffen waren, und selbst wenn sie kamen, würden sie keine Bedrohung mehr darstellen.

Demetrions Männer hatten die Tür zu einem Gebäude geöffnet, das ich bei mir als »Ratshalle« bezeichnete. Ich winkte zwei Canarii herbei, einen älteren Mann und einen jüngeren. Beide sahen kräftig aus und schienen aufgeweckt genug, um mir helfen zu können.

»Wie heißt du?«, sagte ich zum Älteren.

»Beranuya, Herr Atlantos.«

Der andere sagte ungefragt: »Ich bin Guayaram, Herr. Was sollen wir tun?«

Ich wies auf die »Ratshalle«. »Mir sagen, ob dieses Haus einen anderen Eingang hat als diesen hier. Seht nach, geht zu Demetrion und zeigt es ihm. Sagt ihm, er soll dann die Wachen einsperren und beide Eingänge bewachen.«

»Wir tun alles, was du willst, Herr.«

Ich wandte mich um. Orsat stand neben Nitetis und zeigte dem König das auffallende Dokument. Aferafer stierte darauf und schien keinen Buchstaben zu kennen und die Bedeutung nicht zu begreifen. Meine Krieger trieben die entwaffneten Wachen in das Nebengebäude und schlossen hinter ihnen die Tür. Vier Schwertträger stellten sich davor. Wir waren mit dem König allein. Ich fragte mich, ob er Berater oder Vertraute hatte; wenn es so war, zogen sie es vor, sich nicht zu zeigen.

Nitetis folgte mir, als ich den düsteren Thronsaal verließ und im Burghof stehen blieb.

»Mit fünfundsiebzig Kriegern haben wir die Königsburg erobert«, sagte ich abwägend. Demetrion und Ka-Nachtmin, von einigen Bewaffneten begleitet, näherten sich uns. »Bei den nächsten Schritten dürfen wir uns keine Zeit lassen.«

»Die Canarii überzeugen, nicht wahr?« Nitetis schaltete ihr Schutzfeld ab. Auch sie sah die zahlreichen Probleme, die wir noch nicht gelöst hatten. Als die Anführer bei uns waren, klärte ich sie über die Talwachen auf und darüber, dass wir zwar eine Turmruine und die Königsburg eingenommen haben, aber noch nicht die anderen Türme.

»Beim Reißschnabel des Horus!«, knarrte Demetrion. »Das kann nur ein Anfang sein.«

»Richtig«, antwortete ich. »Das Nächste ist, dass wir ungefähr tausend Canarii von den Vorteilen der Freiheit und einer langen, erschöpfenden Wanderung überzeugen müssen.«

»Da kommen zwei von ihnen, die leidlich vernünftig aussehen«, sagte Ka-Nachtmin und zeigte mit der Schwertspitze auf Beranuya und Guayaram, neben denen Anch-Resnet und zwei Bogenschützen marschierten. Ich wartete, bis sie herangekommen waren, und musterte sie zum ersten Mal genauer. Sie trugen einfache Sandalen, Chitone aus dünner Wolle, Stoffgürtel und Goldkettchen um den Hals. Ihr Haar strahlte, ihre Augen waren ebenso blau wie die der Goldenen.

»Es muss schnell gehen, Freunde«, sagte ich drängend. »Geht zu den nächsten Höhlen. Ich weiß, dass heute nur wenige Canarii die Höhlen verlassen haben. Um Mittag herum oder ein, zwei Stunden später will ich mit jedem eurer Ältesten, also mit dem Haupt einer jeden Familie reden. Ihr wollt die Freiheit? Gut. Ihr habt sie. Aber sie muss klug verwaltet werden.«

Nitetis nickte bei jedem dritten Wort. Die beiden Canarii hingen förmlich an meinen Lippen. Ich redete weiter.

»Wenn ihr alle dieses Tal der Tränen verlassen wollt, müsst ihr euch einig sein. Wenn alle Ältesten zusammengekommen sind, werde ich euch die Sieben Königreiche zeigen, die auf euch warten.«

»Die versprochenen Königreiche!«, bestätigte die Goldene, obwohl sie die Inseln nicht kannte und nichts von ihnen wissen konnte. Aber sie hatte gelernt, mir zu vertrauen.

»Bilder werde ich euch zeigen, wie ihr sie noch nie gesehen habt. Ihr müsst mindestens zweierlei dazu tun.«

»Wir hören, Herr!«

Ich hatte die beiden genau beobachtet. Wenn alle die gleiche Entschlossenheit zeigten, würde der Plan Erfolg haben. Sie zitterten förmlich vor Tatendrang.

»Die Besten von euch bewaffnen, wenn die Leute des Königs sich zusammenrotten sollten. Holt euch ein paar Pferde und reitet von Höhle zu Höhle. Achtet auf die anderen

Türme, auch dort gibt es Wachen und Bewaffnete. Es geht nicht mehr um eure Ziegen und Schweine und die Haarsträhnen, die ihr gegen billige Kettchen tauscht. Es geht um die Königreiche – leeres, fruchtbares Land! Sie sollen euch gehören, und die Goldene wird euch dorthin führen.«

Die Canarii hatten schweigend zugehört. Demetrion sprach leise mit einem seiner Männer, der den beiden winkte und sie entlang der Mauer in einen anderen Teil der Burganlage führte.

Ka-Nachtmin sagte ruhig, mit der Erfahrung vieler Kämpfe: »Die Frauen, Kinder und die Alten, die wir auf dem Hügel hier gefunden haben, sind friedlich. Sie fangen gerade an zu verstehen, dass sie selbst arbeiten müssen, wenn die Canarii fortgegangen sind. Wie gehen wir gegen die anderen Türme vor, Atlantos?«

»Wir erobern einen nach dem anderen«, rief Nitetis. »Treibt alle Pferde zusammen, die ihr findet. Ich werde euch anführen.«

Ich rief Anub, der bisher mit Nubis zusammen den einsamen König bewacht hatte, deutete auf Nitetis und befahl: »Du beschützt die Goldene. Wenn nötig, Lähmstrahler einsetzen.«

Der Slughi stieß ein kurzes, zorniges Bellen hervor und peitschte mit dem langen Schwanz sein Hinterteil.

Nach kurzem Nachdenken sagte ich lachend: »Ka-Nachtmin. Während das unermesslich große Heer des Goldhorus die heftig ummauerten Städte der Feinde erobert, begleitest du mit ein paar Treffsichren den Weißen Krieger zur Turmruine. Danach, glaube ich, werden wir vom höchsten Turm der Burg aus zusehen, wie der kleine König alle seine Macht verliert.«

»Wenn er klug ist«, sagte Nitetis und wuchtete ihren Schild auf den Rücken, »wird er einen Teil seiner Macht behalten haben, wenn wir auf dem Weg zu den Königreichen sind.«

»Die auch du noch nicht kennst, o Goldene«, sagte ich. »Sei überzeugt: Sie übertreffen alle deine Erwartungen. Alle unsere Hoffnungen.«

Hoffentlich sehen dies die Ältesten ebenso, Arkonide, warnte der Logiksektor. Als ein Krieger Demetrions einen gezäumten Schimmel mit einem weißen Schaffell als Reitdecke herbeiführte und die Zügel Nitetis übergab, nickte ich Ka-Nachtmin zu. Wir gingen ohne Eile hinüber zur Turmruine, wo der Gleiter wartete. Wo sich Rico aufhielt, den ich aus den Augen verloren hatte, wusste ich nicht, aber was immer er unternahm, gehorchte innerhalb meines Befehlsumfangs den Gesetzen der Roboterlogik.

14
Nitetis, der Arkonide und der Rat der Ältesten

Wenn die Götter der Menschen überdrüssig sind, dachte ich während der vierhundert Schritte zum alten Turm, *kommen sie in jene Länder, die vor der »Karawane der Tausend« lagen und vor uns, den Begleitern.* Meine Gedanken schweiften von der KÜSTENSCHWALBE des Kapitäns Boshmun und ihren beiden Begleitern über Binsenboote, Brandung und weiße und schwarze Strände, von den Pfiffen, mit denen sich gerade einzelne Canarii von Höhle zu Höhle verständigten, über die hilfreichen Möglichkeiten arkonidischer Flottentechnik bis hin zu den Ältesten, unter denen sich Furchtsame, Störrische und solche Männer befinden mochten, die eine Gelegenheit sahen, persönliche Macht an sich zu reißen. In dem Gebiet, das wir überblicken konnten, und über dem Horus kreiste, lag eine gebrochene Stille. Die Stille, die am Fuß des alten Turms herrschte, schien indes vollkommen zu sein. Nicht einmal Vögel zeterten. Nur Grillen, Zikaden und unsere Schritte waren zu hören, als ich das Schirmfeld um den Gleiter aufhob und aus einem Staufach die Ledermappe hervorzog, die Rico mitgebracht hatte. Ich nahm die ersten zusammengehefteten Bilder heraus, entfernte die Klammer und breitete die Bilder auf dem Bug des Fluggeräts aus.

Meine Begleiter betrachteten sie in schweigendem Staunen, nickten anerkennend, wenn nicht verständnisvoll, hoben die eine oder andere Aufnahme hoch und drehten sie herum, und schließlich sagte Ka-Nachtmin leise: »Sieben Inseln, nicht wahr, o Atlan?«

Ich nickte und erklärte: »Sieben Königreiche. Fruchtbar, menschenleer, und niemand kennt sie, sie gehören niemandem. Noch nicht.«

Noch waren sie namenlos. Rico hatte nur jeweils zwei Linien über eine Insel gezogen. Die größte Länge und die geringste Breite eines jeden Eilands waren neben den Geraden in rômetischen Zahlen angegeben. Das erste Bild, ein leicht verfremdetes Höhenfoto mit Abendschatten wie die anderen, zeigte rechts den äußersten Rand des Riesenkontinents und alle Inseln; die Entfernung zwischen der letzten und der ersten Küste betrug etwas mehr als hundert Mal tausend große Schritte. Starker Wind wehte eine gewaltige Zunge aus Sandstaub über das Meer und bis weit über die westlichste Insel hinaus.

»Damit willst du die Ältesten dazu bringen, ihr Sklavental zu verlassen, Neb Atlantos?«, erkundigte sich ein Bogenschütze.

»Zusammen mit den Freiwilligen des kleinen Heeres, mit dem wir alle aufgebrochen sind«, bestätigte ich und packte die farbigen, halb stereoskopischen Bilderkarten wieder zurück in die Hülle. »Unter der Führung der schönen Nitetis. Und einige mittelgroße Wunder sind mir dazu noch eingefallen. Ihr wisst, worum es geht?«

Allgemeine Zustimmung. Wir aßen und tranken flüchtig aus dem Bordproviant, und ich kontrollierte noch einmal gewissenhaft meine Ausrüstung: Deflektor, Schutzschirm, Lähmdolch, Psychostrahler, Hochenergiewaffe, Vibromesser und herkömmlichen Schild und Sichelschwert. Dann gingen wir zur Königsburg hinüber, fanden eine ratlose Großsippe von vielleicht einhundertfünfzig Angehörigen, einige Mischlinge und eine Gruppe Canarii, die zusammen mit unseren Kriegern, die zurückgeblieben waren, für Ordnung sorgten.

Wir fanden auch Treppen, die zum Teil innen, zum andern außerhalb des Turms durch kleine, bewohnte Räume zur obersten Plattform führten und kletterten über ausgetretene Steinstufen hinauf. Der Standort der Königsburg war klug gewählt worden – von hier aus sahen wir jeden anderen Turm und dessen Umgebung sehr genau.

»Die Canarii wagen sich wieder aus den Höhlen hervor«, stellte Ka-Nachtmin nach einiger Zeit fest.

Ein Bogenschütze widersprach halb. »Aber nur Kinder und Frauen.«

Wir erkannten auf den Feldern und Weiden grasende Schafe und Ziegen und einige Rinder. Zwischen den Wurzeln kleiner Wäldchen wühlten Schweine. Zwischen den Höhleneingängen herrschte rege Betriebsamkeit. Reiter trabten und galoppierten hin und her. Einzelne Männer des Hellen Volks waren aus den Höhlen gekommen und schienen ein gemeinsames Ziel zu haben: ein ovales, steiniges Tal, umsäumt vom Buschwerk niedriger Hügel. Der Versammlungsplatz?

»Und dort sind unsere Freunde, die das Tal gehütet haben«, sagte Ka-Nachtmin. »Wenigstens die eine Hälfte, die aus dem Süden.«

»Wie weit wollen wir sie herankommen lassen, Atlantos?«

In beträchtlicher Entfernung vom südlichsten Turm, der wie alle anderen von einem Ring aus Feldern, Gärten, Weiden und Hainen umgeben war, näherten sich ungefähr zwei Dutzend Reiter. Sie ließen die Pferde in Schritt und bisweilen im Trab gehen. Also hatten sie es nicht eilig, ihrem König beizustehen. Ich grinste.

»Sie sind ungefähr gleichzeitig mit unseren Kriegern beim Turm. Siehst du dort die Canarii? Angeführt von Demetrions Nomadenjägern. Keine Gefahr.«

Den Bewegungen nach zu schließen waren es junge Canarii-Männer, die zu Fuß den Kriegern folgten, von denen die Hälfte auf Pferdedrücken saß. *Pferde,* dachte ich, *nützliche Tiere, die Lasten tragen, und die man reiten kann.* Offensichtlich hatte der Schock, plötzlich frei zu sein, auf viele Canarii die erhoffte Wirkung gehabt. Wir sahen im Norden eine zweite kleine Streitmacht, zu Pferde und zu Fuß, und ich war sicher, dass sie von einer goldenhaarigen Reiterin auf einem Schimmel angeführt wurde. Ihr Ziel war der nördlichste, entfernteste Turm des Königreichs.

»Keine Gefahr auch im Norden«, sagte ich beruhigend. »Dort wütet die Goldene.«

Die Sonne näherte sich dem höchsten Punkt ihres Weges über den Himmel, der sich über das Land wie ein weißglühender Kessel gestülpt hatte. Mittag. Es wurde Zeit, dass ich erfuhr, wo Rico war, und dass ich mich auf den Weg zu der Versammlung der Ältesten machte.

Alles und alle waren in Bewegung. Aus allen Richtungen pilgerten langbärtige alte Männer zu dem Tal, das von ihnen selbst als Versammlungsplatz ausgesucht worden war. Die »Räte« waren, nicht anders als alle Canarii, die ich bisher gesehen hatte, in einfache *kitune* oder Chitone gekleidet, und ich würde nur hellhaarige, blauäugige Menschen antreffen. Noch immer war ihre eigentliche Heimat ein Geheimnis, und es würde wohl ein solches bleiben.

Vom König aus der Königsburg kamen keine Befehle, also widersetzten sich die Bewohner der andern Türme meinen Kriegern nicht. Die Wachen, Reiter und alle anderen, die Waffen trugen, wurden entwaffnet, und man nahm ihnen die Pferde weg, und Nitetis ritt mit ihren Kriegern – inzwischen saßen alle auf Pferderücken – von Turm zu Turm.

Sie bestimmte einzelne Männer, die sich als königstreu bezeichneten, und befahl ihnen, sich am nächsten Morgen, kurz nach Sonnenaufgang, im Thronsaal einzufinden. Dort würden sie von ihr und dem König erfahren, wie das Leben für sie weiterging.

Rico meldete sich eineinhalb Stunden nach Mittag.

»Ich bin, Feldherr Atlan, im Schutz meines Deflektorfeldes, mit erhöhter Geschwindigkeit unterwegs gewesen. Von Turm zu Turm und in fast jeder Höhle. Ich habe der Goldenen geholfen und in den Türmen ordnend eingegriffen.«

»Ich bin beruhigt«, gab ich zurück. »Obwohl ich keinen Befehl dazu erteilt habe.«

»Du weißt, Gebieter, dass ich in der Lage bin, selbständig zu handeln. Mir lag daran, einen zuverlässigen Überblick zu erlangen, bevor ich wieder in die Tiefseeanlage zurückgehe.«

»Und wie ist dieser Überblick ausgefallen? Übrigens – ich erwarte dich und, wenn sie's schafft, auch Nitetis bei der Versammlung der Familienoberhäupter.«

»Ich werde rechtzeitig dort sein«, versicherte er und redete weiter. »Wenn der Widerstand und die Verteidigung von erfahrenen Barbaren geleitet worden wären, hätten es deine Krieger sehr schwer gehabt, den Aferafer zu entmachten. Aber das Erschrecken hat sie kopflos gemacht. Es laufen noch einzelne Bewaffnete herum, aber sie stellen keine Gefahr mehr dar.

Die Canarii: Deine Schätzungen und meine oberflächliche Zählung stimmen überein. Es sind weniger als eintausend Angehörige des Hellen Volks, darunter ungefähr hundert Mischlinge jeden Alters. Alle freuen sich darüber, dass sie nunmehr frei sind. Aber viele haben Angst vor der langen Wanderung. Diese Furcht ist das Ergebnis der Unselbstständigkeit, in der sie seit Generationen gehalten werden. Ich empfehle dir und Nitetis, eine möglichst große Gruppe junger Canarii zusammenzustellen. Sie werden, habe ich errechnet, die anderen mitreißen. Du hast meine Inselkarten und wirst sie verteilen?«

»Ich trage sie bei mir.«

»Die Bilder werden viele überzeugen. Aber nicht alle. Für die Canarii stellt das Wasser zwischen Festland und Inseln und den Inseln untereinander noch eine Hürde dar, die sie weder in den Köpfen noch in Booten überwinden können.«

»Keiner von ihnen scheint je das Meer gesehen zu haben.«

»Und die Alten, die sich – vielleicht! – daran erinnern könnten, sind längst ausgestorben.«

»Richtig«, antwortete ich. »Das Meer. Brandung und Stürme. Aber auch reicher Fischfang. Ich habe darüber nachgedacht, aber dieses Problem stellt sich erst wirklich, wenn der Zug der Tausend den Strand des Kontinents erreicht hat.«

»Du kennst die Schwachstellen, Kristallprinz, und wirst die richtigen Worte finden. Ich mache mich auf den Weg zum Versammlungsort.«

»Ich erwarte dich an meiner Seite.«

»Zuverlässig und unsichtbar. Ende?«

»Vorläufig, Rico.«

Wir verließen den Turm und benutzten wieder die seltsame, häufig unterbrochene Treppe, die uns im Zickzack in den Burghof hinunterbrachte. Über dürre Weiden und durch schmale Gärten gingen wir zum Versammlungsort, wo schon drei oder vier Dutzend älterer Canarii auf dem Boden oder auf großen Steinen hockten. Ich setzte mich auf einen bemoosten Felsblock, betrachtete die Wartenden, die ihrerseits mich anstarrten und leise miteinander redeten. Ungefähr die gleiche Anzahl Räte näherten sich aus drei Richtungen dem Taleinschnitt, in dem die Schatten länger wurden. Die erwartungsvolle Unruhe unter den Canarii nahm erkennbar zu.

Im Lauf der nächsten Stunde gesellten sich Nitetis und einer der Hunde, Demetrion und eine Handvoll unserer

Krieger, der unsichtbare Robot, einige Reiter und schließlich Orsat zu mir, es kamen Ka-Nachtmins und Anch-Resnets Bogenschützen und eine große Schar junger Canarii. Ich zog einen dünnen Stoß Inselkarten aus der Tasche und reichte sie Nitetis. Obwohl sie eine ständig größer werdende Reiterschar angeführt und einige Kämpfe siegreich beendet hatte, sah man ihr die Anstrengung nicht an.

»Sieh dir die Bilder zuerst gründlich an«, empfahl ich ihr und weidete mich an ihrer Überraschung. »Dann kannst du fragen und mir sagen, was du von den ... Königreichen hältst.«

Einen zweiten Satz von acht Kartenbildern gab ich Orsat und sagte leichthin: »Nicht nur du findest uralte Schriften. Das hier ist der zweite, ebenso aufregende Teil der Prophezeiung.«

Vor Aufregung ließ er die Blätter fallen. Ich winkte einige junge aus dem Hellen Volk heran, gab jedem einen Stapel Karten und ordnete an, dass sie jedem Rat eines der dünnen Pakete geben sollten. Fünf oder sechs Kartensätze behielt ich und verschloss sie in der Ledertasche. Nach einer Weile stand ich auf, stellte mich auf den Felsblock und hob den Arm.

Vor mir und meinen Begleitern hatte sich eine aufgeregte Menge zusammengedrängt. Jeder versuchte, möglichst schnell einen langen Blick auf die Karten werfen zu können, die Blätter wanderten von Hand zu Hand, erregtes Murmeln wurde laut und lauter, und es dauerte lange, bis die Männer auf mich aufmerksam wurden und sich schließlich erwartungsvolles Schweigen einstellte. Ich glaubte zu erkennen, dass ungefähr ein Dutzend weißbärtige Männer innerhalb der Ratsversammlung besonderen Rang, größere Bedeutung besaßen; um sie herum bildeten sich Kreise aufgeregter Canarii.

»Ich bin Atlantos, der Weiße Krieger«, rief ich, drehte mich halb herum und zog Nitetis an meine rechte Seite. Sie stieg auf den Felsen und hielt sich an meiner Schulter fest. »Und diese Göttin neben mir ist Nitetis, die Goldene.

Die Herrscherin der Canarii!

Seit heute Mittag hat die Sklaverei eures Volkes ihr Ende gefunden. Die Prophezeiung, die uns, meine Krieger und mich, zu euch geführt hat, zeigt uns die versprochenen Sieben Königreiche. Dorthin, in leeres Land, das nur euch gehört, werden wir alle Canarii führen. Innerhalb der nächsten zwölf Tage brechen wir auf.«

Ich hatte erschrockenes Schweigen erwartet, aufgeregtes Geschrei, Laute der Überraschung, einen Hagel verworrener Fragen – und ich und meine Begleiter erlebten alles auf einmal. Ein Tumult brach aus. Die Räte schwenkten die Karten, einige Rufe und Fragen waren verständlich, alles andere ging im Lärmen unter. Viele der alten Männer schwiegen und schienen betroffen zu sein, vielleicht glücklich, und viele hatten schon verstanden, dass der Zug gen Sonnenuntergang eine gewaltige Herausforderung sein würde, und viele erschraken darüber, dass ich die Frist für den Aufbruch so knapp gesetzt hatte. Aber längeres Zögern bedeutete eine zunehmende Menge an Selbstzweifeln. Vielen Canarii war überdies der Unterschied zwischen Sklaverei und Freiheit längst nicht völlig bewusst.

»Mein Krieger hat euch in wenigen Worten das Wichtigste mitgeteilt«, rief Nitetis und schwenkte die Karten. »Für euch aber tun sich hundert Fragen auf. Für jeden gelten andere Gedanken, andere Hoffnungen, andere Ängste. Ich, die ich euch zu den herrlichen Königreichen führen wird, kenne die Antworten. Frauen mit Säuglingen an der Brust, Kinder und hinfällige Greisinnen und Greise, Kranke und Schwache ... ich lasse niemanden zurück. Auch nicht jene, deren Eltern Frauen und Männer mit dunkler und heller Haut, mit schwarzem und weißem Haar sind. Auch die Früchte dieser Verbindungen sollen mit uns das Sklavental verlassen, wenn sie's wollen.«

Leise sagte sie zu mir: »Rede du weiter, Atlantos. Sag' ihnen alles über Aferafer ... «

Ich berichtete, dass so gut wie jeder Wächter und alle Krieger des alten Königs entwaffnet und die Waffen von uns sichergestellt worden waren. Der König lebte; morgen früh würde über ihn entschieden, und er würde gezwungen, die Canarii ziehen zu lassen.

Die Wanderung würde, sagte ich, drei Monde dauern. Ich log bewusst, um die Räte nicht noch mehr zu erschrecken. Meine Krieger würden die Canarii gegen jeden Angriff beschützen, der ihnen vielleicht in einem der Länder drohte, die wir durchwanderten.

Ziegen, Schafe und auch Schweine sollten zur Versorgung mit Milch und Fleisch ebenso mitgeführt werden wie Korn und jeder Proviant, der nicht verdarb. Eine bestimmte Anzahl der Pferde, die des Königs Männer geritten hatten, sollten allen Canarii als Reittiere dienen, die nicht zu Fuß wandern konnten. Und alle Handwerker mit ihrem Material, vom Sandalenschneider bis zum Korbflechter, mussten Gebrauchsgegenstände ersetzen, die während des Marsches zerschlissen.

Und viele andere Kleinigkeiten, jede für sich scheinbar unwichtig, in der Gesamtheit vielleicht entscheidend über Erfolg oder Misserfolg. Und, und, und ...

»Macht euch bereit«, rief Nitetis und lachte auffordernd. »Zeigt die Bilder der Sieben Königreiche euren Familien. Beratet miteinander. Packt eure Besitztümer zusammen und bedenkt, dass alles Schwere auf der Wanderung bald doppelt und dreifach wiegt.«

Sie wies auf mich, noch immer lachend. »Die Krieger des Atlantos halten die Türme besetzt. Sie helfen euch, wo immer sie können, also geht zu ihnen und fragt sie. Atlantos und einige seiner Krieger halten sich im halb zerstörten Turm auf, ich habe mich zum Gast Aferafers gemacht.

Eine dringende Bitte: Jene Canarii, denen bisher die Pflege der Pferde anvertraut war, sollen dafür sorgen, dass die Tiere versorgt werden. Wasser, Weide, Striegeln und Hufe – wie bisher. Es sind jetzt eure Pferde; behandelt sie pfleglich!

Die Versammlung ist beendet!«

Wir stiegen vom Felsen und verdeckten Rico vor den Augen der Canarii; er löste sein Deflektorfeld auf und sagte zu mir: »Schon nach zwei Dritteln des ersten Tages scheint mit großer Wahrscheinlichkeit unser Sieg festzustehen.«

Seine glimmenden Augen ruhten jeweils einen Atemzug lang auf jedem der wenigen Verantwortlichen. Er zeigte auf mich. »Ich gehe mit meinem Freund zur Turmruine und bewache seinen Schlaf und den seiner Krieger. Es ist, auf meinen Befehl, Essen, frisches Wasser und Wein herangeschafft worden. Aber: Misstrauen ist angebracht – vielleicht hat der König aufgegeben, aber nicht alle seine Gefolgsleute. Kommt ihr mit?«

Wir folgten ihm. Auf dem Weg zur Straße, die beide Türme verband, schilderte ich Nitetis einige Einzelheiten der neuen Königreiche, Eigentümlichkeiten der Inseln und meine Überlegungen, die unsere lange Wanderung und das Übersetzen zur westlichsten der sieben Inseln betrafen.

Ich drehte mich um und sah Orsat, der neben dem Felsen stand und noch immer die Bilderkarten anstarrte, eine nach der anderen, immer wieder. Sein Gesicht war von grenzenloser Verblüffung gezeichnet.

15
Im Tal der Türme und der schwarzen Felsen

Irgendwo im Schatten der Bäume, von denen die Turmruine umgeben waren, stand Rico, der den Horusfalken und beide Hunde kontrollierte. Ich hatte mich, nachdem wir zwischen den Quadern, ausgebreitet auf Tüchern, das erste Essen und den ersten Becher Wein in Ruhe zu uns genommen hatten, in den Gleiter zurückgezogen und einen Wandschirm projiziert. Ich zerrte den schweren Panzer vom Oberkörper; er war nass vor Schweiß. Die »Expeditionsdusche« funktionierte, der Wasservorrat genügte, und ich konnte endlich statt in die verschwitzten Stiefel in die Riemen der Sandalen schlüpfen. Und in einen dünnen, weißen Chiton mit Korinnas Stickerei, der nach einem von Ricos Duftwässern roch.

Bei uns befanden sich Ka-Nachtmin und zwanzig Krieger. Die Hälfte schlief und schnarchte bereits, verstreut auf Heubüscheln, Mänteln und Decken, zwischen den Steinen am Fuß der Ruine. Das Feuer war halb heruntergebrannt, einige künstliche Fackeln verbreiteten ihr Licht. Ich saß entspannt im Pilotensitz des Fluggerätes, die Tür weit geöffnet, einen großen Becher erstaunlich guten Wein in der Hand. Aferafers Königswein.

»Zufrieden, Arkonide?«, murmelte ich im Selbstgespräch. Dann schüttelte ich zweifelnd den Kopf. Zufrieden konnte ich erst sein, wenn Rico in die Schutzkuppel zurückgekehrt war, tausend Canarii die Inseln erreicht hatten, und ich die Rômet wieder zu Myron, dem stolzen Gespannbesitzer, geführt und mich selbst in den Schutz des stählernen Käfigs zurückgezogen hatte. Andererseits: Das Abenteuer des Zuges der Tausend lockte.

»Also weiter mit den störrischen Barbaren.«

In zwölf Türmen und den Gebäuden, die um sie herum angeordnet waren, lebten höchstens zweitausend Untertanen Seiner Majestät, überlegte ich. Eine Handvoll mehr als einhundertfünfzig durchschnittlich auf jedem Burghügel. Ich zog tausend ab; Greisinnen und Greise und Kinder, dann gab es dort in der Dunkelheit wahrscheinlich eine Tausendschaft kräftiger, wehrhafter Männer.

Wir waren fünfundsiebzig Krieger, ein Robot und eine Frau.

Zwar hatten wir so gut wie alle Männer entwaffnet, und die Waffen waren weggeschlossen oder an Canarii verteilt worden, und die Krieger des Königs hatten keine Pferde mehr, aber solche Umstände konnten sich rasend schnell ändern. Ich griff nach dem Armband, das auf dem Instrumentenpaneel lag, streifte es über und aktivierte die Verbindung zu Rico.

»Ich wittere Unheil, tapferer Riancor«, murmelte ich so leise wie möglich. »In den zwölf Türmen befinden sich tausend mögliche alte oder neue Aferafer-Männer und kaum mehr als ein halbes Hundert unserer Männer. Und die Goldene. Ein ungesundes Verhältnis.«

»Aferafers Leute kennen Schlupflöcher, Waffenverstecke, Geheimgänge und ebenso wenig Rücksicht wie wir. Ich beschäftige mich seit kurzer Zeit mit dieser Tatsache und bin sicher, dass nur die arkonidisch-rômetische Methode die nächtliche Gefahr beseitigt.«

»Also – komm her!«, ordnete ich an. Ich wusste genau, was er meinte. »Du steuerst das Götterboot.«

Zwei Atemzüge später stand er neben dem Gleiter. Ich rutschte zur Seite, nahm den letzten Schluck Wein und gab Ka-Nachtmin, der aufmerksam herüberblickte, ein Zeichen.

Das Fluggerät stieg auf, Rico aktivierte eine Anzahl Bordgeräte und machte das Gefährt unsichtbar, während er auf den Königsturm zusteuerte.

Aus der Dunkelheit, unter einem strahlenden, noch mondlosem Sternenhimmel, hoben sich Mauern und Rundungen, leere Flächen zwischen Gebäudeteilen und die Silhouetten der Baumkronen im schwachen Licht von Fackeln und Wachfeuern ab. Der Gleiter zog in geringer Höhe einen Kreis um die größte Burg. Dann brüllte Ricos Stimme mit der Stärke eines Gewitterdonners auf; er redete in der Sprache Tameris.

»Atlantos spricht zu euch, rômetische Krieger. Verlasst mit der Goldenen augenblicklich die Burg. Euch droht ein Überfall der Aferafer-Krieger! Lasst alles stehen und liegen! Sofort!«

Eine zweite Umkreisung. Unter uns rannten Männer aus allen Teilen der düsteren Gebäudemasse zum Torbogen und hinaus auf die Sandstraße. Ich grinste breit, weil ich deutlich erkennen konnte, dass ungefähr die gleiche Anzahl junger Frauen zusammen mit meinen Krieger flüchteten; braunhäutige Frauen mit kurzem Kraushaar, schwarzen, langen Lockenhaaren, und manche waren nur teilweise bekleidet und boten einen erfreulichen Anblick.

Ich murmelte: »Der Sieg wird erst dann vollkommen sein, wenn die Frauen der Besiegten sich den Siegern hingeben – nach Schändung und Gewalt sieht es dort unten nicht aus.«

»Dies hätte Nitetis sicherlich verhindert«, kommentierte Rico knapp. Wieder dröhnten die Lautsprecher auf.

»Gut so, ihr Rômet! Habt ihr die Goldene bei euch?« Rico verringerte die Geschwindigkeit. Ich versuchte, die hastenden Menschen zu zählen. »In einer Stunde könnt ihr ruhig weiterschlafen.«

Als wir den zweiten Kreis beendet hatten, sah ich Nitetis unter den Flüchtenden. Sie rannte mit weiten, kraftvollen

Schritten und suchte mit Blicken die Quelle des Warnrufs. Als sie in außerhalb der Mauern in Sicherheit war und nach kurzer Beratung mit den Kriegern den Weg zur Ruine einschlug, sagte ich: »Schalte den Projektor ein. Höchstens halbe Leistung.«

»Vierzig Prozent, Gebieter.«

Unsichtbar, lautlos und mit erschreckender Wirkung breitete sich die Lähmstrahlung kegelförmig nach unten aus, flutete durch die Mauern und füllte die Hohlräume, erfasste jedes Lebewesen und raubte ihm schlagartig für Stunden die Kraft. Der Robot wendete den Gleiter, nickte mir zu und nahm Kurs auf den nächsten Turm.

»Nach Sonnenaufgang werden unsere Krieger herausfinden, ob sie einem nächtlichen Angriff entkommen sind oder ob unser Eingreifen voreilig und überflüssig gewesen ist«, sagte ich nachdenklich. »Die Überzeugung, dass die Götter – welche auch immer – in ihr Leben eingegriffen haben, konnten wir überzeugend vermitteln.«

Ohne die Hilfe der Technik wäre es ...«

» ... hätten wir nachts die Türme nicht besetzt halten dürfen«, verbesserte ich ihn. »Vielleicht hilft es uns auch, den Unwillen einiger Canarii zu beseitigen. Es wird bald Widerstand gegen die Strapazen des Zuges geben.«

»Zutreffend«, antwortete Rico. »Und eine gehörige Menge Furcht vor der Freiheit.«

Wir hatten den nächsten Turm erreicht und wandten das gleiche Verfahren an. Auch hier wie aus den übrigen zehn Türmen scheuchten wir unsere Krieger und ihre Gefährtinnen aus dem Schlaf und hetzten sie ins Freie. Drei Stunden später, als wir wieder neben der Ruine landeten, erwarteten uns Nitetis und die rômetische Besatzung des Königsturms. Verwirrt drängten sich die Frauen zusammen. Ka-Nachtmin hatte ihren Schrecken und den Unmut, aus wohlverdientem

Schlaf oder lustvoller Tätigkeit aufgeschreckt worden zu sein, mit einigen Bechern Wein gemindert.

Der Gleiter wurde sichtbar, wir stiegen aus, und ich ging mit meinem leeren Becher zu Nitetis. Die Hunde legten sich wachsam vor das Götterboot. Wortlos nahm mir der Anführer das Gefäß aus den Fingern und füllte es.

»Ich hoffe, mein Weckruf hat dein göttliches Ansehen nicht beschädigt«, sagte ich und klärte sie darüber auf, was ich vermutet hatte. »Auch wir hätten so gehandelt, wie ich es den Kriegern Aferafers unterstelle. Morgen werdet ihr sehen, ob ihr wirklich in Gefahr wart, hingemetzelt zu werden.«

Sie lächelte, gähnte tief und lächelte wieder.

»Ist es nicht die Aufgabe des Kriegers, ständig seine Königin zu retten, und sei es nur durch unpässliches Wecken oder gezielte Pfeilschüsse?« Sie legte mir beide Hände auf die Schultern. »Ich danke dir und deinem schweigsamen Freund dort drüben.«

»Die Welt ist voller Gewalt und Bösartigkeit, und manche Nacht ist voller Dolche und vergifteter Schneiden. Bis du sicher auf deinem Thron aus Treibholz und Fischhaut hoch über der Brandung sitzt, werden wir weitaus gefährlichere Abenteuer erleben.«

Sie nickte. »Über die Inseln, also die Königreiche, will ich noch lange mit dir reden.«

»Ja«, antwortete ich. »Aber nicht in dieser Nacht. Selbst der Weiße Krieger braucht ein Stündchen Schlaf.«

Sie nahm die Hände von meinen Schultern, gähnte wieder und murmelte: »Die Goldene auch, Atlantos.«

Einige Rômet gingen Wache, die meisten schliefen, und die fehlenden Nachtstunden blieben ruhig. Wenn es innerhalb der Höhlen aufgeregte Unterhaltungen gab, hörten wir sie nicht; mitunter ertönte ein unverständliches Murmeln aus den großen Löchern im Boden. Ich hörte kaum etwas, denn ich schlief traumlos und tief. Während ich schlief – und schon lange zuvor –, beschäftigte sich Ricos nimmermüdes positronisches Gehirn mit den zahlreichen Einzelheiten, die der Zug der Tausend mit sich brachte. Er errechnete den Bedarf an Proviant und Stricken für Ziegen und Schafe, mir überließ er die Arbeit, das Helle Volk insgesamt zu überzeugen.

Ich wäre höchst erstaunt gewesen, wenn es keinen Widerspruch, keine Widerstände gegeben hätte, aus welchen Gründen auch immer. Einigkeit und Vernunft zeichneten nur wenige Barbaren aus. Ich brauchte nur eine Weile zu warten, dann kamen verschiedene Gruppen zu mir und erklärten, warum sie das Tal nicht verlassen konnten.

In den Türmen und neben manchen Gebäuden ihrer Umgebung hatten wir einfache Altäre gefunden, aus roh gemeißelten Steinen. Dort war der einzige Gott abgebildet, meist als Relief, den das Volk Aferafers verehrte.

Puddhuma, der Wettergott.

Die Barbaren opferten ihm Öl, Wein und Feldfrüchte und hofften, von großer Dürre, Regenfluten und Sandstürmen verschont zu bleiben, von Heuschreckenschwärmen und ähnlichem Übel. Ob die Canarii ihrerseits den gleichen oder einen anderen Gott verehrten, darüber hatten wir uns noch keine Gedanken gemacht. Als ich am nächsten Morgen mit Nitetis, Ka-Nachtmin, Orsat und einer Handvoll Krieger aßen und frischen Sud tranken, näherte sich der junge Guayaram, blickte unsicher um sich und blieb dann vor mir stehen.

»Herr Atlantos, Weißer Krieger«, begann er zögernd, »wir, die Jungen in den Höhlen, wir wissen, was deine Krieger für uns getan haben. Ich bin hier, weil ich dich warnen will.«

»Setz dich zu uns«, forderte ich ihn auf, »trink eine Schale Sud und sag' mir, wovor du uns warnen willst.«

Er gehorchte, leerte durstig die erste Schale, holte tief Luft und sprudelte hervor: »Der Rat der Weisen, es sind die zehn ältesten Männer, will nicht, dass wir das Tal verlassen. Sie sagen, es ist gegen den Willen der Götter, weil wir seit – so sagen sie – endlos vielen Jahren hier und nur hier unsere Heimat haben.«

»Welche Götter?«, fragte ich und überlegte, mit welcher Art »Wunder« wir den Willen der Götter in die gewünschte Richtung richten konnten.

»Xatta und Attax, Herr. Xatta, der männliche Zwilling, hütet die Gesundheit und Fruchtbarkeit aller Tiere. Attax sorgt sich um Gräser, Bäume und Äcker, Weiden und reiches Wachstum.«

»Ihr habt Altäre für die Götterzwillinge in euren Höhlen?«, warf Nitetis ein.

Guayaram nickte heftig. »In die Wände, die ja aus Stein sind, hineingemeißelt und geritzt«, bestätigte er aufgeregt. Ich gab einem Krieger einen Wink, und er füllte unsere Trinkschalen wieder auf.

»Die zehn weisen Ältesten«, sagte ich. »Sie wollen mich hier treffen und mit der Goldenen und mir reden?«

»Noch beraten sie«, lautete die Antwort. Der junge Canari schwankte zwischen Götterfurcht, Angst vor den Älteren und der Freude über die Freiheit und das Abenteuer des Zuges. »Bald werden sie bei euch sein.«

Ich blickte in das bartlose Gesicht des Jungen, der keine zwanzig Sommer alt war und für sicherlich einige Hundert Frauen und Männer seines Alters sprach. Ein vager Einfall begann sich in meinen Gedanken abzuzeichnen. Ich prüfte die Eingebung auf Tragfähigkeit und hörte zu, wie Nitetis und Ka-Nachtmin dem Jungen weitere Fragen stellten.

Rico war vor gut einer Stunde mit dem Gleiter gestartet, um in den Türmen nach dem Rechten zu sehen. Sein Bericht nach den Landungen bei drei Türmen bestätigte meine nächtlichen Befürchtungen und den Einsatz der Lähmstrahlen.

Unsere Krieger waren in höchster Gefahr gewesen.

Sie fanden Männer des Königs, mehr oder weniger gut bewaffnet, in den Ausgängen bisher verborgener Gänge und Stollen, in zahlreichen Kammern und anderen Verstecken, in denen sich die bislang Gelähmten jetzt, am Morgen, zu bewegen begannen. Staunend und wütend sammelten unsere Krieger die Waffen ein, verbrannten viele, halfen einigen Dutzend hilfloser Säuglinge und bekamen Hilfe von den Canarii. In den Tagen bis zum Verlassen des Tals würden sie ihre Lager außerhalb der Türme aufschlagen.

»Könntet ihr Jungen«, sagte ich nach einiger Zeit, »für Xatta und Attax einen oder zwei Altäre bauen, die wir vor eurem Zug hertragen können?«

Guayarams Gesicht leuchtete förmlich auf. Nitetis warf mir einen Blick voll skeptischer Bewunderung zu, und Ka-Nachtmin knurrte etwas von »Barbarenunsinn«.

»Das können wir, Herr«, beteuerte der Junge emsig. »Und wenn du und die Göttin es verlangen, bauen wir solche Altäre.«

»Dann werden drei Götter vor dem Zug einher reiten«, stellte ich grinsend fest. »Du, schönste Nitetis, Xatta und Attax. Das sollte wohl genügen, selbst die ältesten Weisen zu überzeugen. Aber – warten wir, bis sie selbst erscheinen und uns die Ohren volljammern.«

Ich schlug dem Jungen kräftig auf die Schulter und ordnete an: »Fangt an, die Altäre zu bauen! Baut sie dort, wo sie jeder von euch sehen kann. Wenn ihr gefragt werdet, sagt die Wahrheit – die Götter führen die Canarii zu den Sieben Königreichen.«

»Sie sind schon so gut wie gebaut. Sollen wir sie auf Pferderücken anschnallen, Herr?«

»Auch das. Beides. Falls sich ein Pferd losreißt, sind die Götter in Gefahr, und mit ihnen der Zug. Noch elf Tage, Guayaram!«

Er beugte sich zu mir hinüber, warf einen scheuen Blick auf Nitetis und die Hunde, die ihn reglos anstarrten, und hob die Hand an den Mund. »Wir jungen Männer und Frauen und viele Ältere, auch Beranuya und seine Gruppe, packen schon zusammen, was wir mitnehmen und überlegen, ob es richtig ist, zu wenig oder zu viel.«

»Das ist genau das, was wir alle wollen«, sagte ich. »Und jetzt darfst du uns allein lassen, denn wir haben vieles zu beraten und abzuwägen.«

Er sprang auf, verbeugte sich vor jedem und rannte davon. Jetzt wusste ich auch, was zu tun war, um die Masse der Canarii zu überzeugen. Ich seufzte tief: *O ihr Götter!*

In einer halbwegs feierlichen Prozession kamen die zehn Weisen den Hang hinauf und auf der Sandstraße zur Turmruine. Nitetis und ich erwarteten sie; Ka-Nachtmin stöberte drüben im Königsturm nach Waffen, Hilfsbedürftigen und möglicherweise Unbelehrbaren. Orsat wollte, wenn der König wieder zuhören und reden konnte, ihm die Worte der Prophezeiung erläutern.

Die weißbärtigen, hellhaarigen, blauäugigen und in nicht ganz saubere weiße Chitone gekleideten Greise trugen mannshohe weiße Holzstäbe, auf die sie sich stützten. Auch ihre Sandalen waren aus weißem Stroh geflochten. Jeder Stab trug an der Spitze eine Art Klanszeichen: geschnitzte Ziegenköpfe, Ähren, Früchte, Heuschrecken, Tierköpfe oder auffallend geformte Steine. Unter den würdevollen Bärten sahen wir nur vorwurfsvolle, abweisende und verschlossene Gesichter.

»Setzt euch, ihr Räte«, sagte Nitetis ruhig. Ihr ebenmäßiges Gesicht war unbewegt. »Wo immer ihr etwas zum Sitzen findet. Dann tragt uns eure Bitten vor.«

Umständlich ließen sich die Weisen auf den roh gezimmerten Bänken und Schemeln und auf Steinbrocken nieder. Einer blieb stehen, zwei mussten sich ins Gras setzen.

Mit angenehmer Stimme, aus der die Unzufriedenheit herauszuhören war, begann ein Rat zu reden. »Wir sind nicht hier, o ihr Mächtigen, um viele Bitten zu äußern. Wir sind dagegen, das Tal, unsere Heimat seit undenkbar langer Zeit, zu verlassen.«

»Das ist die Meinung von zehn Männern gegen fast tausend Canarii«, sagte ich. »Ihr alten Weisen werdet euch der Mehrheit anschließen müssen. Oder wollt ihr als die letzten zehn Sklaven Aferafers hierbleiben? Zum Arbeiten, scheint's, seid ihr viel zu alt.«

»Ein ganzes Leben lang haben wir hart gearbeitet«, sagte ein anderer Greis, »und nun hört das Volk auf unsere Meinung, gehorcht unserem Rat und wird weder der Goldenen folgen noch dem Weißen Krieger.«

Nitetis stand langsam auf, breitete die Arme aus und bot mit leuchtenden Augen und wallendem Haupthaar wahrhaftig einen göttlichen Anblick. Sie sah mich an, als wolle sie aus meinem Anblick Kraft und Autorität schöpfen. Ich ertappte mich dabei, dass ich sie mit Korinna verglich.

»Ich, Nitetis, sage euch, was binnen zehn Tagen geschehen wird«, verkündete sie, als wisse sie es genau. »Die jungen Männer werden Dinge tun, denen das Volk willig folgt. Frauen und Kinder werden ihren Männern und Vätern folgen; niemand und keiner wird zurückbleiben wollen. Selbst die Mischlinge gehen mit, denn in den Sieben

Königreichen ist jeder frei, wird jeder Land besitzen und reich ernten.«

Sie ließ eine kurze Pause eintreten und fuhr drängend fort: »Die Götter – und es waren nicht Xatta und Attax! – haben alle Bewohner der Türme und alles Vieh mit dem Verlust ihres Willens und ihrer Beweglichkeit geschlagen; ihr wisst es. Die Götter, von denen die Prophezeiung kommt, werden die alten Altäre eurer Götter zerstören. Die Prophezeiung irrt nicht: Alle Canarii brechen zur großen Wanderung auf und siedeln in den Sieben Königreichen. Ihr Alten werdet reiten können; wen unterwegs der Tod ereilt, erhält ein würdiges Begräbnis. Die fremden Krieger, die mir und Atlantos gehorchen und euch aus der Sklaverei befreit haben, schützen und helfen euch auf der Wanderung.

Welche anderen Bitten sollen die Götter euch sonst noch erfüllen?«

Selbst mir fiel nichts mehr ein, womit ich die Weisen hätte überzeugen können. Vermochte Nitetis meine Gedanken zu lesen? Der Extrasinn schwieg beharrlich. Ein Weißbart, der unter den Alten der Älteste sein mochte, schwenkte seinen Stab, an dessen Spitze eine geschnitzte schwarzrote Heuschrecke prunkte.

»Wir, der Rat der Weisen, sind die Vertreter aller Canarii, und uns fragen alle. Es ist richtig, dass viele die Wanderung wagen. Deine Bilder, Atlantos, versprechen viel, aber niemand weiß, ob die Bilder lügen. Denn wer hätte je das Land mit den Augen des Adlers sehen können?«

»Dieser Anblick bleibt den Göttern vorbehalten«, erwiderte Nitetis blitzschnell. »Und die Götter, zu denen wir gehören, lügen nicht.«

»Ich sage euch, wie die Wahrheit aussieht!«, sagte ich und hob die Faust. »Ihr Weisen habt Angst, jämmerliche Angst. Vielleicht würden die Canarii auf den Inseln, in den Königreichen, euren Rat brauchen und euch gern folgen. Aber sie folgen nicht alten Männern, die sich vor der Freiheit fürchten, ihren Vorteilen und ihren Pflichten. Ihr seid nichts anderes als zitternde Überbleibsel einer Zeit, die vorbei ist.«

»Warum beleidigst du uns, Atlantos?«, fragte ein anderer Uralter vorwurfsvoll. Seine Stimme zitterte.

»Ich sage nur die Wahrheit«, gab ich wütend zurück. »Vor unserem Zorn schützt euch nur euer Alter. Aber die Wahrheit ist böse – das Bösartige trifft euch. Alle anderen wandern zu den Königreichen ... «

»Und ihr könnt hierbleiben. Aferafer wird sich an euch schadlos halten«, rief Nitetis. »Ihr langweilt und ärgert mich, ihr Unweisen. Ich erlaube euch, in eure Höhlen zurückzukriechen.«

Sie stand auf, drehte uns den Rücken zu und ging zum Eingang der Ruine.

Ich wartete, bis alle Weisen aufgestanden waren, und sagte leise, im Tonfall einer kalten Drohung: »Die Altäre von Xatta und Attax werden verwaisen. Niemand fragt mehr nach eurem Rat. Die Höhlen sind in zehn Tagen leer und öde. Die Ahnen, auf die ihr euch beruft, sind tot, begraben und verwest. Alle Canarii blicken nach Westen, ihr werdet verzweifelt zu Boden blicken. Geht jetzt, geht mir aus den Augen!«

Meine Wut war nicht gespielt. Ich war sicher, dass diese Männer den unbedeutende Rest der Furchtsamen darstellten. Falls sie noch Einfluss auf die Canarii besaßen, musste er gebrochen werden. Ich musste ihn brechen und wartete, bis sie den Hügeln hinunterstolperten, dann gab ich Anub eine Reihe Befehle und folgte ihnen im Schutz des Deflektors. Ich sah zu, wie sie sich zerstreuten, und ging hinter dem Ältesten her, der langsam auf eines der Löcher zustapfte, in etwa hundert Schritt Entfernung.

16
Der schwierige Aufbruch zu den fernen Sieben Königreichen

Zumindest die Eingänge der Höhlen, etwa zwanzig Löcher mit unterschiedlich großem Durchmesser, schienen uralt zu sein. Sie waren in weichen Sandstein gegraben worden; vor einer kleinen Ewigkeit hatte ein Urstrom den Sand hierher gespült. Aus kleinen Öffnungen der Felsen strömten Rauch und unangenehme Gerüche ins Freie. Eine Treppe, halb Stufen, halb Rampe für Karren und Tiere, führte zum Boden. Die Löcher, etwa zehn Mannsgrößen tief und am oberen Rand karg bewachsen, wiesen runde, ovale und unregelmäßig gezackte Formen auf. Unterschiedlich große, roh oder sorgfältig bearbeitete Eingänge – in der großen Höhle, in die der Weise Rat hinuntertappte, zählte ich ein Dutzend – führten in Stollen, die nach allen Richtungen abzweigten. Auf dem Boden der Schächte trocknete Wäsche, tollten spielende Kinder zwischen Zicklein und Lämmchen umher; es schien hier keine Hunde zu geben, denn ich hatte auch in den vorhergehenden Tagen und Nächten kein Gebell gehört.

Der Weise hatte den Boden erreicht, wich ab und zu umherrennenden jungen Schweinen aus und verschwand in einem der aufwändig gemeißelten und geschabten Stolleneingänge. Ich folgte ihm in zehn Schritt Abstand. Aus dem Felskorridor, den etliche Kienspäne und rußende Öllampen notdürftig erhellten, ertönte Stimmengewirr. Einige Männer mittleren Alters redeten auf den Weisen ein, der mit erregter Stimme antwortete. Ich lehnte mich an die Stollenwand und versuchte zu verstehen, worüber sie stritten. Kurze Zeit danach kamen fünf Männer mit grimmigen Gesichtern an mir vorbei und verließen den Korridor.

Ich folgte dem Weisen. Der Stollen verbreiterte sich zu einem eckigen Raum, an dessen Wänden ich in der schwachen Beleuchtung eingeritzte oder eingegrabene Bildnisse erkannte, die mit wenigen Farben verziert warn; Rußschwarz, Erdbraun, fahles Blau, Kalkweiß und ein stechendes Gelb. Sie schilderten Alltägliches: Canarii, die auf Feldern arbeiteten, Tiere hüteten, vor einer Flut flüchteten, gegen Reiter kämpften und meist verloren, von Männern beherrscht wurden, die aus den Türmen kamen. Immer wieder unterbrachen die einander zugewandten Gesichter der Zwillingsgötter die Darstellungen, und oft trugen Xatta und Attax in den miteinander verschränkten Fingen wachsende Pflanzen. Die Gewächse ähnelten keinen von denen, die ich hier im Tal gesehen hatte. Es schienen Palmen zu sein, Bäume mit seltsamen Formen, hochwachsende Nadelbäume.

Dumpfe Laute unterbrachen meine Gedanken.

Der Weise kniete auf der untersten von sieben Stufen, die zum Sockel des Altars führten. Er betete oder rief die Götter an. Fast bekam ich Mitleid mit dem Greis. Ich ging näher heran und betrachtete die Halbplastik aus Sandstein, die aus der Wand hervorwuchs. Nur die Köpfe und die Hände waren vollplastisch ausgeführt, der männliche und der weibliche Körper wölbten sich nur eine Handbreit aus dem Fels hervor.

Zu Füßen des Doppelgottes lagen Opfergaben. Fleisch, das von Maden und Fliegen wimmelte, faulendes Gemüse, Kornähren, rührend kleine, längst vergilbte Blumen und viele helle Haarsträhnen, mit farbigem Gras umwickelt oder mit dünnen Lederbändern. Die Göttergeschenke stanken erbärmlich, die Felsenhalle war erfüllt vom Fliegengesumm.

Noch während ich überlegte, ob das Wunder vor den Augen des Rates vollzogen werden sollte, versuchte er aufzustehen. Sein Stock fiel zur Seite und klapperte auf den Stufen. Ich griff unter die schweißfeuchten, mageren Achseln des Greises und richtete ihn auf, gab ihm den Stab.

Er keuchte auf, stieß ein hohles Wimmern aus, packte gedankenlos den Stab und hastete, sich zehnmal umsehend, aus dem Altarraum.

Langsam zog ich das Vibromesser aus dem Stiefelschaft. Sorgfältig schnitt und löste ich die Köpfe aus der Felswand, dann die Hände mit der winzigen Palme. Gesteinsmehl rieselte aus den Schnittfugen auf die Opfergaben und scheuchte eine Wolke schillernder Fliegen auf.

Ich schob die steinernen Hände in den Gürtel, klemmte die Köpfe unter die Achsel und verließ langsam den Korridor. Kurze Blicke in seitliche Höhleneingänge zeigten mir nur karg ausgestattete, menschenleere Wohnräume. Die meisten Canarii waren auf den Feldern und bei den Herden.

Zwischen den Hügeln, auf denen sich die Türme erhoben, zwischen Weiden und Feldern, gab es eine einzige Straße, einen breiten Sandweg, auf dem auch mein Gespann hätte fahren können. Diese Straße wand sich an einigen Obsthainen vorbei nach Westen, zu den Felsen, die das Tal an dieser Stelle begrenzten. Jetzt war der Durchlass, ein gut kontrollierbarer Pass in geringer Höhe, ohne Bewachung. Horus und die Sonden hatten gezeigt, dass dieser breite Pfad weiter durch ein Stück Halbwüste, durch ein Gewirr aus Wanderdünen und über eine Ebene führte, in der er sich spurenlos verlor. Das Gebiet schien völlig menschenleer zu sein.

An der Stelle, an der diese Straße zwischen zwei Burghügeln verlief, setzten vielleicht hundert junge Canarii zwei tragbare Altäre zusammen. Sie holten an Werkzeug und Teilen, Holz, dünnen und dicken Seilen, Lederriemen, Farbe und Bronzenägeln alles, was sie brauchten, aus den Türmen; genauer gesagt, plünderten sie ihre ehemaligen Bewacher aus.

Ohne Eile ging ich zu der Stelle, an der die jungen Männer und Frauen in glühender Vormittagshitze schufteten. Sie schwitzten, scherzten und lachten viel und schienen sich ehrlich darüber zu freuen, dass sie die symbolträchtigen Tragaltäre bauen durften. Der Extrasinn bemerkte anerkennend: *Diese jungen Leute werden mit viel Wagemut eine Insel nach der anderen besiedeln. Es sind deine – eure – glühenden Anhänger. Wie ausgeprägt wohl ihr Götterglaube ist?*

Ich schlängelte mich zwischen ihnen hindurch, suchte nach dem richtigen Platz und legte dann auf einem der roh gefügten Tische im Schatten, neben gefüllte und leere Wasserkrüge, die Köpfe und die Hände nieder. Ich brauchte nicht lange dazusitzen und zuzusehen, bis eine junge Frau die Bruchstücke entdeckte, einen Schrei ausstieß und ihre Freunde herbeiwinkte.

Die folgenden Vorgänge brauchte ich nicht abzuwarten. Die jungen Canarii hielten den Fund für ein göttliches Zeichen, einige Männer rannten zu ihren Höhlen, dort suchten sie die Altarräume auf und schienen, wie ich aus dem Lärm schließen konnte, schnell den entweihten Altar gefunden zu haben. Aber niemand hatte mich gesehen; wieder raunte man, dass es ein Werk der neuen Götter gewesen sein musste.

Schon am nächsten Tag hatten die Jungen die Teile des Altars in ihre Konstruktionen eingefügt. Xatta und Attax würden also den Zug der Tausend nach Sonnenuntergang anführen.

»Gut und Böse gehören zusammen, schönste Nitetis«, sagte ich in einer der Stunden, in denen innerhalb des Tales alles ruhig schien, »Weiß und Schwarz, Gewalt und Schönheit, Hitze und Hunger, Mann und Frau. Es sind nur scheinbar Widersprüche, denn das Eine ist ohne das Andere undenkbar. Daher ist auch die Freiheit der Einen nicht ohne Kampf gegen die Anderen zu haben. Vergiss die scheinbar geordnete Welt in Tameri. Wir sind hier am ärmlichen Rand der Welt, nicht im fruchtbaren Kemet.«

Wir tranken gemischten Wein im Schatten der Bäume bei der Ruine. Nitetis zuckte mit den Schultern.

»Weil ich weiß, dass ich keine Göttin bin, ist es schwer, mich immer wieder verstellen zu müssen und so zu tun, als hätte ich göttliche Kräfte.« Sie wirkte einen Augenblick lang ratlos und verletzlich. »Wie soll das enden, als Goldene Herrscherin auf den Sieben Inseln?«

»Du glaubst also an die Königreich-Inseln?«

»Ich würde nicht daran glauben, wenn nicht du und dein schweigsamer Freund Riancor sie gefunden hätten.«

»Du vertraust uns zu Recht«, antwortete ich. »Die Inseln sind wahr, wirklich und wahrhaftig so. Ich sage dir, wie es mit der Göttlichkeit weitergehen wird. Auf dem langen Weg werden die Tragaltäre allmählich zerfallen, weil es zu schwer ist, sie statt wassergefüllter Ziegenbälge zu schleppen. Dein Rat – und meiner auch, ohne Zweifel – wird hundert Mal jeden Tag gefragt sein. Dabei wirst du viel von deiner Göttlichkeit verlieren, aber an Herrscherkraft gewinnen. Wenn erst einmal deine Untertanen einen Tag lang gegen die Wellen kämpfen, wirst du nur ihre Königin sein.«

»Wir werden alles genau prüfen«, sagte sie und richtete den Blick in eine unbestimmte Ferne.

ENDE

Erklärungen

Grundsätzliches zur Problematik der Nomenklatur von Erzählungen, die im klassischen Land der Rômet – Ägypten – spielen:

Fast alle alt- und mittelägyptischen Namen, Begriffe und Ortsbezeichnungen, die heute von Wissenschaft, Ägyptenliebhabern und Touristen verwendet werden, sind griechischen, lateinischen oder ägyptisch-arabischen Ursprungs und daher begreiflicherweise im ägyptischen Altertum unbekannt.

Von der Reichsgründung um ca. 3000 v. Chr. bis etwa 600 v. Chr. sprachen und schrieben die Rômet (= Menschen) am Hapistrom (= Nil, von gr. Neilos) ihre »altägyptische« Sprache; was sonst? Hapi war der Flußgott und der Strom, der Nil wurde auch Jotru (= das Wasser) genannt.

Die Begriffe Ägypten, Ägypter, ägyptisch stammen vom griechischen »Aigyptioi« (vermutlich von »Hikuptah«, Tempel des Ptah in Men-nefer, gr. Memphis). Wahrscheinlich zugleich mit Erfindung der »Götterworte«, (»Medu Neter«), der Bildzeichenschrift meist von rechts nach links, stets aber in die Blickrichtung der Tier- und Menschenzeichen, geschrieben, wurde die sog. hieratische »Schnell-«schrift benutzt, eine einfachere und leichter schreibbare Variante mit schwarzen, mitunter roten Schriftzeichen fast ohne Interpunktion. (Der älteste »Papyrus-«fund (eigentlich gr. PapyrOs) stammt aus ca. 2870 v. Chr.) Mit Pinselchen aus an der Spitze (weich gekauten Binsenstengeln) schrieb man auf sehr dünnes »Papier« aus aufeinander geklebten, geglätteten und gebleichten Binsenmarkstreifen; die 25 Konsonanten und zuletzt knapp 1000 Hieroglyphenzeichen verwendete man ohne Vokale; die sog. Umschrift lässt daher den Ägyptologen unterschiedliche »Aussprache«-Möglichkeiten zu.

Te-Ufy ist die Binsenpflanze. Erst die Griechen nannten das Material, das Shafadu oder Papor (»das der Verwaltung«) hieß: Papyros. Jene Binsenmarkbögen in »genormten« Größen, 47 cm hoch und 67 bis 94 cm breit, waren, da sowohl die Papyruspflanze als auch die Herstellung eine Art ägyptisches Monopol blieben, ein sehr teurer Exportartikel. Schrieben hochgestellte Persönlichkeiten ihre Briefe eigenhändig, las man: »selbst mit zwei Fingern geschrieben.«

Das Land: Die Rômet nannten ihr Land Tameri und gliederten es in Kêmet und Deshret, das Schwarze und Rote Land (das fruchtbare Land und die Wüste), in Ober- und Unterägypten, die »beiden Länder oder Lande«, das der (Bit) Biene und der (Sut) Binse (südl. Stromufer und Mündungsdreieck). »Beide Länder oder Lande« wurden schon von den ersten Herrschern vereinigt; dementsprechend trug der Herrscher die Weiße Krone Oberägyptens und die Rote Krone Unterägyptens oder die weißrote Doppelkrone. Unterägypten war das Land der Geiergöttin Nechbet, Oberägypten das der Kobra-Göttin Uto/Wadjet. Die Grenzlinie lag nördlich nahe (Men-nefer = gr. Memphis) der »Waage beider Lande«. Die subtilere Einteilung in Gaue (Sepad) delegierte Verantwortung an einzelne Gaufürsten; seit Sesostris/Senwosret I. (ca. 1960 v. Ch.) war das Hapiland in 22 oberägyptische Gaue, zur Griechen- und Römerzeit schließlich zusätzlich in 20 unterägyptische (Delta-) Gaue eingeteilt. Von der Mittelmeerküste bis zum ersten Katarakt beträgt die Länge der nutzbaren Ufer ca. 11oo Kilometer; oder 800 Kilometer Luftlinie.

Der Nil: Der Hapi (Nil), mit 6671 Kilometern der längste Strom der Welt, dessen Quellzuflüsse und Quellseen am Äquator (Weißer Nil, Blauer Nil, Albert- , Eduard- , Kioga- und Victoriasee) liegen, wird u. a. auch von periodischen Regenfällen um den Tanasee in Äthiopien gespeist; im Frühsommer, nach dem Erscheinen des Sepedet (= Sirius, Sothis, »Hundsstern«) stieg der Pegel des Stroms, schwemmte nährstoffreiche vulkanische Erde mit sich und erreichte Suênet (arab = Assuan) ziemlich genau um den 15. bis 18. Juni (also am 1. Tag des Monats Thot, des ersten von vier »Monden« der Jahreszeit Achet. Auch Myriaden Heuschreckenschwärme, die seit vielen Jahrtausenden im äthiopischen Hochland niedergingen, verwesten und waren Nahrung anderer Organismen; deren organische Substanzen, vermischt mit bestimmten Bakterien, Algen, Pilzen und Flechten: Diese Biomasse und die gelösten Mineralien machten das Wasser zu einer Flüssigkeit großer Düngekraft. Im Vergleich zum Niedrigwasser führte der Hapi zur Zeit der Überschwemmung etwa die zwanzigfache Wassermenge. Sechs bis zwölf Tage später erreichte die Hapiüberschwemmung Men-nefer (gr. = Memphis); der Hapi stieg um etwa 5 bis 8 Meter, also 10 bis 16 Ellen (nach anderen Angaben um 30 Ellen [16,5 m?], was anzweifelbar ist) und überschwemmte mit nahrhaftem Schlamm Felder und Weiden und große Teile des Mündungsdreiecks (gr.= Delta.) Zu hohe oder zu niedrige Nilschwellen konnten verheerende Zerstörungen oder, bei Missernten, Hungersnöte zur Folge haben. Heute verhindern Assuan-Damm und Assuan-Hochdamm zusammen mit vielen anderen Stauwerken die Nilschwelle; seit 183o gibt es die jährliche Überschwemmung unterhalb Assuans nicht mehr; der steigende Grundwasserspiegel drängt heute Bodensalze an die Oberfläche, verdirbt Agrarflächen und zerstört die Fundamente der Tempel. Höchster Wasserstand war im September, also im Athyr/Choyak. Zur Zeit des Neuen Reiches, von ca. 1500 bis 1100 v. Ch., dürften zwischen 2 und 2,5 Mio. Menschen auf rund 35 000 Quadratkilometern des bewirtschaftbaren Niltals, das nur zwischen einem, fünf und 15 km breit ist, gelebt und geschuftet haben; zu dieser Zeit lag die Lebenserwartung zwischen 25 und 33 Jahren; Kinder- und Müttersterblichkeit und Krankheiten wie Bilharziose, Malaria u.v.m., grassierten, aufgrund wenig wirkungsloser Arzneien und Ärzten, deren Einsichtsfähigkeit marginal war, zwar behandelbar, kaum aber heilbar.

Der Pharao: Per-Ao, das Große Haus, also der Herrscherpalast, gab diesem meist vererbten Begriff/Titel den Namen; erst ab ca. 1500 v. Chr. im Neuen Reich werden Titel mit Palast gleichgesetzt. Die lange Reihe der göttlichen Herrscher zwischen ca. 3000 und 332 v. Chr. wird nach der äg. Geschichte des Priesters Manetho (285 – 246 v. Chr., geschrieben (in Griechisch) in der Regierungszeit des griechischen Ägyptenherrschers Ptolemaios II.) und der modernen Wissenschaft systematisch in drei Reiche, drei Zwischenzeiten und 31 Dynastien eingeteilt. Pharaonen hatten bis zu 5 verschiedene Namen; zwischen der damaligen und heutigen Nomenklatur herrscht für Nichteingeweihte sprachliches Durcheinander.

Dem Thronnamen wurde das Zeichen Ober- und Unterägyptens vorangestellt. Binse und Biene versinnbildlichen Sut und Bit; die Kartusche (»äg.: Schen«, pl.: »Schenu«) ist ein stilisiertes Seil mit Knoten. Sohn des Rê, Gans und Sonnenscheibe, kennzeichnete die Kartusche des Eigennamens, die waagrecht oder senkrecht ausgeführt wurde; (äg.: »scheni« = einkreisen, umzingeln).

Der Staat: Der Aufbau des Staates im klassischen Ägypten glich dem Sehedhu-Totenmal, also der Pyramide; der Sohn der Sonne, der göttergleiche Herrscher, stand an der Spitze. Der Umstand, dass nur effizient eingesetzte Massen-Arbeitskraft dem Staat und seinen Bürgern in der hermetischen Zivilisation Ägyptens, zwischen lebensfeindlicher Wüste längs des Stroms, dem wasserarmen Süden (Kush, Wawat, Irtjet, Jam) und dem Wadj-Wer, dem Meer, dem »Großen Grünen« einen bestimmten Wohlstand sichern konnte, führte schon vor 3000 v. Chr. zu einem zentralistisch organisierten Staatsaufbau. Der Herrscher mit wenigen Tatji (= Wesiren), Djadjad (= Verwaltern), Adj-Mer (= Unterverwaltern, »Gräber von Kanälen«), Per-Mu (»Wasserver-waltern«), Medech (= Baumeistern, Architekten), Schreibern und Steuereintreibern musste die Arbeiten organisieren, deren Art und Ablauf von der Nilüberflutung und der Bearbeitung des von Kanälen, Wasserhaltungen und Dämmen durchzogenen Landes hinter den Ufer-Überschwemmungsdämmen diktiert wurden; Macht wurde an »beamtete« Gaufürsten delegiert und von ihnen oftmals missbraucht. Der Pharao strafte und lobte: Verdienstvolle Beamte erhielten an Neujahrestagen goldene Ketten, Goldfliegen – Zeichen für Tapferkeit – und andere Geschenke sowie eine Flut wohlklingender und wohlfeiler Titel, deren staatserhaltende Ordensfunktion oft im Widerspruch zur Wichtigkeit stand. Die großen Bauernhöfe (»Djatt«; Palast- und Tempel»domänen«, Königslehen etc.) wurden in der Art intelligent geführter Kolchosen betrieben – die Tempel, der Palast und die Gutshöfe verfügten über eigene Handwerker, Hirten, Fischer, Arbeiter, Bauern und Sklaven; Kriegssklaven aus Kush, aber auch Freiwillige von dort, aus Libyen und Palästina wurden vom Heer verteilt, aber auch von Familie zu Familie verkauft. Kushiten waren meist Angehörige der Madjai-»Polizei« in den Städten.

Tempel, Dämme, Schleusen und Kanäle konnten nur mit großem organisatorischen Aufwand und in wohlüberlegter Logistik ausgeführt werden, was wiederum die Staatsgewalt stärkte; die ägyptische Kultur, vollständig von der Religion durchdrungen, war ausgerichtet auf die Zeichen und Worte der Götter aus den Tempeln und aus dem Mund des Pharao. In ernteloser Zeit mussten Hunderttausende Arbeiter und darüber hinaus die Bewohner des Nillandes ernährt und gekleidet werden; auch dies ging nicht ohne die Organisation mit dem Zentralpunkt im Per-Ao, dem Großen Haus. Die für jene Zeit einzigartige Monumentalarchitektur ist also nicht das Werk gepeitschter Sklaven, sondern klug geplante, hervorragend organisierte und meist während der Überschwemmungsperioden über Jahre und Jahrzehnte hinweg errichtete Schöpfung von Architekten, Künstlern und Handwerker(-teams)n zur Ehre der Götter und der göttergleichen »Pharaonen«. Über dreitausend Jahre hinweg, von der Vorgeschichte bis in die römische Zeit, wurden Änderungen nur in kleinen Schritten eingeführt, der Polytheismus, die Vorstellungswelt und die Ideale von Schönheit und Kunst, veränderten sich kaum.

Punt/Meeresschiffe: Ein großes Hapischiff des Herrschers Chufu, vor seiner Pyramide vergraben, hatte bei 40 Meter Länge eine Tragfähigkeit von 40 Tonnen; mit etwa sechzig Mann an Bord war die Belastungsgrenze jenes kiellosen Ruder- und Segelschiffes erreicht. Die Konstruktion mit zusammengebundener (!) Beplankung wäre weitestgehend seeuntüchtig gewesen; die sogenannten Gubla- oder Byblosfahrer für das Große Grüne waren besser konstruiert, wahrscheinlich auf Kiel und Spanten aufgebaut. Aus wenigen sehr gut erhaltenen Wrackfunden lassen sich Rückschlüsse auf damalige Punt-Fernschiffe ziehen: Das »Wrack von Ulu Burun«, ein

Rahsegler, gesunken im 14. Jhdt. v. Chr., 15 Meter lang, Fundort Türkei, enthielt u. a. 5,2 Tonnen Kupferbarren (200 Barren zu je 26 Kilogramm), entsprach in Konstruktion, Beplankung und Ausrüstung den damaligen Schiffen; ein 25 – 30 Meter langes Schiff trug rund 100 Tonnen. Ständiger – mitunter sehr kräftiger – Wind aus Nord ermöglichte das Segeln hapiauf und im Roten Meer nach Süd.

Chronologie:
Urzeit: ... bis 3000 v. Chr.
Frühzeit: 3000 – 2665 v. Chr. (bis Ende 2. Dyn.)
Altes Reich: 2665 – 2135 v. Chr. (3. – 8. Dyn)
Erste Zwischenzeit: 2135 – 2040 v. Chr. (9. –11. Dyn)
Mittleres Reich: 2040 – 1785 v. Chr. (11. – 12. Dyn)
Zweite Zwischenzeit: 1785 – 1551 v. Chr. (13. – 17. Dyn)
Neues Reich: 1551 – 1080 v. Chr. (18. – 20. Dyn)
Dritte Zwischenzeit: 1080 – 712 v. Chr. (21. – 24. Dyn.)
Spätzeit: 712 – 332 v. Chr. (25. – 31. Dyn; Alexander d. G.)
Beginn der Ptolemäer-Zeit; mit griechischer Terminologie.

Nennenswerte Funde sowie die genaue Lage der damaligen Hauptstadt (Men-nefer, Menufer = Memphis) und Itch-Tauis sind nicht bekannt, da alle profanen Bauten, auch der Palast, aus Lehmziegeln errichtet worden waren. Symptomatisch für Itch-Taui im Mittleren Reich sind Trockenlegung und Erschließung der Oase Faijum; Amenemhet I. vergrößerte die landwirtschaftliche Nutzfläche um rund 450 Quadratkilometer; seit »Ameni« (Amenemhet I.) damit begonnen hatte, vergötterte ihn das Volk; der Mu-Wer-See (= Moerissee, heute: Birket Qarun) war vor knapp 4 Jahrtausenden weitaus ausgedehnter. Die Gewinnung zusätzlicher Acker-, Weide- und Feldflächen, ob im Delta oder entlang des Nils, war ein eminent arbeitsaufwendiges Unterfangen.

Maße und Gewichte: Es gab keine Münzen, aber für die Naturalien- und Tauschwirtschaft existierten verbindliche »Preislisten«: Die kleinste Verrechnungseinheit war das Kite, pl. kedet = 9,1 g. 10 Kite (»Sekel«) ergaben ein db; Deben, also 91 Gramm. Ein Chat waren 7 g Gold. Ein Char wog 25 Kilo, also 275 Deben. Die Verrechnungsverhältnisse änderten sich bisweilen. sind also nicht völlig verbindlich; 1 Deben = 1o Kite oder 12 Chat. Wir kennen folgende Wertverhältnisse: 5 Deben Eisen = 1 Deben Gold, 40 Deben Eisen = 1 Deben Silber (Silber, weitaus seltener, war im MR 5 bis 8 mal teurer als Gold). 20 Einheiten Zinn wurden gegen 1 Einheit Silber getauscht, 20 db Kupfer waren Tauschgegenwert für 2 Kite Silber. Zwischen 45 und 200 Deben Kupfer tauschte man in der fraglichen Zeit gegen 1 Deben Silber. Kupfer-Deben waren oft doppelt so schwer wie Gold-Deben. Um 1300 v Ch. kostete ein schönes, ausgebildetes Sklavenmädchen 41 Deben Silber.

4 Finger (2 cm) Dscheba = 1 Handbreit (8 cm) = 1 Schesep; 7 Handbreiten oder 1,5 Fuß = 1 Königs-Elle (= Mech) = 0,523 Meter, die »kleine« Elle = 6 Handbreiten = 1 Remen. 100 Ellen = 52.3 Meter oder ein Klafter = Khet; 1 Chen-Nub = 445,2 Meter, 1 Meile = 2700 Meter, 1 Treidelmannschaftsstrecke von 20.000 Ellen (10,5 km bzw. 10,86 km , exakt 20.679 Ellen) hieß Itru oder Jeteru;

Hohlmaße: (Getreide, Myrrhe, Gold): 32 Ro (ca. 0,015 Liter) = 1 Hin, (ca. 0,5 Liter), 10 Hennu (also 10 Hin) = 1 Hekat (ca. 4,90 Liter), 16 oder 20 Hekat = 1 Khar (»Sack«) = 78,2 oder 97,8 Liter. Das Horusauge eingeteilt in 6 Symbole, diente als Angabe von 1/64 bis 1/2 des offiziellen Kornmaßes. Ein Krug Bier = 1 Inchat Henket bzw. Irep (= Wein) = 53 Hin = 25,5 Liter, kleinere Krüge hießen Acha, Esch und Uscham.

Flächenmaße: 1 Ta = 10 x 10 Ellen = 27,57 m^2, 1 Setschat = 10 x 100 Ellen = 275,65 m^2 = 1 Cha; 100 Quadratellen sind ein Khet oder 1 Stück »bebaubares Land«; die Rômet kannten keine Bezeichnung für das Quadrat. Unterteilungen: 1/8, 1/4 und 1/2. 1/2 Khet = 1 Remen)

Bier und Wein: Henket, Bier, wurde in vielerlei Arten und Qualitäten hergestellt; »Bier und Brot« ist ein ständig benutzter Begriff für »Nahrung«. Eine besondere Art Brot wurde in Wasser eingeweicht und vergoren, durch Stoffsiebe gepresst; als Zutaten kennt man Malz, Getreide oder Datteln, verschiedene Öle, die gerösteten Maulbeerbaumfeigen, Johannisbrot und Gerste ebenso wie Honig und magenfreundliche Öle. Der verdünnte Brei wurde durch Tücher in Krüge geseiht; mit höherer Dattelzuckerkonzentration wurde das Bier für den Versand haltbar gemacht. Zweifellos gab es auch »alkoholfreies« Bier, ähnlich dem russischen Kwaß, das die Kinder tranken.

Wein (= Irep) wurde seit dynastischer Zeit im Hapiland angebaut, auch in den Oasen der libyschen Wüste und im Mündungsdreieck. Die Trauben wurden sowohl als Rosinen getrocknet als auch als Wein gekeltert, sicherlich auch als Essig verwendet; Weißwein ist erst aus römischer Zeit bekannt. Man kennt Wein aus Datteln und Palmmark (Palmwein) und Granatäpfeln (ab NR); viel Wein wurde aus Kefti und Alashia importiert.

Alashia: Zypern; wichtiger Handelspartner Ägyptens, lieferte feine Keramik, Kupfer bzw. Bronzeerzeugnisse, bedruckte Stoffe, Oliven, Olivenöl, Wein, bezog wie Gubal/Gubla (= Byblos) aus Äg. Gold, viele Salben und Schminken, Shafadu-Binsenschreibblätter (Papyros), div. Schmuck, Siegel, Elfenbeinarbeiten und feine Leinenstoffe (das spätere »Byssos«) und verschiedene Edelsteine. Zyperns Bergwerke und Metallschmelzen lieferten Kupfer und Bronze in erheblicher Menge.

Kreta: (Kefti, Keftiu), die Kreter wurden äg. »Parusati« und »Pakaftiu« genannt. In der sog. spätpalatialen Zeit wurden die Paläste von Kunusa (Gnos, Knossos), Festos, Mallia errichtet und die ersten jener Schiffe gebaut, die später zur Meeresherrschaft »Thalassokratie« führten. Die Schrift, möglicherweise von Ägypten stark beeinflusst, war die sog. Linear-B-Schrift. Kreta führte Kupfer und Zinn ein und exportierte Bronzewaren. Wertvolle, dünne Tonwaren (sog. Kamáres-Eierschalenware) zählten ebenso zu den teuren Exportartikeln wie Wein, Olivenöl (2 – 6 Liter/Baum/Jahr – in Ägypten gediehen seinerzeit keine Olivenbäume), Blütenauszüge, Ausgangsstoffe für Salben, Balsame und Kosmetika (und auch Fertigwaren), Schiffsbauholz, Nüsse u.v.a. Kretas Export nach Ägypten umfasste wertvolles Holz, Bronzeerzeugnisse, eine erstaunliche Vielzahl Blütenöle und Pflanzenauszüge zur Salben- und Kosmetika-Erzeugung, Wein, Olivenöl, Wollstoffe, feine Keramik. Das keftische Talent wog 25 Kilogramm. In etwa drei Tagen waren von K. aus die Hapimündungen für einen damaligen Rahsegler zu erreichen.

Metalle: Bronze, »Nechoshet«, eine Kupfer- und Zinnmischung im Verhältnis 90 Prozent Cu : 10 Prozent Zinn, schmilzt bei 910° Celsius, oft mit Zusätzen von Blei und Antimon, war Ausfuhrartikel Keftis und Alashias; Kupfer »Chemti«, (Schmelztemp. 1083°C.) wurde in vielen zypriotischen Gruben befunden, ferner an mindestens zwei Stellen im Sinai, an vielen Orten Ägyptens, in Somalia, Griechenland, im Massif Central in Frankreich, im Tal Iblis in

Arabien. Das wertvolle Zinn (Anna-Metall; 231°C.) kam über Afghanistan aus Persien und vom kaspischen Meer zum Zweiströmeland Sumer und von dort nach Westen. Ob die später dokumentierten großen Lager- und Abbaustellen von Cornwall zu dieser Zeit bis in den Mittelmeerraum lieferten, ist für 1900 v. Chr. fraglich, aber denkbar, für die späte Bronzezeit gewiss. In Frankreich wurde es im Massif Central abgebaut; ein Transport Rhône abwärts ist durchaus nicht unwahrscheinlich; kürzlich entdeckten Wissenschaftler der Univ. Chicago 100 Kilometer nördlich der Hafenstadt Tarsos, 50 Kilometer nördl. der »Kilikischen Pforte«, eine Zinnmine, eine Bergarbeitersiedlung, Schmelzpfannen und Zinnschlacken – Beweise für den Abbau von Zinn während der Bronzezeit.

Gold, »Nub«, kam in großen Quantitäten aus Nubien und Kush etc. wurde u. a. im Wadi Hammamat und im Wadi Allaqi geschürft, ebenso wie wertvolle Steine. Silber, »Hedsch«, meist zusammen mit Gold vorkommend, in Äg. selten, wurde auch für »Dsham«, Weißes Gold (später gr.= Elektrum) verarbeitet. Eisen: auch um 1500 v. Ch. ausgesprochene Seltenheit (Schmelztemperatur 1530°C.; Stahl: 1460°C.) in Äg. meist meteorisches Eisen, Baâ-Enepe-Metall genannt, höchstwahrscheinlich über Ushu und Gubla von Händlern aus Sumer. Die Goldschmiede des klassischen Äg. waren hervorragende Künstler; ihr Schmuck war begehrter Exportartikel.

Das Herz: Es galt bei den Ä. als der Sitz des Lebens und aller Teile des Lebens und des Verstandes. Zu den unterschiedlichen Aspekten der menschlichen Persönlichkeits-Gesamtheit gehörten Ba – Seele, Chet – Körper, Schut – Schatten, Ib – Herz, Ren – Namen, Ach – Geist und das Ka, die doppelgängerische Lebenskraft; das Gehirn wurde in Äg. nicht als Sitz des Verstandes definiert. Die Zuordnung der vielen Grundelemente, für das Weiterleben nach dem Tod wichtig, ist überaus schwierig.

Wawat und Kush: DAS »ELENDE KUSH« und Wawat, von den »Nehesi« bewohnt: Kush ist das heutige Nubien (dessen Name von äg. Nub = Gold stammt, also Goldland); weiter Hapi aufwärts folgen Wawat (oder Uauat); dann Irtjet, Satju und, jenseits von Buhen und der zweiten Nilschnelle, Jam (um Kerma u. Dongola). Wawat, Irtjet und Satju, ehemals nubische Staaten, schlossen sich gegen Ende des Alten Reiches zu Wawat zusammen. Die Bewohner entstammten zwei unterschiedlichen Gruppen: eine negroide im fernen Süden und eine dunkelhäutige, nicht negroide altkushitische Bevölkerung zwischen dem ersten und zweiten Katarakt. Über Handelsstraßen und aus dem Inneren des afrikanischen Kontinents kamen Hapi abwärts viele wertvolle Handelswaren und Tribute. Die wichtigsten: Gold (»Nub«), Kupfer, Muscheln, Karneol, Amethyste, Ockerfarben, exotische Felle, Anty-Myrrhe, Santjer-Weihrauchharz, Straußeneier und -federn, Elfenbein afrikanischer Elefanten.

Gublu, Gubla: Die Hafenstädte des Libanon, Endpunkte einiger Handelsstraßen aus Chatti, Churri und Sumer; Handelshafenstädte für u.a. Tannen- und Zedernholz für Schiffs-, Haus-, Palast- und Möbelbau. Seit spätestens Thutmosis I. und III. bis etwa 600 v. Chr., abhängig von der Stärke ägyptischer Außenpolitik unterschiedlich bedeutsam – mitunter besaßen die Rômet jahrzehntelang keinen Einfluß –, standen diese Orte unter pharaonischer Verwaltung.

Das Jahr im Hapiland: Das Jahr umfasste 12 Monde zu 30 Tagen und 5 Tage »die auf dem Jahr befindlichen«; alle 4 Jahre »hinkte« der Kalender um 1 Tag nach; erst nach 1460 Jahren, einer Sothis- oder Sepedetperiode, zuverlässig ermittelt z.B. für das Jahr 7 Chakauras, also nach 365 x 4 Jahren begann das Jahr wieder »pünktlich« am 15. Juni. Das Vorhandensein einer einwandfreien datierbaren – fortlaufenden – Geschichtsschreibung ist nirgendwo auch nur ansatzweise dokumentiert; die verschollenen Königslisten Manethos, von denen unvollständige Kopien existieren, sind wenig erhellend. Man zählte im klassischen Ägypten die (Regierungs-) Jahre des jeweiligen Herrschers; das Jahr 1 ... usw. Amenemhets.

Die Jahreszeit Achet, mit der das Jahr am 15. Juni begann, die der Überflutung, bestand aus den Monden (= Monaten) Thot, Paophi, Athyr und Choyak. Jahreszeit Peret, die Periode der Aussaat und des Keimens, begann am 15. Oktober mit dem Mond Tybi, von Mechyr, Phamenat und Pharmuti gefolgt. Am 15. März begann die Zeit Shemu, die der Ernte und des Speicherns mit dem Pachons; Payni, Epiphi und Mesore folgten: Der Kalender wurde um 5 »auf dem Jahr befindliche« Tage – Göttergeburtstage – ergänzt; den fehlenden Vierteltag ignorierte man im täglichen Leben. Die Stunde – man teilte den Tag in vierundzwanzig Stunden ein – war (ebenso wie später im klassischen Rom) je nach Dauer des Sonnentages kürzer oder länger als 60 Minuten. Es existierten Sonnen- und Wasseruhren. Die Schifffahrt auf dem Strom war während dreier Monde im Achet überaus schwierig; zwischen Mechir und Mesore, im Niedrigwasser, manchmal unmöglich.

Glossar

Abu: Elfenbein

Achet: Überschwemmungsjahreszeit (Juni – Sept.)

Aha'u: errechenbare, hypothetische Lebensdeuer des Menschen

Alashia: Zypern, eine der Inseln, mit denen Ägypten Handelsbeziehungen unterhielt; Kupfergruben, Bronzeschmelzen, zahlreiche andere Exportartikel.

Amenti: »das Land, wohin die Seelen gehen«

Amun, Amun-Rê: »Der Versteckte«, Große Gottheit Wêses, Wâsets, No-Amûns (gr: = Thebens), u. a. Gott der Sonne.

Anch, Ankh: Bildzeichen für »Leben«.

Angelstern: (Nord-) Polarstern; vor 4000 Jahren war Kochab, Beta Ursa minoris, der »Polarstern«.

Anty: Myrrhenharz der Pflanze Commiphora abessynica, wächst bis 2000 Metern Höhe beiderseitig des Roten Meeres, in ostafrikanischen Bergen (Punt) und auf der arabischen Halbinsel. Begehrtes Handelsgut; entzündungshemmender Bestandteil vieler Kosmetika.

Apiru, Apiru-Stämme: meist nomadisierende Bewohner Palästinas; »links« im Asmach (= Osten) lebend. Um ihr Eindringen und das der Retenu«, Bewohner Kanaans und der Cha(o)su, Nomaden aus dem gleichen, nicht genau lokalisierbaren Gebiet zu verhindern, wurde die sog. Fürstenmauer am Ostrand des Mündungsdreiecks, südlich von Sharhan (= Sharuhen) errichtet.

Atef: Krone des Gottes Osiris mit Widderhörnern, Straußenfedern und Sonnenscheibe.

Ba: menschliche Seele, als menschenköpfiger Vogel dargestellt

Bit: Biene, Symbol für das südliche Ägypten

Blaue Krone: Cheperesch-Krone; helmartige Kopfbedeckung der Herrscher.

Chad: Hapi abwärts fahren/rudern/reisen

Chat: Königskopftuch mit dickem Nackenteil, von dem das Haar im Nacken umschlossen wird.

Chatti: Hethiter

Cheops: »Chnum-Chufu«, 2551 – 2528 v.Ch, Erbauer der sog. Cheopspyramide bei Gisa.

Chephren: »Chaef-Rê«, 2520 – 2494 v.Ch., erbaute die 2. Große Pyramide bei Gisa.

Cheperesch: s. Blaue Krone

Cheper, Chepri, pl.: Cheperu: heiliger Skarabäus-Mistkäfer, der Kotball ist Symbol für Tod und Wiedergeburt.

Cherep: herrscherliches Zepter, symbolisiert »Macht«.

Cheta Mefkat: »Terrassen der Türkise«, heutiges Wadi Marghera im Sinai

Cheteritier: Ichneumon

Chnum: Schöpfergott, »Töpfer der lebendigen Wesen«, Stadtgott Jebs oder Ta-Setis (gr: = Elephantine).

Chons: einer der drei großen Götter Wêses/Wasets/No-Amûns (gr: = Theben); Sohn des Gottes Amun-Rê.

Degem: Rizinuspflanze, bis zu Meter hoch; ihr minderwertiges Öl diente als Lampenöl für Arme. Kaltgepresst war es höchst toxisch.

Dshebat, pl.: Dshebut: Sarkophag

Djatt: Hofgut

Doppelkrone: Symbol der Vereinigung beider Lande (Unter- und Oberägypten).

Getreide: It = Gerste, Beti = Spelt, Sut = Weizen (Emmer)

Hathor: Mutter- und Frauengöttin der Liebe und Fruchtbarkeit mit Kuhgehörn und Sonnenscheibe, manchmal auch kuhköpfig; in vielen Städten verehrt.

Heb-Sed-Fest, Sed-Fest: Jubiläumsfest des Herrschers, eigentlich jährliche Feier; meist nach 30 Regierungsjahren.

Heqa-Chasut: sog. Hyksos (während 15.u.16. Dynastie eingedrungene Fremdlinge aus dem Osten; später Mitherrscher in Ägypten

Hekat: Hohlmaß, ca. 4,5 Liter

Heqa-Stab: gekrümmter Stab, Zeichen der Würde.

Horus: Falkengott, Himmels- und Lichtgott, Sohn von Isis und Osiris.

Kêmet: »Schwarzes Land«, Fruchtland

Kohol, Kochol: entzündungsverhindernde Augenschminke aus pulverisiertem Bleiglanz.

Maat: göttliche Weltordnung; Schriftsymbolzeichen der Göttin Maat selbst.

Medech: Zimmermann, Baumeister, Architekt.

Men-nefer: Menufer = heutiges Memphis b. Kairo

Mesdemet: Augenschminke

Month: falkenköpfiger Stiergott des Krieges, zusammen mit Mut, der geierköpfigen Muttergöttin (und dem Reichsgott Amûn) in Wâset verehrt.

Neb, Nebit: Herr, Herrin

Nechacha: zeremonielle Geißel des herrscherlichen Schmuckes, als »Dreschflegel« missdeutet.

Nechoshet: s. Metalle

Nemes: gefälteltes (Königs-) Kopftuch

Nefer: »schön«

Nub: Gold, s. Metalle

Peret: Jahreszeit der Saat (Okt. – Jan.)
Ptah: Hauptgott des Großen Ptah-Tempels in Mennefer
Pferd, Pferde: eingeführt in Ä. vor ca. – 1500 durch die Heqa Chasut (s.: Hyksos): Abbildungen von Reitern sind kaum bekannt; es gab – selten – einspännige, meist zweispännige Wagen;

Rôme, pl. Rômet: der/die Ägypter (= Mensch/Menschen)

Scha-Resi: die heutige Oase Faijum mit dem Birket Karûn oder Moerissee; dort lag Itch-Taui, die Stadt Amenemhets.
Sachmet: löwenköpfige Göttin in Memphis, Gefährtin des Gottes Ptah.
Schat: Tauscheinheit: ca. 1/12 Deben in Gold
Shemu: Zeit der Ernte (Feb.-Mai)
Sesh: Schreiber
Shen, Shenet: Bruder, Schwester (auch als Anrede)
Shemer: Freund
Schu: »der Leere«; Wind- und Lebensgott.
Sehedhu-Bauwerke: Pyramiden
Shendit: kurzer, gefältelter Schurz
Shesep-Ankh: »Lebendes Bildnis« = der Große Sphinx
Sepedet: gr. Sothis, »Hundsstern«, Sirius
Skarabäus, gr.: Cheper-Käfer; Symbol für Leben und Wiedergeburt
Sontjer: Weihrauch (-harz)
Sûenet: heutiges Assuan (Granitsteinbrüche)
Sut: Binse, Schilfrohr, Symbol für Unterägypten (Delta)

Ta-Seti: hetige Insel Elephantine
Tal Rohani: heutiges Wadi Hammamat; Straße zwischen Geb-Teju (Koptos, Koptiw) und Rotem Meer, Weg zu Steinbrüchen und Goldbergwerken.

Techenu, pl.: Techenuu: Obelisk, Obelisken

Thinis: Tjeni, Stadt in Mittelägypten, Geburtsort der Herrscher der sog. thinitischen Dynastie.

Thot: Gott der Wissenschaft, des Rechnens, der Schreiber und des Schreibens; oft pavian- oder ibisköpfig dargestellt.

Udjat-Auge: schützendes Augen-Zeichen an Türen etc.; Mond- und Sonnensymbol; das Auge ging Gott Horus im Kampf mit Gott Seth verloren.

Uräusschlange: giftige Kobra, Jaretnatter (Haja haja).

Uschebti: Totenfigürchen als Grabbeigabe; die im Jenseits als Arbeiter dienen.

Wachet: Oase

Wadj-Wer: das Große Grüne: Mittelmeer

Wajermänner: Ruderer

Wâset, Wêse, No-Amun: heutiges Theben

Wawat: s. Kush

Wesech: breiter Schmuck-Halskragen; sehr gebräuchlicher Schmuck in Ägypten

Zenchem: Heuschrecke

Bei Fanpro erschienen unter anderem folgende Titel:

ATLAN X		ISBN 978-3-89064-	
Lotse im Sandmeer	Hans Kneifel	Kreta 1	188-1
Insel der Winde	Hans Kneifel	Kreta 2	195-9
Das schwarze Schiff	Hans Kneifel	Kreta 3	196-6
Die Prophezeiung von Saïs	Hans Kneifel	Tamaran 1	820-0

ATLAN		ISBN 978-3-89064-	
Totentaucher	Wim Vandemaan	Lepso 1	486-8
Die acht Namenlosen	Christian Montillon	Lepso 2	487-5
Befreiung in Camouflage	Michael M. Thurner	Lepso 3	488-2
Die Psi-Kämpferin	Achim Mehnert	Rudyn 1	171-3
Das Sphärenrad	Rüdiger Schäfer	Rudyn 2	172-0
Acht Tage Ewigkeit	Michael H. Buchholz	Rudyn 2	173-7
Das Relikt der Macht	Hans Kneifel	Illochim 1	174-4
Im Bann der Gatusain	Achim Mehnert	Illochim 2	175-1
Der Traum des Navigators	Rüdiger Schäfer	Illochim 3	176-8
Rico	Arndt Ellmer	Roman	177-5
Planet der Silberherren	Uwe Anton	Monolith 1	178-2
Todeszone Zartiryt	Rüdiger Schäfer	Monolith 2	179-9
Echo der Verlorenen	Hans Kneifel	Monolith 3	184-3
Der Silbermann	Marc A. Herren	Monolith 4	185-0
Ceres am Abgrund	Manfred H. Rückert	Monolith 5	186-7
Sprung ins Jenseits	Achim Mehnert	Monolith 6	187-4
Rhaens Ruf	Rüdiger Schäfer	Höllenwelt 1	197-3
Das Erwachen	Achim Mehnert	Höllenwelt 2	198-0
Dämmerung über Höllenwelt	Hans Kneifel	Höllenwelt 3	199-7
Im Schutz des Paladin	Rüdiger Schäfer	Marasin 1	065-5
Tschirque, der Kreuzwächter	Achim Mehnert	Marasin 2	066-2
Die zerschnittene Welt	Rüdiger Schäfer	Marasin 3	067-9

DAS SCHWARZE AUGE		ISBN 978-3-89064-	
Magische Zeiten	Hrsg. Momo Evers	Reader	516-2
Dämmerung	Ulrich Kiesow	55. Roman	459-2
Das Greifenopfer	Thomas Finn	62. Roman	544-5
Das Dämonenschiff	Harald Evers	74. Roman	568-1
Kompanie der Verdammten	Manuel Krainer	75. Roman	562-9
Der Tag des Zorns	Daniela Knor	76. Roman	573-5

Der Schandfleck	Andre Helfers	77. Roman	582-7
Den Göttern versprochen	Charlotte Engmann	78. Roman	579-7
Unsterblicher Traum	Patricia Renau	79. Roman	588-9
Blaues Licht	Daniela Knor	80. Roman	589-6
Spielsteine der Götter	Heike Wolf	81. Roman	591-9
Rabengeflüster	Wichert/Jäcke/Wolf	82. Roman	515-5
Thronräuber	Alexander Lohmann	83. Roman	512-4
Todeswanderer	Yvonne Gees	84. Roman	518-6
Roter Fluss	Daniela Knor	85. Roman	514-8
Todgeweiht	Markus Tillmanns	86. Roman	523-0
Dunkle Tiefen	Daniela Knor	87. Roman	538-4
Maraskengift	Markus Tillmanns	88. Roman	457-8
Unter Aves' Schwingen	Hrsg. Momo Evers	89. Band	460-8
Goldener Wolf	Linda Budinger	90. Roman	542-1
Sieben Winde	Matthias A.W. Ott	91. Roman	461-5
Der Zugvogel	André Fomferek	92. Roman	468-4
Hjaldinger-Saga I: Glut	Daniela Knor	93. Roman	472-1
Galotta 1: Der Hofmagier	Ludwig / Wachholz	94. Roman	476-9
Galotta 2: Der Feuertänzer	Ludwig / Wachholz	95. Roman	489-9
Hohenhag	Dietmar Preuß	96. Roman	494-3
Satinavs Auge	Tobias Radloff	97. Roman	495-0
In den Nebeln Havenas	Daniel Jödemann	98. Roman	496-7
Answin 1: Macht	Michelle Schwefel	99. Roman	499-8
Über den Dächern Gareths	Stefan Schweikert	100. Roman	226-0
Gewittertage	Jana M. Eilers	101. Roman	225-3
Die rote Bache	Dietmar Preuß	102. Roman	455-4
Das Zepter des Horas	Mützlitz/Kopp	103. Roman	236-9
Khunchomer Pfeffer	Demirtel/Findeisen	104. Roman	237-6
Die letzte Kaiserin	Daniel Jödemann	105. Roman	244-4
Todesstille	Bernard Craw	106. Roman	246-8
Löwin und Mantikor	J. Hahn und K. Kaeb	107. Roman	249-9
Toras von Havena	Christian Labesius	108. Roman	168-3
Hjaldinger-Saga II: Sturm	Daniela Knor	109. Roman	245-1
Der erste Kaiser	Daniel Jödemann	110. Roman	247-5
Eiswolf	Linda Budinger	111. Roman	248-2
Der Kreis der Sechs	Michael Masberg	112. Roman	169-0
Die Paktiererin	Dietmar Preuß	113. Roman	158-4
Im Schatten der Dornrose	Bernard Craw	114. Roman	136-2
Galotta 3: Der Aschengeist	Ludwig/Wachholz	115. Roman	229-1

…win 2: Verrat	Michelle Schwefel	116. Roman	455-4
Kamaluqs Schlund	Stefan Schweikert	117. Roman	137-9
Nachtrichter	Dorothea Bergermann	118. Roman	138-6
Isenborn 1: Stein	Bernard Craw	119. Roman	141-6
Isenborn 2: Erz	Bernard Craw	121. Roman	142-3
Isenborn 3: Eisen	Bernard Craw	122. Roman	143-0

Der Kristall von Al'Zul:

Land ohne Gesetz	Anton Weste	Al'Zul 1	231-4
Stadt der Geister	Martina Nöth	Al'Zul 2	232-1
Wald der Verlorenen	Linda Budinger	Al'Zul 3	233-8
Am Finsterquell	Gernot Vallendar	Al'Zul 4	234-5
Aufs Schafott	Florian Don-Schauen	Al'Zul 5	235-4

Hundstage:

Hundesöhne	Carolina Möbis	Hundstage 1	131-7
Hundswache	Henning Mützlitz	Hundstage 2	132-4
Hundeleben	Christian Humberg	Hundstage 3	133-1
Hundeelend	Dorothea Bergermann	Hundstage 4	134-8
Hundsfott	Carolina Möbis	Hundstage 5	135-5

Drakensang:

Das Ferdoker Pergament	Florian Don-Schauen	120. Roman	139-3

SCHATTENLAND		ISBN 978-3-89064-	
Am Morgen einer neuen Zeit	Kneifel/Walker	Roman	189-9
Die Himmelsfestung	Terrid/Haensel	Roman	190-4
Wald der Masken	Horst Hoffmann	Roman	191-1
Spiel der Götter	Kneifel/Walker	Roman	192-8
Klüfte der Unterwelt	Terrid/Haensel	Roman	193-5

Dies ist eine Bibliographie und kein Verzeichnis lieferbarer Titel.
Es ist leider nicht möglich, alle Titel vorrätig zu halten.
Sollten Sie Fragen haben, kontaktieren Sie uns bitte unter

Fantasy Productions GmbH
Postfach 4013, 40687 Erkrath
www.fanpro.de